심훈 전집 9

심훈 연구 자료

엮은이 소개

김종욱 金鍾郁

서울대학교 국어국문학과 교수.
저서로는 『한국 소설의 시간과 공간』(2000), 『한국 현대소설의 서사형식과 미학』(2005),
『한국 현대문학과 경계의 상상력』(2012) 등의 연구서와 『소설 그 기억의 풍경』(2001),
『텍스트의 매혹』(2012) 등의 평론집이 있다.

박정희 朴旺熙

서울대학교 교수학습개발센터 연구교수.
대표적인 논문으로 「심훈 소설 연구」(2003), 「영화감독 심훈의 소설 『상록수』 연구」
(2007), 「심훈 문학과 3·1운동의 '기억학'」(2016) 등이 있으며 편저로 『송영 소설 선집』
(2010)이 있다.

심훈 전집 9
심훈 연구 자료

초판 1쇄 인쇄 2019년 2월 1일
초판 1쇄 발행 2019년 2월 14일

지 은 이 심 훈
엮 은 이 김종욱 · 박정희
펴 낸 이 최종숙
펴 낸 곳 글누림출판사

책임편집 이태곤
편   집 권분옥 · 박윤정 · 홍혜정 · 문선희 · 임애정 · 백초혜
디 자 인 안혜진 · 홍성권 · 김보연
마 케 팅 박태훈 · 안현진

주   소 서울시 서초구 동광로46길 6-6 문창빌딩 2층(우06589)
전   화 02-3409-2055(편집부), 2058(영업부)
팩   스 02-3409-2059
등   록 제303-2005-000038호(2005.10.5)
전자메일 nurim3888@hanmail.net
홈페이지 www.geulnurim.co.kr
블 로 그 blog.naver.com/geulnurim
북트레블러 post.naver.com/geulnurim

정가 35,000원
ISBN 978-89-6327-364-8 04810
      978-89-6327-355-6(전10권)

* 잘못된 책은 바꿔드립니다.
* 이 도서의 국립중앙도서관 출판예정도서목록(CIP)은 서지정보유통지원시스템 홈페이지(http://seoji.nl.go.kr)와
  국가자료공동목록시스템(http://www.nl.go.kr/kolisnet)에서 이용하실 수 있습니다.(CIP제어번호: CIP2019003590)

09
심훈 전집

심훈 연구 자료

김종욱 · 박정희 엮음

『심훈 전집』을 내면서

　심훈 선생(1901~1936)은 일본제국주의의 지배라는 아픈 역사를 살아가면서도 민족문화의 찬란한 발전을 꿈꾸었던 위대한 지식인이었습니다. 100편에 육박하는 시와 『상록수』를 위시한 여러 장편소설을 창작한 문인이었으며, 시대의 어둠에 타협하지 않고 강건한 필치를 휘둘렀던 언론인이었으며, 동시에 음악·무용·미술 등 다양한 예술분야에 조예가 깊은 예술평론가였습니다. 그리고 "영화 제작을 필생의 천직"으로 삼고 영화계에 투신한 영화인이기도 했습니다.

　그런데 오늘날 심훈 선생은 『상록수』와 「그날이 오면」의 작가로만 기억되는 듯합니다. 문학뿐만 아니라 언론과 영화, 예술 등 문화 전반에 걸쳐 있던 다채롭고 풍성했던 활동은 잊혀졌고, 저항과 계몽의 문학인이라는 고정된 관념만이 남았습니다. 이제 새롭게 『심훈 전집』을 내놓게 된 것은 다양한 분야에 걸쳐 있는 선생의 족적을 다시 더듬어보기 위해서입니다.

　50년 전에 심훈 전집이 만들어졌던 적이 있습니다. 1966년 사후 30주년을 기념하여 작가의 자필 원고와 자료를 수집하고 간직해 왔던 유족의 노력으로 『심훈문학전집』(탐구당, 전3권)이 간행되었던 것입니다. 여기에는 일기와 서간문, 시나리오 등등 여러 미발표 자료들까지 수록되어 있어 심훈 연구에 있어서 매우 뜻 깊은 사건이었습니다. 그런데, 세월이 흐르면서 이 전집은 일반 독자들이 쉽게 구할 수 없을 뿐더러 새로 발견된 여러 자료들을 담지 못한다는 아쉬움을 남기고 있었습니다. 그래서 심훈 선생이 갑작스럽게 세상을 뜬 지 80년이 되는 2016년에 새롭게 『심훈 전집』을 기획하기에 이르렀습니다.

　이번 전집을 엮으면서 다음과 같은 점을 염두에 두고자 했습니다.

이 전집에서는 최초 발표본을 저본으로 삼았습니다. 그동안 우리가 쉽게 접할 수 있었던 여러 소설들은 대부분 단행본을 토대로 한 것이었습니다. 그런데 이 전집에서는 신문이나 잡지에 최초로 발표되었던 텍스트를 바탕으로 삼았으며, 필요한 경우 연재 일자 등을 표기하여 작품 발표 당시의 호흡과 느낌을 알 수 있도록 노력했습니다.

그렇시만 시가의 경우에는 작가가 출간을 위해 몸소 교정을 보았던 검열본 『심훈시가집』(1932)을 저본으로 삼았습니다. 비록 일제의 검열 때문에 출판되지 못했을지라도 이 한 권의 시집을 엮기 위해 노심했을 시인의 고뇌를 엿보기 위해서입니다. 그리고 최초 발표지면이 확인되는 작품의 경우에는 원문을 함께 수록하여 작품의 개작 양상도 함께 검토할 수 있도록 구성하였습니다.

마지막으로 영화감독 심훈의 면모를 최대한 담으려고 노력했습니다. 예컨대 영화소설 「탈춤」의 경우 스틸사진을 함께 수록하여 영화소설적 특성을 확인할 수 있게 했으며, 영화 관련 글들에 사용된 당대의 영화 사진과 감독·배우를 비롯한 영화인들의 사진을 글과 함께 수록했습니다. 그리고 무엇보다 그간 소개되지 않았던 심훈의 영화 관련 글들을 발굴하여 수록했습니다. 이를 통해 영화감독 심훈의 모습은 물론 그의 문학을 더 다채롭게 이해하는 계기가 되길 기대합니다.

이러한 의도와 목적이 실제 전집에서 어떻게 구현될 수 있는가에 대해서 편집자들은 여전히 두려움을 갖고 있습니다. 누구나 그러하겠지만, 전집을 간행할 때마다 편집자들은 자신들의 작업이 정본으로 인정받기를, 그래서 더 이상의 전집이 만들어지지 않기를 꿈꿀 것입니다. 하지만, 전집을 만드는 과정은 어쩌면 원텍스트를 훼손하는 과정이기도 합니다. 하나의 예를 들어보겠습니다.

심훈의 『상록수』에서, 인물들이 대화를 나눌 때에는 부엌을 '벅'이라고 쓰는데 대화 이외의 서술에서는 '부엌'이라고 쓰고 있습니다. 그리고 『대지』를 번역할 때에는 대화 이외에서 '벅'이라는 표현을 사용합니다. 여기에서 '벅'이나 '벅'은 특정 지역에서 사용하는 방언인데, 이것을 그대로 놓아둘 것인가, 일괄적으로 바꿀 것인가에 두고 오랫동안 고민했습니다. 처음에는 작가의 의도를 고려하여 그대로 살려두었는데, 현대 독자의 입장에서 다시 보니 전혀 낯선 단어여서 가독성을 현저히 떨어뜨리고 말았습니다. 결국 전집에서는 '부엌'으로 수정하게 되었습니다.

이런 예들은 무수히 많습니다. 원래의 느낌을 최대한 살리겠다는 원칙을 세워두긴 했지만, 현재의 독서관습을 무시하기도 어려웠습니다. 그래서 편의상 고어나 방언의 경우 『표준국어대사전』의 표제어로 실려 있으면 그대로 살려두긴 했지만, 이 또한 자의적이라는 생각을 떨쳐버릴 수 없습니다. 결국 원본의 '훼손'에 대한 책임은 전적으로 우리 두 사람에게 있습니다. 물론 이 책임을 덜기 위해서 주석을 활용할 수 있겠지만, 이번 전집에는 주석을 넣지 않았습니다. 실제 주석 작업을 진행한 결과 그 수가 너무 많은 것이 이유라면 이유입니다. 어휘풀이, 인명·작품 등에 대한 설명, 원본의 오류와 바로잡은 내용 등에 대한 주석이 너무 많아서 독서의 흐름을 방해했기 때문입니다. 대신 이 주석의 내용을 알아보기 쉽게 정리해서 『심훈 사전』으로 따로 간행하고자 합니다.

마지막으로 전집을 준비하는 과정에 도움을 주신 분들에게 감사한 마음을 전합니다. 새로운 자료를 소개해준 분도 있고 읽기조차 힘든 신문연재본을 한 줄 한 줄 검토해준 분도 계셨습니다. 권철호, 서여진, 유연주, 배상미, 유예현, 윤국희, 김희경, 김춘규, 장종주, 임진하, 김윤주 등. 이분들의 도움이 있었기에 이 전집이 나올 수 있었습니다. 이 자리를 빌어 다시 한 번 감사한 마음을 전합니다. 그리고 유난히도 더웠던 여름 내내 어수선한 원고 뭉치를 가다듬고 엮은이를 독려하여 이렇게 멋진 책으로 만들어주신 글누림출판사의 최종숙 대표님과 이태곤 편집장님께 다시 한 번 고마움을 전합니다.

2016년 9월 심훈의 기일(忌日)에 즈음하여
엮은이 씀

차 례

제1부 쓰다 사랑하다 투쟁하다

제 2 부 그와 더불어 한국영화가 시작되다

제3부 문학의 대지에 늘 푸른 나무를 심다

제4부 **심훈을 기억하다**

제1부

쓰다 사랑하다 투쟁하다

신문 조서

피고인 심대섭

위 피고인에 대한 보안법 위반 사건에 대하여 대정 8년 3월 7일 경무총감부에서 조선총독부 검사 山澤佐一郎 조선총독부재판소 서기 長瀨誠三助가 열석한 후, 검사는 피고인에 대하여 심문하기를 다음과 같이 하다.

문 성명, 연령, 신분, 직업, 본적지 및 출생지는 어떠한가.
답 성명, 연령은 심대섭, 19세.

신분, 직업은 경성고등보통학교 학생.

주소는 경성부 낙원동 27번지 심명섭 방.

본적지는 경기도 시흥군 북면 흑석리 176번지.

출생지는 경기도 시흥군 북면 흑석리 176번지.

문 위기, 훈장, 종군기장, 연금, 은급 또는 공직을 가지고 있지 않은가.
답 없다.
문 이제까지 형벌에 처해졌던 일은 없는가.
답 없다.
문 그대는 고등보통학교 몇 학년인가.

답 3학년이다.

문 종교는 무엇인가.

답 없다.

문 그대는 학교에 나가고 있는가.

답 3월 3일부터 나가고 있지 않다.

문 왜 나가지 않는가.

답 급장 등이 그렇게 말했기 때문에 모두 나가지 않는다.

문 급장은 무슨 이유로 그렇게 말했는가.

답 조선이 독립하므로 나오지 않는다고 말하였다.

문 그대는 금년 3월 1일에 대한국 독립 만세를 부르면서 시내를 돌아다
   녔는가.

답 그렇다. 파고다공원에 가서 독립 만세를 부르고 대한문으로 가서 또
   마찬가지로 만세를 부르고 집으로 돌아갔었다.

문 왜 그렇게 했는가.

답 그날 낮쯤 급장이 독립운동을 한다고 했기 때문이다.

문 급장은 누구인가.

답 김정규이다.

문 그대가 파고다공원에서 대한문으로 갔을 때 군중의 숫자는 얼마나 되
   었는가.

답 무수히 많았다.

문 그대는 이번에 송현동의 어느 하숙집에 있다가 잡혔는가.

답 친구가 체포되었다는 말을 듣고 송현동의 청송여관에 갔다가 잡혔다.

문 친구는 누구인가.

답 김성진에게 나의 친구가 체포되었는지 아닌지를 묻고자 청송여관에 갔다가 체포되었다.

문 그대는 그날 독립 만세를 부르면서 다녔는가.

답 모두가 그렇게 하라고 하므로 독립 만세라고 했다.

문 그대는 총독 정치에 반대하고 있는가.

답 별로 그렇지 않다.

문 어떤 방법으로 독립을 한다는 것이었는가.

답 그런 것은 모른다.

문 급장은 황일성이라는데, 어떠한가.

답 그렇다. 급장은 황일성이고, 부급장은 김정규이다.

문 그대는 파고다공원에서 이것을 보았는가. (이때 '선언서'라는 제목의 인쇄물을 보이다.)

답 그것을 본 일은 없다.

문 이것은 보았는가. (이때 '독립신문'이라는 제목의 인쇄물을 보이다.)

답 그렇다. 보여주는 신문은 보았다.

문 그것은 누구에게서 받았는가.

답 누구인지 모르는 사람에게서 얻었다.

문 그대는 이것을 보았는가. (이때 '국민대회'라는 제목의 인쇄물을 보이다.)

답 본 일이 없다.

문 국장을 앞두고 만세 따위를 부르며 돌아다닌 것을 잘한 일로 생각하는가.

답 나쁜 일이었다.

문 그대 부친의 직업은 무엇인가.

답 무직이다.

문 그대 부친의 종교는 무엇인가.

답 유교이다.

문 그대는 고등보통학교에 가기 전에는 어디에 다녔는가.

답 교동보통학교에 다녔다.

위 녹취한 바를 들려주었던 바, 틀림없다는 뜻을 승인하고 서명하다.

피고인 심대섭

대정 8년 3월 8일

조선총독부재판소 서기 長瀨誠三助

조선총감부 검사 山澤佐一郎

단, 출장 중인 까닭으로 소속 관서의 인을 찍지 못함.*

---

* 국사편찬위원회 편, 『한민족독립운동사자료집 (13권)』, 국사편찬위원회, 1994.

학생 성행 조사서

경성고등보통학교

경기도 시흥군 신북면 노량진 흑석리 6의 10

3학년생 심대섭

명치 34년 9월 12일생

영리하나 경솔하여 모든 명령 등을 확실하게 실행하지 않는다. 게으른 편이어서 결석·지각 등이 많고 평소부터 훈계를 받아 온 자이다.*

---

* 1919년 3월 17일 경성고등보통학교에서 경성지방법원 검사국에 보낸 문서. 국사편찬위원회 편, 『한민족독립운동사자료집 (15권)』, 국사편찬위원회, 1994.

예심 조서

피고인 심대섭

　위 피고인에 대한 보안법 위반 등 사건으로 대정 8년 6월 23일 경성지방법원에서 예심계 직무대리 조선총독부 판사 堀直喜 조선총독부재판소 서기 渡部直太郎이 열석하여 예심판사는 피고인에 대하여 다음과 같이 심문하다.

문 성명, 연령, 신분, 직업, 본적지 및 출생지는 어떠한가.
답 성명은 심대섭.
　연령은 19세, 9월 12일생.
　신분은.
　직업은 경성고등보통학교 2년생.
　주소는 경성부 낙원동 27번지 심명섭 집.
　본적지는 경기도 시흥군 북면 흑석리 176번지.
　출생지는 경기도 시흥군 북면 흑석리 176번지.
문 위기, 훈장, 종군기장, 연금, 은급 또는 공직을 가지고 있지 않은가.
답 없다.
문 지금까지 형벌에 처해진 일은 없는가.

답 없다.

문 심명섭과는 어떤 관계인가.

답 나의 형이며 한성은행에 근무하고 있다.

문 종교는 무엇인가.

답 없다.

문 학비는 어떻게 마련하는가.

답 아버지 또는 형으로부터 받고 있다.

문 검사에게 3월 1일에 독립운동이 있다는 것을 급장으로부터 들은 일이 있다고 공술했는데 그것이 틀림없는가.

답 그렇게 공술하였다.

문 그때의 얘기를 말하라.

답 3월 1일 윤극영에게 가서 점심을 먹고 학교로 돌아왔는데, 점심시간에 급장인 김정규가 뒤에서 손뼉을 치면 수업 중이라도 뛰쳐나오라고 말했다고 들었는데, 그것이 무슨 뜻인지 몰랐으나 오후 국장 예행연습이 끝나 돌아갈 때, 학교 문을 나오니 언덕에서 김백평이 지금부터 파고다공원에서 독립 선언이 있으니 참가하도록 권유하였다. 그래서 비로소 독립운동이 있는 것을 알았다.

문 독립운동이란 무엇인가.

답 지금 조선은 일본에 합병당하고 있으나, 일본으로부터 권리를 물려받아 조선인만으로 정치를 하도록 하기 위해 일하는 것을 말한다. 그래서 나도 독립을 희망하는 것이다.

문 피고가 독립을 희망하는 이유는 무엇인가.

답 민족은 다른 민족으로부터 제재를 받지 않고 독립해 정치를 하는 것인데, 조선도 일본으로부터 떨어져 일가단란하게 나가지 않으면 안 된다. 또 교육제도가 불완전한 까닭으로 조선인은 생존경쟁의 패자가 되어 마침내 일본인의 노예가 되게 되었다. 또 조선에 대한 정치는 무단정치로서 문관까지 칼을 차고 있는 것을 보면, 이것은 조선인을 적대시하는 것이다. 또 동양척식회사 등을 설립하여 마치 영국이 인도에서 동인도주식회사와 같은 사업을 하고 있는 등, 기타 여러 가지 불평이 있으므로 독립을 희망하고 있는 것이다.

문 3월 1일에 파고다공원에 갔는가.

답 3월 1일 오후 2시경 파고다공원에 갔더니 많은 군중이 있었고 군중의 혹자가 독립선언서를 낭독하였다. 군중이 독립 만세를 불렀으므로 나도 같이 독립 만세를 불렀다. 군중과 함께 문을 나와 독립 만세를 부르면서 종로로 나가 대한문, 창덕궁 앞을 지나 안국동으로 갔으나, 나는 몸이 불편하여 귀가하였다.

문 이같이 독립 선언을 하고 만세를 부르며 다니면 독립이 되는 것으로 생각했는가.

답 만세를 부르는 것만으로 독립이 되는 것은 아니다. 이렇게 하여 독립 사상을 고취시켜 놓으면 언젠가는 독립이 될 것이라고 생각하여 이같이 운동하는 것이다.

문 3월 5일의 독립운동에 참가하였는가.

답 3월 4일, 3월 5일에 독립운동을 다시 한다는 것은 알았으나 집에 병자가 있고 나도 몸이 불편하였기 때문에 참가하고 싶었으나 갈 수 없었다.

문 장래에도 독립운동을 할 것인가.

답 기회만 있으면 또 할 것이다.

피고인 심대섭

위를 읽어 주었더니 틀림없다는 뜻을 말하고 서명하다.

경성지방법원

서기 조선총독부재판소 서기 渡部直太郎

심문자 예심계 직무대리 조선총독부 판사 堀直喜*

* 국사편찬위원회 편, 『한민족독립운동사자료집 (17권)』, 국사편찬위원회, 1994.

공판 시말서

본적 주소 출생지 시흥군 북면 흑석리 156번지

심대섭

9월 12일생, 19세

피고 심대섭에게

문 금년 3월 1일 오후 2시 경 파고다공원에 간 것이 틀림없는가.

답 틀림없다.

문 그리고 손병희 등이 육각당에서 조선독립선언서를 낭독하고 수천 명의 군중이 독립 만세를 불렀는데, 피고도 그 군중에 가담하여 독립 만세를 부르면서 소요했다는데 어떤가.

답 틀림없다.

문 그리고 종로에서 창덕궁, 안국동까지 군중과 함께 소요하면서 돌아다녔다는데 어떤가.

답 틀림없다.

문 누구의 권유로 그 시위운동에 참가했는가.

답 누구의 권유도 받지 않았다. 자발적으로 했다.

문 학교에서는 김정규가 손뼉을 치면서 학생을 인솔하여 파고다공원으로 갔다는데 어떤가.

답 그렇다.

문 피고는 경성고등보통학교 3학년인가.

답 그렇다.

문 학교에서의 주동자는 김정규, 김백평인가.

답 그렇다.

문 방과 후 일동이 교문을 나와서 그 사람들에게 인솔되어 파고다공원에 갔었는가.

답 그렇다.

문 요컨대 그 사람들의 선동에 의하여 시위운동에 참가했던 것인가.

답 그렇다.

문 장래의 생각은 어떤가.

답 장래에는 결코 참가하지 않겠다.*

---

* 국사편찬위원회 편, 『한민족독립운동사자료집 (183권), 국사편찬위원회, 1994.

예심 종결 결정서

김형기(金炯璣) 외 210명

위의 출판법 및 보안법 위반 피고 사건에 대하여 예심을 수행하고 종결 결정함이 다음과 같다.

주문
위의 피고들에 대한 본안 피고 사건을 경성지방법원 공판에 붙인다.

이유
제일. 미국 및 지나국 북경·상해 등에 재류하는 불령선인 등은 구주 전란의 종식에 즈음하여 북미합중국 대통령이 대적(對敵) 강화의 1항목으로서 각 민족의 자결주의를 주창함을 듣자 조선 민족도 역시 그 주의에 의하여 제국의 기반을 벗어나 일 독립국을 형성할 이유가 있다고 하여 그 실현을 기하려면 우선 조선 민족을 규합하여 내외가 호응, 독립을 희망하는 의사를 표시하고, 이어서 각종 수단으로 운동에 종사할 필요가 있다고 간주하여 상해로부터 사람을 동경 및 조선에 파견, 주로 학생 및 조선 서부에 있는 예수교도의 일부에게 대하여 위와 같은 사조를 선전하여 숙연히 인심이 동요하는 형세를 나타내게 되어 동경에서는 대정 8년

1월 초순을 기하여 최팔용 등 불령배는 재류학생을 규합하여 동경시 신전구 조선기독교청년회에서 조선 독립에 관하여 과격한 논의를 거듭, 경시청에 출두하여 독립 의견을 진술하는 등 불온한 행동을 나타내자 이를 듣고서 안 재(在)경성 학생의 사상도 점차로 험악하게 되어 재동경 학생과 호응하여 그것을 자주 따르려고 하는 자가 점점 많아져서 비밀리에 독립운동을 모의하였는데, 이와 전후하여 천도교주 손병희와 그 당여인 최린·권동진·오세창 등은 일반 인심의 기미를 간취하자 최남선·송진우 등과 서로 모의하여 항시 속에 품고 있던 조선 독립의 야망을 달성하는 것은 바로 이때이니 호기물실이라 하여 다시 예수교 전도자 이승훈·함태영·박희도, 세브란스병원 사무원 이갑성, 기타자 및 2, 3인의 불교 승려와 서로 결탁하게 되었다. 위의 주모자 중 박희도 및 이갑성은 독립을 꾀하여 그 운동을 하려면 경성에 있는 학생을 규합하여 그 실행 방법을 맡기는 것이 좋겠다고 생각하여 가만히 학생 간의 사상 동정을 보아 거사일에 대비하고, 박희도는 대정 8년 1월 하순경 각 전문학교 유력자라 지목할 만한 자 즉 연희전문학교 생도 김원벽, 보성법률상업전문학교 생도 강기덕, 경성의학전문학교 생도 한위건 및 피고 김형기, 경성공업전문학교 생도 피고 주종의, 경성전수학교 생도 피고 이공후를 경성부 관수동 지나요리점 대관원에 초치하여 주익·윤화정도 역시 연석시키고 조선 독립의 좋은 기회가 왔으니 이를 위하여 집회 논의를 거듭하여 서로 결속할 필요가 있음을 설득하고 독립운동에 힘쓸 것을 권하였으며, 일면 이갑성도 또한 각 학생 간의 결속을 공고히 하기 위하여 2월 12일 및 14일의 두 번 음악회 등에 가탁하고 경성부 남대문통 세브란스연합의학전문학교 구내의 자택에 김원벽, 피고 김형기, 피고 윤자영·김문진·

배동석·한위건 등 각 전문학교 생도의 유력자를 초치하여 해외에 있어서의 독립운동 정세를 논의하며 독립사상을 고취하기에 힘써 그렇지 않아도 내지(內地)에 있어서의 학생의 망동에 자극되어 있는 청년 학생의 사상을 선동하였으며, 그 후 박희도는 손병희 일파와 조선 독립의 모의를 진행시키는 한편 강기덕·김원벽 등과 회합하여 위의 모의 내용을 알리며 서로 격려하여 학생 간의 결속을 종용하였으므로 강기덕 등은 이의 대책으로서 각 전문학교로부터 대표적 인물을 물색하여 간부로 조직함을 초미의 급선무라 하여 각자의 지기 또는 이를 중개로 권유한 결과 경성전수학교 전성득 및 피고 윤자영, 경성의학전문학교 피고 김형기 및 한위건, 세브란스연합의학전문학교 김문진·이용설, 경성공업전문학교 피고 김대우, 보성법률상업전문학교 강기덕 및 피고 한창환, 연희전문학교 김원벽은 모두 각 두서(頭書) 학교를 대표할 것의 내약을 하였으므로 2월 20일 경 경성부 승동예배당에서 제1회의 학생 간부회를 개최하고 석상에서 전성득, 피고 김형기, 김문진, 피고 김대우·김기덕·김원벽은 모두 각자 학교를 대표하여 그 책임을 졌으며, 이용설·한위건, 피고 윤자영, 피고 한창환은 위의 대표자가 관헌에게 체포될 경우 후사를 처리하며 또는 다른 방면의 임무에도 종사하는 등의 이유로 대표자라 일컫는 것을 피하고 각 동창학생을 규합하여 일에 당할 것을 의정함으로써 그 목적의 진척에 힘썼다.

손병희 일파 사이에서는 이와 전후하여 모의를 진행시켜 조선인의 자유민인 것, 조선의 독립국인 뜻을 반복 상론함으로써 조헌을 문란케 할 문구를 연결한 선언서를 다수 인쇄하여 널리 조선의 주요한 시·읍에 배포하고 또한 사람을 파견하여, 그 취지를 부연 고취시킴으로써 도처에 조선 독립의 시위운동 내지 폭동을 발발케 할 것을 기획하였으며, 그 주모자의 1인인 박희도는 2월 23일 경 김원벽을 통하여 각 학교 대표자에게 대하여 손병희 일파와 합동하여 경성에서의 시위운동의 요충에 설 것을 종용하여 학생 측의 승낙을 얻었다. 이어서 손병희 일파는 3월 초순을 기하여 독립 선언을 하고 시위운동을 개시하도록 결정하여 학생 측에 통고하였으므로 학생측 간부는 2월 25일 경성부 정동 소재 정동예배당 내 목사 이필주 방에 전기 각 대표자 및 한위건, 피고 한창환, 피고 윤자영 등이 회합하여 3월 1일 당일 각 전문학교 및 각 중등 정도의 학생은 모두 정각에 파고다공원에 참집하여 시위운동에 참가시키도록 힘쓰고 다시 그 형편에 따라 계속 각 전문학교 생도를 중심으로 하여 일대 시위운동을 할 것을 결의하였으며, 이튿날 26일 김문진·이용설, 피고 윤자영, 피고 김탁원, 피고 최경하, 피고 나창헌, 피고 박윤하·김영조 등 이외에 각 전문학교의 유력자는 다시 위의 이필주 방에 회합하여 위 제2회의 독립운동에는 분발하여 학생을 규합하고 참가할 것이며, 또 제1회 및 제2회의 독립운동에 즈음하여 관헌에게 체포를 모면한 자는 그 뜻을 굽히지 말고 더욱 더 독립운동을 계속 행함으로써 최후의 목적을 완수할 것을 타합하였다.

이보다 먼저 강기덕·한위건·김원벽은 위의 모의를 거듭하는 한편 각자가 각 중등 정도의 학생 대표자를 전형함으로써 동 학생의 결속을 준비시키고 김원벽은 경신학교 강우열·강창준, 경성고등보통학교 박쾌인 등을 회유하고 강기덕은 평안도·함경도 출신 학생으로 조직된 서북친목회의 회원임을 이용하거나 또는 기타 방법으로 2월 초순 경부터 경성고등보통학교 피고 김백평 및 피고 박노영, 중앙학교 피고 장기욱, 선린상업학교 피고 이규송, 보성고등보통학교 피고 장채극 및 피고 전옥결 등 이외에 각 학교 생도를 다시 거주하는 경성부 안국동 34번지 박희용 방에 초치하고 우리 조선도 국제연맹에서 주장되는 민족자결주의에 따라 독립할 수 있을 것이며 지식계급자 사이에 그 기획이 진행 중이다, 그리고 이 운동의 성부는 전혀 학생의 결속에 힘입는 바 크다, 여하간 그 기회가 도래할 때는 통보할 터이니 그 뜻을 체득하여 대표자가 될 것이며 지금부터 각각 자기 학교 학생에게 대하여 독립사상을 고취하여 이에 대비함이 긴요한 것을 설명하여 선동하였다. 이로 말미암아 위의 각 피고들은 그 뜻을 머금고 모두 동창학생에게 대하여 개인적 또는 집회의 방법으로 기회 있을 때마다 전기한 취지에 따라 한 번 조선 독립운동을 일으키는 날에는 분기하여 참가할 것을 설득하였으므로 중등 정도의 각 학생도 모두 이 무모한 말을 믿고 그때가 오는 것을 요망하게 되었다. 이리하여 2월 하순 경 손병희 일파가 드디어 3월 1일 오후 2시를 기하여 경성부 종로통 파고다공원에서 독립 선언을 발표할 것을 결의하고 전개 취지의 「독립선언서」가 인쇄되자 이갑성은 손병희 일파의 뜻을 머금고 그 선언서를 경성부 내에 반포하려면 각 중등학생을 회유하는 강기덕의 힘을 기다리지 않으면 안된다고 하여 동일 경 그 배포의 방편을 동인에게 일임하였으며 동인은 곧 위의 각 중등학생 대표자에게 대하여 2월 28일 밤 위 이필주 방에 참집하라는 뜻을 통고하여 참집케 하였으며 일면 각 전문학교 대표자는 그날 밤 위의 승동예배당에 회합하였는데 김성국은 「독립선언서」 약 1,500매를 가지고 와서 3월 1일 오후 2시를 기하여 파고다공원에서 독립 선언을 할 것이며, 다시 계속 학생 측에서 주최하는 제2회 독립운동을 할 터이니 유의할 것, 또 선언서는 중등학생에게 배포시킬 것이니 동인들에게 교부한다는 뜻을 보고하고, 강기덕 및 피고 한창환 등은 곧 위의 이필주 방에 이르러 동소에 참집한 피고 김백평·피고 장채극·피고 전옥결·피고 이규송·피고 장기욱·사립 조선약학교 대표자인 피고 전동환 및 피고 이용재 외 십수 명에게 대하여 손병희 일파가 명 3월 1일을 기하여 조선 독립 선언을 하고 동시에 선언서를 발포하며 시위운동을 할 것이니, 각자는 학생을 결속하여 이 운동에 참가함과 함께 「독립선언서」를 각자 학교를 중심으로 배포하라는 뜻을 알리고 각 배포 장소를 지정하여 각 학교에 대하여 그 선언서 100매 내지 300매를 각 대표자에게 교부하였다. 이에 있어서, 경성고등보통학교 대표자 피고 김백평은 위의 선언서 약 200매를 받아 가지고 그날 밤 곧 동창생 박창수가 거주하는 경성부 적선동 128번지 모인 방에 이르러 미리 위 선언서 배포에 대하여 타합하자는 통지를 하여 동소에 참집시켜 두었던 경성고등보통학교 간부인 피고 박영로·피고 박쾌인, 기타 수 명에게 대하여 강기덕의 말을 전하고 선언서를 보이며 명 3월 1일 자기 학교 학생을 규합하여 파고다공원으로 이를 방법을 토의하였으며 이튿날 3월 1일 등교하자 위의 피고 3명은 정오 휴게시간에 전학생을 각 교실로 모아서 비밀 누설을 방지하기 위하여 복도·교실 입구 등에 보초를 세우고 각 교실을 순회하며 오후 2시를 기하여 파고다공원에서 손병희 일파가 조선 독립을 선언하니 오후 1시 경 박수 기타의 신호를 하면 자기들을 따라 오라는 뜻을 알리고 동시 경 동 교정에서 국장 참렬 예비연습이 끝나자 위의 피고 3명은 교문에서 학생 일동을 결속하여 선두에 서서 이를 인솔하고 파고다공원에 참집하였으며, 피고 박노영은 전기 박창수 방에서 피고 김백평의 위촉을 받아 위 선언서 200매를 받아가지고 동일 오후

2시 경까지 파고다공원에 이르는 도중 인사동·낙원동·관훈동 방면의 각 집 또는 통행인에게 배부하였으며, 시립 선린상업학교 대표자 피고 이규송은 위 선언서 약 300매를 가지고 곧 경성부 청엽정 2정목 35번지에 숙박하는 선린상업학교생 피고 남정채를 찾아가서 위 선언서 20매를 교부하고, 또 동 정 3정목 132번지에 숙박하는 선린상업학교 대표자의 1인이 피고 김철환을 찾아가 선언서 약 7, 80매를 교부하며 모두 명일 오후 2시를 기하여 배부할 것을 위촉한 후 그 나머지 약 200매를 가지고 다시 경성부 금정 157번지 장주환 방에 선린상업학교 대표자의 1인인 피고 박인옥을 찾아가 동인에게 대하여 김철환 및 피고 박인옥과 명 3월 1일 학생을 파고다공원에 참집시킬 방법을 강구한 다음 그날 밤은 피고 박인옥 방에서 숙박하였는데 이튿날 3월 1일에 이르러 피고 김철환, 피고 박인옥은 학교에서 수시로 학생에게 대하여 위의 독립운동 계획을 알려 오후 2시 파고다공원에 참집하라는 뜻을 말하고 일반에게 이것을 주지시켰으므로 선린상업학교 학생은 수의로 동 시각 파고다공원에 이르렀으며 피고 김철환은 위의 선언서 중 약 10여 매를 피고 유극로에게 교부하고 그 나머지는 경성부 마포·광화문 방면에 피고 유극로는 이것을 남대문 방면에, 피고 이규송은 약 100매를 황금정 방면에, 피고 박인옥은 약 100매를 마포 방면에 모두 동일 오후 2시까지 배포를 마치고 파고다공원으로 향하였다.

사립 중앙학교 대표자인 피고 장기욱은 위의 선언서 약 200매를 이튿날 3월 1일 중앙학교에서 1년생 이춘학이란 자에게 교부하여 경성부 내에 배포케 하고 또 중앙학교생에게 독립운동에 참가하기 위하여 파고다공원에 참집하라는 뜻을 알리고 동 공원으로 향하였으며, 사립 조선약학교 대표자인 피고 전동환 및 피고 이용재는 위의 선언서 약 100매를 이 튿날 3월 1일 학교에서 조선약학교생 배한빈·황도범 및 피고 박준영 등 약 20여명에게 앞과 같은 취지를 알리며 선언서 약 6매 내지 8매를 교부 하여 동대문 방면에 배포하라고 명하고 조선약학교생과 함께 파고다공 원에 이르렀고, 사립 보성고등보통학교 대표자인 피고 장채극 및 피고 전옥결은 위 선언서 약 200매를 가지고 그날 밤 곧 경성부 송현동 11번 지 장기룡 방에 있는 피고 장채극의 숙소에 이르러 피고 이철과 함께 3 명이 협의한 후 그 선언서 8매 내지 10매쯤을 일괄하고 또 그날 밤 피고 장채극 및 피고 이철은 송현동·간동·안국동·수송동 방면에 산재하는 보성고등보통학교생 이태영·김장렬·박한건·김홍기 외 6명 등에게 그 정상을 알려 그 배포의 일을 의뢰하여 두고 이튿날 3월 1일 피고 장채극 은 위의 선언서 전부를 가지고 등교하여 보성고등보통학교 구내 운동사 무실에 이를 감춰 두고 감시의 일을 맡았으며, 피고 전옥결 및 피고 이철 은 학생 일반에게 대하여 그 사정을 알려 오후 2시 파고다공원에 참집하 라는 것을 통지한 후 위 선언서를 3분하여 피고 장채극은 파고다공원 앞 종로통 남쪽, 피고 이철은 그 북쪽, 피고 전옥결은 인사동·청진동 방면 을 배포구역으로 정하여 전기 배포를 의뢰한 자의 보조를 받아 동일 오 후 2시를 기하여 선언서 전부를 배포하고 피고 이인식은 파고다공원 뒤 에서 피고 장채극에게서 독립선언서 약 10매를 받아 가지고 동 시각에 동소 부근에 배포하여 각 피고는 모두 동일 오후 2시경 파고다공원에 참 집하였다.

기타 경성의학전문학교에서는 한위건·피고 김형기 등, 경성공업전문 학교에서는 피고 김대우, 동 부속공업전습소에서는 피고 이형영, 경성전

수학교에서는 전성득 및 피고 윤자영 등이 모두 주동이 되었으며, 2월 하순 경부터 기타 경성 소재의 각 학교에서도 각각 주모자가 있어서 학생 일반에게 대하여 개인적 혹은 집회의 방법에 의하여 그 사정을 알려 3월 1일 파고다공원에 참집하라는 취지를 발표하였다.

이리하여 조선 독립시위운동이 준비되어 3월 1일 정오를 지나자 전시한 각 학교 생도를 비롯하여 수만의 군중이 파고다공원에 쇄도 집결하여 왔다. 손병희 외 32명의 주모자는 급거히 결의를 변경하여 주모자가 회합할 장소를 파고다공원 뒤(북서쪽) 인사동 요리점 명월관 지점(구 태화관)으로 변경하고 파고다공원에서는 성명 불상자로 하여금 선언서를 낭독케 하여 시위운동을 개시하도록 하였으며, 시간은 오후 2시 30분 경위의 공원 내 육각당에서 성명 불상자는 일어서 손병희 이하 33명이 서명한 전게 「독립선언서」를 낭독함으로써 조선의 독립국임을 선언한다고 하자 군중은 열광적으로 조선 독립 만세! 대한 독립 만세! 또는 독립 만세를 고창하여 많은 군중의 위력을 빌어 제국(일본) 정부 및 세계 각국에게 대하여 조선인은 모두 독립 자유민이다. 조선은 일 독립국이 될 것을 요망한다는 의사를 표명함으로써 정치 변혁의 목적을 달하려고 하여 이러한 목적 하에 집합한 많은 군중은 동 공원 문 앞에서 주모자의 지휘에 따라 동서 두 갈래로 나뉘어 서쪽으로 향한 1대는 종로 1정목 전차 교차점에 이르러 다시 그 곳에서 갈리어, 그 1대는 남대문 역전・의주통・정동・미국영사관・이화학당 내・대한문 앞・광화문 앞・조선보병대 앞・서대문정・프랑스영사관・서소문정・장곡천정을 지나 본정 2정목 부근에 이르러 경찰관의 제지에 부딪쳐 대부분은 해산하고, 그 밖의 1대는 무교정・대한문에 이르러 동문 내에 돌입하여 독립 만세를 고창한 후 나와서 정동 미국영사관에 이르렀다가 되돌아서서 대한문 앞에 이르러 그곳에서 다시 갑·을 2대로 갈리어, 갑대는 광화문 앞·조선보병대 앞·서대문정·프랑스영사관·서소문정·장곡천정을 거쳐 본정으로 들어가고, 을대는 무교정·종로통을 거쳐 창덕궁 앞에 이르렀다가 그곳에도 안국동·광화문 앞·프랑스영사관·서소문정·서대문정·영성문 등을 지나 대한문 앞·장곡천정으로부터 본정으로 들어가 해산하는 자도 있었고, 다시 행진하여 혹은 영락정·명치정으로 향하고 혹은 남대문통을 거쳐 동대문 방면으로 향한 자도 있었다.

　동쪽으로 향한 1대는 창덕궁 앞·안국동·광화문 앞·서대문정·프랑스영사관에 이르러 일부는 서소문정, 일부는 정동 미국영사관 또는 영성문을 지나 대한문 앞에 이르러 장곡천정으로부터 본정으로 들어갔다가 일부는 경찰관의 제지로 해산하고, 일부는 종로통을 나와 동아연초회사 앞에 이르러 다시 동대문 부근으로 향하다가 해질 녘에 해산하였으며, 기타 경성부내 도처에서 군중이 극도로 떠들어대며 모두 조선 독립 만세, 대한 독립 만세, 또는 독립 만세 등을 절규함에 즈음하여 피고 김한영·최평집·하태흥·김상덕·윤기성·김대우·주종의·박창배·진연근·박동진·양재순·이형영·유만종·손홍길·남위·장채극·전옥결·이철·최상덕·길원봉·이시영·윤귀룡·김기세·도상봉·진용규·강용천·동주원·김양갑·이인식·김형기·김탁원·최경하·채정흠·김영진·김양수·김병조·한병만·허익원·이규선·허영조·이강·김중익·장세구·함병승·강학룡·백인제·오태영·황용수·정인철·오용천·함태홍·현창연·이형원·김종하·이익종·유완영·길영희·윤좌진·허룡·이학·최용무·김종현·이규송·황의동·김철환·

박인옥 · 유극로 · 남정채 · 유화진 · 윤윤용 · 윤자영 · 이공후 · 박윤하 · 박승영 · 이유근 · 정구철 · 한창달 · 이남규 · 한수룡 · 박쾌인 · 김백평 · 박노영 · 박수찬 · 전준희 · 안규용 · 강용전 · 양호갑 · 성준섭 · 박규훈 · 이능선 · 홍순복 · 손덕기 · 노원 · 조남천 · 윤주영 · 조용욱 · 김형식 · 이수창 · 박승표 · 심대섭 · 최강윤 · 정기순 · 박인석 · 황창희 · 이상준 · 오의명 · 장기욱 · 김승제 · 이희경 · 전봉건 · 한종건 · 박경조 · 임동건 · 한호석 · 이국수 · 김응관 · 이시웅 · 이동제 · 조무환 · 신용준 · 임주찬 · 심원섭 · 전동환 · 이용재 · 오충달 · 김복성 · 김유승 · 박희봉 · 박병원 · 박흥원 · 박준영 · 정태화 · 강일영 · 김용희 · 신봉조 · 오세창 · 김재중 · 김교승 · 정신희 · 김찬두 · 박주풍 · 김봉렬 · 서영완 · 김기택 · 황금봉 · 신특실(여) · 노예달(여) · 최정숙(여) · 고재완 · 이춘균 · 차영호 · 어대선 · 유희완 등은 전시한 목적 하에 파고다공원 또는 동 공원에서 진출한 그 군중에 참가하여 함께 대한 독립 만세, 조선 독립 만세 또는 독립 만세를 절규하여 군중과 창화하였으며, 그 중 피고 박승영은 프랑스영사관에 이르자 군중에 솔선하여 동 관내에서 동 관원에게 대하여 '조선은 오늘 독립을 선언하고 이와같이 사람들이 모두 독립국이 되기를 열망하고 있다. 그 취지를 본국 정부에 통고하여 달라'는 뜻을 청하여 시위운동의 기세를 돋구고 피고 이익종은 시중을 광분한 끝에 창덕궁 앞에서 동 군중과 헤어져 종로통으로 향하는 도중 성명 불상의 학생 2, 3명을 불러 동소를 통행 중의 조선인에게 대하여 '조선은 지금 독립하려고 한다. 같이 만세를 부르지 않으면 안된다'고 선동하고 갈수록 많은 군중을 규합하여 이를 지휘하며 스스로 독립 만세를 부르든가 또는 부르게 하며 종로통을 동쪽으로 달려 종로 4정목 경찰관 파출소 앞에 쇄도, 독립을 고취하는 연설을 하여 인심을 격분케 함으로써 치안을 방해한 자이다.

이상 피고들의 수차에 걸친 조헌을 문란케 할 문서의 저작·인쇄·반포 및 치안 방해 행위는 각각 범의를 계속한 것이다.

이상의 사실은 이를 인정할 만한 증빙이 충분하며 위의 소위 중 제멋대로 조헌을 문란케 할 문서를 저작·인쇄·반포한 점은 출판법 제11조 제1항 제1호, 제2항을 적용하고 이를 방조한 소위에 대하여는 형법 제62조·제63조도 적용할 것이며 조선 독립에 관하여 불온언동을 한 점은 보안법 제7조를 적용하며 또 형법 제47조·제55조·제54조 및 대정 8년 제령 제7호 제1조, 형법 제6조 제10조를 적용하여 처단할 범죄로 생각되므로 형사소송법 제167조 제1항에 따라 주문과 같이 결정한다.

경성지방법원 예심과 직무대리 조선총독부 판사 堀直喜*

* 경성지방법원 1919년 8월 30일(문서번호 '대정 8 형공 제941호') 공훈전자사료관, 『독립운동사 자료집 5: 삼일운동 재판기록』.

판결문

김응관(金應寬) 외 72명 (심대섭 포함)

위의 피고 김응관(金應寬)에게 대한 대정 8년 공형(公刑) 제1191호 보안법 위반 피고사건 및 피고 김응관 외 72명에게 대한 동년 공형 제1154호 출판법 및 보안법 위반 피고 사건에 대하여 조선총독부 검사 山澤佐一郞 관여 위에 합병 심리 판결함이 다음과 같다.

주문

피고 김응관을 징역 10월에 처한다. 단 위의 피고에게 대하여 미결 구류일수 90일을 본형에 산입한다.

피고   서영원·황금봉·윤귀룡·이희경·홍순복·한흥리·유만종·안상철·유화진·이수창·이아주를 각각 징역 6월에 처한다. 단 각 피고에게 대하여 미결 구류일수 90일을 각각 본형에 산입한다.

기타의 각 피고를 징역 6월에 처한다. 단 각 피고에게 대하여 미결 구류일수 90일을 각각 본형에 산입하고 또한 3년간 형의 집행을 유예한다.

압수물건 중 대정 8년 공형 제1154호 보안법 및 출판법 위반사건의 증 제112호 적포(赤布) 1괄, 증 제115호 독립기 1류 및 대정 8년 공형 제1191호의 증 제1호 국치기념 경고문 70매는 이를 몰수하고 기타의 물건은 각 차출인에게 환부한다.

이유

제일. 피고 신봉조·김찬두·김봉렬·서영원·황금봉·심대섭·유희완·이동제·신용준·심원섭·오충달·김한영·김상덕·윤귀룡·김기세·이희경·전봉건·한종건·박경조·김흥관·박인석·도상봉·진용규·동주원·한병만·허익원·이규선·허영조·장세구·채정흠·김영진·함병승·강학룡·백인제·황용주·정인철·오용천·함태홍·현창연·김종하·허룡·이학·최용무·황의동·유화진·윤윤용·이남규·한수룡·이능선·홍순복·윤주영·김형식·이수창·박승표·박흥원·박창배·진영근·박동진·유만종·길원봉(60명)은 손병희 등이 조선 독립을 선언하고 그 시위운동을 개시함을 듣자 그 취를 찬동하여 정치변혁을 목적으로 많은 군중과 함께 불온행동을 함으로써 치안을 방해하려고 기도하여 대정 8년 3월 1일 경성부 파고다공원에서 위의 조선 독립을 선언하고 조선 독립 만세를 고창하는 수천인의 군중에 참가하여 함께 조선 독립 만세를 부르면서 경성부내의 각곳을 광분하여 치안을 방해하였다.

제이. 피고 이아주·유점선·김승만·김갑수·민찬호·장명식·김진옥·송영찬·박세균·방재구·한흥리·안상철·이양직(13명) 및 범의를 계속한 피고 김봉렬·서영원·황금봉·오충달·윤귀단·이희경·한종건·박경조·김응관·박인석·도상봉·장세구·이학·홍순복·윤주영·김형식·이수창·유만종·김원봉(19명)은 학생단이 조선 독립을 목적으로 제2회의 시위운동을 한다는 것을 듣자 이에 찬동하여 불온행동을 함으로써 치안을 방해하려고 기도하여 동월 5일 경성부 남대문 역전에서 독립기(증 제115호)를 받고 적포(증 제112호)를 뒤흔들면서 조선 독립 만세를 고창하는 수백 명의 군중이 동 시내로 향하여 행진할 때 각 피고는 이에 참가하여 함께 조선 독립 만세를 부르며 동 시내를 광분함으로써 치안을 방해하였다.

제삼. 피고 김응관은 전기한 범죄에 대하여 예심 중 대정 8년 8월 중순 보석된 신분임에도 불구하고 근신함을 표시하지 않고서 다시 단독으로 치안을 방해하려고 기도하여 대정 8년 8월 29일 경 경성부 연건동 손태윤 방문 안에서 다른 사람에게서 '국치 기념 경고'라 제하고 '8월 29일은 일본이 폭위로써 조선을 병합한 기념일이니 조선 민족은 잠시도 이를 망각함이 없이 조선 민족의 독립 소지(素志)를 관철하지 않으면 안된다'는 취지를 기재한 선동적 불온문서 92매(증 제1호)를 입수하자 그 취지를 찬동하여 그 중 6매를 동일 경성부 종로통 4정목 부근의 조선인 민가 수 호에 투입 배부함으로써 치안을 방해하였다.

위의 사실은 피고 김진옥을 제외한 각기 피고가 당 공판정에서의 전 판시와 같은 취지 자공에 의하여 이를 인정한다.

피고 김진옥에게 대하여는 동인의 예심조서에 전 판시와 같은 취지의 공술 기재가 있음에 의하여 이를 인정한다.

법률에 비추건대, 본건 제1·제2의 범죄는 법령에 의하여 형의 변경이 있었으므로 형법 제6조·제8조·제10조에 의하여 신·구 양법을 비교 대조하여 경한 것을 적용할 것이다. 그리하여 구법에 의하면 피고들의 각 치안방해 소위는 각각 보안법 제7조, 조선형사령 제42조에 해당하는 바 피고 김응관·윤귀룡·이희경·홍순복·김봉렬·서영원·황금봉·오충달·한종건·박경조·박인석·도상봉·장제구·이학·윤주영·김형식·이수창·유만종·길원봉(19명)에게 대하여는 연속범에 관계되므로 형법 제55조를 적용하여 각각 1죄로 할 것이며, 또 신법에 의하면 각각 대정 8년 제령 제7호 제1조 제1항에 해당하여 각 피고 중 전시한 연속범에 관계되는 각 피고에게 대하여는 형법 제55조를 적용하여 각각 1죄로서 처단한 것에 해당하므로 신·구 양법을 비교 대조하건대 구법의 형이 경하므로 보안법 제7조를 적용하여 소정형 중 징역형을 선택하여 그 형의 범위 내에서 처단할 것이며, 또 피고 김응관의 제3의 단독으로 치안을 방해한 소위는 보안법 제7조, 조선형사령 제42조에 해당하므로 그 소정형 중 징역형을 선택하여 그 형의 범위에서 처단할 2죄의 병발이므로 형법 제45조·제47조·제10조에 의하여 중한 전시의 많은 군중이 공동으로 범한 보안법 위반죄의 형에 법정의 가중을 한 형의 범위에서 차단 할 것이며, 미결 구류일수는 형법 제21조에 의하여 각 피고에게 대하여 각각 90일을 본형에 산입하고, 피고 김응관·서영원·황금봉·윤귀룡·이희경·홍순복·한흥리·유만종·안상철·유화진·이수창·이아주의 12명을 제외한 기타의 각 피고에게 대하여는 정상에 따라 동법 제25조에 의하여 각각 3년간 형의 집행을 유예하며 대정 8년 공형 제1154호 사건의 압수물건 중 증 제112호의 적포, 증 제115호의 기 1류 및 동년 공형 제1191호 사건의 증 제1호의 '국치기념경고'라 제한 문서 70

매는 범죄의 공용물 또는 공용하려고 하는 물건으로서 범인 이외의 소유에 속하지 않으므로 형법 제19조에 의하여 이를 몰수하고 기타의 물건은 몰수에 관계되지 않으므로 형사소송법 제202조에 따라 각각 차출인에게 환부할 것이다. 이에 의하여 주문과 같이 판결한다.*

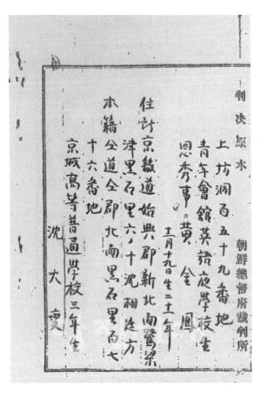

조선총독부재판소, 〈판결원본〉 중 일부

---

* 경성지방법원 1919년 8월 30일. 공훈전자사료관, 『독립운동사자료집 5: 삼일운동 재판기록』.

전무후무한 대판결

—240명을 한 번에 언도해
—피고의 대부분은 모조리 학생

경성지방법원에서는 3·1독립운동에 참가하여 3월 1일부터 5일까지 경성 기타 지방에서 만세 운동을 일으킨 학생 242명에 대한 판결 언도가 다음과 같이 있었다.

징역 3년 이종린·장종건.
징역 2년 박로영·최치환·임승옥.
징역 1년 6월 윤익선·양재순·박수찬·이도재.
징역 1년 2월 윤원삼·김희룡·이병주·김병수.
징역 1년 김형기·윤자영·최흥종·고재완·김병농·양주흡·차영석·김세룡·김호준·이계창·인종익·김용환·정호석·김성국·배동환·김동혁·김영조·이용흡.
징역 10월 김응관·이익종·이형영·최강윤·채순병·김종현·박승영·김백평·이규송·장기욱·김용희·이인영·이룡인.
징역 8월 김배원·문일평·차상진·문성호·조형균·김극선·백관형·이대선·김철환·박인옥·박쾌인·이굉상·오흥순·오택언·고희준·최사열·김준희·임준상.

징역 7월 김진호 · 이관 · 강조원 · 신공량 · 임학찬 · 이상조 · 이세춘 · 박
상전 · 황석기 · 최동 · 김상근 · 최준모 · 윤화정 · 정태영 · 박성철 · 오
화엽 · 문창환 · 조석권 · 김창현 · 이기주 · 이문일 · 이열성 · 전동환 ·
양호갑 · 김탁원 · 최경하 · 박윤하 · 강일영 · 김대우 · 성준섭 · 주진
선 · 이공후 · 이인식 · 남정채 · 유극로 · 나창헌.

징역 6월 신특실 · 성주복 · 유근영 · 서영완 · 황금봉 · 윤귀룡 · 이희경 ·
홍순복 · 한흥이 · 유만종 · 안상철 · 유화진 · 이수창 · 이아수 · 유병
류 · 유석우 · 강선필 · 김첨수 · 최평집 · 박희봉 · 정목철 · 탁명숙 · 김
윤옥 · 임동건 · 한인석 · 김승제 · 김창식 · 한창달 · 강룡전 · 박병원 ·
박준영 · 윤기성 · 이시영 · 손홍진 · 길영의 · 남위 · 정태화 · 손혜기 ·
박용태 · 유준근 · 신윤조 · 김영두 · 김봉렬 · 심대섭 · 유희완 · 유점
선 · 김승만 · 이동제 · 신용준 · 심원섭 · 오충달 · 김한영 · 김상덕 · 김
기세 · 김갑수 · 김봉건 · 한종건 · 박영조 · 박인석 · 민찬호 · 장명식 ·
전진극 · 송영찬 · 도상봉 · 진룡규 · 황주원 · 한병만 · 허익원 · 이규
선 · 허연진 · 성병승 · 강학룡 · 백인제 · 황룡수 · 정인철 · 오룡천 · 성
태홍 · 현창연 · 김종하 · 허룡 · 이학 · 최용무 · 황희동 · 윤윤용 · 박세
균 · 이남규 · 한수룡 · 이능선 · 윤주영 · 김형식 · 박승표 · 방재구 · 박
흥원 · 박창배 · 진연근 · 박동진 · 길원봉 · 이량식 · 오세창 · 김재중 ·
김교승 · 정신희 · 박주풍 · 김기택 · 유완영 · 노례달 · 안명석 · 조무
환 · 김복성 · 하태흥 · 이국수 · 정기순 · 황창희 · 이상준 · 오희명 · 김
명조 · 이강 · 이형원 · 안정숙 · 조용석 · 이병관 · 정소반 · 이유근 · 안
규영 · 박규훈 · 노원 · 조남천 · 김용관 · 김중익 · 조봉룡 · 김양갑 · 조
강욱 · 김경하 · 김독실 · 임주찬 · 김유승 · 조영섭 · 이욱성 · 조석하 ·

이학년.

무죄 송주헌·김영석·이학순.

이상을 각 학교별로 보면 다음과 같다.

경성의학전문학교 32명, 경성고보 29명, 보성고보·중앙학교·공업전
문학교 각 13명, 세브란스의전·경성전수·조선약학·배재고보 각 10명,
선린·보성법률상업전문·중동·경신·연희전문·이화학당 기타 5교인
데 최중자는 세브란스와 고보이며 종교별로 보면 야소교인 120명, 천도
교인 60명, 유교인, 무종교 각 10명, 승려 4명, 학생 외 목사 5명 전도사
4명, 교사 4명, 원순사보 1명이다.*

---

* ≪매일신보≫, 1919.11.08.

인사 소식

심대섭 씨 다년 중국 지방에 유학 중이던 바 거(去) 30일 귀성(歸城)*

---

* ≪매일신보≫, 1923.05.04. [그간 심훈의 연보에서 중국에서 귀국한 정확한 시기를 확정하지 못했는데, 이 기사를 통해 심훈이 1923년 4월 30일에 귀국했음을 확인할 수 있다.]

『염군』은 불허가 임시호를 준비 중

—무산계급의 기관 잡지

무산계습의 문화를 연구하려고 새로 생기는 『염군』이라는 잡지는 시내 청운동 70번지에 임시 사무소를 둔 염군사에서 경영하는 바인데, 그 제1집을 편집하여 지금으로부터 2개월 전에 원고 검열을 당국에 청하였더니, 지나간 3일에 불허가 되었으므로 부득이 발행치 못하고 다시 임시호를 준비한다더라.*

* ≪조선일보≫, 1923.12.09.

『신문예』 창간호

　　신진문사 심대섭, 고한승 등 제씨 집필로 발행하는 『신문예』는 지난 1일에 그 창간호가 났는데, 소설·희곡·시 등 내용이 풍부하며, 정가는 우료와 함께 30전이라고*

---

* 《동아일보》, 1924.02.03.

『염군』에도 압박, 세 번 연하여 압수

　시내 청운동 79번지에 있는 염군사(焰群社)에서 발행하는 『염군』 잡지
제3호는 그만 압수를 당하여 발행하지 못하게 되었다더라.*

---

* ≪동아일보≫, 1924.05.05.

언론 집회 압박 탄핵 실행위원의 결의

—11일까지 사실을 조사 후 실행 절차에 착수키로 결의

지난 7일 오후 3시부터 조선교육협회 안에 언론 집회 압박 탄핵회를 열고 25개 단체의 각 대표자가 모이어서 결의문을 통과하고 실행위원 13명을 선거하여 당국의 태도를 철저히 탄핵하기로 결정하였다 함은 작보(昨報)와 같거니와 재작 8일 오후 5시에는 우기(右記)한 실행위원회를 또한 시내 수표정 조선교육협회 안에 열었는데 임시석장으로 서정희 씨와 임시서기 한신교 씨가 착석한 후 우선 상무위원 두 명을 두기로 하여 공천한 결과 서정희, 한신교 양 씨가 피선되고 이어 오랫동안 협의한 결과 다름과 같은 세 가지 조건의 탄핵 실행 방법을 결정하고 이에 대한 조사위원 5명을 호선한 바 이인, 이봉수, 윤홍렬, 김병로, 안재홍 제씨가 피선되었다.

탄핵 실행 방법

일. 실제상으로 본 언론과 및 집회의 압박에 관한 전후 사실을 조사할 일

일. 입법적 견지로서 일본과 조선과 및 내외 각지의 언론 집회 압박에 관한 사태를 조사할 일

일. 우 조사를 11일 이내로 한 후 그 실행 절차에 착수할 일*

* ≪시대일보≫, 1924.06.10. 한편 1924년 6월 7일 경성 본정경찰서에서 작성한 '京本高秘 제 4362호의 1'에 따르면 이 집회에 출석한 단체와 대표자는 다음과 같다.

동아일보사 윤홍렬 임원근 김동진

조선일보사 이봉수 홍덕유 배성룡

시대일보사 신태악 김승진

서울청년회 한진교 김지태 신철호 이광복

조선지광사 변희용 이정윤

기독청년회연합회 김필수

신생활사 신일용

신사상연구회 김남수 김연진

무산자동맹회 원우관

노동대회 서정기 안종영 이방 류인원

노동공제회 불상

조선교육협회 신명균

불교청년회 이종천

천도교유신청년회 강인택 송헌 김□국

염군사 최승일 송영 심대섭 지정신

건설사 이헌 마명

조선경제회 불상

여자교육협회 불상

형평사혁신동맹 서광훈 최창섭

조선청년총동맹 이영 최창익 임봉순 김찬 조봉암

변호사회 김병로

신흥청년회 민태흥 신철 김단야

민우회 허병

천도교청년회 강우

개벽사 박달성 차상찬

조선여성동우회 정칠성 정종명 박원희

조선여자청년회 불상

조선학생회 불상

고학생갈돕회 현규환 이규주

여자도학생상조회 불상

민중사 불상

조선노동총동맹 강택진 서정희 권오설

외 김명순 홍승로

언론 집회 압박 문제 탄핵대회를 개최

　　―시일과 장소는 추후 발표할 터

　언론 집회 압박 탄핵회의 제2회 실행위원회는 예정과 같이 재작 11일 오후 다섯 시부터 시내 수표정 조선교육협회 안에서 열리었는데, 그때는 마침 폭풍우가 심하였음도 불구하고 위원은 모여들어 임시석장 서정희 씨의 사회 하는 아래 전일 선정되었던 조사위원으로부터 현재 조선의 언론 집회 압박의 상황을 조사한 결과 하도 수효가 많아서 통계적으로 말하기는 어려우나 언론계를 들어 말하면 재작년부터 금년 5월까지 ≪동아일보≫, ≪조선일보≫의 압수된 횟수가 40여 회에 달함을 수두로 하여 기타 금년에 발간된 잡지 『개벽』과 『신생활』과(이미 발행금지를 당하여 지금은 있지도 아니하지만) 『염군』, 『조선지광』 등의 압수된 횟수도 실로 적지 아니하였으며, 집회로는 근래에 전혀 금지된 상태에 있어서 노농총동맹의 위원 여섯 사람의 모임이 법령 위반이라고 필경 검속까지 한 일이 있어서 가혹하다는 것보다도 조선 사람은 입이 있어도 말하지 못하고 발이 있어도 가지 못하는 형편인즉 당국에서 적극적으로 항거함은 물론 긴급한지라. 그 항거 방법에 대하여는 우선 민중적으로 탄핵대회를 개최함이 필요하겠고 여러 가지 복안은 그 회 석상에서 발표하겠다고 보고가 끝나매 만장일치로 그 보고를 접수하여 탄핵대회를 열기로 하였는데, 시일 장소와 경비 문제는 상무위원에게 일임하고 동 오후 8시 경에

폐회하였다더라.*

철필구락부

―각 신문 사회부 기자로 기자단체 조직

경성부 내 4군데의 조선문 신문 사회부 기자 20여 명은 재작일 오후 5시 경부터 동대문 밖 영도사에 모여 철필구락부(鐵筆俱樂部)라는 신문기자 단체를 조직하였는데 부원의 자격은 어떠한 신문사를 물론하고 부내에 있는 신문사에 재근하는 조선인 사회부 기자에 한한다 하며 취지는 서로 친목하며 결속하여서 기자 생활의 향상을 도모한다는 것인데 형식은 이번에 새로 조직한 것이나 그전부터 있던 동우구락부(同友俱樂部)의 후신이더라.*

---

* 《조선일보》, 1924.11.21. 심훈은 1924년 《동아일보》 학예부 기자로 입사했다가 1925년 사회부 기자로 옮겼는데, 1925년 5월 22일 이른바 '철필구락부 사건'으로 24일 김동환, 임원근, 유완희, 안석주 등과 함께 해임되었다.

기자대회에 참가 신청

—환지(還至) 94명이 또 참가

조선기자대회 준비회의 제3회 위원회의 경과는 지난 6일 본지에 보도한 바와 같거니와 그 후로 대회 참가 신청한 곳은 다음과 같다더라.

동아일보 지국 29개 처의 30명

조선일보 41처의 45명

시대일보 지분국 4처의 5명

매일신보 지분국 1처의 1명

생장사(生長社) 1명

염군사(焰群社) 4명

수리계사(數理界社) 1명

평양상려안내사(平壤商旅案內社) 2명

사상운동사 1명*

---

* ≪매일신보≫, 1925.04.08.

따리아회

―어린이의 혼을 예술로 인도코자

여러 가지 방면으로 기운을 못 피고 자라나는 조선의 어린이들을 위하여 그들의―예술적 천분(天分)을 배양하고 또 이를 발휘시켜 주자는 취지 아래에서 이에 뜻을 둔 유지의 지도로 지나간 10일에 경성에서 '따리아회'라는 소년단체가 조직되었는데 이 단체는 순전히 어린이의 예술적 방면의 수양을 목적하고 아동극, 자유화(自由畵), 동요 등 과목을 연구한다는 바 단체가 조직되기 전부터 연습한 바가 있으므로 머지 아니하여 아동극의 제1회 발표 공연이 있을 터이라는데 '따리아회'의 각본, 작곡, 의상, 배경 등 각 부분을 맡은 책임원 10인의 씨명은 아래와 같다더라.

◇ 책임원 안석주 김병조 윤갑숙 심대섭 윤극영 임병설 김기진 윤병섭
　　　　 서정옥 김여수*

---

* 《조선일보》, 1925.05.13. 심훈은 1924년 《동아일보》 학예부 기자로 입사했는데, 이 시기 '따리아회' 후원회원으로서 신문 홍보 활동을 담당했다. 이 기사에는 책임원으로 '심대섭'의 이름이 올라가 있는데, 같은 내용의 신문기사 「따리아회 조직」(《동아일보》, 1925.05.13)과 「어린이의 예술기관으로 따리아회 조직」(《시대일보》, 1925.05.13.)에는 빠져 있다.

동아 사회부 파업 계속

—사진부도 가맹

지난 20일 오후 6시 경 시내 조선문 신문사 사회부 기자로 조직된 철필구락부에서 춘기총회를 동대문 밖 영도사에서 개최하고 각 사 사회부 기자 대우 개선과 기타 여러 가지 사건을 결의하고 그 이튿날에 요구조건을 각 사에 제출하였던 바 조선일보사와 시대일보사에서는 해결이 되고 동아일보사에서는 즉석에서 거절하였으므로 그날 밤에 다시 긴급총회를 열고 대책을 강구한 결과 동아일보 측에서는 동맹파업을 하였는데 이에 대하여 동아일보사에서는 조금도 변함이 없이 태도가 강경하므로 파업은 작 23일까지 계속되는 한편으로 사진반에서도 또한 동정파업을 단행하였다고 한다.*

---

* ≪시대일보≫, 1925.05.24.

언문 신문 기자 맹휴에 관한 일

　이미 보고한 바와 같이 동아일보사에서 맹휴 기자의 요구를 거절함과 동시에 사원을 교체하고 새로 채용하였기에 별다른 문제없이 발행되고 있으나, 회사 간부가 누설한 바에 의하면 가장 길게 맹휴한 사회부 기자는 어쩌면 조선일보사에 잘 보이고 본사를 소외시킬 경향이 있음을 알게 되어 기회를 보고 이를 해고할 의향이 있기에 이번 맹휴를 기회로 그러한 불량분자를 일소할 수 있었다. 또 인원 보충에 대해서도 힘이 들지만 낙감(樂感)하고 있다. 한편 철필구락부원(기자단)은 동아사 간부의 횡포를 규탄하고, 잔류 기자에 대한 불신에 분개해서 동 사 기자를 배척함으로써 서로 반목하고 있다고 한다.

　우(右)와 같이 보고하였다.

추신
기자는 좌기(左記)와 같이 경질(更迭)되었다.
사회부(외근기자)
김동진 잔류
고영한 평양지국으로 전근
유지영 전 시대일보 기자
장용서 사립중앙학교 졸업

김두전 영업부로

최용환 정리부로

해고된 기자 이름

사회부 (외근기자) 임원근, 김동환, 유완희, 심대섭, 안석주, 허정숙,

정치부 기자 조동우

정리부 장종건

지방부 박헌영*

조선프로문예연맹 준비회

17일 오후 8시 반 경부터 시내 대성식당에서는 조선의 제삼전선을 형성하고 있는 분자와 금번 강연차로 내경(來京)한 일본 프롤레타리아 문예연맹 발기인 중서이지조(中西伊之助) 씨가 모여 조선프롤레타리아 문예연맹 발기에 대한 의론과 몇 간담회가 열렸었다는 바 당일 출석한 사람들은 단체 '파스큐라'의 동인과 염군사(焰群社)의 동인 십여 명이었다는데 문단적으로 조선프롤레타리아연맹이 탄생할 날도 멀지 아니한 장래에 있다 한다.*

---

* ≪시대일보≫, 1924.08.19.

조선프롤레타리아예술동맹 발기회에 관한 일

22일 오후 5시 30분부터 부내 관수동 160번지 이인 변호사 방에서 모여 회를 개최하였는데, 참석자 12명이며 좌기(左記) 사항을 결의하여 7시에 아무 혐의 없이 산회하였다. 우와 같이 보고(통보)한다.

좌기(左記)

1. 간사 박영희, 이호

1. 사업 1.예술운동, 2.격월간

1. 맹약 명칭

1. 본 동맹은 조선프롤레타리아 예술동맹이라 칭한다.

1. 우리는 광명한 그 전야에 있어 무산계급문화의 수립을 기한다.

1. 우리는 단결하여 무산계급문화운동인 제3전선의 확립을 기한다.

1. 조직 급 가맹

본 동맹은 본 동맹의 강령 급 목적에 찬동하는 개인으로 조직된다.

1. 기관

본 동맹은 간사 약간 명을 둔다.

1. 사업

본 동맹은 좌(左)와 같은 사업을 한다.

1. 기관지

세칙(細則) 급 기타는 생략

발기인명은 좌와 같다.

박영희, 이성해, 심대섭(전 동아일보 기자), 이호(북풍회, 염군사), 송영
(염군사), 최승일(북풍회), 김온(경성청년회), 이적효(염군사), 김영팔(동경
형설회), 박용대(경성청년회), 안석주, 김기진(조선문단)

이상 발기인들은 각종 단체 관계자이며, 그 대부분은 전 내지 유학생
이며 청년 좌경문사의 집합체이므로 장래 행동에 관해서는 가장 주의할
필요가 있음을 인정한다.

1. 가 사무소는 부내 교남동 51 박영희 방(方)

1. 보고처 경무국, 경찰부, 검사국.

1. 통보처 서대문서.*

---

* 1925년 8월 24일 경성 종로경찰서에서 작성한 京鍾警高秘 제9426호 [야나가와 요스케 번역]

극문회 창립

—연극 문학과 무대예술을 연구코자

지난 8일 오후 5시에 시내에서 무대예술을 연구하는 청년남녀 10여 인이 시내 수송동 66번지 김영보 씨 방에 모여서 극문회(劇文會) 창립총회를 열고 임시석장 심대섭 군 사회 하에 의사가 진행되었는데 그 회의 목적은 사계의 동지들이 결합하여 영리를 떠나서 순전히 연극문학과 무대예술을 연구함에 있다 하여 1년에 4, 5차 공연도 하리라는데 오는 10월 하순경에 제1회 시연을 공개할 예정이라 하며 동인과 간사의 씨명은 아래와 같다더라.

고한승 김영보 김영팔 임남산 이경손 이승만 심대섭 안석주 최선익
최승일
간사: 김영보 심대섭*

---

* ≪동아일보≫, 1925.09.14. 이 기사를 통해 심훈이 극문회 조직에 적극적으로 간여한 사실을 확인할 수 있으나, 이후 극문회의 활동을 확인하기 어렵다.

정음회 창기(創起)

──정음기념일(正音紀念日) 9월 29일(음력)

(세종 28년 병인 9월 29일에 어제훈민정음(御製訓民正音)을 반포하심)

정음회(正音會) 창기(創起)

명칭(名稱) 정음회

연기(緣起) 훈민정음 반포 기념일

종지(宗旨) 조선어문의 연구 급 보급

회지(會址) 경성 인사동 계명구락부 내

위원(委員) 지석영 어윤적 윤치호 현헌 이종린 권상로 박승빈 권덕규

　　　　　송진우 민태원 이상협 홍승구 이윤재 강상희 홍병선 김영진

　　　　　박희도 이긍종

상무위원(常務委員) 이광수 심대섭 민태원*

---

* 《동광》, 1926.12.

제극(帝劇) 여우(女優)의 비탄
영화의 황금시대

—심대섭 군 일활에 입사

◇

활동사진회사의 선전 기사는 아니다. 과연 최근의 일본활동사진회사의 활약은 크다.

◇

조선에까지 배우를 구하게 되어 대일본유니버설 회사에서 조선 기생 안금향이를 데려가는 대항으로 조선 영화예술계의 새사람 심대섭(23) 군을 초빙하여 가게 된 것이다.

◇

심 군은 영화를 본격적으로 실연으로 자질이 빛나는 청년으로 이미 12일 밤에 현해를 건너게 되었으며, 그와 같은 배에 오른 사람 중에는 무지갯빛 양장을 한 단발미인이 또 있었으니

◇

그는 <봉황의 면류관>에 요연한 재주를 나타내는 배우 김명순이었다.

◇

토월회의 이백수가 가고 심대섭 군이 가며 안금향이가 가고 또 김명순 양도 갔다.

◇

이같이 조선에서 복 못 받는 연극배우들은 새로이 살길을 활동사진계로 찾아 경도(京都), 동경(東京) 등지로 향하여 가는 것이다.

◇

이리하여 연극만으로는 배를 채우지 못하는 것은 조선만인가 하였더니

◇

웬걸…… 일본의 대표적 대극장인 제국극장에서도 손꼽히는 여배우 삼률자(三律子)를 위시하여 간부 여배우도 최근 일활에 부업을 가지려고 구수상의 중이라고*

* ≪매일신보≫, 1927.02.14.

소문의 소문

조선 영화계의 새사람 심대섭(23) 씨는 일본활동사진회사 경도촬영소의 초빙으로 그곳에 입소하게 되어 수일 전에 이미 현해탄을 건너갔다.

조선 극계에서 뜻을 이루지 못하고 일본으로 떠난 사람이 이백수, 김명순, 안금향 제군까지 쳐서 벌써 네 사람째이다.*

* ≪중외일보≫, 1927.02.15. 심훈의 일본활동사진회사에 입사에 대해서는 1927년 2월 17일 자 ≪조선일보≫에 실린 「심군 도일(渡日)」이라는 기사에서도 확인할 수 있다. 기사 내용은 다음과 같다. "<장한몽>에 주연한 심대섭 군은 최근에 일본으로 건너가서 일활회사에 입사하였다고"

완성한 〈춘희〉

—심대섭 씨도 출연

일활회사 본년도 제1회의 초특작으로 뒤마의 원작인 <춘희>를 제작 중이던 바 그 영화의 주인공으로 출연할 강전가자(岡田嘉子), 죽내량일(竹內良一) 두 사람이 사랑의 탈주를 하여 더욱 유명하게 되었다 함은 당시에 보도한 바이거니와 그 후에 동 회사에는 즉시 진용을 고치어 하천정강(夏川靜江) 양과 동방성공장(東坊城恭長) 씨를 주연으로 하고 계속 촬영하여 거의 완성되었다 하며 더욱 일전에 동 회사에 입사한 조선 신진 심대섭 씨도 이 영화의 무도 장면에 출연한다는 소식을 전하니 장차 경성에 상영될 때는 다대한 인기를 끌 터이더라.*

---

* ≪매일신보≫, 1927.04.07.

심대섭 씨 귀국

―일활에 있다가

그동안 일본 경도에 있는 일활 회사 경도촬영소에서 여러 가지로 영화에 대한 연구 급 실습을 거듭하던 심대섭 씨는 지난 8일에 귀국하였다는데 금후로는 경성에서 조선 영화를 위하여 노력하리라고*

* ≪조선일보≫, 1927.05.12.

유중학우구락부 발기

—발기대회를 7월 1일에 개최

중국에 유학하고 돌아온 유학생들의 친목을 도모하기 위하여 유중학우구락부(留中學友俱樂部)를 조직하자고 좌기(左記) 제씨의 발기로 오는 7월 1일(금요일) 오후 7시에 시내 서린동 명월관 지점에서 발기대회를 개최하기로 하였는데, 회비는 1원 50전 당일 지참하기를 바란다 하며, 특히 그날은 중국 유학의 선구자인 윤치호 씨의 「30년 전 중국 유학담」이란 흥미 있는 담화가 있을 터이라 하며, 중국 학교에 일년 이상 재학한 이는 전부 출석하여 주기를 바란다는데, 희망자는 6월 말일까지 서린동 동광사(電光190)로 통지하여 주기를 바란다더라.

발기인 씨명(가나다순)
장자일 정광호 조영 양명 유상규 유혁준 이윤남 이호태 서범석 심대섭
안맥결 주요한 정주주*

---

* ≪중외일보≫, 1927.06.29.

공중(空中)에 활약하는 라디오 연극운동

—경성의 청년 유지 모여 무선전화로 연극 방송

출생은 작년 8월 경이고 그동안 연출한 작품은 입센 씨 작 <인형의 집>과 중촌길장(中村吉藏) 씨 작 <지진(地震)>을 비롯하여 제10회에는 이경손 씨 작 <은행나무 밑>을 방송하고 일반 팬들에게 다대한 인기를 가지고 있는 라디오극연구회에서는 앞으로도 될 수 있는 대로는 라디오 방송에 적합할 각본을 만들어가지고서라도 연출한 터이며 회원은 김영팔, 이경손, 심대섭, 고한승, 최승일, 박희수, 유일순 여배우 외의 십 여 인으로 앞으로는 공중을 무대로 삼고 조선의 연극운동에 조금이라도 공헌이 있도록 노력하리라 합니다.*

---

* ≪매일신보≫, 1927.07.02. ≪조선일보≫(1927.07.03.)에도 「라디오로 연예운동」이라는 제목 아래 관련 기사가 실려 있다. 기사의 내용은 다음과 같다. "문단과 극단의 제인(諸人)이 작년 8월부터 라디오드라마연구회를 조직하여 그동안 10여 회의 방송까지 있었으며 금후로도 라디오방송에 적합한 각본을 연구하여 계속할 터이라는데 회원은 김영팔, 이경손, 심대섭, 고한승, 최승일, 박희수, 유일순 제씨(諸氏) 외 십여 인이라고"

새로 창립된 영화인회

—영화 연구와 합평이 목적

조선의 영화열은 나날이 높아져서 이제 와서는 거의 전사회적으로 전염되어 노유(老幼)는 물론하고 키네마팬의 수효는 나날이 증가되어 갈 뿐인데 이에 시내에 흩어져 직접간접으로 영화 사업에 인연이 있는 유지들이 집합하여 영화인회라는 것을 조직하였다는데 동 회의 목적은 영화 연구와 영화 합평에 있다는 바 동 회의 회원 씨명은 다음과 같다 하며 동 사무소는 시내 황금정 3정목 50번지에 두었다고

심훈 이구영 안종화 나운규 최승일 김영팔 윤효봉 임인식 김철 김기진 이익상 유지영 고한승 안석영

간사 심훈, 이구영, 윤효봉*

---

* 《조선일보》, 1927.07.06. 《매일신보》(1927.07.05)에도 「사계(斯界) 유지 규합하여 영화인회를 조직—조선 영화계를 바른 길로 인도하고자 유지가 조직」이라는 제목 아래 관련 기사가 실려 있다. 기사의 내용은 다음과 같다. "조선 영화계가 바야흐로 고개를 들고 일반에서 겨우 인정을 받게 된 이때에 조선 영화를 바른 길로 인도하고 또는 조선 영화에 대한 연구와 비평을 하여 조그마한 도움이라도 있기를 바라는 의미 하에 사계(斯界)에 종사하며 또는 지조가 깊은 유지 16인이 모여 영화인회라는 것을 발기하였는데, 동회에서는 먼저 한 달에 두 번씩 모여 합평을 하고 혹은 영화감독자가 기사를 찾아 그 영화의 제작에 대한 이상과 포부 등을 들어 서로 지도하고 서로 가르쳐 주어 아무쪼록 조선 영화를 좋은 길로 이끌 터이라는 바 그 회원의 씨명은 다음과 같다. 이경손, 이익상, 김기진, 고한승, 김을한, 유지영, 안석주, 심대섭, 최승일, 이구영, 김영팔, 나운규, 윤기정, 안종화, 김철, 임화. 그리고 동 회의 간사는 심대섭, 이구영, 윤기정 3씨이며, 사무소는 시내 황금정 3정목 50번지에 두었다더라."

문예와 취미지

『신문춘추(新聞春秋)』 출래(出來)

—20일에 발매

조선문 신문과 신문기자를 중심으로 한 만인기호(萬人嗜好)의 고급 문예취미 잡지인 『신문춘추』는 학생, 신사, 노인, 청년, 숙녀, 기자 등 어떠한 계급, 어떠한 사회의 사람임을 막론하고 『신문춘추』를 손에 한 번 잡으면 그곳에서 반드시 무슨 소득이 있고야 말이라는데 그 창간호는 오는 20일부터 발매할 터이라 하며, 정가는 특히 30전이요 사무소는 경성 익선동 174에 두고 진체는 경성 16318이라 한다.*

---

* 『매일신보』, 1928.07.15. 이 광고의 목차에는 심훈의 글 <조선의 춘희>가 확인되지만, 『신문춘추』 창간호(1928.09)에는 실려 있지 않으며, '삭제 목록'(33쪽)에도 언급되어 있지 않다.

찬영회 주최 영화 감상 강연회

—5일야 천도교기념관에서

—영화는 <부활>, 강연은 전문가

본사와 중외, 동아, 매신의 네 신문 연예부 기자로 조직된 찬영회(讚映會) 주최로 영화감상과 강연회를 개최키로 되었다는 바 이러한 모임이 조선에서는 처음인 것만큼 특색이 있는 동시에 흥미가 있을 것이 추측이 되는 바 더구나 세계에서 전형적 미인인 돌로레스 델 리오의 주연인 톨스토이의 『부활』인 바 특히 조선에서 일류인 해설자의 해설로 소개될 터이며 강연은 영화감독과 일류 문사들의 취미로나 실익이 넘치는 현대인으로서는 알지 않으면 안 될 것을 이야기할 모양인데 특히 입장료가 몹시 싸서 이러한 기회는 다시없을 것 같은 터에 본보 독자에게는 더욱이 할인을 할 터이라 하며 자세한 것은 아래와 같다더라.

◇ 제1부 강연

조선 영화 개요: 이익상

영화의 사회적 의의: 심훈

영화와 조선 여성: 이경손

영화 배급에 대하여: 유지영

◇ 제2부 영화

톨스토이 원작 유나이테트사 제작 『부활(카츄샤)』 10권

시일 급 장소

5일 오후 7시 경운동 천도교기념관

(본보 독자에 한하여 20전인데 우대권은 명일 본지에!)*

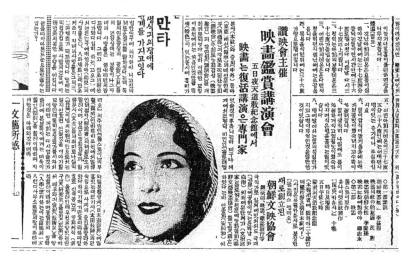

사진은 『부활』 카츄샤로 분장한 돌로레스 델 리오

---

* 《조선일보》, 1928.11.04.

인재 순례

조선일보

사장 신석우 씨는 경성 산(産), 개국 503년생으로 1915년의 동경 조대 (早大) 정경과 출신이다. 기미운동 당시에는 국외에 나가 상해××의 중직 을 띤 일도 있다가 귀국 후 조선일보사의 전무를 경하여 3년 전 사장에 취임한 분이다. 신간회에도 중임을 맡았다가 재작년에 사한 뒤 단체에는 관계가 없으며 호는 간창(干蒼)이라 한다.

더욱 조선일보사에 거액의 투자를 한 분 중의 한 사람 부사장 안재홍 씨는 호를 민세(民世)라 하며 경기 진위 인으로 개국 500년생이다. 1914 년 조대 정치경제과를 마친 뒤 경성 중앙학교 학감과 신간회 총무를 역 임하였고 삼일 당시에는 김마리아 등과 ××부인회 사건으로 활약하였고 철창 생활도 수삼차 치른 이라. 사의 사시(社是)는 씨가 대부분 결정 집 필하며 편집국장 한기악 씨는 경성 산 33세로 경성 중앙학교 졸업 후 서 백리아와 남북중국을 많이 방랑하였는데 삼일 당시에는 임규 씨 등과 같 이 모종의 사명을 띠고 동경 왕래가 잦았으며 동아 시대 양 일보를 경 (經)하여 현재 의자에 취임한 지 3년, 호 월봉(月峯).

사설반의 이관용은 서서(瑞西) 제네바대학 출신의 철학박사로 경성 산, 연 38, 호 일성(一星)이라 하며 중국에 국민당정부 수립되자, 또 노서아에 볼셰비키정부가 수립되자, 시찰하고 돌아온 당시의 신지식 중 일인이었으며 일시는 정희전문학교 강당에서 철학사를 강의. 동 이여성 씨는 성주 인으로 연 29, 상해 동오대학과 동경 상지대학을 다니었는데 일찍부터 대중신문 기타를 통하여 좌익이론가로 굴지(屈指)하는 분이다. 사설반의 객원 홍명희는 충북 괴산 인으로 연 43, 동경 조대 졸업 후 정인보 씨 등과 같이 남양, 포와, 광동, 상해 등지로 다년 방랑 귀국 후 조선도서주식회사 전무, 동아일보 편집국장, 시대일보 사장, 신간회 부회장을 역임. 기미 이래 옥중생활 수차. 저술로는 소설 『임거정전』 등.

정치부의 유완희 씨는 호를 적구(赤駒)라 하며 경기 용인 인, 연 29로 경성법전 출신 프롤레타리아 시인으로 이름이 있다. 이선근 씨, 연 26, 개성 산, 조대 사학과 출신, 근세 조선사학에 특히 밝아서 대원군 연구 등의 저술이 있다.

경제부의 배성룡 씨, 성주 인으로 연 33, 동경 일본대학 경제학부 출신으로 『조선경제론』이라는 저서 있으며 경제학의 유수한 소장학자. 동 정수일 씨 호 강촌(江村), 연 34, 수원 산, 양정의숙 급 조대 예과 출신 교원 역임.

사회부의 유광렬 씨 연 32, 경기 고양 산으로 독력으로 신문기자 된 이, 증시(曾時) 상해 일본 등지로 다년 유력(遊歷). 동 박팔양 씨 경성 산, 연 26, 법전 출신의 프롤레타리아 시인, 정평 있는 우수한 시작이 많다. 호 김여수(金麗水). 심대섭 씨 연 29, 경기 시흥 인으로 상해 일본 등지 다년 방랑, 시와 극작을 하고 있다. 제일고보 출신, 중국 항주 문과대학을 수학하였다. 호 훈(薰). 김을한 씨 경성 산, 동경 유학, 연 25, 연극운동 등에 분주한 일이 있으며, 박윤석 씨 경남 진주 산, 연 29, 연전 출신.

지방부의 장지영 씨 조선어학과 역사 연구로 사계 중진, 경신학교 학감과 오산학교 교사를 지냈으며 연 40, 경성 산, 호 열운(洌雲). 동 김수길 씨 대구 계성중학 출신, 금릉학원 학감 역임, 농업이론과 소비조합이론에 있어 이름 있는 이, 연 29, 경북 김천 산. 또 문일평 씨 호 호암(湖岩)이라 하여 동경 조대와 상해대학 출신으로 조선사학단의 명성(名星), 연 43, 평북 정주 산. 강인택 씨 함남 홍원 산, 연 40으로 천도교의 투사로 알리우던 분, 호 춘산(春山), 오성학교 출신 조선교육협회 이사 역임.

학예부의 염상섭 씨는 상섭(想涉)이라 호(號)하여 경성 산, 34의 인(人) 일찍 자연주의파의 거장으로 수다한 소설 평론이 있어 조선 문단에 현명(顯名)한 이인데, 저서로는 소설 『만세전』, 『해바라기』, 『사랑과 죄』 등 다수. 동 안석주 씨는 경성 산, 연 30 휘문 출신으로 양화(洋畵) 연구 때문에 일본에 다년 유학, 휘문고보 교수를 지나 동아 시대일보 기자를 지나 현직에 있는데 화단의 명성(明星), 이밖에 시와 소설 등 작품도 있다.

부인부의 윤성상 여사 동경여자고등사범 출신으로 함남 정평 산, 연 23. 장종건 씨 연 37, 평남 대동 산, 보전 법과 출신. 이밖에 이풍규, 최인환 편집의 제씨와 영업국에 이승복, 홍성희, 또 백관수, 김동성 씨 등 제씨가 있으나 경영 기타의 재는 다시 기술하겠기로 이에 그친다.*

* ≪삼천리≫, 1930.01. pp.28~29. 「인재 순례 제일편 신문사 측」 중에서 '조선일보' 부분만을 수록하였음.

『대중영화』 창간

　지난 1일부터 시내 중학동 56번지에 사무소를 둔 대중영화사에서는 영화 잡지 간행과 영화도서 출간을 목적으로 하고 우선 월간형 잡지로 대중을 상대로 한『대중영화』라는 조선서 처음 보는 영화잡지를 발행하기로 하여 창간호는 오는 4월 1일부로 발행된다는데 금번 창간호의 집필자 제씨는 다음과 같다더라.

　남궁운 김용찬 이승우 윤백남 서상필 백기해 심훈 이금룡 신혁
　한영우 이경선 박적파 김형용 정홍교 김파영 윤봉춘 서광제 문일
　김영환 박정현 (順序不同 略)*

---

* ≪중외일보≫, 1930.03.08.

X키네마를 창설하고 〈노래하는 시절〉 촬영

—시나리오 석영(夕影), 감독 안종화

이우(李愚) 안종화 김영팔 제씨가 '엑스(X)키네마'를 조직하고서 제1회 작품으로 안석영 씨의 시나리오 「노래하는 시절」을 촬영하리라는데 방금 촬영 준비에 분망 중이라 하며 출연 배우는 조선문예영화 (1행 확인 불가) 이라는 바 농촌에서 이야기가 시작되어 농촌인의 고민상과 착종하는 도회의 음향 밑에서 지배되는 울분한 무리를 속여 농촌의 아들딸이 합류되어 여기서 크나큰 파란과 싸움이 일어나고 다시금 농촌의 새로운 빛을 가져오는 커다란 햇빛이 떠오르는 때에 대지(大地)는 노래한다는 것이니, 장차 이 영화는 획시기적(劃時期的) 센세이션을 일으킬지 자못 주목되는 바라는데, 여배우를 지원하는 이는 시내(水下町 51-2) 조선문예영화협회로 문의함이 좋겠다더라.

지휘	이우
시나리오	안석영
감독	안종화
고문	심훈
경리부장	김영팔*

---

* 《매일신보》, 1930.04.24.

조선일보 동정에 관한 일

관하 조선일보사에서는 지난 번 일어난 기자 맹휴 사건에 관하여 지난 9일 이사회를 연 결과, 정리를 단행하게 되어 10일 수모자(首謀者)로 간주된 사회부장 이여성 즉 이명건을 조사부장으로 좌천한 외에 기자 5명을 해고하고 기타 촉탁객원(촉탁과 유사한 것) 등의 정리를 좌와 같이 실행하였으나, 피좌천자 급 피정리자는 상당히 불만을 가지는 듯하여 계속 시찰 중이지만 사장 신석우의 태도는 극히 강경하고 좌기와 같이 누설하였다.

1. 정리 급 임면 상황
(1) 피좌천자
편집부장 유광렬은 정리부장으로, 따라서 편집부장은 폐지한다.
사회부장 이명건은 조사부장으로
편집부 기자 문일평을 기자에서 촉탁으로
(2) 해고자
정리부장 유완희, 사회부 기자 김세용, 정리부 기자 심대섭, 정리부 기자 장종건, 사회부 기자 서원출, 사회부 기자 김동석,
우(右) 중에서 김동석은 해임.
(3) 해임

객원 홍명희, 객원 이관용.

2. 채용(신입사)
사회부장 김기진(전 중외일보 사회부장)
정리부 기자 김오남(여자이며 올 봄 시험에 합격한 자)
사회부 기자 양재하(올 봄 기자시험에 합격한 자)

위에 쓴 바와 같이 본 정리는 기자 맹휴 사건 직후 단행되었고 맹휴사
건의 영향이 있음은 사실이지만, 원래 경영난에 있던 본사는 이미 한 두
달 전부터 축소의 의미에서 감원 계획을 세웠었기 때문에 오직 이 맹휴
가 그 시기를 앞당긴 것에 지나지 않으며, 또한 동 사는 계속해서 이 달
말 경 영업국원 급 공장원의 정리를 실행하며 감원할 계획이라고, 우(右)
와 같이 보고한다.

좌기
이번 정리는 맹휴 직후에 단행되었기에, 혹 피정리자 모두가 맹휴사건
의 수모자(首謀者) 또는 관계자로 정리되었으리라 생각할지도 모르지만,
회사로서는 이미 경비 문제 기타로 인해 최근 성적이 좋지 않은 동시에
악랄하며 실행이 따르지 않는 사원을 감원할 계획을 세웠었기 까닭에 모
두 이 때문이라고 할 수 없지만, 대체로 맹휴에 관계된 것은 사실이다.
우리 회사의 방침은 현실주의를 택하여 신문 사업의 진짜 목적을 향해
실행이 따르지 않는 이론가나 진면목을 결여한 주의자와 같은 인물은 채
용하지 않을 방침으로, 공산당 관계자를 중요 간부를 (홍증식을 가리킴)

입사시키는 일은 결코 없다고 운운. 이상*

* 1930년 10월 13일 경성 종로경찰서에서 작성한 京鍾警高秘 제14488호(1930.10.13.) [야나가와 요스케 번역]

문단 소식

—심훈 씨 약혼

문단인 심훈 씨는 이번에 근화여학교를 수석으로 졸업한 안정옥 양과
약혼하였는데, 결혼식은 11월 중으로 치를 예정이라고*

---

* ≪동아일보≫, 1930.11.05.

신랑신부

심대섭 씨와 안정옥 양과의 결혼식을 24일 오후 세시에 시내 견지동 시천교당에서 거행한다는데, 신랑은 일찍이 소설 「탈춤」을 창작한 외에 영화 <먼동이 틀 때>와 <장한몽> 등을 제작하여 조선의 문단 급 영화계에서 상당히 전도를 촉망 받는 수재이요, 신부는 금년 봄에 근화여학교를 마치고 최승희무용연구소에서 무용을 배우던 미모의 재원이라 한다.*

* ≪매일신보≫, 1930.12.24.

『신흥예술』 창간

　조선 신흥예술을 위하여 영화계와 극계에서 많은 노력을 하여 오던 김인규 씨와 현훈 씨와 문일 씨와 그 외에 몇몇 분이 모여서 산란하게 날로 일어나는 조선의 신흥예술을 위하여 더욱이 영화계와 극계를 위하여 지난 25일에 시내 서대문정 1정목 7번지에다가 신흥예술사를 창립하고 첫 사업으로 돌아오는 5월 1일부터 『신흥예술』이란 월간잡지를 발행하려고 준비에 분망 중이라는데 독자의 투고를 환영한다 하며 대대적으로 지사도 모집한다는데 이번 창간호부터 많은 노력을 다하여 집필할 분은 아래와 같다 하며 더욱이 자세한 것은 신흥예술사로 문의함이 좋겠다고 한다.

　김유영 서광제 이효석 홍해성 윤백남 안석영 석일량 심훈 김영팔
　유도순 안종화 최정희 이경손 윤봉춘 김대균 나웅 문일 현훈
　김인규 함춘로 (順序不同)*

* 『중앙일보』, 1932.04.02.

레코드 〈인도의 석〉 경찰이 압수

부내 종로서 고등계에서는 금 29일 오전에 조선컬럼비아회사에서 발행한 <인도(印度)의 석(夕)>이란 레코드를 압수하였는데, 동 레코드는 심훈 군과 김선영 양이 취입한 것으로 대사가 반항주의와 호국주의를 취한 것이라 하여 치안을 문란케 할 혐의가 있다는 것으로 즉시 발매 금지 처분에 붙였다고 한다.*

* ≪매일신보≫, 1932.09.30

투르게네프 사후 50주년 기념회 성황

기보와 같이 노서아 문호 투르게네프의 50주기 기념 회합은 22일 오후 8시 반부터 부내 장곡천정 '낙랑 파라'에서 개최되었는데, 근래에 처음 보는 문인의 회합으로 매우 성황을 이루었는데 고(故) 문호를 추모하는 의미로 각자의 소회를 서술하고 산문시의 원문 낭독 등이 있은 후 화기애애한 중에 11시나 되어 산회하였는데 당야에 출석한 분은 다음과 같았다.

함대훈 이하윤 박용철 김상용 정인섭 이상춘 임화 윤기정 김억 박창인 서항석 김기림 이태준 전호중 조정순 박정희 정지용 이헌구 유치진 김현장 오종식 이선근 권명수 주요한 변영로 심훈 외 수씨(數氏)*

---

* ≪조선중앙일보≫, 1933.08.24.

부인 강좌 안내: 영화와 여성

—심훈 오후 2시

　조선 각 도시의 영화 상설관의 관객 중 거의 3분의 1을 점령하는 여자의 팬을 위하여 아주 상식적으로 영화란 대체 무엇인가 어떠한 종류의 예술인가 또는 영화가 발명되었을 때부터 현재 발성영화가 전세계를 풍미하는 때까지의 발달 과정이며 영화는 어떠한 수속과 설비와 인물을 가지고서 촬영하는가 그 상영되기까지의 제작 과정이며 겸하여 외국 영화와 조선 영화계의 연혁 내지 현황에 언급코자 합니다.

　끝으로 영화에 대한 아무 상식과 예비지식이 없는 가정부인을 주로 삼아 영화의 감상법을 말하고자 합니다.*

---

* ≪조선일보≫, 1933.09.13.

삼천리 기밀실: 언론계 문단 내보(內報)

조선 대 동아의 건물 경쟁

조선일보의 5층루 사옥은 낙찰까지 되어 4월초부터 기공하여 10월말에 준공할 예정이라는데 여기는 귀빈실, 소집회장, 대집회장 등 선진 신문기관이 차리고 있는 가장 정비된 시설을 모다 하리라는 바 더욱 그 5층 전부는 큰 홀을 만들어 개방할 터으로 적어도 2천명을 수용하리라 하여 서울서는 최대의 집회장소가 되리라 한다. 이렇게 이십만 원의 공비(工費)를 투(投)하여 대사옥을 짓자 한편 동아일보 역 이에 지지 않으려 방금 현사옥의 배 되는 신사옥을 신축하기로 되어 신춘부터 기공할 터이며 또한 큰 집회장을 만들기 위하여 현 사옥과 장차 지을 신사옥 위에 한 층 더 올려 그 4층 한 계(階)를 큰 홀로 만드리라고 전한다. 이리하여 양사의 굉대(宏大)한 두 건물이 불구(不久)에 백운간(白雲間)에 솟을 모양인데 어느 건물이 더 승할는고 각각 독자의 인기를 잃지 말려고 지면으로 건물로 경쟁이 더욱 맹렬하여 간다.

중앙 간부의 희생

중앙일보 사장 여운형, 부사장 최선익, 주필 이관구, 편집국장 김동성, 영업국장 홍증식의 5씨는 당분 신문사의 재정이 윤택하여질 때까지 무보

수로 근무하는 중이다. 가난한 살림에 그렇기도 하겠지만 제씨의 이 희
생을 수만 독자는 알아줄손가.

신문부수

조선일보가 38만부, 동아일보가 38만부, 중앙일보가 26만부, 매일신보
가 19만부 이것이 최근 각 신문의 현재 발행 부수다. 단 이렇게 많이 나
갈까? 하고 의심하는 분은 어떤 공통된 숫자로 제하여 보면 더욱 선명하
여 질 것이다. 그 숫자란 천기불가설(天機不可洩)이라 생각대로 맞춰 보
십시오

신문기자의 월급

동경 있는 각 신문사 기자의 월급을 조사하여 보면 아래와 같다.

(부장급)

東京朝日 250—400円, 東京日日 250—400円, 讀賣 150—200円, 報知 95
—200円, 時事 100—240円, 中外 150—250円, 都 200—280円, 國民 130—
180円, (차장급) 東京朝日 200—300円, 東京日日 200—300円, 讀賣 130—
150円, 報知 次長制無, 時事 100—150円, 中外 次長制無, 都 仝, 國民 90—
130円,

(평기자)

東京朝日 70—250円, 東京日日 70—270円, 讀賣 50—150円, 報知 50円,
時事 50—150円, 中外 55円, 部 55円, 國民 50—80円

그러면 조선은 어떠한고

(부장급)

동아 70—100円, 조선 70—100円, 중앙 60円—100円, 매신 60—100円
(평기자)

동아 40—90円, 조선 40—90円, 중앙 40—80円, 매신 45—90円

그러고 편집국장은 100원에서 200원까지가 각사 공통한 규례다.

문인 고료

조선서 고료의 최고는 홍명희 씨의 『임거정(林巨正)』 값과 윤백남 씨
의 『봉화(烽火)』의 값이리라. 조선일보에 연재중인 벽초(碧初)의 고료는
매월 백 원씩이요 또 윤백남 씨의 『봉화』 역 매달 백 원씩이다. 윤백남
씨는 동아일보의 촉탁이니까 촉탁이란 보수도 이 안에 약간 포함은 되었
지만.

그리고 매일신보에 실리는 염상섭의 『모란꽃 필 때』라거나 기외 3, 40
회까지의 단편도 1회 2원씩이며 동아일보에 실리는 장혁주 씨의 『무지
개』와 현빙허 씨의 『적도(赤道)』는 2원 내지 3원 정도이다. 조선일보의
동인 씨의 『운현궁의 봄』과 이기영 씨의 『고향』이 모두 매회 2원씩이며,
중앙일보의 박팔양 씨의 『정열의 도시』와 심훈 씨의 『직녀성』이 모두 2
원 내외이었다.

『改造』와 『文藝首都』 등에 일문(日文)으로서 좋은 창작을 많이 발표하
는 장혁주 씨가 개조사(改造社)에서 받는 고료는 원고지 10자 24행 1매에
7원이라 하며 개조사 편 『경제학전집』 중 조선경제사를 저술 발간한 연
전 교수 백남운 씨가 그 한 책으로 개조사에서 받은 고료가 2천원이란
설이 있다.

『신동아』나 『중앙』 같은 신문사 전속의 월간잡지서도 고료를 지불하

는데 인쇄하여 한 혈(頁)에 1원씩이니 4 6배판 한 혈을 채우자면 20행 24자철 원고용지 4매 분량은 든다. 세분한 즉 1매에 25전이며 각 신문 학예란에서는 보통 일단에 2원 정도로 지출하여 준다.*

* ≪삼천리≫, 1934.05. pp.20~22.

한글 통일안 반대파를 문단인이 철저 배격

—한글 통일안 지지한다고 70여 인 연명 성명

우리 문자 '한글' 철자법에 있어서 사계 연구가의 중진들이 작년에 그 통일안을 결의한 이래 '한글' 철자법의 통일은 날로 현저한 성과를 보게 되는 이때 이 한글 철자법 통일 전선을 교란하는 일파가 최근에 나타났으니 그는 즉 한글 철자법 통일안 반대의 일파이다. 이에 대하여 조선문예가 이광수 씨 외 70여 씨는 단연 이 한글 철자법 통일안 반대를 배격하는 동시에 조선어학회의 한글 통일안을 지지 준용한다는 의미의 장문의 성명서를 9일에 발표하였다.(성명서와 연명인은 본보 금일 학예란 참조)*

* ≪조선중앙일보≫, 1934.07.10.

우리글 기사법(記寫法)에 대하여 문단인 대동결의: 한글 철자법 시비에 대한 성명서

우리는 세계 어느 나라 문자보다 가장 쉽고 가장 완전된 문자를 가진 민족이면서 그 문자 기사에 통일이 없이 혼란을 극(極)해왔음은 일반이 다 같이 통절하게 느껴온 불편이요 수치였다. 이에 선각자 주시경 씨 이후로 많은 연구가가 나왔고 각기 이설(異說)을 가졌으나 객년(客年)에는 소이(小異)를 버리고 대동에 합하여 '한글 철자법 통일안'이 제정된 것이다. 민중은 이에 경하하였고 이에 준행(準行)하는 과정에 들어섰는 바 최근에 돌연히 '한글철자법반대회'가 나타났다. 학적 이론은 누구나 자유려니와 행동에 있어 당파적으로 대립이 될 때 당파로 오늘이 우리로서는 슬퍼하지 않을 수 없는 현상이다. 이에 학자나 이론가들보다도 가장 많이 우리 문자를 쓰고 읽고 하는 문단인들은 누구보다도 문자와 제일선적 관계자들로서 다음과 같이 우리 문자 기사법에 대한 성명을 보이게 되었다.

한글 철자법 시비에 대한 성명서

대개 조선문 철자법에 대한 관심은 다만 어문연구가뿐 아니라 조선 민족 전체의 마땅히 가질 바 일이다.

그러나 그 중에서도 일일천언(日日千言)으로 글 쓰는 것이 천여(天與)의 직무인 우리 문학가들의 이에 대한 관심은 어느 누구의 그것보다 더 절실하고 더 긴박하고 더 직접적인 바 있음을 자타가 공인할 것이다.

그러므로 우리는 우리 언문의 기사법이 불규칙 무정돈함에 가장 큰 고통을 받아왔고 이것이 귀일통전(歸一統全) 되기를 누구보다도 희구하고 갈망한 것이다.

보라! 세종대왕의 조선민족에 끼친 이 지대지귀한 보물이 반천재(半千載)의 일월(日月)을 경(經)하는 동안 모화배(慕華輩)의 독수적(毒手的) 기방(譏謗)은 얼마나 받았으며 궤변자의 오도적(誤導的) 장해는 얼마나 입었던가.

그리하여 이조 오백년간 사대부층의 자기에 대한 몰각, 등기(等棄), 천시, 모멸의 결과는 필경 이 지중한 언문 발전에까지 막대한 조애(阻礙)와 장□(障□)를 주고야 만 것이다.

그러다가 고 주시경 선각의 혈성(血誠)으로 시종(始終)한 필생의 연구를 일 계기로 하여 현란(眩亂)에 들고 무잡(蕪雜)에 빠진 우리 언문 기사법은 보일보(步一步)의 광명의 경(境)으로 구출되어 온 것이 사실이요 마침내 사계(斯界)의 권위들로써 조직된 조선어학회로부터 거년(去年) 10월에 '한글 맞춤법 통일안'을 발표한 이후 주년(周年)이 차기 전에 벌써 도시와 촌곽이 이에 대한 열심한 학습과 아울러 점차로 통일을 향하여 촉보(促步)하고 있음도 명확한 현상이다.

그러함에도 불구하고 근자의 보도에 의하여 항간 일부로부터 기괴한 이론으로 이에 대한 반대 운동을 일으켜 공연한 교란을 꾀한다 함을 들은 우리 문예가들은 이에 묵과할 수 없음을 깨달은 것이다.

그 소위 반대 운동의 주인들은 일찍이 학계에서 들어본 적 없는 야간 총생(夜間叢生)의 '학자'들인 만큼 그들의 그 일이 비록 미력무세(微力無勢)한 것임은 물론이라 할지나 혹 기약 못한 우중(愚衆)이 있어 그것으로 인하여 미로에서 방황케 된다 하면 이 언문 통일에 대한 거족적 운동이 차타부진(蹉跎不進)할 혐(嫌)이 있을까 그 만일을 계엄(戒嚴)치 않을 수도 없는 바이다.

그러나 또한 동시에 일에는 매양 조그마한 충동이 있을 적마다 죄과를 남에게만 전가치 말고 그것을 반구제기(反求諸己)하여 자신의 지전무결(至全無缺)을 힘쓸 것인 만큼 이에 제하여 언문 통일의 중책을 지고 있는 조선어학회의 학자 제씨도 언어의 법리와 일용의 실제를 양양상조(兩兩相照)하여 편곡(偏曲)과 경색(硬塞)이라고는 추호도 없도록 재삼 고구치 않으면 안 될 것이다.

여하간 민중의 공안(公眼) 앞에 사정(邪正)이 자판(自判)될 일인지라 이것은 '호소'도 아니요 다만 우리 문예가들은 문자 사용의 제일인자적 책무상 아래와 같은 삼칙(三則)의 성명을 발하여 대중의 앞에 우리의 견지를 천효(闡曉)하는 바이다.

◇

1. 우리 문예가 일동은 조선어학회의 '한글통일안'을 준용하기로 함.

2. '한글통일안'을 조해(阻害)하는 타파(他派)의 반대운동은 일체 배격함.

3. 이에 제하여 조선어학회의 통일안이 완벽을 이루기까지 진일보의 연구 발표가 있기를 촉함.

갑술 7월 9일

강경애 김기진 함대훈 윤성상 임린 장기제 김동인 이종수 이학인 양백화
전영택 양주동 박월탄 이태준 이무영 장정심 김기림 김자혜 오상순 서항
석 이흡 박태원 피천득 정지용 이종명 조벽암 박팔양 홍해성 윤기정 한
인택 김태오 송영 이정호 이북명 모윤숙 최정희 박화성 이기영 박영희
주요섭 백철 장혁주 윤백남 현진건 김남주 김상용 채만식 박노갑 유도순
윤석중 이상화 백기만 임병철 여순옥 최봉칙, 이상찬 구왕이 홍효민 노
자영 엄흥섭 심훈 김해강 임화 이선희 조현경 김유영 노천명 김오남 진
장섭 주도원 염상섭 김동환 최독견 김억 유엽 이광수 이은상 (無順)*

방송야화(放送夜話)

"제이 오 디 케이."

"여기는 경성방송국이올시다."

"지금 울린 종소리는 열두 시를 가르치는 종소리올시다. 땅 땡 땅 땡."

이 세 가지 술어는 새로 난 술어로 아마 모르실 분이 없을 것이다. 라디오는 레코드와 함께 실로 현대인의 양식이 되었다. 그렇게 보편되어 있고, 또 그렇게 되어가는 중이다.

◇

방송국을 싸고 도는 재미있는 이야기가 많다. 그 중에도 이름 있는 명사들이 방송하던 때의 가십도 꽤 많다.

금년 정초이던가. 역사가 애류(崖溜) 권덕규 씨가 신년 정초의 이야기를 하게 되었는데, 이 분이 그만 도소주(屠蘇酒)를 너무 자셨든지 얼근히 취하여 마이크로폰 앞에 섰다. 그러니 취안몽롱에 횡설수설이 안 나올 수 없었다. 다행히 몇 마디 하는 모양이 갓 쓰고 제사 지내기 틀린 것을 눈치 챈 아나운서가 곁에 섰다가 스위치를 돌려놓아 요행 무사하였다고.

문사들 가운데 라디오, 마이크로폰 앞에서 말 잘하는 이는 돌아간 소파 방정환 씨였다고 한다. 원래 재담을 잘하여서 말하는 그 기술에 전파를 통하여 듣는 다수인은 그만 반하여 버렸다고 그리고 지금도 라디오 팬을 잘 울리고 잘 웃기는 이는 야담의 윤백남 씨라. 윤백남 씨의 이외에도 야담 하는 이들 다 잘하는 편이다.

문사 김동인 씨도 가끔 방송하는데 목소리가 모질어서 웅—웅—울리는 때문에 청취자의 귀에 썩 명석치 못하게 들리는 흠이 있으나, 뜨끔뜨끔 한 마디 한 마디는 매우 조리 있다 하며, 시인 안서(岸曙)의 방송은 청산유수 식은 아니며 더구나 연설체도 아니나 좌담식으로 하는데 이 분도 음성 관계로 저녁하늘 종소리 듣듯이 운치만 전하여진다 하며, 주요한 씨는 두어 번 하였을까 방송 도수는 매우 적으나 연설체로 분명한 음성을 써서 청중이 모두 알아듣도록 한다 하며, 박팔양 씨는 연단에 서서 연설하듯 구절구절 똑똑 떼어서 퍽이나 차근차근하게 넘긴다 하며, 정인섭 씨는 언젠가 하기강좌로 하는 것을 본 사람의 이야기를 들으면 퍽이나 수다하여 말이 막힐 줄 모르고 청산유수로 나오는데 강한 악센트가 그냥 노출하여 마치 학교강당에 청중을 몰아넣고 두드려대는 듯한 느낌을 주더라 한다.

함대훈, 김광섭 두 분의 말소리는 퍽이나 차근차근하여 라디오 판의 귀를 용하게 붙잡는다하며, 안석주 씨의 말소리는 부드러우며, 염상섭 씨는 방송실에서 유유자적하게, 호호탕탕하게 여유도도하게, 자유자재로 강연을 하는데 연단에서 하듯이 조금도 지체되는 일이 없더라 한다. 소설가 심훈 씨는 전에 방송국 직원으로도 있었느니만치 조금도 서슴지 않고 차근차근하게 말을 넘겨 요전번「예술소설과 통속소설」강연 같은 것도 호평이었다 하며 이밖에 여러분이 방송한 적이 있으나, 다 그럭저럭 실수는 없었다 한다.

여기 비하면 여성들 축에는 퍽이나 환영받는 이가 있으니 대체로 남자들은 덜렁덜렁하고 여자들은 차근차근하니까 치마폭 호듯 누에가 명주 실을 풀듯 정말 귀가 솔깃하여지게 말들을 잘 한다는데 그중에도 박인 덕, 송금선, 김활란, 황신덕의 네 분은 선수격으로 방송하는 날 저녁이면 가정부인의 귀를 라디오통 옆에 끌어 오고야 만다고 한다. 윤성상 씨도 가끔 걸출한 문제를 들고 나와 한바탕하는데 목소리가 청청하며, 최정희 씨도, 모윤숙 씨도, 황애덕 씨도 모두 온축을 기울여 "조선 여성아!"하고 부를 때면 설거지 하던 여염집부인들이 눈을 껌벅껌벅하며 라디오통 옆 으로 달려오고야 만다고 한다.

명사들 사이에는 서춘 씨의 경제 강연이 누구나 알아보기 쉽게 하므로 명랑하지 못한 음성을 덮어 누르고 남음이 많다 하며, 이정섭 씨도 말이 막힐 줄 모르게 웅변을 토하나, 너무 에—에—하는 간투사가 많아서 흠 이라 하며 경성 변천의 사화(史話)를 하는 문일평 씨의 강연도 학교 교사 로 있었던 이이니만큼 말이 막히지 않으며, 변호사 신태악 씨의 법률 강 좌는 신진학도이니마치 새 지식을 많이 붓는다.

이 밖에도 여러분이 있으나 특별한 실수와 성공은 없이 다 그럭저럭 넘긴다.

음률 방송은 라디오 팬들의 가장 즐기어 기다리는 프로그램이다. 장고, 가야금, 단소, 피리—.

작고 쓰러져 가는 조선 음률을 라디오를 통하여 거지반 하루 건너큼씩 들을 수 있을 때 라디오 청취자의 기쁨은 여간 아니다.

더구나 이동백, 송만갑, 김창룡, 김창환 등 일대명창이 마이크로폰 앞 에서 <고고천변>도 부르고 <새가 새가 날아든다>도 부를 때 십삼도 숨은 가객은 무릎 치며 반긴다.

◇

이왕직아악대(李王職雅樂隊)의 춘앵무(春鶯舞)라든지 또 태평락(太平樂) 같은 방송은 원래 보편성 낀 것이 아니나, 듣는 사람은 심히 귀를 기울인다. 더구나 외국 명사들이 많이 즐긴다든가 아악은 악기인 생황 피리 등 모두 귀중하고 번지러운 악기들이 되어 일일이 방송국으로 운반하여 올 수 없어 대개 아악부(雅樂部)에서 하는 것을 그곳에 마이크로폰을 갖다놓고 중계하는 데 한 달에 한 번씩 하기로 되었다 한다.

여류명창 중에는 박녹주, 김추월, 주란향 등이 다 유명하다.*

---

* 『삼천리』 제6권 제11호, 1934.11. pp.121~124.

동서남북

▼……본지 소재의 <상록수>의 촬영에 대한 실지 답사차로 원작자 심훈, 촬영사 양세웅 양 씨는 금 21일 충남 당진으로.*

---

* ≪동아일보≫, 1936.03.21.

심훈 씨 장서(長逝): 17일 영결식

　소설가 심훈(본명 大燮) 씨는 장질부사로 그동안 대학병원에 입원 중이던 바 16일 오전 8시 경에 동 병원 내서 영면하였다 한다. 씨는 방년 36세의 짧은 일생이었고 소생은 삼남매가 있다 한다.

　그리고 영결식은 오는 18일 오후 4시 반에 대학병원에서 거행한 후 홍제원 화장장에서 화장하기로 하였다 한다.*

---

* ≪조선일보≫, 1937.09.17.

심훈 씨 영면: 아까운 그 문재(文才)

신문소설을 연재하여 그 문명이 높던 청년 문사 심훈(본명 대섭) 씨는 근간 신병으로 대학병원에 입원 요양 중이더니 약석의 효과가 없이 16일 오전 8시 반에 장서하였다. 씨는 경성 노량진 출생으로 제일고보에 재학하다가 기미사건으로 일시는 영어의 몸이 되었었고 그 후로는 상해 남경에 유학하여 중국문학에 대한 조예를 쌓고 귀국한 후에는 조고계에 투신하여 ≪동아일보≫, ≪조선일보≫, ≪중앙일보≫ 기자로 많은 활동을 하였고 문예방면에는 시나리오「탈춤」,「먼동이 틀 때」등을 발표하여 세상에 뭇 독자의 환영이 열렬하였고 최근 2, 3년에는 전혀 창작에 힘써서 ≪중앙일보≫에『영원의 미소』,『직녀성』등을 발표하자 독자의 환영이 더욱 성대하여 신문소설가로서 확호한 지위를 차지하였다. 그의 쉬지 않는 노력은 최근에 ≪동아일보≫에 장편소설『상록수』를 연재하자 그는 반도문예의 고봉(高峰)에 서게 되어 그 재기 활발한 문장과 유머에 장(長)한 인품은 친지간에 큰 기대를 받아지게 하던 바 이번 신명으로 장서를 하니 향년 36세, 장식은 17일 오후 4시 반 대학병원 앞뜰에서 영결식을 거행하고 홍제원 화장장으로 영구를 운전하여 화장을 거행할 터이라 한다. 동씨의 약력은 다음과 같다.

▲ 교동 공보(公普) 졸업

▲ 제일고보 3학년에서 중퇴

▲ 대정 8년 사건으로 입옥. 출옥 후 지나 항주 지강대학에 유학

▲ 동아, 조선, 중앙일보에 역임

▲ 소화 10년부터 당진군 송악면 부곡리 향제에서 필경사를 짓고 창작에 정진 『상록수』가 유작이 되다.

가정에는 양친과 두 분 형님이 계시고 미망인과 세 유아가 있다.*

---

* 《매일신보》, 1936.09.17.

고 심훈 씨 추도

　조선 문단을 위하여 그 예술에 정진하다가 불행히 일찍 불귀의 객이 되어버린 고 심훈 씨를 애도하며 아울러 그의 유작 『상록수』 출판을 기념하기 위하여 오는 26일 오후 5시부터 시내 동대문 밖 영도사에서 그 모임을 하기로 그의 친지와 문단 제씨가 발기하였다는데 회비는 일원 오십 전인 바 일반의 다수 참석을 바란다고 한다.*

---

* ≪조선일보≫, 1936.09.25.

미망인 위문기

심훈 씨는 돌아가셨다. 지난해 9월에
장질부사로 서울 대학병원에서 스물넷 된
젊은 부인과 세 아드님을 남기고 서른여
섯의 짧은 생을 마치고 갔었다.

그런 뒤에 벌써 가을과 겨울이 가고 또
봄이 돌아왔다. 고인의 미망인과 또 그 애
기들은 지금 어디에서 어떻게 지내는지
궁금한 마음에 나는 어느 하루를 택하여
고 심훈 씨 미망인이 지금 살고 있는 당
진댁을 찾았다.

미망인 안정옥(安貞玉) 씨는 세 아드님을 데리고 전에 부군과 함께 행
복스럽게 사시던 댁—필경사(筆耕舍)에서 날마다 서글픈 날을 보내시는
것이다.

'필경사'란 것은 전에 심훈 씨가 살아계실 때 지으신 집 이름이라는데,
붓으로 농사짓는 집이라는 뜻으로, 남들이 밖에서 소를 몰며 밭을 갈아
농사를 지을 때 자기는 집안에서 붓으로 농사를 지어 사랑하는 부인과
귀여운 애기들과 오—래 살려고 하신 것이라고—.

나는 그날 아침, 서글퍼하시는 정옥 씨와 툇마루 양지 바른 쪽에 앉아

이야기를 시작했다. 꽃당에 심훈 씨가 심고 가꾸어놓은 화초가 푸르고, 앞마당 커다란 향나무 가지에 아지랑이가 유난스레 아롱지는 것이었다.

"봄이 왔나 보지요."

정옥 씨는 그, 커다랗고 고운 눈에서 눈물을 툭툭 떨어트리며 한숨을 쉬시는 것이다.

"봄이 오면 강남 갔던 제비도 돌아온다고 하건만…… 전 남들이 그이가 가셨다니 갔었나 보다 하지요. 아직도 아주 가신 것 같지 않고 금방 저 향나무 아래로 터벅터벅 걸어오시며 '건아!'하고 큰 아이 이름을 부르시는 것만 같습니다."

"날마다, 거저 그렇게 지내죠. 아이들이 그래도 있으니까, 엄벙뗑해서 그날그날을 그럭저럭 보내는 셈입니다. 그것들도 없으면 어쩌겠습니까. 하루에도 울고 싶은 마음이 몇 번이겠습니까마는 아이들 까닭에 울지도 못한답니다. 제가 울면 큰 아이가 따라 울죠. 그러면 또 다른 아이는 영문도 모르고 그만 따라 울죠. 울어도 별 수야 없겠지만 울지도 못하니 가슴이 더구나 꽉 맥히는 상 싶습니다."

한 애기는 잠들고 애기 둘은 엄마가 안 보이는 뜰 저쪽 마당에서 흙과 물과 풀을 가지고 소꿉장난을 하는 양이었다. 정옥 씨는 애기들 안 보이는 틈에 실컷 우시고 실컷 이야기라도 하시고 싶은 얼굴이었다.

"저 방엔 누가 계십니까."

"아무도 안 있습니다. 그이가 계시던 대로 있습니다. 책상과 펜과 원고지와 책들도 죄다 그대로 있습니다. 아침마다 먼지를 털어주곤 합니다. 옷도 입으시던 것은 그냥 벽에 걸어두었죠. 그렇게 좋아하시고 즐겨하시던 책과 종이와 붓을 어찌 버리고 가셨는지 몰라요 ……아! 언제 돌아오셔서 그 책상에서 원고를 쓰시려는지."

"하도 쉽게 돌아가시고 또 더구나 돌아가시는 것조차 못 보다니 그것이 원한이 됩니다. 글쎄 서울 한성도서주식회사에서 장편소설『상록수』를 출판한다고 해서 그것 교정 보러 가신다고 떠나신 것이 마지막 '걸음'이 될 줄 누가 알았겠습니까. 갔다 곧 올게, 아이들 데리고 잘 있으란 당부를 몇 번 하시고 떠나셨답니다. 세상 사람이 죽고 또 죽고, 다—죽어도, 우리만 억 천만 년을 살아질 것 같더니만 어쩌면 그리도 쉽게 가십니까. 어쩌면 제게 '과부'라는 이런 청승맞은 '등록'을 남겨놓고 가신단 말씀입니까. 마음이 창끝에 찔린 듯이 아프다고 하니 누가 곧이를 듣겠습니까?"

"유언이요? 없었습니다. 그게 더 원통합니다. 병 드시자 곧 말씀을 못하셨다나요, 그래서 돌아가시는 때까지 무슨 말씀이나 간에 한 마디도 못하셨다는군요. 그 가슴에 파묻힌 말씀을 한 마디 못하시고 가셨습니다. 여기서 위독하다는 전보를 받고 애들과 부랴부랴 차를 타고 갔을 때는 벌써 그이가 저 세상 사람이 된 때였습니다. 싸늘한 시체 앞에서 목이 터지도록 불러야 무슨 대답인들 있겠습니까. 제 음성이 지쳐서 그의 귀에 들리지 않았던지 "내가 왔소." 해도 "아이들이 왔소." 해도 아무 대답이 없었답니다. 평상시처럼 내 부름에 '허허' 하고 거저 너털웃음으로 때어 버리는가 하고 귀를 기울여도 아무 소리도 없었습니다. 그 후로 오늘까지 저는 날마다 목 너머로 자꾸만 그이를 부릅니다마는 그이는 아직껏 그이는 대답이 없습니다. 꿈이면 얼마나 좋으랴 하고 살을 꼬집으며 이 꿈에서 깨기를 무척 애를 씁니다마는 아직 저는 이 꿈에서 깨지를 못 했습니다. 이 기다란 꿈이 전 싫습니다."

정옥 씨가 이렇게 몹시 안타까워하는 때 애기들이 이쪽으로 오는 소리가 들렸다. 씨는 얼른 눈물을 씻고 큰 아이를 부르며 아버지가 보고 싶잖냐고 물어보니까 아이는 눈이 둥그래지며 엄마의 눈만 한참 쳐다보더니 "엄마! 왜 울었어?"하고 눈을 껌벅거리는 것이다.

"전 이래서 못 울어요. 세 아이가 떼울음을 시작하면 불쌍하고 가엾은 생각에서 그만 이를 악물고 참습니다. '삭망' 때도 못 울어요. 그이가 그렇게 아끼고 귀여워하던 아이들을 울리는 것은 너무 마음 아픈 일 같습니다."

아이는 엄마의 하는 이야기를 가만히 듣고 있다가 다시

"엄마가 왜 아버지 보구 싶단 말 말라고 했지"

하고 엄마의 눈치를 살핀다.

"하도 애가 아버지 보구 싶다구 하길래, 건아! 인젠 아버지 보구 싶단 말 말어라 하고 당부했더니 그러나 봐요. 아버지 없는 애라 그런지 다른 애들보다 다른 데가 있답니다. 인젠 제가 크면 산에 약을 지어가지고 가서 아버지 병 고쳐가지고 데려온다구 그래요. 작은애들은 아직 아무 것도 몰라요. 두 살 네 살이니까 뭘 알겠습니까. 그래두 그 애들이 오래지 않아서 다른 애들이 아버지의 사랑을 받는 것을 보고 부러워할 것이라고 생각하면 뼈가 저립니다."

정옥 씨는 애기들이 조롱조롱 달려와서 무릎에 앉아버린 까닭에 이야기도 더 못하시고 먼 산만 멍하니 쳐다보시는 것이다.*

* 『여성』, 1937.04 pp.30~31.

고려영화사에서 〈복지만리〉 제작

—고 심훈 씨 부인 안 여사도 출연

조선 영화계는 금년 들어서 비상한 활기를 띠어오던 바 이런 고려영화사에서는 다대한 비용과 노력으로 <복지만리>라는 영화를 촬영하게 되었다.

이 영화는 무대를 중부·북부 조선 급 만주, 동경 등지로 하여 충분한 실지 답사 위에서 작품을 구성하여 제작하게 되었다고 한다.

스태프

제작 고려영화사

감독 겸 시나리오 전창근

촬영 이명우

배우 강홍식, 주인규, 심영, 윤봉춘, 서일성, 박창환, 전옥 여사,
　　　안정옥 여사, 유계선*

---

* 《조선일보》, 1938.04.13.

제2부

그와 더불어 한국영화가 시작되다

『탈춤』 대대적 규모로 불일 촬영 개시

월여를 두고 본보에 연재되던 영화소설 심훈 씨 작 『탈춤』은 조선 키네마프로덕션에서 불일간 촬영을 개시할 터이라는 바, 각색은 원작자인 심훈 씨와 감독 나운규 씨와 주연 남궁운 씨 등이 합의로 할 터이요 출연배우들은 남자들은 모두 기위 지상에 발표되었던 전기 나운규 · 남궁운 · 주인규 씨 등이 중심이 될 모양이며, 여배우는 기술 관계로 부득이 지상에 출연하였던 이들을 버리고 전부 신진으로 상당한 사람을 골라 출연케 하고자 하는 중이라 하며, 동 키네마에서는 특작품으로 재래에 보지 못하던 완전한 영화를 만들기 위하여 경비는 돌아보지 아니하고 세트도 모두 충분히 지어가지고 쓸 모양이며 광선 기계도 사용하여 서양 영화와 같이 선명하게 할 터이라는 바, 광선 기계를 촬영에 사용하는 것은 조선서는 이번이 처음이라더라.*

---

* 《동아일보》, 1926.12.17.

영화소설 「탈춤」 영화화

―계림영화에서 촬영한다고

　일찍이 동업 ≪동아일보≫에 연재되었던 심훈 씨 원작인 영화소설 「탈춤」은 그동안 각색 중이던 바 최근에 이르러 완료되었으므로 곧 영화로 제작코자 시내 황금정에 있는 계림영화사에서는 여러 가지로 준비에 분망하다는 바 각색 감독은 역시 심훈 씨라 하며 배우는 목하 선정 중이라 한다.*

---

* ≪조선일보≫, 1927.07.23.

일 전과자의 운명담 〈어둠에서 어둠으로〉

—계림영화사의 예기(銳氣)

시내 황금정 1정목 181번지 계림영화제작소에서 주식회사 창립사무소의 간판을 달고 침묵을 지켜온 지 이에 일개년 반. 그동안에 풍문은 구구하였으나 이제 돌연히 대작 <어둠에서 어둠으로>라는 사진의 촬영 개시의 발표를 보게 되었으니, 사진의 주제는 어떤 전과자의 구구한 운명과 그의 환경의 해부이라 하며 이에 나타날 배우들로는 첫째 근래의 문제가 되어 영화계 화제의 중심이 되다시피 한 어린 여배우 신일선 양을 비롯하여 일활 관서촬영소 신극부 전속 배우 강홍식 씨와 또는 일본 무용계의 권위 석정막(石井漠) 씨의 비장 제자 한병룡 씨 등의 특별 출연과 신진 모 여류 문사 외 기타 배우들의 총출연이며 촬영은 일본 유니버설에서 괴재를 발휘하던 빈전수삼랑(濱田秀三郞) 씨요 미술감독으로 안석영, 촬영감독으로 심훈, 총지휘에 조일재 제씨라는 굉장한 의기 하에 준비는 이미 다 되어 근일 중에 카메라워크를 개시하리라 한다. 그리고 동사의 성명에 의하면 처음에는 심훈 씨 원작 「탈춤」을 촬영키로 하였다가 사정에 의하여 「탈춤」은 추기(秋期) 초특작(超特作)으로 넘기고 그 대신 <어둠에서 어둠으로>를 제작하게 되었다 한다.*

* ≪중외일보≫, 1927.08.13.

〈어둠에서 어둠으로〉에 특별 출연

기보=계림영화회사에서 촬영 중인 〈어둠에서 어둠으로〉라는 신작영화에 출연할 강홍식 씨는 본래 일본 일활 회사 관서촬영소 신극부 전속 배우로 인기가 높았었는데 금번에 귀국한 것을 기회를 전기 영화에 특별 출연키로 된 것이라 한다.*

* 《동아일보》, 1927.08.14.

계림영화 제3회 작품
〈어둠에서 어둠으로〉 촬영 개시

　—오랫동안 침묵을 지키던 계림영화협회에서 심훈 씨의 원작 겸 감독
으로 제작한다고

　—문제의 여우(女優) 신일선도 출연

　오랫동안 침묵을 지켜오던 시내 황금정 1정목 계림영화협회에서는 동
협회가 불원간 주식제(株式制)로 될 것을 기념하기 위하여 우선 시작품을
하나 내놓으려고 그동안 여러 방면으로 알선을 해내려오던 중 이에 모든
준비가 완성되었으므로 동 협회의 제3회 작품인 〈어둠에서 어둠으로〉
라는 영화를 제작케 되었다는데, 동 작품은 다년간에 화제작에 뜻을 두
고 간접적으로 조선 영화계에 노력해오던 심훈 씨의 원작 각색 감독으
로, 총지휘는 조일재, 미술감독에 안석영이며, 촬영기사에 일본 유니버설
회사에 있는 빈전수삼랑(濱田秀三郞) 씨라는데 동 영화에 출연할 배우
들은 일활회사에 전속 배우로 있는 강홍식 씨와 최근에 이르러 여러 가
지로 풍설을 전하던 신일선 양과 일본 무용가 석정막(石井漠) 씨의 제자
의 한 사람으로 있던 한병룡 씨 등이라는 바 동 작품의 내용은 어느 전
과자의 기구한 운명과 그의 환경을 주제로 삼은 것으로 이제껏 조선에서
제작된 보통 작품의 스토리와는 다른 것이라는데 동 작품이 오랫동안 침

묵을 지키던 계림영화협회의 작품인 것과 또 한 가지는 다년간 가공적(架空的)으로만 연구를 거듭하던 심훈 씨의 총역량을 유감없이 잘 표현한 작품인 만큼 동 영화는 일반 키네마계에 매우 기대되리라 한다.*

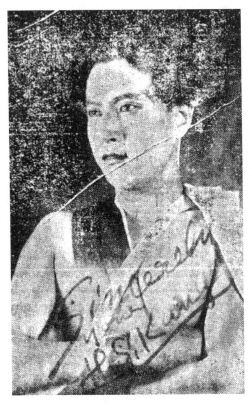

사진은 일찍이 계림영화협회 제1회 작품인 〈장한몽〉과 제2회 작품인 〈산채왕〉에 출연한 후 일본에 저명한 영화회사인 일활 신극부에서 활약하다가 다시 계림에 복귀한 강홍식 씨

* 《조선일보》, 1927.08.14.

걸작은 누가 내나

—삼 감독 총출 활약

—조선 영화계의 좋은 기회

◇ 조선에 영화 촬영이 시작된 이래 이미 여러 해의 쓰린 역사가 씌어 왔다.

◇ 연쇄극에서 시작된 영화 촬영은 차차 유식계급의 주목을 끌며 젊은 예술가의 착안하는 바가 되어 그 성적은 일취월장하여 이미 그 출중한 작품(조선을 표준하고)도 몇 가지 보게 된 것이다.

◇ 요사이는 마침 계림영화, 조선키네마, 단성사촬영부, 이 세 곳에서 일시에 각각 자신 있는 사진을 박게 된 것은 조선 영화사 상에 대서특필할 일이라고도 하겠다.

◇ 활동사진을 박는 데는 일등배우도 있어야 하고 일류기사도 있어야 하며 무한한 금력도 필요하다! 그러나 무엇보다도 좋으나 낮으나 그 사진에 일관하여 나타나는 것은 감독이란 자와 인격이다.

◇ 계림영화에는 심대섭 씨, 조선키네마에는 이경손 씨, 단성사촬영부에는 이구영 씨의 세 감독이 정립하여 각기 그 재조를 떨치게 되었다.

◇ 이같이 세 감독이 한 때에 각기 나서서 활동사진을 박게 된 것은 매우 반가운 일인 동시에 우리는 세 감독의 우열을 가려 과연 누가 조선서 제일가는 명감독이 되겠는가를 엿보기에 가장 좋은 기회를 얻은 것이

다.*

* ≪매일신보≫, 1927.08.20.

신영화 '계림영화' 시작품(試作品)
〈먼동이 틀 때〉 촬영 개시

　이미 보도한 바 시내 계림영화협회는 주식회사로 변하여 제1회 작품으로 <어둠에서 어둠으로>를 촬영하기로 되었었는데 부득이한 사정으로 인하여 <먼동이 틀 때>라는 변제(變題)를 하기로 되어 모든 준비는 전부 끝났으므로 촬영을 개시하기로 되었다는 바, 그 영화의 스토리는 지금까지에 나타난 영화와 비교하여 얼마나 우수하다는 것은 미리 말할 필요가 없거니와 조선의 현실을 드러내기에 애를 쓰는 것이 사실이다. 이에 계림영화회사의 촬영감독 심훈 씨를 심방한 바, 씨의 말인즉

　"우리는 촬영 상 기술도 중요하다고 보지만 그 스토리가 더욱 문제이올시다. 모든 컷이 적은 자력(資力)으로 되어 나오는 고로 영화에 있어서도 스튜디오도 없이 광선기계도 없이 좋은 것을 낳기는 어려운 일이올시다. 그러나 물론 우리는 불비한 가운데서일지라도 촬영에 대하여서도 힘을 쓰겠습니다마는, 죄송한 말씀이나 그 영화의 내용에 대하여서는 나는 이 땅에서 나고 또 살아온 사람인 고로 우리 조선! 이 현실을 조그마치라도 나타내어야 할 사명이 있는 것을 깨달았다는 것을 믿어주십시오" 하더라.*

---

* ≪조선일보≫, 1927.09.03.

사진은 〈먼동이 틀 때〉의 스틸, 신일선과 한병룡

한 곳에 모인 명우(名優)

—계림영화 로케이션

계림영화에서 신일선, 강홍식, 김성숙, 한병룡 등 남녀 배우들의 권위를 택하여 심훈 씨의 감독 하에 <어둠에서 어둠으로>라는 심각한 사회극을 박는다 함은 기보한 바와 같거니와 다시 느끼는 바가 있어 이름은 <먼동이 틀 때>라고 고쳐 가지고 목하 촬영에 착수 중이라고 한다.*

사진은 촬영 중의 한 장면. 드러누운 이가 강홍식, 단발한 이가 김정숙, 양장한 여자가 신일선이요 옆에 앉은 이가 한병룡

* ≪매일신보≫, 1927.09.03

계림영화 시작품 〈먼동이 틀 때〉
근근(近近) 촬영 완성

　이미 보도한 바 계림영화협회에서 시작품(試作品)으로 <어둠에서 어둠으로>를 <먼동이 틀 때>로 개제(改題)하여 원작자 심훈 씨 감독 하에 촬영을 개시하였던 바 로케이션도 끝날 터이므로 적어도 이 달 안에는 시내 상설관에서 나타나게 되리라 한다.*

---

* ≪조선일보≫, 1927.10.06.

계림의 명화 〈먼동이 틀 때〉
금야에 봉절

　계림영화에서 심훈 씨 감독, 강홍식 군, 신일선 양의 주연으로 조선 사람의 쓰린 심경을 그려낸 사회비극 어둠에서 어둠으로 사라지는 전과자의 로맨스를 박은 <먼동이 틀 때>라는 8권짜리 활동사진은 금 26일 밤부터 시내 수은동 단성사에서 봉절한다고*

---

* ≪매일신보≫, 1927.10.26.

심훈 원작 감독 〈먼동이 틀 때〉 경개(梗槪)

① 발표지면을 확인하지 못함.

② 그 A라는 청년은 발길을 돌리어 낙엽이 풀—풀 날리는 탑동공원에 들어가서 옛 그림자를 찾아보았고 옛날 그 소리를 들어보려고 하였다. 그러나 지금은 십 년 뒤의 오늘이 아니냐? 그는 팔모정 층계에 쓰러져 부스러져가는 찬 돌을 긁으면서 한없이 통곡하였다—A가 엎드린 그 자리로부터 몇 걸음 안 가서 두 사람의 그림자가 있었다. 하나는 B라는 여자, 하나는 C라는 남자—이 C라는 남자는 B를 십 년 전부터 수욕을 채우려고 쫓아다녔고 또한 오늘도 역시 B를 쫓아온 것이다. B라는 여자는 책을 팔아 연명해 가는 가엾은 여자이니 십 년 전의 잡혀간 남편을 지키고 있는 것이다. 그는 엎드러진 A의 곁으로 와서,

"이 책 한 권……만……팔아주십시오!"

A는 엎드린 채 손을 내저었다. 만약 A가 B를 보았던들 그 다음 날의 불행이 없었을 것이나 언제든지 불행한 사람에게는 불행을 지내면 또한 잼처 불행이 오는 것인지?

×

그 뒤에 그는 어떤 식당의 심부름하는 (이백 원에 팔려온) 마음 곱고 얼굴 고운 처녀에게 도움을 받아서 근근이 호구를 하였으며 또한 그 둘

사이는 몹시도 정다웠다. 그러나 그 처녀에게는 어떠한 문학청년의 사랑
을 받았고 또한 사랑하여 오던 것이다.

"여보세요. 저는 당신께 아저씨라고 하겠습니다."

"'무엇……? 아저씨? 음—그렇지—그렇게 하는 게 좋지 좋아."

"그러면 아저씨, 저를 구원해주실 수가 없을까요"

"너라면…… 암, 내 몸을—내 일생을 희생하더라도 구해주고 말고"

이 주고받는 말은 A가 밤이면 드새는 오막살이 누더기 속에서 들리는
소리였다. 그 처녀는 잠이 들
었다. 찢어진 창틈으로 빗겨
흐르는 달빛은 그 처녀의 아름

답고 깨끗한 얼굴을 빛내고 있
었다. A는 일어섰다. 그의 숨
결은 거칠었고 온 몸의 살은
기름에 젖어 있었다. 그 A가
그 처녀의 얼굴에 입을 대려
할 때 그 처녀는 깨어 놀랐다.

"아니 저—성냥을 찾느라고"

"나는 그러신지 모르고 깜짝 놀랐지요. 아—아직도 밤이 안 밝았
네…… 어떻게 해요 아저씨, 저와 그 D씨를 구원해줄 수 없으셔요?"

"암—구원해 주다 뿐이냐?"

그의 두 사람은 포옹으로 맹세하였다.

이때이다. 문이 활짝 열리며 칼 든 청년이 뛰어 들어왔다. 두 사람은
놀래었다. 그 세 사람의 눈동자는 오래 오래 번쩍이었다.

③ D라는 문학청년은 A를 의심하였다. 그는 칼을 들어 A에게 내던지고 뛰어나갔다. A는 결심하였다. 그리하여 그 이튿날 밤에 어느 솟을대문 집 담을 뛰어넘어서 돈을 훔쳐가지고 그 두 남녀의 행복을 위하여 그들에게 주었다. 그러나 그 A를 쫓아다니는 형사들은 A를 포박하러 식당에 쫓아 들어왔다. 그렇지만 A는 부지거처이다.

×

어느 날 밤 A는 변장을 하고 자기의 아내를 찾으러 나섰다. 그러자 어느 골목을 들어섰을 때에 발바닥으로 나와서 외치는 한 여자를 발견하였다. 그는 그의 뒤를 쫓아 들어가 보니 이게 웬일이야. C라는 남자가 어떠한 여자를 농락하려고 달려드는 때이다. A는 문을 부수고 뛰어 들어가서 C와 일장 격투를 하였다. 두 사람이 다―쓰러졌을 때에 한 사람의 숨은 이미 끊어졌다. A는 일어나서 까무러친 여자를 일으키었다. 두 사람은 "악!" 소리를 지르며 껴안고 힘껏 울었다. 남편과 아내는 십 년 만에 살육의 세상에서 다시 만났다. 그러나 행복은 결코 그것이 아니었다. 형사는 그를 잡아갔다. 아내는 길바닥에 쓰러져 버렸다. 그리고 이 두 사람의 행복은 온전히 D라는 문학청년과 그의 조그만 애인의 행락을 위하여 제사 지냈다.

먼동이 틀 때 그 두 젊은 사람은 행복한 땅을 찾아 한 고개를 넘었다.*

* ≪조선일보≫, 1927.10..26~28.

〈먼동이 틀 때〉를 보고 / G생

    〈먼동이 틀 때〉를 보았다. 또 어느 신문에 게재된 그 평 비슷한 것도 보았다. 그리고 신문기사로 소문으로 그 모인 신진 구진 배우들이며 감독 기사 등과 및 오천여 원, 근 육천여 원이란 조선에서는 아직 전례를 보지 못하였던 큰 비용을 들여 박았다는 간판도 보고 듣고 하였다. 그러므로 그를 보기 전에는 응당히 시대적으로 찬란한 작품을 보게 되리라고 은근히 기뻐하며 적지 않은 기대를 붙이었었다.

    우선 그 영화가 비추기 전에 해설자 한 사람이 무대에 나타나서 일대 강연을 하였다. 그 전설을 그대로 옮길 수 없으나 그 요령만 잡아 옮긴다면 '이 사진은 조선서 아직 보지 못한 심각한 영화인데 이날 밤 모인 관객은 현명한 두뇌를 가지신 분들로 믿고 이 영화를 잘 소화하실 줄로 믿으나 만일 소화하시지 못하는 분이 계실진대 설사가 나시리라고 생각하는 고로 이와 같이 사진 비추기 전에 내용을 설명하는 것이라'고 하는 뜻이었었다. 이것에 나는 적지 아니 분개하였다. 우리 관객은 영화를 보러 갔지 활동사진 해설자의 강연을 들으러 간 것이 아니었으며 우리도 〈먼동이 틀 때〉를 보기 전에 동 극장에서 상영한 〈곡예단〉을 비롯하여 여러 가지 명화도 많이 보았다. 변사가 제아무리 최고지식을 가진 사람이라 할지라도 어찌 그다지 당돌히 관객을 모욕하다시피 하는 말을 늘어놓겠는가? 우선 이에서 적지 않은 불쾌를 느끼지 않을 수가 없었다.

강연이 끝난 다음에 <먼동이 틀 때>는 비추기 시작하였다. 사진은 대체로 원작·감독·연출·촬영 네 가지로 나누어 보아 감독은 상당한 능력이 있는 사람의 손으로 되었다고 하나 초작이 되어 그러한지 서양 영화를 흉내내고자 하다가 실패하였다는 것밖에 머릿속에 남은 것은 없었다. 원작은 무엇을 그리려다가 무슨 거리낌이 있었든지 역시 실패하고 용두사미가 되었다는 것과 부자연한 점이 군데군데 있었다는 것밖에는 머리에 남은 것이 없었다.

영화의 머리를 보건대 주연 김광진은 삼일운동을 하다 철창생활을 하고 나온 사람이라는 것이 드러났는데 출옥 후 그 사람은 절도질을 해먹는지 무슨 그저 생기는 돈벌이를 하는지 돈은 다 잃어버리고도 돈은 또 생기는데 대체 무엇을 하며 무엇으로 호구를 하는지가 알 수 없다. 그리고 적은 것으로 보아 돌베개를 베이고 누더기 옷을 입은 사람에게 잡지도 사라며 약도 사라며 또는 그에게 걸인이 구걸도 한다. 무슨 부자연한 장면이랴. 그리고 대체가 한 조각 한 조각 떼어서 한 권 두 권 잘라서 단편영화나 만들었으면 어떨런지 하였다.

이제껏 본 조선 영화 중에서는 가장 나았으며 촬영도 이제껏 생긴 조선 영화 중에서는 뛰어난 것이었었다. 그러나 한 가지 유감인 것은 사진이 흐린 것이다. 군데군데 아주 보이지 않을 만치 흐린 데가 있었다. 아마 이는 부러 무슨 기분을 나타내기 위하여 그리 해놓은 것인지는 모르겠으나 그렇다 하면 그런 재주는 뒤에 쓰는 것이 지금의 영화 제작계를 지탱해 가기 위하여는 옳으리라고 생각한다.*

* ≪동아일보≫, 1927.11.02.

최근 문예 잡감 3
/ 윤기정

영화에 대하여!

현재에 조선은 영화시대라고 할 만큼 외국 명화와 조선 영화가 상당히 유입도 되고 제작도 된다. 그래서 영화계에 있어서 황금시대, 홍수시대라고 할 만큼 전성을 극하고 있는 것이 사실적 현상이다. 이와 함께 다수한 관중을 포용하고 있는 것도 숨길 수 없는 사실이다. 나는 여기에 외국 영화는 논의하기를 피하고 조선 영화만을 개념적으로 간단히 써보겠다. 외국 영화를 의논 삼아 봤자 러시아 영화 같은 것은 일본에서도 상연을 못하고 퇴출을 당하는 터이니까, 러시아 것은 염두에도 두지 못한다. 다만 대부분이 결혼으로 끝을 막는 미국 영화가 논제에 오를 것이다. 이것이 우리 생활과의 얼마만한 밀접한 관계가 있겠는가? 우리가 생각하고 있는 바의 얼마만한 도움이 될 것인가? 오히려 반동이요, 해가 될 것이다

그러면 조선 영화란 어떻게 제작되어나가는가? 나는 최근에 조선 영화 세 개를 보게 되었으니 순서를 따라서 적으면 <먼동이 틀 때>, <뿔 빠진 황소>, <잘 있거라> 등이다.

우리는 이 세 개 영화에서 무엇을 얻었는가? 또한 대중은 그와 같은 영화를 요구하고 있는가? <먼동이 틀 때>로 말하면 ××운동이 있은 이

135

후로 허다한 젊은 사람들이 혹은 영어의 몸, 혹은 부랑인, 혹은 아편쟁이, 혹은 책을 팔아가면서도 정조를 지키며 살아가는 여인…… 이와 같은 현상을 보여주는 한 옆에 마지막으로는 두 젊은이에게 앞날의 희망을 붙여 먼동이 트이는 때에 새로 뜨는 해를 안고 걸어가게 하였다. 그 두 젊은이는 이 앞으로 장차 무엇을 할는지 모를 일이다. 그러나 원작자의 의도는 계급으로 투쟁하게 만든 인물이 아니라 <먼동이 틀 때>라는 제목부터 보더라도 막연한 여명운동인 것이 틀림없다. 이 까닭에 이 영화도 우리가 정히 요구하는 것은 못된다.

<뿔 빠진 황소>로 말하면 노동자의 맨 밑바닥 생활을 어느 정도까지 표현한 점으로 보아 다소 수긍은 하나 그 표현방식이 너무나 야비하여 불쾌한 감을 일반 관중에게 일으키게 하였다. 원작자는 무엇을 표현하려고 애를 쓰기는 썼으나 결국 실패하고 말았다. 또한 목적의식이 움직이지 않는 것도 사실이다. 그리고 노동자로 하여금 그저 벌기만 하면 그 돈을 가지고 내외주점으로 인도한 것은 대실책이다. 노동자 생활 속에서 주색에 대한 문제도 적지 않은 문제이지만 더 커다란 것은 먹는다는 것이다. 일반 영화 작자는 이 점에 가일층 유의하지 않으면 아니 된다. 그리고 영화에 있어서도 이 앞으로는 우리가 요구하는 목적의식의 색채가 장면 장면 또한 전편을 통하여 상징, 혹은 암시로 표현되지 않으면 아니 된다.

<잘 있거라>로 말하면 <아리랑>에 비하여 얼마나 떨어지는 작품인지 모르겠다. 오히려 <풍설아>만도 못하다. 그리고 마지막에 가서는 억지로 비극을 만들려고 애쓴 것이 불쾌하다. 우리는 값싼 눈물로써 만족하고 있을 때가 아니라는 것을 알아야 한다. 먼저 두 작품도 실패한 작이

지만 <잘 있거라>도 완전히 실패한 작이다.

이와 같은 현상은 무엇을 반증하는 것인가? 어째서 우리가 요구하는 작품을 제작하지 못하였는가? 그 이유로는 두 가지가 있으니 하나는 영리적 흥행 정책에 있고 또 하나는 검열 관계에 있는 것이다. 나는 흥행 가치에 원인이 있다는 것은 말하고 싶지 않다. 다만 검열 문제에 대한 것만을 한 말로써 운위하고 그만두겠다.

문예운동에 있어서도 검열이 중대한 문제이지만 영화에 있어서는 한층 더할 것이다. 이 까닭에 우리는 조선 영화의 내용이 반동화하지 않을까 우려하기를 마지않는다. 원작은 영화의 중요한 가치를 결정하게 됨으로써 원작자는 유의의 유의를 거듭하지 않으면 아니 된다. 일본에 있어서도 점차로 계급적 색채가 농후한 영화 등이 제작 상영된다고 하며 러시아 영화도 세계적으로 진출한다고 한다. 계급영화—조선에 있어서도 ×××××××가 ×××야만 하겠다. 이것은 곧 ×××× 하기를 마지않는 것이다.*

* 『조선지광』, 1927.12. 이 글은 '특수세계……', '연극과 영화', '생활의지' 등으로 구성되어 있는데, 그 가운데 '연극과 영화'는 '연극운동!'과 '영화에 대하여!'로 이루어져 있다. 여기에서는 '영화에 대하여!'를 수록함.

국외자로서 본 오늘까지의 조선 영화
/ 노방초(路傍草)

　근일에 외국 영화전(外國映畵戰)이란 비용을 많이 들이고 적게 들인즉 돈 싸움에 지나지 않는다. 그네들은 그 영화의 가치를 논할 때에 먼저 그 비용을 말하고 그 다음에야 스토리를 말한다.

　수일 전에 시내에 상영된 <보—제스트>만 하여도 그 영화를 제작하는 중 로케이션을 어떤 사막으로 정하였을 때에 여러 천 명의 엑스트라를 수용키 위하여 그 사막에다가 일 도시를 세우고서 병원, 수영장, 오락장, 라디오 기타 우편국 등을 신설하고서 삼개월 동안에 사막 장면을 촬영하였다 하니 얼마나 거대한 비용을 들여 그 영화를 제작하였는가? 추측할 수 있다. 그러나 그 영화는 그만한 설비로써 어떠한 영화로 나타냈는가? 단지 형제 우애, 그리고 인종 등—형제 우애도 좋긴 좋으나 어쨌든 단순히 거기에 그치고 말았다.

　또 한 가지 근일에 불란서 일 문학청년이 몇 백 원이라는 <보—제스트>에 들인 비용의 몇 만분지 일 되는 비용을 들여 제작한 영화가 세계 영화계에 한 센세이션을 일으켰다 한다. 아마 그 영화가 요사이 일본에서 수입되었다는 <메닐몽탄>이라는 영화인지도 모르겠다.

　　× × ×

영화의 가치는 그 비용보다도 그 스토리로부터 정하게 된다.

어찌 말하면 그 설비 여하에 따라서 그 영화의 가치를 논하게 된다고 하겠지만 그것은 관람자에게 주는 이해(利害) 문제를 떠나서 다만 흥행 가치만을 말하는 데에 지나지 않는다. 그리고 출연자의 기술 역시 그 설비에 따라서 운전된다고 하겠지만 그 스토리와 내지 감독의 수완이 그 배우를 조종하는 힘에 10분의 7, 8을 당하고 있는 것이다.

조선에서 영화를 제작하는 데에 오늘날까지 1편 영화에 2천 원 내지 5, 6천 원씩의 비용을 들였다 한다. 이것이 영화 1편을 제작하는 데에는 그리 적은 돈이 아니다. 더구나 조선에서리요

우리는 여기에 실패 여부를 그 비용에 두고 말할 형편이 못 된다. 그 것은 다만 흥행가치(영리적)를 논할 뿐만으로서 우리는 진정한 의미에 있어서 일반 팬을 상대로 한 그 영화의 실패 여부는 검열 관계와 또한 그 제작자 두뇌에 문제를 걸고 다투지 않으면 안 될 것이다.

이 조선 영화를 말하기 전에 이상의 말을 끄집어낸 것은 조선 영화가 조선 영화인만큼 그 조선 영화가 다른 나라의 영화보담도 직능(職能)이 큰 만큼 조선 영화를 논할 때에는 먼저 그 스토리를 말하여야 하고 또한 그것을 사회적으로 보아야 하고 따라서 계급적으로 보아야 할 것이다. 그러하므로 나는 결코 영리적 흥행 가치를 빼고서 조선 영화를 말해 보지 않으면 안 되게 되었다. 이것이 국외자인 나로서 또한 우리로서의 취할 바이라 하겠다.

× × ×

조선에 영화가 수입되기는 이십여 년이나 되었고 제작상으로는 소위 김도산 일행의 연쇄극(連鎖劇)부터 기원을 삼을 이가 있겠지만 그 스토리

가 직접 근대 조선인의 생활과 거리가 가깝고 비교적 영화에 나타난 형태상 구비한 조건을 갖추었다고 말할 것은 <아리랑>부터이나 그것은 아래에 내려가서 이야기하겠고 어쨌든 순전한 영화로서 나타났다고 할 것을 열거하면 실로 20여 종이나 된다.

<해(海)의 비곡(悲曲)>, <운영전>, <장화홍련전>, <쌍옥루(雙玉淚)>, <개척자>, <심청전>, <제비다리(놀부흥부)>, <장한몽>, <산채왕(山寨王)>, <봉황의 면류관>, <아리랑>, <풍운아>, <흑과 백>, <괴인(怪人)의 정체>, <야서(野鼠)>, <낙원을 찾는 무리>, <홍련비련(紅戀悲戀)>, <금붕어>, <낙양(洛陽)의 길>, <낙화유수>, <먼동이 틀 때>, <잘 있거라>, <뿔 빠진 황소> 등이다. 이상의 것은 순서 없이 하나씩 들어서 몇 줄 써 보겠다.

<해의 비곡> 이 영화는 몇 해 전에 부산에 소위 유지신사와 실업가들이 주식인가 합자의 형식으로 자금을 모아서 윤백남 씨를 (이경손 씨도) 청하여다가 제작한 것이다. 그네들의 첫번 이상인즉 자기네들의 편견에 비친 조선인을 영화에 나타내어서 그 영화를 일본에 수출하는 것이 일종 사업인 동시에 영리편으로도 좋다 하여 이에 착수하였다고 전하였던 바 어쨌든 정체 모를 영화이랄 수밖에 없다. 이것은 여기에 그치는 것이 족하다.

<운영전> 이것은 내가 보지 못하였으니 생략하는 수밖에 없다.

<장화홍련전> 이 영화는 단성사 박정현 씨가 제작한 영화로 흥행사의 손으로 된 만큼 그때 흥행에 손(損)은 안 본 듯하나 봉건시대의 것인 <장화홍련전>을 지금 사람에게 읽히고 싶지 않은 만큼 이 영화를 달게 볼 수는 없다. 더구나 그 영화에 계모가 쥐를 잡어서 그 집 딸의 이불 속

에 넣어서 모해하는 그 장면은 그때 시대의 지배계급 소위 양반계급의 추루잔인(醜陋殘忍)한 가정을 잘 표현한 듯싶이 믿고 있는지는 모르나 그런 것은 일반이 그리 보기 좋아하는 것이 아님은 알아야 한다. 이 영화는 여러 해 전에 것이 되어서 기억이 그것밖에는 남은 것이 없다.

<개척자> 이 영화는 이광수 씨의 『무정』 다음에 ≪매일신보≫에 발표된 작품을 남궁운, 이정숙 주연과 이경손 씨 감독(?)으로 영화화된 것이다. 이 영화는 원작이 자유연애지상주의로 말미암아 일개 신여성(그 당시)이 독약을 먹고서 죽는 것이다. 그것을 어째서 <개척자>라고 제명(題名)하였을까? 만약 개척자라고 한다면 인습적 도덕에서 벗어나서 하다 못해 (조금 다르긴 하나) '입센의 노라'가 가진 만큼의 용기로써 소리치지 못하고 아무도 없는 산속에 들어가 아무도 몰래 자살하게 하였을까? 여기에서 그 소설에 주인공인 그 여자보다도 그 작자의 무기력함을 보는 수 있다. 그것은 개척자도 아니다. 희생자도 아니다. 그저 자유연애지상주의에 맹목적으로 순사(殉死)함에 그쳐 버렸다.

이것은 영화화하기에 너무도 단순하다. 단순하니만치 변화가 없다. 영화에는 변화가 많아야 한다. 그리하여야 영화의 화면이 새로운 인상을 가지고 한 커트 한 커트에 신국면이 전개될 수 있으리라고 한다. 여기에 출연자의 고통이 있었음을 안다. 시나리오는 소위 문예품에서 끌어오면 실패가 많다는 것도 여기에 두고 한 말 같다.

<쌍옥루> 이것은 옛날 ≪매일신보≫에 역재(譯載)되었던 일본 소설이다. 그것이 명작이고 명작이 아니고 근대에 있어서는 조선뿐 아니라 일본에서도 그리 환영받지 못하는 소설이다. 그만큼 지금에 있어서 스토리로 보아서도 가치를 논할 수 없다. 거기에 대한 가치라는 것은 그때 그

현실에 비추어서 정하게 될 것이다. 만약 그 원작이 그때 시대상을 폭로한 것이라면 거기에는 그 원작이 백 년 전 것이고 천 년 전 것이고 그리 큰 문제가 될 것 같지 않다. (그 원작과 그때 일본을 보아서……)

이 영화에는 감독의 실패가 적지 않은 만큼 출연자의 실수가 많다. 이것은 그저 이것만을 말하자.

<심청전> 아마 이경손 씨 감독 작품 중에는 감독술에 있어서 그리 실패가 적은 작품은 이것이라 한다. 거기에 심청이로 분한 소녀는 오늘에도 그만한 활동 배우의 소질을 가진 여배우가 드물다고 할만치 재능 있어 보인다. 그러한 발현은 오로지 감독의 감찰력(鑑察力)에 의한다. (오늘에 김정숙이나 문제거리던 신일선이나 기타 몇몇 여우(女優)도 이 이경손 씨의 시안(視眼)에 먼저 통과되어 출세시켰다는 마치 어느 점을 보아서는(신일선 등) 그리 신통치 않으나 어느 때에는 잘 보는 때가 있다. 그리고 심청의 부친 심봉사 역으로 출연한 나운규 씨도 지금보다도 진실미가 있는 것 같다. 동리 승상부인역의 여자도 점잖은 맛이 있다.

나는 이 원작을 무조건하고 배척하는 것은 아니지만 <장화홍련전>보다는 품이 다르다. 원작자는 미상이나 효를 주제로 로맨틱한 필치로써 그러한 시대에 세고(世苦)를 기록한 것은 조금 자미스러운 일이다. 물론 용궁이나 알고 어쩌고 하는 것은 그때 시대에 있어서는 그것밖에는 생각할 도리가 없었겠지만 그것까지 영화화하기에는 좀 우스운 일이다. 이 <심청전>이 그때에 있어서 많이 읽혔다 하더라도 이것을 지금에 와서 다시 들쳐서 영화화하는 것이 좋을는지?

<제비다리> 이것은 옛날 사내가 머리 땋고 다닐 때에 글방선생이 밤새우면서 한 이야기 되고 한 이야기 되고 하던 '놀부흥부'의 이야기

이다. 이것은 일인(日人)의 사회사업기관이라는 문화협회(?)에서 만든 것이다. 다른 말은 그만두겠다.

<장한몽> 이 영화 역시 일본 명치시대에 소위 문단이 생기기 전에 값싼 눈물을 많이 흘리게 하던―일본의 그때 청년을 '간이찌'라 하고 그때에 신여성을 '오미야'라고 하여 말하자면 조선의 『무정』류에 가까운 『금색야차(金色夜叉)』를 조일재 씨가 『장한몽』이라고 개제(改題)하여 이상협 씨 시대의 ≪매일신보≫에 연재하였던 것을 영화화하였던 것이다.

어째서 조선인의 생활을 영화에 반영할 수 없고 뚝 뛰어 가서 옛날 딴 세상의 것을 영화로 만들어놓고 "이것이 내 것이오" 할 마음이 어디로 부터 생겼는가? 여기에는 싱클레어의 <정글>을 우리가 읽는 것이나 루나찰스키의 <해방된 돈키호테>를 읽는 때나 그때의 감정과 다른 것을 알아야 할 것이니 그리고 그네들의 희곡을 우리 무대에 상연하는 것과도 다른 것을 알아야 할 것이다. 그러나 <장한몽>이 그 소설보다는 각색에 있어서 순연한 복사가 아님은 안다. 여기에 이경손 씨의 노력이 있다. 그리고 2인이 1역을 한 바 모순된 점도 없지 않으나 일인(日人)인 주삼손 씨의 이수일보다는 훨씬 심훈 씨의 이수일이가 진지한 맛이 있어 보였다. 이규설 씨의 순애 부친 역은 이 씨는 다른 것보다도 거기에 조그만 성공이 보이리라는 것이다. 이상에 것 외에는 말할 재료를 얻지 못하였다.

<산채왕>과 <흑과 백>과 <괴인의 정체>와 <낙원을 찾는 무리>와 <홍련비련>과 <낙양의 길>은 가 보지 못할 형편이 되어서 구경 못하였고 <봉황의 면류관>은 보다가 중도에 나올 일이 있어 보지 못하여 여기에 기록치 못하게 되었으니 유감이다.

<아리랑> 이것이 나운규 씨가 계림영화협회를 나와서 자작(自作), 자

감독(自監督), 자주연(自主演)한 영화이다. 여기에는 각 신문잡지에서 누(累)히 말하였지만 오늘날까지 나온 영화 중에 이만큼이라도 순전한 조선인의 생활을 배경으로 하고 또한 영화 제작 상 여유를 보여준 영화가 드물 것이다.

"어떠한 시골에 늦게 깬 박 선생이 그 짓밟혀가는 농촌을 일으키고자 떠꺼머리총각들을 도와서 청년회로도 세우고 세우는 즉시 A와 B라는 인재를 만들고자 두 청년을 서울 공부를 보냈다. 세월은 빨랐다. 그 동리에 어떠한 부자—한 옆으로는 저도 모르게 재물이 새는 데도 입으로는 그 농촌의 고랑물을 빨아들이는 그자가 이제는 양복쟁이 청지기를 두고 이용할 줄 알게 되고 A(나 씨가 扮)의 누이동생, 그 동리가 북돋아 기른 그 처녀는 지금에는 무궁화 꽃송이같이 방싯거리기를 시작하였다. 그 동리의 봄은 이 시악시로 하여서 아름다웠다. 그러나 서울에 가서 오셔야 할 A는 이 봄부터 미쳐서 그 동리를 들부수기를 시작하게 되었으니 그것이 미친 사람의 짓이라 하여도 어느 때든지 대가리 짓하는 놈을 희롱하고서 앙천대소하는 유다른 미치광이가 되고 말았다. 이러하여 그 동리의 봄은 저물어 가는 것이다.

어느 날 서울에 있던 B가 전문학교를 졸업하고 왔다. 온 동리는 들끓었다. 청년회원들은 기를 들고 그를 맞으러 '아리랑' 고개까지 마중 나왔다. B는 기뻤다. 그러나 A의 미친 것을 보았을 때 그는 실망하였다. 그리고 그 동리 부호의 청지기가 A의 누이에게 달려드는 것이 분하였다. 그러자 고향의 명절은 왔다. 고깔 쓰고 징 뚜드리고 춤추는 날이 왔다. B에게는 이것도 오늘이 마지막인거나 같았다. 그러나 그는 그들과 힘껏 뛰었다……"

여기서부터 이 영화의 스토리가 풀려 나아온다.

여기에 출연한 나운규, 남궁운, 신일선, 기외 제군도 이 <아리랑> 외에 다른 사진에서는 다시금 그러한 진실미와 노력을 보지 못할 만큼 그들은 충실하려고 하였던 것이다. (주인규 씨는 오히려 그때보다 지금이 낫지만)

<낙화유수> 이구영 씨의 감독 작품인 바 몽상의 여신을 그리기 위하여 얻은 모델과 화가의 연애를 그린 말하자면 몽상주의의 영화일 것이다. 이 영화에서는 복혜숙 양과 이원용 씨의 기술밖에는 좋은 기예를 보여주는 이가 없다. 이것은 누구의 말마따나 옅은 흥미 본위의 영화라는 것보다도 전혀 흥행 본위의 영화일 것이다.

기외에 <먼동이 틀 때>와 <잘 있거라>와 <뿔 빠진 황소>는 윤기정 씨 소론 중에서 몇 마디를 인용하겠다.

<먼동이 틀 때> (심훈 씨 원작 감독) 이 영화로 말하면 ××운동이 있은 이후로 허다한 젊은 사람들이 혹은 영어의 몸, 혹은 부랑인 혹은 아편쟁이 혹은 책을 팔러 다니면서도 정조를 지키고 살아가는 여인 —이와 같은 현상을 보여주는 한 옆에 마지막으로 두 젊은이에게 앞날의 희망을 붙여 먼동이 틀 때에 새로 뜨는 해를 안고 걸어가게 하였다.

그 두 젊은이는 이 앞으로 장차 무엇을 할는지 모를 일이다. 그러나 원작자의 의도는 ××로 투쟁하게 하던 인물이 아니라 <먼동이 틀 때>라는 제목부터 보더라도 막연한 여명운동(黎明運動)인 것이 틀림이 없다. (이하 략)

<뿔 빠진 황소> (김태진 씨 원작 감독)로 말하면 노동자의 맨 밑바닥 생활을 어느 정도까지 표현한 점으로 보아 다소 수긍하나 그 표현방식이

너무나 야비하여 불쾌한 감을 일반관중에게 일으키게 하였다. 원작자는 무엇을 표현하기에 애를 쓰기는 썼으나 결국 실패하고 말았다. (중략) 그리고 노동자로 하여금 그저 벌기만 하면 그 돈을 가지고 내외주점으로 인도한 것은 대실책이다. 노동자 생활 속에 주색에 대한 문제도 적지 않은 문제이지만은 더 커다란 것은 먹는다는 것이다. 일반영화업자는 이에 가일층 유의하지 않으면 안 된다. (이하 략)

<잘 있거라>(나운규 씨 독립 작품)로 하면 <아리랑>에 비하여 얼마나 떨어지는 작품인지 모르겠다. 오히려 <풍운아>만도 못하다. 전편(全篇)을 통하여 무엇을 표현하는지를 모르겠다. 어렴풋이 기억에 남는 것이라고는 값싼 인정치정 관계 그리고 마지막에 가서는 억지로 비극을 만들려고 애쓴 것이다. 우리는 값싼 눈물로써 만족하고 있는 때가 아니라는 것을 알아야 한다. 먼저 두 작품도 실패한 작품이지만 <잘 있거라>도 완전히 실패한 작품이다.

이것이 국외자인 나의 천견(淺見)으로써 감상의 일편이다. 그런 까닭에 여기에 그릇 본 점도 있는지 모른다. 그리고 너무 생략한 점이 많은 곳도 있다. 그것은 지면 관계로 어찌할 수 없는 줄 안다. 또 한 가지는 윤기정 씨에게 형의 글을 빌려온 것은 거기에 동감하였던 까닭이었음을 말하여 둔다.

이 위에 대강 소개한 이것이 이때까지에 조선 영화이다.

그리여 작일의 조선 영화는 그랬거니와 명일의 조선 영화는 어떨까?

반드시 우리에게 좋은 영화를 한 개라도 보여주라는 것이 마지막 부탁이다.*

* 『별건곤』 제10호, 1927.12.20. pp.101~105.

반도의 극단과 영화계의 일우(一隅)에서
/ 일소생(一笑生)

—조선 영화 홍수시대에 임한 반성

지난 1년 동안 반도의 극단과 영화계의 형편은 너무나 층(層)이 난다. 다시 말하자면 극은 너무 쇠퇴되고 영화는 엄청나게 생겨났다는 것이다. 연극으로는 겨우 '산유화회(山有花會)'에서 조선극장에 1주간 출연한 것과 종합예술협회에서, 천도교기념관에서 <뺨맞는 그 자식>을 3일간 공연한 것과 이화전문 여성들의 <잔다르크> 연출 2야(二夜)의 간촐한 역사가 있을 뿐이다. 반도 극단의 1년은 이같이 쓸쓸하여 도무지 이렇다고 내세울 것이 없다는 것이다. 연극이 늘지 않는 반동이라고 할 수는 없으나 연극이 쓸쓸하였던 대신에 활동사진 제작열이 끓어오른 것만은 불행 중 다행이라 하겠다.

지난 일년 중에 조선 사람의 손으로 지낸 활동사진이 13종에 권수는 실로 105권에 이르러 조선 영화 홍수시대를 지어낸 것이다.

이제 그 작품 이름과 출연자 감독자 등을 열거하면 아래와 같다.

◇ 토성회 촬영부

　　<불여귀>(5권) 감독 이규설, 주연 복혜숙

<홍련비련>(6권) 감독 미상(未詳), 주연 복혜숙 · 이규설

◇ 선활사(鮮活社)

<흑과 백>(7권) 감독 주연 미상

◇ 조선권번

<낙양(洛陽)의 길>(6권) 감독 미상, 주연 김난주 · 이연향

◇ 극동키네마

<괴인의 정체>(7권) 감독 김수로, 주연 김철산 · 신일선 특별출연
이기연

<낙원을 찾는 무리>(9권) 감독 황운, 주연 주인규 · 남궁운

◇ 금강(金剛)

키네마 <낙화유수>(9권) 감독 이구영, 주연 복혜숙 · 이원용

◇ 계림영화

<먼동이 틀 때>(10권) 감독 심대섭, 주연 강홍식 · 신일선 · 김정숙

◇ 조선키네마

<금붕어>(11권) 감독 춘사, 주연 나운규 · 신일선 · 김정숙

<들쥐>(9권) 감독 김창선, 주연 나운규 · 신일선

<뿔 빠진 황소>(10권) 감독 김창선, 주연 남궁운 · 안금향

◇ 나운규 프로덕션

<잘 있거라>(8권) 감독 춘사, 주연 나운규 · 주삼손 · 전옥

◇ 조선 영화제작소

<운명>(8권) 감독 김해운, 주연 조해영 · 김정숙

13가지 활동사진 중에 과연 몇 가지가 쓸 만하며—볼 만하였는가는
의문이며 경사로운 새해머리에 흉보고 뜯는 말씨는 삼가려고 한다.

그러나 사진 봉절 시에 키네마팬의 박수와 입장수로서 우열을 공정히 가른다 하면 아직도 <잘 있거라>와 <낙화유수>의 위 가는 사진은 없었다.

그러나 <잘 있거라>와 <낙화유수>를 또 다시 갈라본다면 <낙화유수>는 너무 달라 어디서든지 얻어들을 수 있는 사랑의 노래, 눈물에 하소이다. 그러나 아직 눈이 높지 않은 민중은 평범한 속에서 오히려 공명하는 바가 많았던 것이나 예술적 가치로 보면 <잘 있거라>가 훨씬 낫다. 사랑이니 눈물이니 하이네 시집을 겉으로 읽는 시대만 면한 사람이면 <잘 있거라>의 침통한 무게를 좇을 것이다.

그러나 <낙화유수>를 보았을 때에는 식자 간에도 낯에 수색(愁色)을 띄었었다. 그러나 <낙화유수>를 본 생각이 있는 이는 재미에 끌려 보기는 하고 나서 "너무 달다, 내용이 천박하다"는 여감(餘感)을 가졌던 것이다.

배우로서는 아직도 나운규, 신일선의 황금시대이다.

나운규, 신일선이가 공연한 사진치고 호평 아니 받는 사진이 없었다. <금붕어>가 그렇고 <들쥐>가 그렇다. 그 외에 조선서 처음 비행기를 이용한 사진으로는 극동키네마의 <괴인의 정체>가 있으나 그리 호평을 못 받았으며 계림영화의 <먼동이 틀 때>에는 강홍식 군의 주연은 빛났으나 원작자의 말하고자 하는 바를 말하지 못하게 된 관계상 벙어리 냉가슴 앓는 격이 되어 뒤죽박죽이 된 감이 있었다. 어쨌든 조선에 영화의 역사가 있은 이래 지난해 같이 작품을 많이 낸 때는 없다. 그야 돈이 적고 재조가 부족한 것은 하는 수 없는 바이다. 어쨌든 열(熱)이 그만큼 높아진 것은 경하할 일이다. 그러나 한 가지 말할 것은 오늘까지 조선의 민중은 조선 영화이라면 무조건으로 보려고 하였다. 그러하므로 아무렇게나 박아 놓아도 상영은 되었었다.

앞으로는 도저히 아무렇게나 박은 활동사진이 말썽 없이 상영될 것 같지는 않다.

"좀 더 잘 박아라."

"집어쳐라."

소리가 빗발치듯 할 위기에 가까워온 것 같다. 그러하므로 초창시(初創時)의 과정을 지낸 세음 치고 새해부터는 좀 더 책임 있는 작품을 내기를 바란다.*

* 《매일신보》, 1928.01.01

1927년의 영화계
/ 이구영

1 1927년은 조선영화계(즉 흥행제작배급을 포함한)에 있어서 여러 가지 의미로 보아 대단히 다사다단(多事多端)하였으며 따라 그만치 새로운 경향도 엿볼 수 있다.

첫째로 영화에 대한 일반의 성가(聲價)가 전년보다 훨씬 경멸로부터 시인 내지 중요시하게 된 점이요 다만 영화 그것의 오락적 의의만에 그치지 않고 교화적 가치 민중생활의 지도기관으로 가장 일반의 주목을 끌었음이다.

각사(各社) 연예부의 창설이며 기사내용 생각 비평이 수일(逐日) 격심하였음도 사실이며 때로는 제명(題名) 문제에 언급하여 여러 가지로 가르친 바도 많았음이 사실이었다.

제작방면으로 보자.

초춘(初春) 극동키네마의 창립, 계림영화협회의 재기, 조선키네마의 활약, 추기(秋期)에 들어서며 금강키네마사, 나운규프로덕션, 조선영화제작소, 고려영화제작소가 창설되어 다같이 작품이 발표되었으니 이와 같이 중출하는 제작사업을 엄중한 의미로 보아서 결코 경하할 바가 못 된다. 재래 잠복되었던 제작술이 즉접간접(卽接間接)으로 사회적 여론이며 충

151

동에 의하여 어떠한 시기에 일제히 폭발된 것과 같다 해도 과언이 아니다. 이와 같이 중출된 조선영화가 우리에게 무엇을 가르쳤으며 수확은 어떠하였느냐 하면

일체로 제작자에게 대하여는 대단한 시련이 되었으니 남제남조(濫製濫造)가 결코 일확천금의 찬스를 허여치 않는다는 것 사회적 지위의 향상과 한 가지 내용적 개선과 질적 향상이 없이는 도저히 영화 제작의 가능성이 없다는 이보다도 사회적 제재가 이를 묵과치 않겠음을 가르쳐주었다.

다만 제작자라는 입장에 서서 오락적 가치에 대하여 좀 더 무거운 평가라거나 시인을 허여치 않겠다는 편파적 주장에 대하여 시인하려 함에는 아직도 몇 가지 불복(不服)이 있다.

첫째로 오락 문제에 대하여 유독 영화계에만 한하여 유견(謬見)이 대두함은 무슨 까닭이냐? 조선사회 상황으로 보아 유해무익한 영화에 대하여 철저적(徹底的) 저지가 필요하다는 주장 그 자체에 치명적 모순이 잠재하였음을 엿볼 수 있을 것을 여하히 처단할 것이랴?

관객이 즉 영화를 보는 관객을 놓고 현상으로 볼 때에 오직 오락을 주로 감상하는 객이 대대수로 지금에 따로 영화에 있어 예술적 가치 오락적 가치란 유별히 확연히 구분된 이상 제작자로서 아니 조선의 영화제작자로서 지도적 지위에 서기에는 자체의 실력 문제가 제일의적으로 앞을 선다. 인재의 결핍과 재정적 빈핍(貧乏)이 앞을 선다. 따라 어느 시기까지 제작자로서는 오락영화의 보담 더 우수한 작품을 낳도록 힘써야 되겠음을 가르쳤다.(1928.01.02.)

2 실례로서 나는 먼저 순연한 고도적(高跳的) 제작 태도에 멈춘 연예

동지 심훈 형의 <먼동이 틀 때>를 들고자 한다. 과연 <먼동이 틀 때> 한 편이야말로 영화기술로써 범위에까지는 실현하여 보았으며, 내용적으로 식자 간에 평판이 되었다. 그러나 가석한 일이 아니냐. 경성 봉절 당시에 흥행적으로 대단히 다른 영화보다 관객에게 고급이라는 평이 있으면서 뜻 같은 성적을 얻지 못하였음은 아직도 조선의 관객의 몰취미의 죄라고만 치우쳐 둘 수 없는 사실이다.

그와는 정반대로 순연한 오락가치를 목적하고 제작된 <낙화유수>가 아직도 전선적(全鮮的) 환영을 받았다는 사실이 반드시 경하할 것은 못되겠으나 첫째로 앞서는 그 한 작품 흥행의 실패가 즉접(卽接) 제작자 자체의 성패로 되고 마는 조선에서는 좀 더 식자 간에 이해와 동정이 있기를 희망하며 건실한 발달 향상을 위하여 일치협력이 있기를 빌고 싶다.

오직 조선영화계에서 인기만이 아니라 이 두 틈바구니를 교묘하게 무찌르고 내용적으로 연예 기술적 더욱더 장례를 촉망하는 동지 나운규 형이 있음은 무엇보다도 든든하다. <들쥐>의 유머스러한 내용이나 <금붕어>에서 시험해 본 프롤로그나 <잘 있거라>의 훌륭한 카메라워크나 다 같이 조선영화계의 일대 수확임은 사실이다.

특필할 것은 종래에 없던 선전의 교묘해진 것이니 27년도 중 제작된 영화가 뛰어나게 선전적으로 성공하여 또한 흥행상으로 성공된 작품이 많다. <들쥐>는 당국에 문제가 되어 여하튼 선전이 되었거니와 <금붕어>나 <낙화유수>나 <잘 있거라>가 다 같이 선전상으로도 가장 뛰어났음을 보면 앞으로는 적어도 영화의 선전이란 반드시 제작 부문의 중요한 지위를 부여하여 전문적으로 선전술의 연구가 가장 필요해진 모양이다.

배급상으로 본 외국 영화

조선인측이 주로 양화전문관(洋畵專門館)인 관계로 일본인측 다섯 극장보다도 영화 배급자의 지반 쟁투가 전장화(戰場化)하고 만 감이 없지 않다. 더욱이 일본영화의 대두로 27년 일본영화계는 일본영화계에 전에 없는 황금시대를 현출(現出)하여 외국 영화를 일축(一蹴) 후 독자의 견진(堅陣)을 치고 만 까닭에 경쟁도 격렬하였고 서서히 양화배급자의 신활로를 바닥 좁은 조선에까지 펴고 만 27년도이다.(1928.01.03.)

③ 신춘 기신양행(紀新洋行)의 설립과 한 가지 수년래 수입을 못 보던 메트로골드윈 영화를 비롯하여 동서영화주식회사 대리점이 경성에 설치되고 FBO 와너 영화의 새로운 활약을 보았고 파라마운트사의 주의를 끌어 신추(新秋) 새로운 활약을 하게 된 것도 유나이티드 아티스트사가 경성에 지사를 두게 된 것도 다 같이 얼마나 지배자의 지반전(地盤戰)이 연출되었더냐는 것을 말하는 증거이다. 따라서 유니버셜 폭스 □일 국제 3지사의 대항전이 가관이었으니 선두로 유니버셜이 일본 영화 제작에 착수하였다가 수십만 원의 돈만 잃고 다시 양화에 전력을 경주하게 됨까지 배급 영화 부족으로 일대 타격을 받고 전에 못 보던 지반의 동요로 인하여 조선에도 잠시 동안 수입이 중단되었으나 동기(冬期)부터 겨우 현상유지에 그쳤다.

그러나 본시(本是)가 제삼류 의식에 제작표준을 둔 '유'사 영화이니만큼 도시보다도 지방에 그 세력이 부식(付植)되어 있음은 사실이요 '폭스' 영화를 제외하고 '슈넬'사나 '파'사나 '네'사나 '와너 FBO'나 도시적으로 일부에 활약이 있었을 뿐으로 아직도 지방적으로는 '유'사 영화를 구축

하지도 못하는 모양이다.

이 모든 제회사(諸會社)를 떠나 도시 지방을 물론하고 일반적으로 절대적 세력을 부식한 회사가 있으니 '유나이티드'다. 27년도 '유나이티드' 조선 활약은 근년에 드문 특필할 점이겠다.

정반대로 '메트로골드윈' 영화가 겨우 수편 영화의 수입으로 보잘 것이 없었고 예상이상으로 '와너 FBO'의 성적이 추기(秋期)로부터 호황이었음은 배급자의 수완에 있다 하겠다. 연연 순조로 '파'사 영화가 세력이 확장되어 감은 금후가 주목처이겠다.

흥행계는 어떠하였는가?

예년 유지되어 내려오는 상태로 선전전과 필름 전투전이 첩첩이 연출된 모양이다. 본래 작년보다도 불황으로 인하여 흥행적으로는 가관할 점이 없다. 선년(先年)보다 선전이 교묘하여지고 과장이 심해진 까닭에 고정관객의 동요가 심하여지고 상영 영화의 조절이 없어졌기 때문에 연연 관객이 늘어가는 경성에서 의외에 고전 상태가 계속 되었음을 엿볼 수 있다.

이러한 조절이 연전 같이 3관 협정 하에 행해 내려오지 못함은 첫째 자유경쟁에 원인 된다. 이 원인은 상영 영화종별에 따른 점도 많으니 제일류 내지 제이류적 고급영화가 차차로 조선에 수입되어 세평으로 삼류급 작품이 배척되고 실상으로 삼류급 영화가 이직도 관객의 눈에 익었던 관계로 일급 작품이 흥행상 실패가 되었던 모양이다. 그러면 금후로 점점 일, 이급 영화가 중심세력을 장악하게 될 것은 사실일 것이다. 이상 1927년도 내가 본 바 영화계 일반이다. (1928.01.04.)*

---

* ≪중외일보≫, 1928.01.02.~04.(총3회)

국외자가 본 1927년의 조선 영화계 3 / 최승일

　<먼동이 틀 때> 이 사진은 얼른 보면 그럴 듯한 사실 속에 큰 모순이
있으니 그것은 첫째 스토리의 한 줄기, 주인공이 민족적 사상을 가졌든
지? 하여간 한 사람의 일꾼, 십년 징역꾼을 왜 그렇게 참혹히도 희생을
시켰느냐는 것이다. 무슨 일을 하다가 십년이나 긴 세월을 뇌옥(牢獄)에
서 보내다가 햇빛을 보게 되어 가지고 한 일이라고는 어느 카페의 여급
사와 어느 미성숙한 무정견한, 소위 젊은 시인(?)을 말하자면 구해주고
다시 감옥으로 가게 되는 것 그것뿐이냐? 이것이 위대한 인도적 감정일
까? 그래서 그 과거의 일꾼은 햇빛을 보자 퇴화되어서 뇌옥으로 다시 가
게 되고 소위 현대에 많이 있는 모던걸 하나 하고 모던보이 하나가 행복
을 차지하게 되었다. 나는 그 심사를 모르겠다. 그리고 한 가지 눈에 뜨
이는 것은 '억지로 말라붙었던 청춘의 가슴! 피!' 하였으니 무거운 일을
하다가 십년이나 고형(苦刑)을 받은 사람의 신세는 억지로 말라붙었던 청
춘의 가슴과 무슨—기하학적으로 상관이 있을까? 좀더—그에게는 민중
의 일을 위한 ×가 있어 가지고 그것으로 희생이 되어야할 지인데 하고
우리는 말한다. 왜 그런고 하니 그는 감옥 속에서 나오자마자 제단 '육각
당(六角堂)'에 가서 절을 하였던 것을 우리는 기억하였던 때문이다. 배우
들의 기술과 또한 그들의 얌전하게 활동하던 것이 스토리에 가서 전부

파멸을 당하였다. 그러한 배경을 가진 사진이면 그러한 (××이 당하면서라도) 길을 보여주기를 바란다.

○

그들은 확실한 수난자이다. 보아라. 주림과 ××에 못 이기어 북쪽으로 가는 친구들이다. 십 전짜리 테푸 조각을 둘러메고 오늘은 마포 내일은 □□정으로 돌아다니며 태양이 그의 어머니인 조선의 영화계이다. 무엇이라든가? 그것은 우리가 바라지 않는다. 사진이 어떻게 되었느냐는—그러나 그 사진이 무엇을 우리에게 주었느냐를 우리는 요구한다. 그러나 아무리 스튜디오나 광선이 없다 하더라도 집을 잃은 객과 같은 신세 속에서라도 그림에 나타나는 비약이 있어야 한다. 그리고 이야기가 잘 되어야 한다. 그리하여 1928년에는 새로운 스타트가 있어야 한다. 거푸 말하지마는 잡지 차고 강연회로 몰리던 도련님과 아가씨네들이 당신네의 작품 앞으로 몰려가게 되는 것은 기억하여야 하겠다. 나는 조선의 영화를 볼 때에 저기압 속에서 태양을 찾는 환영을 보는 것과 같은 느낌을 가지게 된다. 그리고 오늘날 영화 작품이 □□의 예술인 이상 소설과 연극을 극복한 이상—될 수 있는 대로는 각 방면에서 도와가야 하겠다. 다시 말하면 소설에나 연극에나 나타나게 될 조선의 현실이 충분하게 (될 수 있는 대로) 영화에 나타나게 하고 또한 그것이 광명을 찾는 우리들의 무기가 되어야 할 것이다. 왜 그런고 하니 우리들의 생활 속에서 우러나는 모든 예술적 작품은 무기이어야 할 터이니까 그렇다. 모든 예술적 작품은 사회주의적이라야 할 것이다.

끝으로 사계에 종사하는 동지들의 건투를 빈다. 일로부터는 새해다.*

---

* 《조선일보》, 1928.01.10.

영화예술에 대한 관견(管見)
/ 만년설(萬年雪)

　① 영화를 예술의 일 부문으로 세지 않을 수 없는 여러 가지 이유를 여기 새삼스럽게 들 필요는 없을 줄 안다. 그러므로 나는 '영화도 예술이다'라는 데로부터 이하 약간의 사견(私見)을 베풀려 한다. 물론 나는 소위 '영화쟁이' '영화전문가'는 아니다. 그러나 '예술'이라는 것을 일종의 고정된 미(美)의 전당으로 해석하는 묵은 관념에서가 아니라, 인문사(人文史) 이래 예술의 발전 취향과 현재의 단계와 앞날의 유추에 관해 다소의 조어(造語)와 인식을 가졌다는 의미에서 예술의 한 부문인 영화를 논하는 것이니만큼, 결코 촉견폐일(蜀犬吠日)의 격에 그치지 않을 것을 자신한다.

　선전적 의미에서, 또는 이해와 간취가 용이하다는 점에서 영화를 오늘날 예술 각 부문 중에서 중요한 하나로 추정하는데 이는 결코 인색할 수 없다. 효과가 빠르고 큼으로 말하면 이것을 넘는 것이 없다 해도 별로 큰 실수는 안 될 것이다. 소비에트 러시아의 <전함 포템킨>, <바람>, <어머니> 등 영화가 일본에서 받은 대우를 보아도 이것을 넉넉히 반증할 수 있을 것이다.

　영화 관람자가 세계를 통해 매일 평균 육백만이라 하니까, 그 얼마나 보편적인지 알 수 있다. 까다로운 두뇌의 작용이 없이, 또는 휴식의 시간을 이용하여 관람하게 되는 까닭에 영화는 무엇보다 일반적으로 보편되기 용이한 것이다.

조선의 예술운동이 형극을 뚫고 나가듯이 간난한 중에서 영화가 비록 양적으로나마 놀랄 만큼 생산되는 이유의 일면은, 확실히 보기 쉽고 알기 쉬운 데 있는 것이다. 보기 쉽고 알기 쉬운 데서 취미가 생기고, 취미가 생기는 데서 더욱 관람욕이 움직이는 것이다. 우리가 오늘날 모든 예술작품을 쉽게 지어야 한다는 이유도 이런 평이한 곳에 있는 것이다. 질(質)이 양(量)에 작용되고 양이 질에 작용된다는 변증법을 더 내세울 것 없이, 질적으로 평이하게, 선명하게 하는 데서 양의 증대를 볼 수 있고 거기서 다시 질적 향상을 보게 될 것이다.

조선의 영화가 수로 보아 놀랄 만큼 늘었다고, 그것을 가리켜 곧 반가운 현상이라고 하는 것은 물론 아니다. 많다는 것과 좋다는 것은 당연히 구별되지 않으면 안 될 것이다. 어떤 분은 수의 증대를 가지고 곧 영화계의 향상이니 발전이니를 논위(論謂)한다. 그 내용이나 표현이 과연 사회의식 활동의 영양소가 되는지 안 되는지, 이 질적 방면을 맨 처음으로 고찰하지 않으면 안 된다. 하물며 영양은커녕 해독을 남기는 작품이 많음에랴!

다액(多額)의 금품을 투자하여 한 개의 작품을 제작해내는 그 의의가 어디에 있는가? 작품 제작의 의도와 관심이 어디에 있는가? 또는 그 작품이 사회에 주는 영향이 어떤가? 를 주밀히 또는 엄정히 구명하지 않으면 안 될 것이다. 만일 그 작품 내용이 단순히 항간의 호기(好奇)나 열정(劣情)에 타협을 구하고, 입장권으로 사회나 민중과 지음쳐 애오라지 일개 극장 내의 공기를 일시 빛 다르게 물들임으로써 관중을 찾는다면, 그것은 사회의 영양이 못 될 뿐만 아니라 도리어 사회에 불리한 독소가 될 것이요, 민중을 떠난 공상, 몽환에 암영(暗影)이 될 것이다. 처지를 운운하고 검열을 구실삼아 가지고 일개의 날탕패 영화를 지어놓는다면, 우리는 그것을 방어하지 않을 수 없다. 그런 것은 없는 편이 나은 까닭이다. 다만 있다는 사실, 그것이 귀한 것이 아니라, 어째서 있으며 있어서 어떤 작용을 하는가가 관심의 머리가 되지 않으면 안 된다. 즉 영화가 사회나 민중과 불가분의 현실적 존재로 민중에게 실제적 이익을 주는 것이라야, 우리는 비로소 존재의 가치를 시인할 수 있는 것이다. (1928.07.01.)

② 우리는 한 편의 영화를 지을 때, 우리의 계급을 위하는 것이 되어야 한다는 양심을 영화상에 실제화하지 않으면 안 될 것이요, 우리는 한 편의 영화를 볼 때, 그것은 어느 계급을 위하는 것이냐를 관찰의 표준으로, 제일 부르주아지에게 이로운 것이라면 이에 대한 항쟁을 해야 할 것이요, 우리 계급에 이익 되는 것이라면 그것이 더욱 후속 영화의 자극이 되도록 비판하지 않으면 안 될 것이다. 즉 새로운 역사의 입구에 든 우리는 늘 우리의 입장을 잊어서는 안 되며, 우리의 입장의 이익을 대표하는 관점에서 어떤 영화를 제작할까, 또는 어떤 영화를 배격하고 어떤 영화를 키워나갈까를 생각지 않으면 안 된다.

이것은 너무 이론에 치우치는 말이라고 할 사람이 있을지 모르나, 이런 용의가 있는 사람과 없는 사람은 작품상에까지 곧 반영되나니, 오늘날의 조선 영화를 보라, 과연 하나라도 그런 의도 아래에서 제작한 작품이 있는가? 입으로는 신흥예술을 말하는 분이 영화계에도 많은 듯하나, 그 작품을 보면 신흥의 '신(新)'자도 모른다고 아니 할 수 없다. 그 예로,

크게 떠들고 나온 심훈 군의 <먼동이 틀 때>를 들어도 족할 줄 안다. 참 고린내 나는 신흥예술이더라. 이에 대하여는 이미 윤기정 군이 다소의 비평을 했거니와, 하 개개의 작품평에서 다시 그 혼란한 배짱을 들춰 보자.

내가 이 논문을 쓰는 본의는 결코 막연한 예술의 일반 이론으로 그치려는 것이 아니요, 적어도 영화에 대한 약간의 실제 문제를 논하여 다소의 보람이나마 영화계에 보내려는 성의에서다. 요새 나오는 영화—더욱이 비열한 야심이 더욱더욱 분식되어 나오는 나운규프로덕션의 작품을 볼 때, 안 쓰려야 안 쓸 수 없는 충동을 받게 된다. 우선 내가 본 영화의 몇 개를 조상(俎上) 위에 올려보자.

<쌍옥루(雙玉淚)>, <산채왕(山寨王)>, <운영전>, <심청전>, <장화홍련전> 등 태작의 수반(首班)을 다투는 작품은 민중이 이미 짓밟은 지 오래니, 다시 버린 아 들출 필요가 없을 것이다. 들춰봐야 역시 악취뿐일 테니 그대로 쉬파리와 구더기의 포식에 맡겨두자.

<장한몽>

이것은 일본 미기홍엽(尾崎紅葉), 오자끼 코오요오의 『금색야차(金色夜叉)』를 번안·각색한 것이다. 이 원작은 몰락하는 낭만주의의 한 빛다른 회신(灰燼)으로, 일본뿐 아니라 조선에서까지 상당한 물의를 야기했다. 봉건제에서 자본제로 넘어가는 소연(騷然)한 환경 중에서 소위 현실을 똑바로 인식하지 못하는 부르주아 부유 문사의 당황한 관찰로 있는 놈과 없는 놈을 범벅해 놓고, 최후로 연애지상이라 할지 초련(初戀) 지상이라 할지 모를 커다란 삿갓을 씌워놓았다. 있는 놈과 없는 놈이 각각 어디로

가는가? 어디로 가야할지?—이 현실을 모르는 작자는 작중에서 한 명의
고리대금업자를 화재(火災)로 징계하고, 한 명의 없는 놈을 화재의 여덕
(餘德)으로 졸부가 되게 하고는, 또한 그 어디로 갈 것인지를 몰라서 결
국은 재래의 도덕이 용인하지 않는, 정조를 판 여성을 초련의 남자에게
떼어다 붙이는 고충을 꾹 누르고 연애지상이라는 초연한 전당에 도피를
시키고 말았다. 더 말하기도 싫다. 일언이폐지하면 조선의 <장한몽>은
완전히 죽은 작품이다. 작중의 인물들은 북인일편(北印一片)의 연기로 사
라지려는 시체를 찾아가는 조상객 같다. 주연 주삼손(朱三孫)의 무예도
그야말로 위대했다. 지금까지 시종여일하게 내려오는 불변색적(不變色的)
무예는 이때부터 비범히 발로되었던 것이다, 미모는 결코 작품을 살리는
재료가 되지 못한다는 것을 각색자에게 한마디 해둔다. (1928.07.02.)

3 <농중조(籠中鳥)>

이것은 일본의 속요(俗謠)를 영화화한 것이다. 역시 태작이다. 이미 사
람의 기억에서 사라진 지 오랜 희미한 작품이다. 다만 히로인 복혜숙의
예풍(藝風)이 아깝다. 초진에 이런 작품에 나서게 된 것이 애석한 동시에,
이런 작품 때문에 재미없는 퇴가 묻어가는 것을 근심하지 않을 수 없다.
복혜숙은 남녀우(男女優)를 물론하고 지금에 있어서도 많은 은혜 받은 배
우라 할 만하다. 화장이 어떠니 의상이 어떠하니는 기생 · 오입쟁이에게
밀어둔다 해도 과히 큰 실수는 안 될 것이다. 그것도 물론 생각해야 할
것이지만, 장신술(裝身術)이 표정과 율동을 지배하는 것은 아니다.
　<아리랑>
조선의 날탕패 영화 중에서는 좀 때 벗은 작품이다. 그러나 전체가 가

장 재간으로 경위(經緯)를 지은 작품인 만큼 자룸자룸한 흠이 퍽 많다. 그리고 도대체 무엇을 표현하려 했는지 알 수 없는 작품이다. 까닭 없이 좋아하는 어린애들 장난에나 비길는지? 시골 청년회원이 농사도 불고하고 일개 유학생을 기(旗) 들리고 행렬지어 마중하는 다정(多情)은 조선의 현실에 닿지 않는 과장이다. 과장은 알고 보면 심히 미운 것이다. 부르주아적 허위이기 때문이다. 보라. 금일에 키어난 나운규 군의 비열한 염치 없는 과장과 그것을 위한 장난을. 이 작(作)의 주요 정신은 있는 놈과 없는 이의 사랑 쟁탈전인데, 그것이 결국 없는 이의 승리로 돌아간다는 것이다. 그것을 강조하기 위해 부자를 미워하고 검인(劍刃)을 들고 잔인을 감행하는 광인의 사명을 끼워놓았다. 광인은 마침 그 사명을 다한 때 제 정신이 찾아왔다. 위대한 기적이다. 만(萬)에도 억(億)에도 있기 드문 기적을 찾아 재현하는 것이 과연 거룩한 예술이더냐? 억(億)도 조(兆)도 더 되는 현실의 사물에 돌아오라—이 한마디를 작자에게 보낸다.

나운규 군의 광인은 광인이 못 돼 본, 아니 광인의 행동을 감시해 보지 못한 우리로는 가타부타 말하기 어려우나, 그다지 부자연한 것 같지는 않았다. 역시 군은 그 과장과 열정을 의식적으로 표현하는 것보다 광인으로 이리 뛰고 저리 뛰는 것이 애교롭다. 밉지 않다. 남궁운 군은 동작이 너무 굳었고 신일선 양은 인형과 근사했다. 이것은 그 원인이 전부 배우 자체에만 있는 것이 아니고 감독자가 무리하게 제 좁은 편견과 주관을 배우에게 요구한 까닭이겠다. 감독은 모름지기 주입식을 피하고 계발적으로 지도해야겠고, 배우는 좀 더 감독으로부터 해방되어 능동적으로 동작해야 할 것이다.

<풍운아(風雲兒)>

훌륭한 날탕패 영화다. 차라리 그 표본이라고 하고 싶다. 나운규 군의
과장과 날탕패 두목식 기질이 더욱 선명히 나타난 작품이다. 역시 주지
(主志)가 무엇인지 알 수 없는 두루뭉술 같은 작품인데, 애써 그 골자를
찾아보면 무주공자(無主公子)식 부랑자가 기생과 학생의 연애를 빚어주
기 위해 기생집에 드나들고, 인력거꾼으로 변장하고, 세탁소를 바리고,
지나인(支那人)의 돈을 훔치는, 역시 현실에서는 볼 수 없다. 공상적 사건
의 창작이다. 피스톨을 들고 무인공산과 같이 거리를 미친 듯 쫓고 쫓기
고, 어우러져 싸우고, 때리고 죽이고 하다가 한 쌍의 남녀 짝을 남기고
막을 닫는 데가 그들이 말하는 클라이맥스—흥행가치의 절정이다. □□
적 죽음이나 별리나 또는 살벌한 살육이나 일본 유도의 사범 교수와 같
은 난투가 이 흥행가치의 중심인 듯하다. 과연 관중은 이런 것을 그리 큰
가치로 아는가? 이것은 저 세계에서 제일 어리석은 양키의 영화와 그것
을 추종 답습하는 조선 영화계의 날탕패가 지은 죄과 중의 큰 것이 아니
면 안 된다. (1928.07.04.)

④ 조선은 아메리카와 같이 날탕패 장난을 좋아한 나라가 아니다. 상
당한 의식적 작품을 내어보라. 민중은 곧 이리로 쇄도할 것이다. 나날이
보도되는 신문지의 사실과 조선 민중의 사상을 대표하는 논지와—아니
그보다 손쉽게 한 번이라도 의의 있는 사회 문제 강연회에 앉아본 사람
이면 조선 민중이 어떻게 변했으며 또는 무엇을 찾는지 알 수 있을 것이
다. 말이 기로에 들었으나, <풍운아>는 조선 민중의 진검(眞劍)한 요구
에 일종 유해무익한 장난 기분을 풍구질을 했다고 볼 수밖에 없다. 다만

장난이라는 단지 슴뜬 놀음이 직접 민중의 투쟁 대상이 아니니만큼 민중은 아직 이에 대한 증오나 비판이 부족하여, 그저 그 기발하고 기상천외한 데 의미 없이 웃는 모호한 전통이 있어서 이에 대하여도 별반 큰 악감은 갖지 않을지 모르나, 깊이 생각하면 그것은 이(利)는커녕 해(害)를 남기는 것이다. 누구든 즐기고 웃기를 싫어할 사람은 없다. 그러나 특수한 처지에 있는 조선의 민중을 즐기고 웃기는 데 있어서, 우리는 해×(解×)과 행복으로 나아가는 방법으로써 하지 않으면 안 될 것이다. <풍운아>는 과연 그것이었더냐. 우리는 이 계급관을 떠나고 현실을 떠난 부랑배의 장난을 진개상(塵芥箱)에다 처넣지 않으면 안 된다.

<먼동이 틀 때>

살았는지 죽었는지 알 수 없는 싱거운 작품이다. 큰 뜻을 품고 기미, 1919년에 감옥에 들어갔던 그 사람은, 다시 세상에 나온 때는 아주 거지와 같이 무기력한 사람이 되고 말았다. 그리하여 그가 다시 세상에 나와 한 일이 무엇이냐. 카페의 여급사와 어떤 청년 시인의 연애 중매였다. 그것을 달성하기 위한 활동뿐이었다. 작자와 주연(강홍식)은 모두 저 위고의 『희(噫)! 무정(無情)』 속의 장발장을 흉내내려 한 듯하나, 그때와 지금이 얼마나 다른지 알아야 한다. 조선의 먼동은 결코 그같이 싱겁게 트지 않는 것을 또한 인식해야 한다. 일개의 청년 남녀의 사랑을 위해 한 몸을 희생하는 그런 썩은 사람을 조선은 요구하지 않는다. 만일 그 청년남녀는 조선의 새 일꾼을 상징한 것이요, 그들을 위해 도우려는 사람으로 주연된 그 사람을 내세운 것이라면, 즉 다시 말하면 그것이 조선의 현실을 상징적으로 표현한 것이라면, 우리는 작자의 너무도 무능하고 비겁함을

웃지 않을 수 없다. 아니 그보다 작자는 빨리 그런 사업을 그만둬달라고 항변하고 싶다. 왜 그러냐 하면 작자가 아무리 위대한 생각을 가지고 그 것을 직접 표현하기 어려워서 암시적 또는 상징적으로 표현했다 하더라 도, 그것을 일반이 감지하지 못한다면 그것은 하등 보람을 내지 못할 것 이니까—. 그리고 또한 호한(浩瀚)한 조선의 현실을 일개 청년남녀로 상 징한다면, 그 방법이 너무나 유치하고 저급한 것을 웃지 않을 수 없다. 아무려나 조선의 현실은 청년남녀의 사랑으로는 상징할 수 없는, 이질적 무맥락(無脈絡)의 사실이니까 <먼동이 틀 때>를 그런 상징예술로 추정 할 수는 없다. 작자야 그렇게 생각했든지 말았든지 객관적 비판은 그로 부터 엄연히 독립하기를 요구한다. 이것은, 즉 상징적 작품으로 보아줘도 실패된 것이요, 직접 표현으로 보아도 실패다. 실패라느니보다 악균(惡菌) 을 양성하는 썩은 작품이다. 기미의 ×포(×補)도 조선의 청년을 그같이 썩 게 하지는 못했다. 그러면 작자는 왜 그런 주인공을 표현했는가? 작자의 죄과는 크다 아니할 수 없다. 그리고 십년 동안 남편을 위해 수절한 아낙 이—단발까지 한 아낙이 남편의 출옥일을 몰랐다는 것은 너무도 사실을 암살하는 우졸(愚拙)이라 하겠다. (1928.07.05.)

⑤ <저 강을 건너서>, <잘 있거라>

이것은 <먼동이 틀 때>의 평을 그대로 보내기에도 너무나 호의가 과 한 듯한 열작(劣作), 아니 망작(亡作)이다. 전자는 사랑을 찾아서, 두만강 을 건너서 몇몇이—아니 학생까지 불렀다. 도박꾼들을 물리치고 주장(主 將)(나운규) 격인 그는 적강(敵强)에 맞아 죽고, 사랑하는 한 쌍만 남는 나 일통(羅一統)의 화기적(和氣的) 의협극이다. 가령 도박꾼이 우리의 적의 상징이라 하자. 그렇다 하더라도 <먼동이 틀 때>의 평으로써 박(駁)할 수 있는 것이다. 후자, 즉 <잘 있거라>는 <풍운아> <아리랑>과 같이 한 쌍의 사랑의 전문가를 위해 의협아(나운규)인 주인공이 부자를 골려 주고 도적하고 구걸하고 징역하고 살인하고 그만 죽어가는 그런 스토리다. 배우들이란 모두 나운규를 꼭지로 한 땅꾼, 깍쟁이떼 같은 기계인간들이다. 전옥(全玉)이라는 장승 같은 여성과 주삼손(朱三孫)이라는 성상(聖像) 같은 남성의 연애란 냉수에 이 부러질 꼴이다. 나운규의 과대망상광적 활동과 열정적(劣情的) 표정은 심한 증오를 일으킨다.

나운규의 작품에서 힘써 취할 점을 찾는다면, 부자에 대한 증오와 반항일 것이다. 그러나 그는 그 증오를 일종의 장난으로 하고 또는 현실에서 볼 수 없는 기발한 방법으로 한다. 그러므로 결국 그 증오나 반항은 그의 공상이 낳은 호기(好奇)적 장난에 그치고 만다. 그리고 으레이 직중에는 살벌한 살육이 있다. 그런 뒤에는 감옥에 가거나 그렇지 않으면 죽고 만다. 이것은 아나키스트나 즐겨할 바요, 방법과 단결로써 나아가는 민중에게는 대금물(大禁物)이다. 한 명의 부자를 죽임으로 민중이 무슨 이익을 입으랴. 가령 그것이 증오의 강조요 결사적 의지의 종용이라 하더라도 그런 강조와 종용만으로 모든 문제가 해결되는 것은 아니다. 증오와 반항을 민중적으로 계급적으로 결속 동원시키는 전반적 방법의 암시나 상징이 없어서는 안 된다. 살인과 같은 제일의 행동만 기능하고 그 때문에 제이의 행동이 불가능하게 되는 그런 비(非)방법적 행동을 변증법적 유물론자는 취하지 않는다. 우리는 제일의 행동을 감행할 때 벌써 제이의 발전 행동이 가능할 수 있는 방법론을 파악하지 않으면 안 된다. 이것은 너무나 ××× 조선의 현실에 무관심한 말이라고 할 사람이 있을지 모르나, 이것은 아무리 험악하다 하더라도 현실 제 조건 중에는 이미 그 해결을 가능케 하는 요소가 온양(醞釀)되어 있다는 변증법을 모르는 둔감한 예술가의 말이다. 그들과 같을 말이면, 조선에 엄연히 사회운동이 진전하면서 있는 사실이나 일본에 무산정당이 생겨서 금년부터 그 대의사(代議士)까지 보게 되었다는 것이 꿈이 아니면 기적일 것이다. 일본이나 조선의 (2행 략) 못 일어나게 하려면서도 어쩔 수 없이 금일과 같이 그 존재를 시인하는 것이 무엇 때문이냐. 이것은 즉 '현실 제 조건 중에는 이미 그 해결을 가능케 하는 요소가 온양되어 있다'는 것을 실제적으로 증명하는 것이 아니냐. 그러므로 영화예술에 민감한 이는, 그리고 현실에 대한 정당한 인식을 가진 이는 물론 우리의 기대에 맞는 작품을 낼 수 있는 것이다. (1928.07.06.)

6 <낙화유수(落花流水)>

사랑의 찬미가다. 연애지상주의 바이블의 한 페이지다. 어떤 화가를 사랑하던 기생이 유야랑(遊冶郞)의 꾀에 걸려 애인을 잃자, 그 애인은 전의 약혼자와 결혼해가지고 미국 유학을 떠난다. 기생은 사랑에 못 이겨 발광한다. 미국 갔던 화가가 애인과 같이 돌아와 옛날 기생의 초상을 그리던 화실에서 사랑을 속삭이던 밤, 희미한 불빛이 흐를 때 강 건너의 광녀는 그 불빛을 따라 강물도 모르고 건너오다 빠져 죽는다. 이만해도 얼마나 부르주아지의 흉내인지 알 수 있을 것이다. 다소 의식 있는 사람이라도 연예 문제에 있어서는 아직 비상히 전통적·낭만적 부르주아적 잔재를 가지고 있기 때문에, 그저 취하듯 이 작품에 그다지 악감을 가지지 않는 듯하다. 이에 우리는 연예 문제에 있어서도 새 인식을 가져야 할 것을 절실히 느낀다. 그러므로 우리는 이런 작품을 의식적으로 검토해서 배격하지 않으면 안 된다. 사회와 민중을 떠나서 사랑만을 찾는 인간을 우리가 배격하는 것같이, 이런 작품을 또한 논살(論殺)하지 않으면 안 된다. 우리가 가질 사랑은 이 작품이 가르치는 것 같은 것이 아니다. 계급의 이익을 위한 사랑, 동지를 위하는 사랑, 사랑 때문에 몇 사람의 견실한 동지를 얻게 되는 사랑, 처지와 생활과 인식과 주의가 같은 데서 생기는 사랑. 이것이 우리가 찾는 사랑이다. 여성 사회의 의식 수준이 낮은 조선에서 이것은 오늘의 문제가 못 된다 하더라도 내일의 문제는 될 수 있으니, 우리는 이 의미에서도 더욱 새 사랑의 인식을 전취하지 않으면 안 될 것이다. 자기 속의 부르 근성과 싸우면서 연애지상이라는 것은 전연 오늘의 남녀관계를 발생시킨 사회관계를 망각한 망상이니만큼, 우리는 이 실례인 <낙화유수>를 배척하는 것이다.

<뿔 빠진 황소>

노동자의 생활을 표현한 작품이다. 모든 것에 주리는 그들은 성(性)에도 역시 주렸던 것이다. 그리하여 일개의 술장사를 에워싸고 나도 나도 식으로 성의 배를 단 한 번이라도 채우려 했다. 그러나 그 눈물어린 꿈은 감독의 위협 아래 깨지고 말았다. 감독이 술장사에게 사랑을 구했다. 그러나 거절되어버렸다. 이에 악의를 품게 된 노동자는 그 광산의 석탄을 도적해갔다. 그러자 감독의 부하로 있는 청년이 이것을 발견하고 격투하다가 그만 죽고 만다.

이 작품은 조선에서 첫 시험이요, 또는 노동자의 생활을 표현한 것이니만큼 버릴 수 없는 작품이다. 중(中)에, 하(下)에, 소위 흥행가치 클라이맥스를 집어넣느라고 뒤범벅을 개어버렸다. 좀더 상당한 지휘자가 있었던들 조선 영화계에 새로운 기록을 남길 뻔했다. 그러나 이 작품은 다만 노동자의 생활―더욱 호기(好奇)를 끌 만한 단편 단편을 표현하는 데 그쳤고, 노동자의 갈 길, 취할 바 일은 추호만큼도 비치지 않았다. 사랑하는 여자를 뺏김으로 해서, 역사적 사명을 걸머진 노동자는 석탄 도적으로 변하고 말았다. 이리하여 그를 불행한 운명에 떨어뜨리고 말았다. 만일 사랑을 잃은 때 그가 크게 깨달은 바가 있어서―즉 노동자가 모이면 세계를 움직일 힘이 되고, 그 힘으로 자기네의 행복의 길을 닦으며 모든 빼앗긴 권리를 찾아낼 것을 느꼈다면 좋았을 것이다. 이런 해방과 광명을 향하는 의도 아래에서 여러 가지 사건을 집어넣으며 내용을 전개시켰다면 좋았을 것이다. (1928.07.07.)

7 그러나 이 영화는 도처에서 타매를 받았다. 그것은 물론 관중의 몰이해에도 있지만, 그밖에 외국(주로 미국) 영화와 그것을 추종하는 조선 영화가 지어놓은 죄과의 탓도 적지 않다. 아메리카 영화는 조선 관중에게 실로 많은 해독을 주었다. 황금장난, 사랑놀이―무엇 무엇 밉살스러운 작품이 조선에 들어와서, 조선 관중에게 나쁜 영향을 준 바가 실로 크다. 영화 경영자와 해설자가 무지한 탓도 있고 또는 작품이 불완전한 탓도 있지만, 조금이라도 의식을 가진 자라면 이 작품에 대해 특히 그같이 타매할 것은 없을 줄 안다. 이 작품이 노동운동의 이해로써 제작되지 않은 것인 만큼, 시종을 일관한 역선(力線)이 없이 이러쿵저러쿵 된 것만은 사실이나, 그래도 종래의 영화보다는 나은 줄 안다.

<유랑>, <낙원을 찾는 무리들>은 보지 못했으므로 후기(後期)를 기

약해둔다.

나는 이상에서 작품을 평하면서 약간의 실제문제에 접근한 줄 안다. 이하, 다시 이상의 관점을 종합해가지고 영화예술에 관한 근본문제를 약론(略論)하려 한다.

영화도 모든 다른 예술과 같이 현실적이라야 한다. 이상에 열거한 작품내용의 사건을 볼 것 같으면 대개 전부가 비현실적·공상적·기적적·비과학적이다. 즉 그 내용을 짓는 사건이 대개는 이 현실에 있지 않은, 또는 있을 수 없는 것이 많다. 그러므로 관중이 극장에서 관람할 때는 일종 사회 현실을 떠난 특이한 기분으로 영화를 대하게 되고, 그 까닭에 극장을 나서면 곧 잊어버리고 말거나 그렇지 않으면 무슨 공상이나 꿈을 생각하는 듯한 막연한 기억뿐이다. 만일 영화가 현실에서 힘 있게 일어나는 문제, 일어날 수 있는 문제, 또는 보다 좋은 장래를 약속하는 문제를 재현하고 표현했다면 관중은 그것을 잊으려야 잊을 수 없을 것이다.(차간 10여 행 략)

이상을 요약하면, 우리는 영화에 있어서도 현실적·사회적 관점을 획득해야겠다는 것이다. 그 사적 필연의 정세를 간단하나마 약론한 줄 안다. 그러므로 우리는 현실에서 취재해야 하며 현실에서 가능할 사건을 운전해야 한다. 그리고 그것을 공막(空漠)한 정의나 인도적 관점에서가 아니라 어디까지든지 사회적·계급적 관점—즉 객관적 관점에서 취급 전개해야 한다. 모든 문제의 해결은 결코 추상적 정의, 인도에 있는 것이 아니며 무차별적 협조에 있는 것이 아니다. 사회 발전의 추진력은 계급과 계급의 은연 또는 공연한……있는 것을 알아야 하고 이 관점에서 출발해서 비로소 사회적·객관적일 수 있는 것이다. 생활에 대한 무차별적 · 비사회적·초계급적 태도를 우리 사회는 모든 다른 사회와 같이 요구하지 않는 현전에 당면한 것을 알아야 한다. (1928.07.08.)

⑧ 이것은 물론 예술 일반에 대한 근본적 태도인 동시에 영화예술의 근본요건이다. 이상 작품평에서 다소의 실제 문제를 암시한 줄 아나, 그것만으로는 아직 부족한 것을 나 자신도 잘 알므로 더욱 금후 이에 대해 속론할 생각이다. 금회에는 이에 대한 출발점을 확립한 데 불과하다. 종래의 모호한 공중비행(空中飛行)적 출발로부터 다시 현실적 출발을 비롯하지 않으면 안 될 것이다. 이것은 가장 필요한 재출발인 동시에 조선 영화를 살리는 생명의 파종이 아니면 안 된다.

종래 조선 영화는 환경의 까닭도 있지만, 이에 대한 상당한 지도자가 없었던 탓도 크다. 소위 조선 영화에 관여한 사람들이란, 그 논문이나 평이나 작품을 보면 정말 허수아비의 그것 같다. 그들에게 난무를 방임할 시기가 아니다. 그들의 대개는 기발한 것, 기상천외한 것만 찾고 있다. 가령 그들이 사랑을 표현한다면, 사랑이란 인생 문제의 어떤 것인지를 덮어놓고 그저 숨이 넘어갈 듯이 야릇하고 시고 떫고 간드러진 것만 보이려 한다. 이경손, 심훈, 나운규 등 모두 괴뢰의 조종사로서는 제 스스로의 일등 면허장을 들고 다닐지 모르나, 정곡(正鵠)한 견해로 본다면 가소로운 날탕패에 불과하다.

오늘 조선의 처지—검열과 재력의 장벽이 있다 하나, 그렇다고 이상에 열평(列評)한 것 같은 작품을 시대의 양심이 있는 자는 안 내놓을 것이다. 그것이 얼마나 조선의 민중을 해독(害毒)하는지 생각할 때, 그것을 내놓기는커녕 그런 작품을 생각한 것만으로도 송연(悚然)한 놀람을 금할 수 없을 것이다. 요는 얼른 상당한 지도가 영화계에 나서야 할 것이다.

요새 신흥영화예술협회인지가 일어났다는 소식을 접하였는데 그것이 일종 대세에서 진수(進隨)에 그치지 않기 위하여는 그 자체 의식의 결정과 조직과 부단(不斷)의 청산확청(淸算廓淸)이 무엇보다 필요한 줄 안다. 그리하여 적의(適宜)한 조직 아래서 체계적 운동을 전개하지 않으면 안 될 것이다. 신지도자는 무엇보다 종래의 미국, 구주, 유럽 등 영화의 '아편쟁이'들—소위 조선 영화계의 재래종들을 단단히 편달·독려하지 않으면 안 될 것이다. 그들의 그 더덕더덕 들어붙은 녹[鏽]을 불어내는 데만도 상당한 노력이 들것이다. 녹을 불어내고 나서는, 거지반 밑쇠가 없을 만큼 녹슬어버린 기다(幾多)의 '영화쟁이'가 있는 것을 잊어서는 안 된다. 그들은 금후의 의미 있는 전개와 같이 사라지고 말겠지만—

영화운동의 출발은 여기서부터다. 이론과 실제가 병행하는 데서 그 정당한 발육을 기대할 수 있는 것이다. 우리는 논리에만 그치지 말고 이 이론을 실천에 옮기자. 역량 있는 영화가는 아무리 간난한 중에서라도 조선이 요구하는 의도를 실제에 나타내고야 말 것이다. (1928.07.09.)*

---

* 만년설은 한설야의 필명. ≪중외일보≫, 1928.07.01~09.

173

조선 영화가 가진 반동적 소시민성의 말살
─심훈 등의 도량(跳梁)에 항하여 / 임화

　① 한 개의 예술과 예술가는 대립한 계급의 투쟁의 격화가 그 절정에서 충돌하게 된 현재에 있어서까지 그 자체로 하여금 온실에서 금단의 낙원에서 소위 그 결백한 존속을 꾀하게 될 때는 그 자체의 생명을 대중적 고독(叩瀆)과 묵살에로 자진하는 것과 동일한 의미를 갖게 되는 것이다.

　우리는 그 현실적인 실례를 모─든 나라의 모─든 예술의 부문에서 용이히 발견할 수 있지 않은가.

　그러므로 우리가 지금에 그 본질론의 근거에서 이 논을 출발한다는 것은 거의 허로(虛勞)에 가까울 것이다.

　그것은 우리의 예술운동의 일반적인 이론의 성장이 그것을 해결에 가까운 데까지 전개시켜 놓은 까닭이다.

　어서 우리는 구체적인 우리의 취급할 문제인 영화의 이야기로 우리의 논조를 진행시키자.

　우리가 가진 영화 즉 조선의 영화는 과연 어떠한 성질의 것이냐.

　취급할 문제의 본질은 여기서부터이다.

　그러면 어떻게 우리는 지금까지 우리의 영화를 규정하여 왔는가.

　때때로 있었던 미지근한 작품평이란 상술한 문제의 재료를 삼기에는 너무나 빈약에 지나치는 빈약한 것이었다.

그보다 그것들은 출발점을 나선 초기의 조선 영화 그것의 성원자이었기 때문에 비판할 만한 과오를 용서해 왔던 것이다.

이 사실은 특수한 조건 하에 있는 모든 예술의 발생기에 흔히 있기 쉬운 사실인 것을 누구나 공인하는 것이다.

그러나 비판은 주관적인 것은 용서치 않는다. 객관적 비판은 언제든지 엄연한 독립을 요구한다.

조선 영화에 대한 우리들 지신의 과오의 근원은 여기에서부터 뿌리박힌 것이었다.

그러면 우리들의 평가(評家)는 이처럼 지나간 과오의 비판에서 새로운 엄혹한 비판에로 그 발길을 옮기어야 할 것이다.

이제부터 우리는 영화 문제에 접촉해온 모든 평의 비판에서 출발하자.

먼저 말한 종류 중에 오직 성장하는 조선 영화 그것만의 발전만을 위하여 축복하던(주로 신문의 연예란에 실린 '저널리스트'의 평) 류의 것도 어느 정도까지 효과가 없었다는 것이 아니다.

그러나 그것은 효과적이었다는 반면에 조선 영화계의 정당한 발전을 저해하여 왔던 것이다.

그리하여 그들은 그와 같은 평으로 하여 엄연한 정확한 객관이라고 자긍하게 된 것이다.

실로 그들로 하여금 현재의 것이 되게 한 필연이 여기에 있는 것이다.

그러나 그들의 행동 그것이 지배계급의 정신문화 진열에서 한 개의 훌륭한 사견(飼犬) 노릇을 한 데는 그들 자신도 감히 인식치 못하였던 것이다.

그러나 조선의 객관적인 현실의 제조건은 이러한 것을 헤아릴 여지조차 없이 가속도적으로 진전되고 있었다.

그러면 성장한 프롤레타리아의 눈은 어떻게 이것을 보게 되었던가.

여기에 예술의 문제가 프롤레타리아의 손으로 말미암아 우리의 것이 되었으며 아울러 영화 그것의 비판에 '로맨스'를 대게 된 것이다.

(1928.07.28.)

② 여기에 비로소 '프롤레타리아'적 입장에서의 엄혹하고 정확한 영화의 평이 요구되는 것이다.

그럼에는 우리는 무엇보다도 독립성과 객관성을 잃은 매소적(賣笑的) 평의 비판에서 출발해야 한다는 것을 역설하는 것이다.

그러므로 지금부터의 우리의 비판은 여사한 비판의 대상에서 엄연히 독립하여 오직 예술 그것의 문화적 역할이란 관점에 서지 아니하면 안 될 것이다.

실로 여기에 새로운 영화 비판의 의의와 임무가 그 중대성과 아울러 출발하는 것이다.

그러면 먼저 말한 것과 같은 객관적 조건 하에 성장해 온 조선의 영화는 과연 어떻게 되어있는가.

문제의 본질적 전개와 출발은 실로 여기에서다.

우리 조선에 있어서 영화가 계급적 입장에서 비판되기는 언제부터이었던가.

그것은 객년(客年) 12월호 《조선지광》 지상에 동지 윤기정의 단편적인 견해를 비롯하여 필자의 《조선일보》에 발표되었던 조고(粗稿)가 있었다.

그리하여 얼마마한 정도에 있어서 현재의 조선 영화를 '프롤레타리아'의 입장에서 보고 비판하라고 말한 것이었다.

그 뒤 진전하는 우리의 역사는 다시금 이러한 전투적인 '프롤레타리아'의 입장에서 또 한 개의 평을 낳게 되었으니 ≪중외≫ 지상에 실린 만년설 동지의 「영화예술에 대한 관견」이 그것이다.

어떻게 우리는 이 일문을 읽었던 것인가.

그는 그가 가진 명쾌한 필치로 조선 영화가 가진 바의 반동물(反動物)을 개개의 작품평에 있어서 말하여 왔던 것이다.

그리하여 이 일문은 기존 영화계에 대한 한 개의 위협으로써 도전의 선언으로서 출발한 것이다.

그러면 어떻게 소위 조선 영화의 무산자인 피등(彼等)은 이 일문을 받았던 것이냐.

거기 있어서는 표면적이 아닌 것은 문제시하기가 불능하거니와 장래에 나오는 작품에 있어서 그 태도를 볼 수가 있을 것이다.

나운규, 이경손 기타 배(輩)는 어떻게 우리의 절규를 진정한 민중의 요구를 듣고 있는가. 우리는 말하지 않는 그들의 장래의 작품에서 보아야 할 것이다.

그리하여 그들을 엄혹하고 무자비한 비판의 조상(俎上)에 올려 앉히고 그들의 소시민성을 말살해야 할 것이다.

그러나 벌써 이 전에 우리의 요구에 대한 한 개의 용감한 유탕적 이단아가 생겼으니 ≪중외≫ 지상에 장황한 논을 토하고 있는 조선의 명 '시네아스트' 심훈 군이 그 사람이다.

그는 모―든 것을 프롤레타리아의 눈으로 보라는 만년설 동지의 영화관에 대하여 '차—□'에 가까운 피등(彼等) 소시민이 가진 특수한 히스테리컬한 발악을 가지고 나온 것이다.

그는 최초부터 우리 민중은 어떠한 영화를 요구하느냐고 목을 높여 소리쳤다.

어떻게 그는 논하여 나갔는가? 과연 조선의 대중이 요구하는 정당한 영화를 문제 삼았는가? 나는 여기서 그의 부르짖음으로 한 개의 반향을 보내겠다. (1928.07.29.)

③ 민중의 요구하는 영화를 우리의 눈앞에 규정하려고 나오는 소위 민중적 씨네아스트 심훈 군은 만년설 동지의 논조에 대한 최초의 불복을 어디에서 말하였는가. 우리는 여기에 주목해야 할 것을 잊어서는 아니 된다.

그는 만년설 동지의 견해에 대한 상위(相違)를 말하기 전에 먼저 심훈 군은 익명인 만년설 군이 심훈 개인 이름을 비판의 □□으로 삼았다는 데 불복을 신입(申込)하였다.

보라, 이것이 자칭 민중이 요구하는 영화를 말한다는 심훈 군 자신의 말이다.

만약 그렇다면 암야에 산포되는 한 장의 '삐라'에도 필자의 서명을 요구할 것이며 포탄에도 발사자의 이름을 명기해야한단 말인가.

여기에서 심훈 군은 그 자신이 벌써 개인주의자라는 것을 폭로한 것이다. 개인의 명예와 신위를 무엇보다 존중히 여기는 심 군에게는 당연에 지나치는 당연일 것이다.

그러나 우리의 요구는 결코 익명이니 서명이니 하는 개인적 문제에서 배회함에 있는 것이 아니다.

모—든 개인적 문제는 지하실로 몰아넣어야 한다.

그리고 오직 우리는 어떻게 하여서 싸움에 이기느냐 하는 ××적 효능이라는 데 모—든 문제를 집중시켜야한다.

그리하여 심 군은 영화예술이 프롤레타리아적 입장에서의 재인식이란 문제에 있어서 이렇게 말하였다.

"작품에 거치른 '플롯'만을 추려서 시비를 가리려는 것은 종합예술의 형태로 나온 영화의 비평이 아니니(중략)—마르크시즘의 견지로서만 영화를 보고 이른바 유물사관적 변증법을 가지고 키네마를 척도하려는 예술의 본질조차 터득치 못한 고루한 편견에 지나지 못함이요"

이것이 심훈 군의 말한 작품평에 대한 문예의 영역에서도 성(盛)히 문제되는 것으로 영화의 플롯 즉 줄거리만을 가지고 평한다는 것이 도대체 글렀다는 것이 원래 영화와 같은 복잡한 종합예술의 형태를 가진 것은 더 그 기술의 문제에 접촉되지 아니하면 안 될 것은 물론이나 그러나 현재의 우리들도 과연 그것을 필요하느냐 하는 문제에 대하여서 우리의 자랑(?)할 만한 민중적 시네아스트 심훈 군은 말하여 보라.

그는 이렇게 말하였다.

"자웅을 분간할 수 없는 까마귀 떼에 하나를 대표하여 우리에게 싸움을 청하는 모양인가"

젊은 명 시네아티스트로 심훈 군은 알라. 군의 말한 까마귀떼로 손짓한 만년설 동지 영화의 정적(正的)한 계급적 비판을 요구하는 그것을 군은 어수룩한 영화계로의 문예이론의 침윤이라는 불쌍한 망론을 토한다.

지금 조선의 영화는 그 발전의 내적 필연에 의하여 프롤레타리아 자신의 영화 그것을 요구하게 된 것이다.

그러므로 소부르주아적 반동의 역할을 수행하고 있는 그 기교의 평은 우리는 불필요하다느니보다도 유해하다 한다.

무엇보다도 긴절한 문제는 그 작품의 내용이 누구를 위하여 다시 말하자면 어떠한 계급의 문화에 속하는 것이냐가 최다한 문제인 것이다.

여기에 민중과 프롤레타리아를 파는 심훈 군의 정체가 보지 않는다.

군은 예술의 마르크스주의적 즉 프롤레타리아적 파악을 부정하였다.

그러고도 군은 민중을 운운하여 가증하게도 일명(一名)의 도구로 사용하는 것이다.

보라 이 앞에 군의 소시민성은 무엇을 말하는가.

"어렵게 말하자면 우리가 현계단에 처해서 영화가 참다운 의의와 가치가 있는 영화가 되려면 물론 프롤레타리아의 영화가 아니면은 아니 될 것이다."

이렇게 그는 영화 그것을 그의 입으로 규정하였고 또한 영화가 모든 예술부문 중에서 가장 강렬한 무기로 될 수가 있다는 것을 말하였다. (1928.07.30.)

4 그러나 우리 다시 위에 인용문을 비판하지 않으면 안 될 것이다.

마르크시즘에 의(依)치 않은 프롤레타리아적이고 민중적인 견해란 무엇인가.

여기에 우리는 가장 무서운 그의 견유적(犬儒的) 방간적(幇間的) 소시민성의 정체를 보게 되는 것이 아닌가.

아메리카 서구 등에 반동적 사회당과 사민당 류의 부르주아 민주주의

자들이 즐기어 쓰는 국민, 인민이란 말과 동의어가 아니랴.

그리고 군은 계급적 공동 사업이란 누린내 나는 말로 격화한 투쟁을 회피한 것이다.

무기로서 이용한단 말은 그의 소부르주아의 오안(汚顔)을 분식키 위한 한 개의 화장술에 불과한 것이다.

만일 예술 특히 가장 강렬한 기능을 가진 영화로 하여금 무기의 예술로 인식한다면 목적의식성 자연생장성 과정 등 레닌의 유명한 말, 더욱 우리 운동의 발전 과정을 논한 문구를 증오의 염(念)으로서 부정하는 것은 무슨 짓이냐.

가히 미워하고 침 뱉을 만한 소시민의 발악이 이에서 더 심함이 있을 것이냐.

심훈 군은 그 자신을 방간적 견유적 태도로 몰아넣은 것이다.

실로 여기에 심훈 등과 여(如)한 소부르주아지의 본성이 명현(明現)하는 것이다.

언제나 소시민이란 그 자신이 내포한 특유한 불안성과 초조로 말미암아 어떠한 때에는 프롤레타리아연하고 그 진영 내에서 가장 열렬히 싸우다가도 결정적 순간에 와서는 선명하게 반동하는 것이다.

그러므로 그것이 영화예술이고 그 자신이 '시네아스트'이면 그만큼 우리는 더 크게 미워하고 일층 무자비하며 묵살하려는 것이다.

영화예술 그것의 기능이 강대한 그만치 문제는 더 큰 것이다.

그러므로 우리는 방간적 소시민인 심훈, 나운규, 이경손 등에게서 감시를 늦추지 말 것이다.

그들의 소시민성을 배교해야 할 것이다.

4

지금 여기서 우리는 다시 소부르주아지의 특성인 불안의 의한 절망과 그 발악을 검토하여 가자.

최초 심 군은 계급적인 프롤레타리아의 예술적 조직인 조선프롤레타리아예술동맹에 대하여 어떠한 태도를 보이고 있었는가. (1928.07.31.)

⑤ 우리의 주의의 관심의 일체는 여기에 집중시킬 필요를 갖게 된다.

그것은 누구 물론하고 프롤레타리아적 입장에서 영화를 논하는 사람이면 우리의 전투적 조직에 대하여 취하는 바 태도와 그 관심의 초점이 될 것인 까닭이다. 그러면 심훈은 어떻게 말하였는가.

가련한 소부르주아지인 심훈 군은 당돌하기 짝이 없게도 예술동맹 그것에 대한 부정에서 출발한 활동력에 대한 비난을 발한 것이다.

어디에서 그는 그 자료를 만들었는가. 그는 우리가 가진 프롤레타리아적 작품(주로서 문예)의 적다는 것이 아니냐. 거의 없다는 것을 그 실(實)로 만들었다.

그러나 가련한 무지비겁한(無智卑怯漢) 심훈 군은 알라. 우리는 물론 운동이 예술 영역에 있느니만치 예술작품을 생산해야 할 것은 안다.

그러나 그보다도 중한 것은 예술 영역의 재(在)한 대중의 획득이 그 관심의 초점이란 것을……

그러므로 거의 불가능에 가까운 작품행동 그것에 치중하는 것보다 우리는 우리의 손을 대중의 속으로 벌리었던 것이다.

그리하여 조선프롤레타리아예술동맹은 대중 속에서 조직하였으며 또한 현재에 조직하고 있으며 또 조직하려는 것이다.

그리하여 예술부문에 재(在)한 일체의 청년을 계급투쟁의 전장에도 동원하여 가고 있는 것이다.

여기에 실로 예술로 하여금 우리의 투쟁의 참가케 하며 투쟁의 무기로 사용하는 우리의 절대한 역할이 존재한 것이다.

그러므로 예술품을 제작하는 것은 우리의 즉 프롤레타리아의 예술품은 한 개의 골동으로 진열대에 두는 것이 아니라 대중으로 하여금 전선에로 동원시키어 지배계급의 아성에로 육박시키는 거기에 의의가 있는 것이다.

심 군의 염가의 자비심과 □□에 의한 프롤레타리아 골동상의 견해는 여기서 어떠한 것인 것을 우리는 명확히 알게 되는 것이다.

예술품을 예술품으로 저장시키어서 무엇을 하느냐. 그것은 심 군과 여(如)한 소시민의 견해만이 가지고 있을 지보(至寶)인 것이다.

그러고 나는 가련한 소부르주아지 룸펜 인텔리겐차—심훈 군을 위하여 또 한 개의 역사적 사실을 폭로하였다.

어찌하여 심훈 군은 우리의 전투적 조직을 대중으로 하여금 왜곡적 해석을 시키려고 노력한 것인가.

독자 대중은 여기에 주의하라!

누구나 이 세상에 사실을 관찰하는 데는 두 가지의 견해를 가질 수 있는 것이니 그 하나는 할 수 없는 것 그것이오, 또 하나는 하지 않는 그것일 것이다.

그러면 심훈 군은 이 부류 중에 어느 범위에 속하느냐 하면 그는 후자연하지 않는 데 속한 사람이다.

할 수 없어 하지 못하는 사람은 어떠한 방법으로든지 하려고 노력하지만, 하지 아니할 사람 그것은 반드시 해야만 하고 할 수가 있는 그것까지에 이르러서도 그는 회피하다가 시기를 보아 반동으로 돌진하는 것이다. 이상에 한 말을 반증하기 위하여 나는 지금 가련하고 알미운 심훈 군의 반동적 사상의 정반(正伴)에 대하여 구체적으로 그것을 폭로하겠다.

심훈 군은 내외국 십유여처에 지부와 삼백여 명의 맹원을 포용하고 있는 대중적 투쟁조직인 조선프롤레타리아예술동맹을 향하여 마치 무너지는 성 밑에서 두 손을 벌리고 소리 지르는 어린 아해처럼 그는 먼저 말한 것과 같이 나날이 성장하는 그것을 불원하고 하는 것이 단말마적 발악을 하는 것이다.

이것이 민중과 프롤레타리아를 매물로 들고 나온 심훈 군의 돈키호테식의 영웅적 행동이다. (1928.08.01.)

⑥ 보라!

만일 심훈 군이 프롤레타리아의 영화에 유의하는 양심이 털끝만치라도 있다면 그는 곧 우리의 유일한 계급적 조직인 프롤레타리아예술동맹에 가입해야 할 것 아니냐.

그것은 개인의 힘보다는 조직의 힘이 크고 우리 무산자에게 유일한 무기는 단결이란 것을 3세 유아라도 잘 아는 것이기 때문에……

그는 예술동맹의 일원이 되어 전체운동의 일환인 예술에 의한 적극적인 활동을 개시할 것이다.

그러나 친애하는 대중은 여기서 주의의 손을 늦추지 마라—

(차간 2장 략)

심 군은 말하기를 우리의 처지와 환경이 불가능하고 검열이 가혹하다는 그 실로 프롤레타리아의 영화는 도저히 제작할 수 없다고 신기한 발견이나 한 듯이 기염을 토하나 이것은 가련한 소부르주아지의 단말마적 애소에 불과하고 한 개의 미명의 회피 구실에서 지나지 않는 것이다.

사실 얼른 보면 그럴 듯도 한 말이다. 그러나 프롤레타리아의 영화를 자유로 제작할 수 있는 사회가 있더라도 심 군은 점점 반동영화를 만들어 ×악의(惡意)에서 생×이 없는 사회에까지 이르는 운동을 방해하다가 나중에는 분사하고 말 것이다. (차간 3장 략)

"요컨대 실천할 가능이 없는 공상은 너저분하게 벌려놓아도 헛문서에 그치고 말 것이니 칼 마르크스의 망령을 불러오고 레닌을 붙잡아다가 종로 한복판에 놓고 물어보라. 먼저 활동사진을 박혀가지고 싸우러 나가라 하지는 않을 것이다(심훈)."

그렇다!

이 당돌한 심훈 군이 감히 말한바 일리이치 레닌의 말로써 우리가 허로(虛勞)를 발(發)치 않고 이상의 일구를 박멸하자.

"유물변증법은 문제되는 사회적 제현상을 그 발전에 있어서 전면적으로 분석할 것과 한 가지 외부적인 것 외관적인 것을 기초적인 추진력에로 생산의 발전과 ××××에로 집중시킬 것을 요구한다." —(레닌)—

자! 우리의 독자대중은 보라. 어떻게 우리의 일리이치 레닌은 말하였느냐. (1928.08.02.)

7 모든 문제(그것은 가능과 불가능을 심 군과 같이 문제시하지 않는다)를 그 전면적 분석에서 기초적인 추진력으로 또 거기에서 ××××로 집중을 요구하지 않았느냐. 그러면 누구가 영화만을 우리의 예술의 행동에

서 제외하라고 말하였느냐.

아니 무엇보다도 우리는 영화가 가진 바 가공할 만한 위대한 기능을 우리의 소용되는 바 투쟁의 무기로 사용하지 아니하면 안 될 것이다.

영화 기능을 계급 자신의 목적관념 하에서 사용하지 아니하면 안 된다는 것이다.

이것은 우리의 ×× 또 말하지 않았느냐.

영화는 다른 어떠한 예술보다 그 중 우수한 기능을 가지고 있는 가장 새로운 대중이 전반으로 좋아하는 예술이다.

그러므로 우리는 가장 엄밀한 주의와 관심을 영화에게로 향하게 되는 것이다.

위에 인용한 심 군의 일문(一文)은 이것을 부정하지 않았느냐.

당연히 우리의 투쟁의 무기로의 가장 유효하게 사용된 영화의 이용 즉 영화가 가진 특수한 기능을 우리들 자신의 행동이 되게 하는 것을 거부한 것이다.

그러나 우리는 영화를 심 군과 같이 곱게도 상아탑 속에 모셔 두지는 못할 것이다. (이 영화 기능에 대한 것은 후일 구체적으로 발표하겠다.)

우리들은 '마르크스'와 '레닌'의 왜곡자 가히 타살(打殺)할 반동아(反動兒) 심훈을 우리들의 힘으로 묵살해야 할 것이다.

우리는 여기까지에 와서 무엇을 보았는가.

그것은 심훈 군의 장황한 논조에 일관한 모―든 것은 불가능한 것이니 우리는 그것을 하려고 노력하지만은 그는 필요가 없는 결정적 단안을 내린 이외에 아무것도 없다.

그러나 우리는 불가능한 것인 만큼 더 큰 세력을 거기에다 주입해야 할 것을 말해온 것이다.

그러면 우리는 조선이 가져야 할 정당할 우리들 자신의 영화의 성장을 위하여 반드시 해야 할 조건을 어떻게 규정할 것인가. (1928.08.03.)

⑧ 우리는 조선의 영화가 나가야 할 길을 위하여 이러한 조건 하에서의 노력이 필요하다고 규정한다.

첫째 우리는 무엇보다도 부르주아적 영화의 객관적인 정확한 비판을 요구하는 것이다.

그리하여 대중으로 하여금 그 영화가 어떠한 것인가를 인식케 해야 할 것이다.

실로 여기에 우리들 자신 즉 진정한 조선의 영화인의 절대한 책임과 역할이 존재한 것이다.

다음으로 우리는 현제도 하에서 가능한 범위의 수준에까지 우리의 영화 그것의 제작에로 돌진해야 할 것이다.

물론 여기에 와서 당면하는 중대한 문제는 현행 검열제도 그것이다.

그러나 심훈 군과 같이 검열제도의 간판 뒤에 숨어서 눈물만 짜서는 안 될 것이다.

우리들에게 허여된 모—든 조건을 우리는 이용하여 우리 자신의 영화 제작을 할 것이다.

그리하여 현행 ×검열제도의 ××에로 우리의 보조(步調)를 내어놓아야 할 것이다.

그리하여 우리는 여기에 절대한 노력을 집중해야 할 것이다.

심훈 군이 대성노호한 것과 같은 검열이란 난관은 문필가 기타 모—

든 예술운동이 다같이 아니 군보다도 더 크고 많은 역사를 가지고 있는 것이다.

그러나 우리는 노력해야 한다. 그러나 심 군과 여(如)히 눈물을 흘리고 발버둥치고 그렇지 않으면 도리어 그 필연성까지 말살하려고 하는 무리를 용서하기엔 너무나 대중은 관대할 것이다.

독자대중은 군의 소위 제재 문제에 대한 의견을 읽었을 것이다. 이것이 조선의 대중이 공장에다 누이를 팔고 어린 자식을 팔고 전원에다 입립(入立) 금지의 표를 박는 조선이란 ××의 노동자와 농민이 보고 가져야 할 영화이란 말이냐.

우리는 이 가련한 시민에게 한편의 웃음을 보낼 것을 아끼지 말자. 우리는 모든 것을 노력에 의하여 전취할 것이다. 드러누워서는 백 년이 가도 우리의 요구하는 것은 하나도 안 돌아올 것이다.

독자는 결론이 너무나 짧은 것을 용서하라.

그러나 더 붓을 들 필요를 느끼지 않는다. 오히려 그것은 우리 자신의 피로에 가까운 것이기 때문에……

그리고 우리는 용감하게 나아가는 우리의 전열에 밟히어 탄식하고 원소(怨訴)하는 심 군과 여(如)한 무리를 무자비하게 말×하고 나아가자.

우리는 심 군을 필두로 이경손, 나운규, 기타 등을 엄중히 비판하자.

그리하여 그 ××은 무자비를 요구한다. 우리가 이와 같은 태도를 취하는 것은 조선의 민중이 진정으로 요구하는 영화를 키워나가게 하기 때문이다. (1928.08.04.)*

---

* ≪중외일보≫, 1928.07.28~08.04

인상기: 연초(年初)에 처음인 명화
—〈침묵〉과 〈먼동이 틀 때〉
/ 안석영

◇ 전자는 조선(朝鮮) 후자는 단사(團社)에서 ◇

25일부터 시내 단성사에서 남향(南鄕)키네마에 작품 <암로>와 서울 키노의 작품 <혼가(昏街)>와 계림영화협회 작품 <먼동이 틀 때>를 상영한다는데 조선 영화만을 모아서 상영하는 것은 흥미 있는 일인 터에 <먼동이 틀 때>에 대하여서는 그동안 보아온 조선 영화 중에 우리의 기대를 저버린 영화가 많은 바 재상영인 이 영화 1편에 대하여 우리는 다시금 비판하여 그 <먼동이 틀 때>라는 영화가 어떠한 수준에 있을까 (?)를 다시금 생각하게 하며 따라서 이 영화는 우리가 모든 조선 영화를 살라버린다면 이 영화를 남겨 놓는 데에 과히 부끄럽지 않다는 것을 느끼게 될 것이다.*

---

* ≪조선일보≫, 1929.01.27. 그런데, 이 글이 발표된 후 안석영은 「영화평에 대하여」(≪조선일보≫, 1929.01.30.)에서 "1월 27일 본지 제1회에 영화소개에 대한 '인상기'는 필자가 쓴 것으로 그 중에 <먼동이 틀 때>에 대한 문구는 비록 인상기라 할지라도 다른 모든 영화에 대하여 영향이 있을 것을 염려하여 이에 취소한다."라고 쓰고 있다.

조선 영화 소평
/ 서광제

<먼동이 틀 때>

이 작품이 서울서 처음 봉절 되었을 때 마침 병으로 인하여 보지를 못하여 퍽 유감으로 생각을 하였는데 이번에 보게 되어서 말할 수 없는 기쁨을 느끼었다.

작품의 내용을 한 말로써 말하면 이 역시 —(중략)—그리하여 살인 격투 유랑으로 끝을 막는 것이다. 그러나 인간의 기구한 운명을 묘사한 것은 어느 조선 작품에든지 볼 수가 없을 것이다. 그리고 제일 추한 장면이 없으며 예술적 작품이라고 하여도 과언은 아닐 것이다. 촬영으로부터 배우 연기에 이르기까지—나는 새삼스러이 강홍식 군이 그리워졌다. 그의 연기는 놀라웠다. 조선에도 그러한 배우가 있는가를 생각할 때에 나는 무한히 기뻤다. 그의 표정은 어디까지든지 빛의 예술—즉 영화를 살리었다. 한병룡 군도 얼굴이 퍽 좋았다. 강홍식 군의 표정을 볼 때에 '조지 밴크로프'의 생각이 난다. 위대한 힘을 가졌다. 작품이 처음부터 예술적 감흥을 일으키며 묵직한 맛과 인간 사회의 실감을 일으켜 준다. 비루한 격투와 쓸데없는 살인, 파괴, 이별, 증오—이러이러한 것은 이 작품에서 찾아볼 수가 없다. <아리랑>이 시골에서 성공한 작품이라 할 것 같으면 이 <먼동이 틀 때>는 도회에서 확실히 성공한 작품이다. 배우의 표정이 숙련하였으며 더군다나 강홍식 군의 놀랄 만한 연기는 일반 관중으로 하여금 매력을 더 끌었을 것이다. 아무튼 강 군은 묵직한 예(藝)를 가진 천재의 배우이다. 만일 그에게 영화가 가져야 할 모든 무기—카메라 라이트, 의상, 도구, 세트 등이 있다 할 것 같으면 밴크로프의 <암흑가>가 그리 부럽지 않다. 촬영과 카메라워크에 있어서도 조선에서 그 이상 갈 작품은 없을 것이다. 아무튼 관중으로 하여금 지리한 감정을 넣어 주지 않았다. 부지불식간에 끝을 막게 된다. 나는 일언으로 예술가의 작품이라고 부르고 싶다. 얄미운 듯이 밝은 장면이 없으며 답답할 만큼 어두운 장면도 없다. 그러나 이 작품에 명명(命名)이 있어서 <먼동이 틀 때>라고 한 것을 찾을 수가 없다. 주인공은 두 사람의 젊은 사랑을 위하여 다시금 감옥으로 가게 되고 그들은 이른 아침에 그들의 '유토피아'를 찾아가는 것이 라스트씬이다. <먼동이 틀 때>란 이름은 전편에 적응되지 않는가 하는 생각이 난다. 그러나 유감은 원작자가 자기의 포부를 검열이란 난관 때문에 발휘치 못한 것은 퍽 유감으로 생각한다. 아무튼 조선 영화계에 있어서 그 출연한 배우 강홍식 군이라든지 작품으로서도 없지 못할 우리 조선 영화의 자랑거리다. (1929.01.30.)*

---

* ≪조선일보≫, 1929.01.29~30. 서광제는 이 글에서 <벙어리 삼룡이>, <먼동이 틀 때>, <암로(暗路)>, <혼가(昏街)> 네 작품에 대해 평을 하고 있는데, 여기서는 <먼동이 틀 때>에 대한 평을 수록함.

영화비평가 심훈 군의 〈산송장〉 시사평은
일문(日文) ≪新興映畫≫지 소재
/ 효성(曉星)

출생 후 처음 분연히 붓을 잡게 된 것은 너무나 대담한 짓 같으나 영화광인 나로서는 참으려 참을 수 없는 분노를 세안(世眼)에 호소하기 위하여 몇 마디 그리고자 한다.

언제인가 '진고개'통을 지나는 길에 대판옥(大阪屋)이라는 서점에 들어가 산재한 하고많은 서책 중에 다른 서적은 다 골라내놓고 내가 제일 좋아하고 일상 기망(期望)을 가진 영화화보 등(等) 중에서 ≪新興映畫≫ 106혈, 중전촌천조(中田村川窕)가 쓴 영화평 중「如何に 批評すべきか?― 主ミして ＜生ける屍＞に 就いて」란 제하(題下)에

―前略―

＜生ける屍＞は 我國に 上映を 許可されたる唯一つのソビエットヤ映畫であゐ その意味に於て異常なゐ注目ミ興味を吾タに與へた……

……(中略)……映畫　＜生ける屍＞は原作を忠實に撮しミつて居ゐ而して―部分，　部分はミにかく―マルクス主義的に何等の改訂を加へて居ないのを知ゐ 事件はフエ―ヂヤを中心に 描き出され 全く全篇はフエ―

ヂヤの境遇に對する 個人的反逆にミどまつてゐる……(略)……

　法律に對する批判, 家族制度及び諸々の 舊制度に對する批判が嚴密に科學的な立場には立つて居らない.　即ちマルクス主義的解釋がなされて居らない全く原作に忠實なる──即ち人道主義的見地以上──幾分ま進んで居らない(略)

　だからあの映畵が人々に考へさせる處は決して時代や, 制度や, 階級對立や, 機構さ云ふ樣なものではない, 而してその役割や效果では勿論ない只個人的な苦惱や桎梏への僅かばかりの反逆にすぎない若しも正しく描寫されるさすればフエ──ジヤが一個の正に　＜生ける屍＞さして觀客へ嘲笑を以て働きかけねばならない筈てはないか?(下略)

　의 평기(評記)를 다 읽기도 전에 전일에 어디서인가 한 번 읽은 듯한 생각이 나서 흐리멍덩한 정신을 수습하여 곰곰이 한참 생각한 결과요 전 2월 4일부 《조선일보》 석간 5면 4단에 조선에 있어서 내가 영화광인 만치 그 이름이 몹시 낯익은 ＜먼동이 틀 때＞의 원작 겸 감독인 조선 영화계의 화형(花形)인 심훈 군의 소비에트 영화 ＜산송장＞ 시사평을 읽은 것이 기억이 났다.

　"＜산송장＞은 조선에서(일본에서도) 처음으로 상영된 소비에트, 러시아의 영화다. 또한 원작가 톨스토이인 점에 적지 않은 우리의 흥미를 이끄는 것이다. 톨스토이 탄생 100년을 기념하기 위하여 박힌 사진인 만치 원작에 충실하려고 한 노력이 보인다. 그래서 부분 부분은 어쨌든지 마르크스주의적으로 원작의 내용을 뜯어고치지 아니한 것을 발견할 수 있다. 사건은 주인공인 페―자를 중심 삼아서 그려내었고 따라서 전편이 페―자의 경우에 대한 개인적인 반역에 그치고 말았다. 이혼 제도나 법률에 대한 즉 옛날의 제도에 대한 비판이 엄밀하게 과학적으로는 되지 못한 것이다. 그러므로 소비에트의 영화인들이 박힌 사진이면서도 조금도 마르크스주의적으로 해석을 하지 아니하고 원작 그대로 인도주의적 견지에서 한 발자국도 내어딛지를 않은 것이다.

◇

그러므로 이 영화가 보는 사람으로 하여금 생각하게 하는 것은 결단코 시대나 제도나 계급대립이나 그러한 것을 생각하게 하거나 한 걸음 나아가서 그러한 불합리한 제도를 타파해버려야 하겠다는 이른바 이데올로기를 부어넣은 역할이나 효과를 얻자고 한 것이 물론 아니다. 다만 개인적인 고민을 말미암아서 몇 개인의 남모를 침통한 비극을 겪고 있는 사실을 그대로 보여주려고 함에 있어서 원작에 충실하였다면 제작자의 태도로서는 도리어 마땅할 것이다. 만일 새로운 해석으로 이 <산송장>의 주인공인 페―자를 본다고 할 것 같으면 그러한 성격을 가진 현대의 청년을 그대로 그려논다고 할 것 같으면 눈 있는 관중에게는 비웃음을 받을 것밖에는 아무것도 없을 것이다. (下略)"

그리하여 전촌천(田村川)이가 쓴 것을 더 한 번 자세히 보았더니 독자 문단에 조그만 기사이었기 때문에 웃음을 금치 못하였다. 그것은 전촌천이란 자가 우리 영화계의 거인인 우리 심훈 군의 평을 표절 초역한 것임을 웃었던 것이다. 그러나 문득 책 끝에 발행월일을 보았을 적에는 놀라지 않을 수 없었다. 그것은 발표 시일이 틀린다는 것이다.

심훈 군이 쓴 것은 2월 4일부로 발표가 되었고 전촌천이가 쓴 것은 2월 1일에 발간된 지(誌)에 발표된 것을 보고 비로소 도리어 전촌천의 것을 우리 심 군이 표절한 것이며 초역한 것임을 알게 될 때 아무것도 모르는 나로서는 노할 때로 노하여 쓸 줄 모르는 글이나마 분연히 붓을 들어 일반이 신앙하는 문사란 이들의 후안무치한 행동을 여지없이 응징하여 이후에 그러한 짓을 못하게 하기 위하여 ≪동아일보≫ '문단탐조등'의 귀중한 지면을 통하여 준엄히 충고하는 바이다. 만일 필자가 쓴 이 글을 부인하는 자가 있다면 곧 진고개통 대판옥호(大阪屋號)에 무료 잡지 열람을 바라며 ≪新興映畫≫ 2월호를 찾아 읽기를 바라면서 붓을 집어 동댕이를 쳐둔다.*

---

* ≪동아일보≫, 1930.03.16.

신간소개 『탈춤』

『탈춤』(심훈 저) '영화소설'.

이 책자는 저자가 온—세상의 '돈'과 '권세'와 '명예'와 '지위'라는 탈을 쓴 자들의 갖은 추악한 내면생활을 유감없이 폭로시킨 동시에 그 마수에 걸려들어 고생하는 빈한하고 순결한 청춘 남녀의 눈물겨운 연애를 심각하게 그려낸 흥미 있는 문제의 소설이다.

정가 40전 발행소 경성부 종로 2정목 82 박문서관 진체 경성 2023.*

---

* 《조선일보》, 1930.09.10.

×키네마를 창설하고 〈노래하는 시절〉을 촬영

—시나리오 석영(夕影), 감독 안종화

이우, 안종화, 김영팔 제씨가 '엑스(×)키네마'를 조직하고서 제1회 작품으로 안석영 씨의 시나리오 「노래하는 시절」을 촬영하리라는데 방금 촬영 준비에 분망중이라 하며 출연배우는 조선 문예영화 (1행 확인불가)이라는 바 농촌에서 이야기가 시작되어 농촌인의 고민상과 착종하는 도회의 음향 밑에서 지배되는 울분한 무리를 속여 농촌의 아들딸이 합류되어 여기서 크나큰 파란과 싸움이 일어나고 다시금 농촌의 새로운 빛을 가져오는 커다란 햇빛이 떠오르는 때에 대지(大地)는 노래한다는 것이니 장차 이 영화는 획시기적(劃時期的) 센세이션을 일으킬지 자못 주목되는 바라는데 여배우를 지원하는 이는 시내(水下町 51-2) 조선문예영화협회로 문의함이 좋겠다더라.

지휘: 이우
시나리오: 안석영
감독: 안종화
고문: 심훈
경리부장: 김영팔*

* ≪매일신보≫, 1930.04.24.

여우 언파레이드 · 영화편 3
—영화 십년의 회고
/ YY생

◇ 제2기 ◇

그 후 나운규, 이규설, 주인규, 남궁운, 김창선(金昌善 日本人) 씨 등이 '요도(淀)'라는 일본인을 자본주로 하여 '조선키네마 프로덕션'을 창립한 후 지금까지 발표한 조선 영화 중에 우수한 지위에 있는 <아리랑> 후편을 발표하였으며 이어서 <풍운아> 등을 계속 제작하던 중 나운규 씨의 영웅심을 탄압하려던 남궁운, 이규설, 주인규 씨 등을 필경 조선키네마와 거리를 멀리하게 된 후 계림영화협회에서 심훈, 강홍식 양씨와 같이 <먼동이 틀 때>를 만들었고 남궁운 씨는 이필우, 황운 씨 등과 같이 김철산 씨가 가지고 있던 '극동키네마'에서 <낙원을 찾는 무리>를 제작하고 있었다.

이리하여 1926년부터는 20여 영화 제작소가 일어나서 27년도까지에 제작 상영한 영화가 14편 이상이었다.

이때 즉 1927년 봄에 연구적 태도로 탄생한 영화 제작 단체가 있었으니 그것은 조선영화예술협회이다. 창립한 분자는 이경손, 김을한, 안종화, 김영팔, 한창섭 씨 등이었다. 그러나 이이들 이하 등의 노력이 없었던 차에 백하로, 김유영 씨가 가입하고 이후에 윤기정, 임화, 서광제, 이종명 씨 등이 들어가서 순계급적 입장에서 프롤레타리아를 위한 영화를 제작하자는 목적으로 일부에 연구반을 설치하여 미래의 계급적 영화인을 양성하였으며 그해 여름에 각 신문사 연예부 기자와 좀 영향이 다른 중진 영화인으로서 영화인회라는 종합체를 최초로 결성하여 "금후 영화운동의 이론 확립" 등을 상호검토하자 한 일도 있었다. 11월경에는 김기진, 안석영, 이익상, 이서구, 최독견 씨로서 찬영회를 조직하여 다수의 서양 영화를 공개하였으나 대중에게 유리한 효과를 나타내지 못하였다.

그리고 조선영화예술협회에는 <낭군(狼群)>이라는 작품을 제작하려던 차에 주간으로 있던 안종화 씨가 어떠한 행동으로 제명을 당하고 순전히 조선프롤레타리아예술동맹(카프)원으로서만 재조직이 되어 ≪중외일보≫에 영화소설 「유랑」을 제작 발표하였다.

이러는 동안에 조선키네마와 나운규 씨는 인연을 끊고 윤봉춘, 이경선, 주삼손, 이창용, 이명우 씨 등과 개인 프로덕션을 세워서 <잘 있거라> 등을 제작하였으며 평양에서는 이경손 씨가 정기탁, 한창섭 씨 등과 합류하여 정기탁프로덕션을 세운 후 한 개의 영화를 제작하고 쓰러져버렸다.

그리고 조선영화예술협회에서 임화, 추용호, 남궁운, 손용진, 김유영 씨 등이 영화공장 서울키노를 조직한 후 작품을 발표하였으며 진주에서는 예술협회 연구반 출신인 강호, 민우양 씨 등이 남향(南鄕)키네마를 창립하고 <암로(暗路)>를 제작하였다.

이 외에도 무수한 영화 제작단체가 일어났으며 많은 영화가 발표되었으나 일일이 예거하기는 어렵다.

그리고 그 당시에 있어서 처음으로 지상에 영화 이론의 논전이 실렸다. 인도주의적인 심훈 씨와 좌익 영화인 만년설, 임화 씨 등의 사이에 일어난 논전이었다.

하여튼 제2기에 이르러서는 혼돈상태에 있던 제1기와는 확연히 계급적 입장에서 선명한 평역선이 생겼고 예상할 수 없는 기발한 발전이 있었다고 보겠다.*

---

* ≪동아일보≫, 1931.07.29.

조선영화감독관
/ 서광제

심훈 씨

씨 역시 영화라면 밥을 굶어도 좋아할 이다. ≪朝鮮日報≫ 적이나 ≪中央日報≫ 적이나 신문 기자 노릇을 하면서도 자본적 튼튼한 영화회사가 생긴다면 당장이라도 뛰어나오겠다고 만날 적마다 머리를 긁으며 이야기하였다.

씨를 처음으로 영화인으로 대하기는 아마 <장한몽>의 출연 이후인 것 같다. <장한몽> 그것이 미기홍엽(尾崎紅葉)의 『금색야차』를 조일재 씨가 번안한 것이나 그의 풍부한 극적 요소와 조선 정취에 들어맞게 한 것은 오히려 순창작(純創作) 이상의 가치가 있었던 이만큼 그것의 영화화도 그때 조선영화의 레벨로나 흥행가치로도 가장 우수하였으리라고 안다. 그리고 안석영(安夕影), 안종화(安鍾和) 씨들과 같이 황금정(黃金町) 2정목(二丁目)에다 영화인회를 조직해놓고 조선에서 처음으로 영화인의 결성을 보게 하였다.

그 후 경도(京都) 일활(日活)엔가 제(帝)키네마에 입사하여 연구하고 있다가 다시 나가서 당시의 문제이었던 <먼동이 틀 때>를 감독해냈다.

이 <먼동이 틀 때>란 한 작품을 감독하였음에 지나지 않으나 그 영화화가 가진 바 촬영이라든지 극적 요소라든지 테크닉이라든지 배우의 연기에 있어서까지도 재래의 조선영화의 모든 점에 있어서 단연 수위(首位)를 점령하였던 만큼 군소 얼치기 감독들에게 일대 경종이었으며 조선영화의 전진의 길을 보여주었다.

조선의 감독을 손꼽는다면 가장 이지적인 점에서 씨가 누구나 머리에 처음 떠오를 것이다. 조선에서 영화소설이라는 것도 이경손(李慶孫) 씨와 앞뒤로 ≪조선일보≫에 (아마 「탈춤」인 것 같다) 연재소설한 뒤부터 잡지나 신문에 소위 영화소설이라는 것이 많이 연재되게 되었다.

만일 튼튼한 자본이 씨의 뒤에서 후원을 하여준다하면 조선영화계에 다대한 수확(收獲)이 있을 것이다.

예술의 불행한 사람이여 그대의 이름은 조선의 영화인이다.*

---

* 『삼천리』, 1935.07. pp.228-229. 서광제는 이 글에서 윤백남과 심훈을 다루고 있으며 글의 말미에 '계속'이라 하여 연재가 예상되지만 이후 글은 확인되지 않는다.

각화(各畵) '베스트 텐' 당선

　—영화제 인기의 반영! 추첨투표 총수 5천여 매

　—무성 1석 <아리랑 전편(前篇)> 발성 1석 <심청전>

　본사 주최 제1회 영화제가 각 방면으로부터 폭발적 초인기를 집중하고 있음은 우선 조선 명화의 추천표에서부터 충분히 발견할 수 있으니 규정대로 20일부 소인이 찍혀 있는 투표수를 조사한 결과 실로 총투표수가 5천여 매를 돌파하였으므로 철야 정리한 결과 무성영화부에는 <아리랑 전편>, <임자 없는 나룻배>, <인생 항로> 등 3본이, 발성영화부에는 <심청전>, <오몽녀>, <나그네>의 3본이 영예 있는 당선을 보게 되었다.

　26, 7, 8일의 삼일 간 무성 유성 각 1본과 현재 조선 영화의 제일선에서 대활약을 하고 있는 일류 스타의 올 캐스트를 실연(實演) <막다른 골목>을 상영키로 되어 서울 장안의 인기는 비상히 집중되고 있다. 영화 투표의 베스트 텐은 다음과 같이 결정되었다.

　……무성영화부……

　1. <아리랑 전편> 4,947표

　2. <임자 없는 나룻배> 3,783

　3. <인생 항로> 3,075

4. <춘풍> 2,921

5. <먼동이 틀 때> 2,810

6. <청춘의 십자로> 2,175

7. <세 동무> 1,808

8. <사랑을 찾아서> 1,230

9. <풍운아> 1,143

10. <낙화유수> 1,015

次點 <철인도(鐵人都)>

······발성영화부······

1. <심청전> 5,031표

2. <오몽녀> 4,596

3. <나그네> 4,366

4. <어화(漁火)> 3,909

5. <도생록(圖生錄)> 3,597

6. <홍길동전 후편(後篇)> 2,946

7. <장화홍련전> 2,456

8. <미몽(迷夢)> 2,115

9. <아리랑 고개> 2,069

10. <한강> 2,061

次點 <춘향전> *

---

* ≪조선일보≫, 1938.11.23.

제3부

문학의 대지에 늘 푸른 나무를 심다

심훈 씨에게

　선생의 작품을 중앙지를 통하여 탐독하옵는 바 지난 7월 15일 역시 본
지 월요 페이지에서 산문시 「7월의 바다에서」를 읽고는 깊이 감격하였
습니다. 소설도 물론 꾸준히 쓰시려니와 산문시에도 더욱 정진하셔서 조
선문단에서 이채를 빛내시기를 바랍니다. 산문은 무운(無韻)의 시로 독
자에게 도리어 심각한 인상을 남기는 것이라 생각합니다.

무산(茂山) 정순명(鄭舜明)*

* ≪조선중앙일보≫, 1934.08.26.

심훈 씨 장편소설 『영원의 미소』 발간

    심훈 씨는 『중앙일보』에 연재되어 독자의 환영을 받은 장편소설 『영원의 미소』를 시내 견지동 한성도서주식회사로부터 단행본으로 발간하였는데 500여 혈(頁)로 근래에 드문 방대한 미본(美本)이다.*

* 《동아일보》, 1935.02.27.

『영원의 미소』서
/ 홍명희

　소설이란 얼른 보아 짓기 쉬운 듯하고도 실상 쉽지 못한 것이다. 글줄
이나 쓰는 사람 중에 소설을 깔보는 이들이 있어서, 소설을 짓지 않을망
정 지으면 곧 소설이 되려니 생각하나 이것은 일종의 망상이다. 이러한
망상을 가지고 일시 소유이나 또는 다른 필요로 소설을 짓는 '따위 소설
가'가 적지 않기 때문에 동서양을 물론하고 되지 못한 소설의 권수가 많
이 느는가 한다. 나부터 되지 못하는 소설을 지으면서 말하기는 부끄러
우되, 부끄럽다고 말조차 비뚤게 할 법이 없다. 명조(明朝)의 『육포단(肉
蒲團)』과 명치시대의 『와권(渦券)』을 보라. 유수한 시인으로 소설에 망신
하고 저명한 문학자로 소설에 낭패함은 그 무슨 까닭일까. 소설을 짓는
데는 따로 천분이 있어야 하고 또 따로 수양이 있어야 한다. 수양은 천분
과 달리 인력으로 할 수 있는 것이니 옛사람의 말이 다문다견(多聞多見)
다독다작(多讀多作)에 불과하다고 하였다. 이것은 곧 다문다견 다독으로
간접직접의 경험을 많이 쌓고 다시 다작으로 표현의 방법을 익히란 말이
다. 모파상이 첫 작품 「뿔·뜨·슈이프 Boule de Suif(비계 덩어리)」를 발
표하기 전에 습작하여 버린 작품이 신장(身長)과 비등하였다고 하니, 그
가 세계적 단편소설가로 이름이 높은 것도 오직 천분만이 아님을 알 수

있다.

지금 심훈 군은 천분이 넉넉하고 수양이 상당하여 『영원의 미소』와 같은 쉽지 않은 작품을 내놓기에 이르렀으나, 그 천분으로 수양을 더욱 게을리하지 않는다면 『영원의 미소』 이상의 걸작으로 세인의 눈을 놀랠 날이 있을 것이다. 나는 소설 짓기가 쉽지 않은 줄을 알고, 또 『영원의 미소』를 정독한 사람이다. 동시에 『영원의 미소』가 쉽지 않은 작품이라고 단언하고, 아무리 '모무스(Momus)'의 방법을 가진 사람이라도 나의 단언만은 어기지 못할 줄까지 믿는다.

을해(乙亥, 1935) 2월

벽초(碧初)*

---

* 『영원의 미소』, 한성도서주식회사, 1935.

삼대신문 장편소설 논평
/ 정래동

1. 서론

조선의 장편소설은 불행하게 겨우 이, 삼의 신문에 의하여 장성할 뿐이다. 간혹 잡지 등에도 장편이 실리지 않은 바는 아니나 이는 퍽이나 드물 뿐 아니라 일년에 이, 삼편을 벗어나지 못하는 현상이다. 그런지라 우리는 조선의 장편에서 우수한 작품을 구하는 것은 좀 무리한 일일지도 모른다. 그렇다고 하여서 우리는 장편을 무시할 수도 없는 일이요 또한 논평의 예외로 돌려버릴 수도 없는 일이다.

신문 연재물에는 여러 가지 제한이 있으리라고 추측된다. 첫째는 독자 대중에게 영합되어야 할 것이므로 통속적이라야 할 것이며 둘째는 그 사회의 첨단의 것이거나 혹은 유행 사조를 그 기조로 삼으므로 자연 그 내용은 퍽 좁은 범위로 국한되는 수밖에 없을 것이다. 또 기타에 다른 제한도 않을 것이므로 최근의 장편은 대부분이 연애의 대도(大道)로 행진을 하고 있다고 볼 수 있다. 그 중에 혹은 가정 문제를 취급하고 혹은 사회 문제를 가미하고 혹은 인간의 본능 문제를 천대하기는 하나 대체로 본다면 연애의 길로 쏠린 것이 사실이다.

이런 소설은 대개 현대 사회 문제를 취급한 것이요 이 외에 오히려 신문소설로 더 많은 효과를 내며 더 많은 독자를 가지고 있는 역사적 사실을 취급하는 소설이 있다. 현해(玄海)의 건너서는 '대중소설' 혹은 '강담'이라고 일컫고 중국에서도 특별한 명칭은 없으나 호접파(蝴蝶派)에 속하는 작가들이 이러한 종류의 소설을 쓰는 것이다. 조선 문단에서도 춘원, 윤백남, 김동인, 홍벽초 제씨(諸氏)가 이러한 소설을 쓰는데 그 독자수로 본다면 현재 사회를 제재로 하는 작품보다 훨씬 우수한 지위에 있다고 볼 수 있다. 독자의 수효뿐만 아니라 그 표현 기술에 있어서도 윤백남 씨의 『흑두건』과 홍벽초 씨의 『임거정전』은 현금에 병행하는 다른 소설의 대부분(소수를 제하고는)보다 훨씬 우수한 편이다.

그렇다. 일반으로 외국 문단에서 문제되는 '심리소설'이니 혹은 '전기(傳記)소설'이니 혹은 '신사실주의 소설'이니 '신낭만주의 소설'이니 할 만한 작품은 아직 볼 수 없고 그러한 경향 작가를 분류하여 논하도록 장편 작가의 수효가 많지도 못하다.

제(諸)신문에서 많은 신인을 등장시키고 또 여류작가에게 장편을 쓸 기회를 주는 것은 퍽이나 좋은 경향이라 하겠으나 아직 기성작가들이 초출(超出)할 작품이 나타나지 못하고 오히려 많은 손색이 있는 것은 퍽이나 유감이다. 우리 문단에는 아직 확호한 주장이 선 작가도 적거니와 그 기교에도 특출한 작가도 나오지 않았다. 그러므로 우리의 장편 작가에게서는 아직 대작을 기대할 수가 없고 그저 많은 수련을 쌓아서 장래를 예비하라는 부탁을 남길 수밖에 없다. 현해 건너에서는 장편의 시대를 작가와 평가가 다 같이 부르짖고 있으나 조선의 작가는 아직 장편 시대를 요할 내용 형식의 수련이 부족한 도정에 있다.

이제 다시 조선의 장편소설의 결점을 관찰하여 보면 첫째로 작가가 체

험이 부족함으로 작중의 비현실적 요소가 많은 점이다. 물론 이 문제는
작가의 표현 기술이 부족하다고도 관찰할 수 있으나 본래 사회 각상(各
相)에 대한 체험이 없으면 아무리 기술이 숙련되었다 하더라도 항시 공
허를 느끼게 하는 것이다. 혹 낭만주의 작품에서 특수한 사실 비현실적
발전을 보는 수도 있기는 있으나 우리의 장편 작가는 사실에 노력함에도
불구하고 비사실을 독자에게 느끼게 한다. 필자도 물론 장편 작가의 표
현 기술을 의심하지 않은 바는 아니나 그 보다도 작가가 사회의 어느 일
면을 불문하고 심각한 체험이 없는 것을 그 중요 요소로 들고자 하는 것
이다. 둘째로 일반 작가가 작품에 대한 노력이 부족한 것을 들지 않을 수
없다. 그 이유로는 작가가 작품을 쓰기 전에 그 작품에 대하여 엄밀한 구
상을 가졌는가를 묻고자 한다. 이렇게 말하면 작가 제위(諸位)는 너무 멸
시하는 말이라고 노여워하고 혹은 작품에 대한 경험이 없는 말이라고 반
박할지 모르나 그러나 필자는 독자의 일인으로서 그 연작을 속독할 때
사건 발전에 아무런 균형이 없는 것을 볼 때 작가는 소설을 빚어내는 것
이 아니라 소설에 (작품 중의 사건에) 끌려다니는 감을 불금(不禁)한다.
그럼으로 만약 한 작품을 인체에 비한다면 필연코 두 팔이 발등에까지
닿는 수도 있을 것이며 혹은 머리만 남북으로 크고 목도 없으며 가슴 배
[腹]도 없이 또 다시 두 다리만 홀쭉하게 긴 불구자가 적지 않을 것이다.
이와 같이 균형이 없는 작품이 많으므로 그런 작품 중에는 쓸데없는 요
설이 많을 것도 사실이요 으레 더 심각하게 더 신중하게 표현될 부분이
생략되는 일도 많을 것이다. 혹 심한 작품에 이르러서는 작품의 본래 사
건과 관계없는 것을 너저분하게 늘어놓아서 그저 횟수를 연장하는 것 같
은 경향조차 보인다. 그럼으로 필자는 이러한 악경향을 청산하고 작품의

레벨을 올리기 위하여서라도 신문의 연재소설을 150회 내외로 단축하여 좀 더 내용적이고 좀 더 긴밀한 작품을 발표하기를 원한다.

그리고 한 장편에서 당분간 여러 문제를 취급할 것이 아니라 비교적 그 내용을 단순하게 하여 한두 문제를 심각하게 철저하게 표현하였으면 하는 의견도 첨부하고자 하는 바이다.

이렇게 하면 신문소설의 독자를 끄는 점으로도 상당한 효과가 있을 것이며 작품이 질적으로 향상하는 데도 유효할 것은 물론이다.

2. 각평(各評)

오인(吾人)의 기억에 아직 사라지지 않은 최근에 끝난 장편으로는 현빙허 씨의 『적도』, 김기진 씨의 『심야의 태양』, 강경애 씨의 『인간문제』, 그리고 《조선일보》의 탐정소설 등이 있다. 그 작품 등의 장단으로 본다면 어느 것이나 다 적당하였다고 생각된다. 그러나 모두 작가의 역작임에도 불구하고 이렇다 할 만큼 드러내 놓을 만한 작품들은 아니었었다. 다못 『적도』의 주인공이 다른 작품에서 볼 수 없는 '힘'의 소유자란 것과 『인간문제』의 세밀한 농촌 묘사와 『심야의 태양』의 평범 등이 그 특색이라면 특색이라고 말할 수 있을 것이다.

위에서 필자는 현대 사회를 배경으로 한 작자보다 윤백남, 홍벽초 양씨의 역사소설이 오히려 그 기교에 있어 우수하다고 말하였었다. 이제 먼저 이 두 작가에 대하여 수언(數言)할까 한다.

조선에서 역사소설로 가장 성공한 문인은 첫째로 이광수 씨를 들 수 있을 것이요 그 다음에는 윤백남 씨를 꼽게 될 것이다. 그러나 이광수 씨의 제작(諸作)은 작중의 '성격'과 '심리'를 주중(注重)한데 반하여 윤백남 씨는 그 제(諸) 장면과 사건의 발전에 주중한 점이 다르다. 윤백남 씨의 기교에 관하여는 그 전에도 누차 언급한 바 있었거니와 점점 난숙한 경(境)에 들어가고 있다. 또 씨의 특장은 주관이 농후하지 않은 점이다. 현재 『흑두건』에 있어 당시 사회를 혹은 조정으로 관찰하고 혹은 반역군으로 관찰하고 혹은 하천층으로 관찰하는 등 그 광범위의 제재에 대하여는 경탄하지 않을 수 없다. 그러나 씨는 다른 작품에서와 같이 한 가지 결점을 이 작품에서도 범하고 있나니 그것은 곧 작품의 각 부분을 연결한 선이 박약하여 독자는 그 '이야기'의 유래를 추모(推模)하기가 어려울 경우가 많다. 혹 당시의 야사(野史)에 소양이 있는 독자는 용이하게 요해(了解)할지 모르나 그렇지 못한 독자는 작품의 각 부분을 그저 딴 이야기와 같이 추측하게 될 수밖에 없다.

또 씨의 작품에는 군상(群像)이 행동할 뿐이요 한 주인공을 세우지 않은 것도 큰 특색의 하나이다. 석일(昔日)에 오우(吾友) 모 군(某君)은 이렇게 말한 적이 있었다. "금후의 소설은 모름지기 주인공이 없어야 대중소설이 될 것이다"라고 이 말은 혹 일리 있는 말일지도 모른다. 이 작가는 중국 '연의소설(演義小說)'의 영향이 많은 것을 알 수 있다. 그 전의 '항우'는 바로 『초한연의(楚漢演義)』의 복사였고 『대도전(大盜傳)』 등은 『수호지』의 모방이 많았었다고 기억된다. 만약 금후로 현대소설의 수련을 더 가지게 되는 때에는 조선에서 무이한 역사소설가가 될 것을 단언할 수 있다.

홍벽초 씨의 초작(初作) 『임거정전』은 첫 작품으로는 큰 성공이라고 말하지 않을 수 없다. 그러나 작가는 항시 자기가 이야기하는 태도를 가진 것이 독자에게 긴장을 주지 못한다. 그러므로 독자는 늘 '이야기'거니

하는 관념이 머리에서 떠나지 않고 따라서 작가와 독자는 작중으로 뛰어들지 못하며 '이야기'[作品]를 서로 이야기로서 감상할 뿐이다. 그것보다도 더 큰 결점이 이 작가에게는 있으니 그것은 곧 작중에 '쓸데없는 장면과 대화'가 많은 것이다. 동경 문단의 어떤 문인은 하목수석(夏目漱石)의 『吾輩は猫である』를 억평(憶評)하면서 3권 이하는 자기(허가(許家) 곧 배인(俳人)의 허자(虛子)라고 기억되나 정확 진부(正確眞否)를 단언할 수 없다)에게 추적(推敲)을 받지 않아서 '무태(無駄)'가 많다는 것을 어디서 본 적이 있다. 그러나 『吾輩は猫である』는 그럼에도 불구하고 한 걸작이다. 걸작이 되는 데에는 사소한 결점이 있는 것이 그리 '흠' 될 것이 없다. 그렇다고 하여서 우리는 작품의 '흠'을 지적하지 않을 수는 없는 것이다. 더군다나 그리 상승(上乘)의 작품이 아님에야 더 말할 것도 없다. 그러나 이 작가는 항시 '임거정'을 범인과 달리 하는 데 무한한 노력을 한다. 임거정의 절윤한 완력, 무비한 지력, 능숙한 무기 등을 묘출하려고 얼마나 많은 지면을 낭비하는지 알 수 없다. 현해의 건너에서는 1,000회를 넘게 쓰는 작가가 있고 중국 청말의 『수호전』, 『홍루몽』 등은 다 거편임에 틀림없으나 『임거정전』은 좀 더 횟수를 줄여서 긴밀하게 정세(精細)하게 썼으면 더욱 완미한 작품이 되리라고 생각된다. 금번 그 본전(本傳)부터는 그러한 경향이 보이지 않은 것도 아니나—.

이 두 작가 이외의 연재소설로는 이태준 씨의 『불멸의 함성』(중앙일보), 심훈 씨의 『직녀성』(同上), 장혁주 씨의 『삼곡선』(동아일보), 함대훈 씨의 『폭풍 전후』 등을 읽고 있다. 물론 완결된 작품을 보기 전에는 이렇다 저렇다 말하는 것을 삼가여야 할 것이나 혹은 반 이상 내지 기(幾) 10회만 보더라도 그 작가의 경향 체재 기교 등은 짐작할 수 있으므로 이에 수언(數言)을 써 볼까한다.

　이태준 씨는 소설도(小說道)에 있어 상당히 자리가 잡힌 작가라고 볼수 있다. 씨의 단편에 있어 전인(前人)의 개척하지 못한 인생의 일면을 포착한 것을 나타냈거니와 장편에 있어서도 현대 사회를 배경으로 한 작품 중에서는 우수한 작품으로 볼 수 있다. 씨의 작품을 통하여 흐르는 것은 동양 정조라고나 말할 수 있을까? 씨의 작품에는 '정적'과 '고독'이 중요한 지위를 점하고 있다. 그러므로 작품은 여러 방면으로 벌려지지 못하고 외골수로 흘러가는 수가 많다. 필자는 씨의 단편집 『달밤』을 아직 통독할 기회를 얻지 못하였거니와 그 전에 산독(散讀)한 씨의 작풍으로 본다면 『달밤』의 표제는 실로 명실이 부합되었다고 생각한다. 또 한가지 느낀 것은 청전(靑田)의 화중(畵中)에서 무변대야(無邊大野)에 끝없는 소로(小路)가 뻗쳐 있고 전신주가 역시 노변에 서 있는 것을 보았거니와 어쩐지 이 그림은 이태준 씨의 작품과 정신적으로 공통된 점이 있는 것같이 생각된다.

　이렇게 느껴지는 것은 청전 동양화의 정조와 이태준 씨의 작품 중의 '정적', '고독'은 본질적으로 같은 것이 아닌가 하고 생각된다.

　씨의 노인에 대한 묘사와 대화는 아마 다른 작가의 따르지 못할 매력이 있고 현대 여성의 심리 등도 여간 독특한 것이 아니나 남재청년의 묘사는 다소 차가 있는 것 같으며 사건의 발전이 좀 비현실적이어서 수긍되지 않은 점이 있는 것이 유감이다. 어느 땐가 필자가 언급한 바 있었거니와 씨의 작품은 넓이가 다소 흣진 감이 있다. 그러나 그대로 깊이는 있는 편이다. 씨의 예술, 인생에 대한 태도의 진격(眞擊)한 것은 경의를 표하여 마땅할 것이다. 작품은 무리하게 연장한다든지 일자일구를 소급

(疎急)히 하지 않은 것은 씨의 장점이요 또한 작가로서 더 위대할 장래를 촉망할 수 있는 점일 것이다.

소설의 '테크닉'에 가장 숙련한 작가로 우리는 장혁주 씨를 들 수 있을 것이다. 씨는 소설을 빚어낼 줄을 누구보다도 잘 안다. 소설 각 장을 맺고 끊는 것이라든지 그렇게 제재의 범위를 늘리면서도 정연하게 운반하여 가는 점은 여간 능수가 아니다. 그러나 씨는 '무엇을 쓰는가?' 그 작품은 '얼마나한 깊이가 있는가?'하고 자문하여 보면 대답에 주저하지 않을 수 없을 것이다. 씨의 지금까지의 작품은 영화막에 나타난 한 막 한 막의 실사에 불과하였었다. 영화의 외경(外景)을 박는 기사나 사진을 한 장 한 장 찍는 사람은 꼭 그 적당한 곳으로 렌즈를 돌려서 사각형에 딱 딱 들어맞게 찍어 내는 것이다. 현대 많은 마르크스주의 작가는 이러한 수법을 취하여 왔었다. '사실주의'라고 하면서 될 수 있는 한에서 표면의 현상을 종합하였던 것이요 그 이면적 원동력과 그 심리적 발전을 회피하였던 것이다. 씨의 과거의 단편에서도 이러한 경향을 보였거니와 『무지개』에서도 역시 그러하였었다.

그러나 『삼곡선』에서 씨는 각층 청년 남녀의 '심리'적 변천을 그리려고 노력한 흔적이 보인다. 씨의 작품은 한 문제를 '깊이' 있게 천거하는 데는 그리 성공하지 못하고 제재의 평범과 서사의 담박은 도리어 씨의 특색이며 무슨 문제나 작가의 주관을 회피하고 손쉽게 결말을 짓지 않은 것은 물론 내용적으로 작가 급 작품의 미완성을 의미한 것이어서 우리는 늘 그 미래를 촉망하게 된다. 그러나 우리는 흡사 미완성의 그림을 보는 것과 모호한 축도를 보는 것 같아서 씨의 작품의 독후감은 흔히 부족을 느끼게 된다.

『삼곡선』은 일방면으로 보면 신문소설로서 성공하려고 무한한 노력을 허비한 것 같이 보인다. 곧 다시 말하면 통속작품으로 완성시키려고 힘쓰는 것이다. 이러한 경향은 작가로서 누구나 다 기망(企望)하는 바이지만은 흔히 잘못하면 일시의 성(盛)은 이루게 될지 모르나 작가로서 타락하기가 쉬운 것이므로 명심하여야 할 점이다.

심훈 씨의 『직녀성』은 과도기 연애 문제를 해결하려는 작품이다. 퍽 쉽게 작품을 진행시킨다. 이렇다는 특징이 없는 대신 문장이 평이하고 전개가 자연스럽다. 그러나 간단한 사실을 너무 지난하게 요모조모 쓰는 혐(嫌)이 있다. 그러므로 독자는 이 소설의 장래를 혹은 작가가 장래에 쓸 것을 미리 관파(觀破)하지나 않을까? 하는 추측이 든다. 따라서 흥미가 없으며 '예(藝)'의 부족을 느끼게 된다.

그러나 한 가정의 내막을 『직녀성』과 같이 자세하게 그려낸 작품도 근래에 보기 드문 일이다. 물론 작가는 몰락한 귀족의 가정과 새 제너레이션의 행진을 전개하려 하나 작중(作中)의 사실은 너무나 '인위적'인 것 같은 감이 있다. 소설의 내용은 작가가 '만드는' 것이다. 그러나 만든 것 같지 않고 참 사실과 같이 독자에게 감명을 주는 것이 작가의 '전문기술'이다. 그러나 『직녀성』은 작가의 '비밀상(秘密箱)'이 너무 현저하게 나타나 보인다.

필자는 그 원인이 '세철'과 '봉희'의 어린애 빠꿈살이 같은 가정생활에만 있는 것이 아니라 그 어휘가 적소에 적용이 되지 못한 데 있지 않은가 하고 느껴진다. 곧 다시 말하면 작중의 서사와 대화에 쓴 '말'에 실감이 적은 까닭으로 사건을 (작중의) '만든 것' 같은 느낌이 더하는 것이 아닌가 하고 생각한다. 『직녀성』에 있어 인물 묘사에 가장 성공한 인물은 그 노인들보다도 또는 그 미혼의 청년남녀보다 기혼한 '인숙'이라고 필자는 생각한다.

함대훈 씨의 『폭풍전야』는 처음 작품인 만큼 여러 가지 미숙한 점이 많다. 필자는 여기서 많은 말을 쓰려고 하지 않거니와 그 중의 '가을'의 묘사 등은 그 어휘나 서술이 구소설의 일면이거나 혹은 이야기 잘하는 노파의 화투(話套)에서 일보도 더 나아가지 못하였다고 말할 수 있으며 너무나 긴 독백, 무용한 간담(間談) 등은 될 수 있으면 제외하는 것이 소설도(小說道)의 상식이 아닐까? 이 작가에게 끝으로 바라는 것은 위에서도 말한 바와 같이 전편 소설을 될 수 있는 한에서 너무 길게 하지 말고 간단하게 자르고 끊어서 작중의 사건을 간명하게 하여 정교한 작품을 만드는 데 노력하였으면 좋겠다는 일점(一點)이다.

(필자의 소소한 분망으로 편집국에서 소한(所限)한 기일이 벌써 너무 늦어 상세한 논평을 하지 못한 것이 유감이다. 따라서 제위(諸位) 작가에게 쓸데없는 망언이나 되지 않기를 바랄 뿐이다. —(필자 식)—*

---

* 《개벽》, 1935.03, pp.1~7.

교문을 나서는 재원들

—원산 누씨학교의 특출한 4 규수

원산부 누씨여자고등보통학교의 교문을 나선 금춘 졸업생은 20명이니 4개년 간 그들의 쌓은 공도 적지 않거니와 앞으로도 역시 학해(學海)에 몸을 던져 장차 조선 사회에 일비지력이라도 돕고자 든든한 기초를 세우려하는 것이다. 이제 그들의 지망별을 숫자적으로 따져보면

이화음악과	1인
이화유아사범	1인
경성사범연습과	1인
조선약학교	1인
협성여자신학교	2인
기타 상급 학교	6인
미정	10인

이다. 그들 가운데는 장차 음악과 문학에 성공할 소질을 가졌고 또한 이 방면에 노력하는 2 규수가 있으니 즉 전자는 박현숙(朴賢淑) 양이요, 후자는 최용신(崔容信) 양이다. 그들은 각과를 통하여 우등으로 졸업을 하였고 영리하고 덕성이 있어 동반에게 고임을 받았다. 박 양의 어여쁜

손이 피아노 위를 왔다갔다 할 때마다 동해안의 어별조차 흥에 못 이겨 꼬리를 흔드는 것이다. 그는 학교나 교회에서 무슨 희가 열릴 때에 으레 출연을 하는 것이니 아직 음악이 보급되지 못한 시골이건만 그로 인하여 머지않은 시기에 큰 서광을 볼 줄 안다. 그는 이화여자전문학교 음악과에 입학하리라 하며 최 양은 농촌 여성 교육 문제에만 많은 연구를 하는 중이니 그가 언제든지 글을 쓰면 '조선

사진은 우(右) 박현숙, 최용신
좌(左) 박재열, 박두성 양

여성운동은 언제든지 농촌에서부터 일으키자' '먼저 문맹 퇴치 운동에 노력하자' —이것이 내용의 중심이 된다 한다. 그러므로 그는 농촌 문제에 대한 서적을 탐독하기에 가장 많은 시간을 사용하였다 한다. 그는 또한 독실한 신앙가로 십자가에 못 박히신 예수를 본받아 자선의 길을 밟고자 우선 경성 협성여자신학교에 입학하여 수양에 노력할 것이라 하며 그 외 박재열(朴在烈) 양과 박두성(朴斗星) 양은 모든 과정을 통하여 우수한 성적을 얻었는데 박재열 양은 4년 동안을 하루같이 결근이 없는 정력가로 장래에는 아동교육에 노력하리라 한다.*

---

* ≪조선일보≫, 1928.04.01. 1927년 8월 13일 ≪중외일보≫에 누씨여자고등보통학교 학생이었던 최용신에 관한 기사가 보도된 적이 있다. 최용신의 고향인 함경남도 덕원에서 열린 토론대회와 관련한 기사 「남녀 유학생 토론대회 개최」에서 이름을 확인할 수 있는 것이다. 기사 내용은 다음과 같다.

　함남 덕원군 현면 두남리에서는 하기휴가를 이용하여 두호구락부(斗湖俱樂部)의 주최로 본월 16일 하오 8시 반부터 본동 예배당 내에서 개최한다는데 연제와 연사는 여좌(如左)하다더

라.[德源]

◇ 연제: 현대문화 향상에는 설(舌)이냐? 필(筆)이냐?

◇ 연사

가편(可便): 이해성 군, 전영은 양, 김학군 군, 박경옥 양

부편(否便): 최만희 군, 최용신 양, 김충신 군, 최직순 양

교문에서 농촌에
/ 최용신

　수일(數日)에 불과하여 중등의 학업을 마치게 되니 기쁨도 있으려니와 반면에는 애연한 생각도 없지 아니하다. 인연 깊고 정 싸인 누씨문(樓氏門)을 떠나게 되니 형편과 처지가 다 같은 우리들은 이 자리를 당하여 회고의 느낌과 새로운 희망과 포부를 가졌을 줄 안다. 이제 우리는 교문을 떠나 사회에 발을 들여놓게 되었다. 과연 우리의 전도는 평탄하다고는 도저히 믿을 수 없다. 그는 즉 이 사회에 부족함이 있고 없는 것이 많은 까닭이다. 그러므로 이 사회는 무엇을 요구하며 누구를 찾는가? 그는 무엇보다도 누구보다도 신교육을 받고 나아오는 신인물(新人物)을 요구한다. 기중(其中)에서도 더욱이 현대 중등교육을 받고 나아가는 여성들을 가장 요구하는 줄 안다. 그는 여성이 남성보다 출중하여 그런 것이 아니라 조선의 재래를 보면 남성들의 다소의 노력과 활동이 있었으나 그 노력과 활동으로써 그만한 성과를 얻지 못하였다. 그는 남성의 노력이 부족하며 활동이 적은 까닭이 아니다. 원래 이 사회의 조직은 남녀 양성이 반만년 동안 암흑 중에 묻혀 사회에 대세는 고사하고 자기 개성조차 망각하고 말았다. 그러므로 남녀 양성을 표준한 이 사회에서 남성 편중에 활동과 노력뿐만으로서는 원만한 발달을 받을 수 없을 것이다. 이 점에 있어 우리 교육을 받은 여성이 자각하고 책임의 분(分)을 지고 분투한다고 하면 비로소 완전한 사회를 건설할 줄로 믿는다.

이 의미에서 중등에 교육을 마친 우리들은 자기의 이상하는 바에 의하여 자기 힘자라는 데까지 노력하지 아니하면 안 될 것이다.

이제 그 활동의 첫걸음은 무엇보다 농촌 여성의 지도라고 생각한다. 나는 농촌에서 자라난 고로 현실 농촌의 상태를 잘 안다. 그러므로 내가 절실히 느끼는 바는 농촌의 발전도 여성의 분투함에 있을 줄 안다. 참으로 현대 교육 받은 여성으로서 북더기 싸인 농촌을 위하여 헌신하는 이가 드문 것은 사실인 동시에 유감이다. 문화에 눈이 어두운 구여성만 모인 농촌에 암흑에서 진보되지 못한다 하면 이 사회는 언제든지 완전한 발전을 이루지 못할 것이다. 이 농촌 여성의 향상은 중등교육을 받은 우리들의 책임으로 알아야 할 것이다. 그러면 중등교육을 받고 나아가는 우리로 화려한 도시의 생활만 동경하고 안락한 처지만 꿈꾸겠는가? 그렇지 않으면 농촌으로 돌아가 문맹퇴치에 노력하려는가?

거듭 말하나니 우리 농촌으로 달려가자! 손을 잡고 달려가자!

1928년 3월 5일*

---

* ≪조선일보≫, 1928.04.01.

최용신 양 미거(美擧)

    강원도 통천군 답전면 포항리에 있는 옥명학원(玉鳴學院)은 창설된 후 십여 년간을 기독교 여선교회의 도움을 받은 바 학원 선생으로 계신 원산시 외 두남리에 본적을 둔 최용신 양이 자기의 풍금 시가 백 원짜리를 기증하고 갔으므로 일반의 칭송이 자자하다고*

---

* 《조선일보》, 1931.11.06.

수원군 하의 선각자 무산아동의 자모(慈母)

—20세를 일기로 최용신 양 별세
—사업에 살던 여성

[수원] 최용신 양은 금년 23세로 우
리 조선 농촌개발과 무산아동의 문맹
을 퇴치코자 1931년 10월에 수원군 반
월면 사리에다가 천곡학술강습소(泉谷
學術講習所)를 설립하고 농촌 부녀들의
문맹 퇴치와 무산아동 교육에 많은 파
란을 겪으며 노력 중이던 바 불행하게

도 우연히 장중첩증에 걸려 신음하다가 지난 9일에 도립수원의원에 입원
하여 개복수술을 받고 치료 중이던 바 지난 23일 오전 0시 20분에 쓸쓸
한 병실에서 최후로 유언을 남겨놓고 영원한 세상으로 돌아가고 말았다
한다.*

* 『조선중앙일보』, 1935.01.27.

브나로드의 선구자 고 최용신 양의 일생
/ 일기자

썩은 한 개의 밀알
인텔리 여성들아 여기에 한 번 눈을 던지라

① 발표지면을 확인하지 못함.

② 그래서 이 강습소를 지을 때 최용신은 달밤이면 강변에 나가서 생도들과 같이 들것에다 모래와 조약돌을 담아오며 흙을 파다 손수 자기가 흙 반죽을 해가며 이 강습소를 지어 놓았답니다.

그래가지고 기쁨에 넘쳐 그는 주야를 헤아리지 않고 연약한 제 몸은 조금도 돌아보지 않고 오로지 이 농민을 위하다가 이명의 흙이 되겠다는 굳은 각오 앞에서 진 일이나 맑은 일을 헤아리지 않고 나가는 가운데 천곡리 일대에서는 최 선생 최 선생하며 칭찬이 자자하고 마침내 그들은 최 양을 전설에서 나오는 어떠한 인물같이 생각하는 가운데 최 선생의 말이라면 무엇이나 다 들어야만 된다는 절대 신임을 가지게 되니 최 양의 사업의 열은 점점 불꽃이 강하여지고 샘골이라는 이 동네는 최 양이 들어 온 이후로부터는 전과는 천양지판으로 인심이라든지 그 생활 정도가 놀랄 만치 향상 진보함을 보게 되었습니다.

과연 최 양은 이 샘골에서 때로는 목사 노릇도 하고 때로는 의사 서기 재판장 노릇까지 하게 되었으니 싸움을 하다가 머리가 깨져도 최 선생을 불러대고 부부가 싸움을 하고도 최 선생한테로 왔다고 합니다.

그러다가 좀 더 배워가지고 올 작정으로 그는 작년 봄에 신호신학교 (神戸神學校)로 가서 더 배우려고 하던 중 각기병에 걸려 공부를 못하고 다시 돌아왔을 때는 몸이 극도로 쇠약하여져서 풍부한 양식을 가져다주 려던 그는 의외에 쇠약한 몸으로 샘골을 향하여 병든 다리를 끌고 가니 여기 농민들은 최 선생이 아파서 누워 있어도 우리와 같이만 있다면 우리의 샘골은 빛난다고 하며 죽어도 우리와 같이 해 달라고 정양이 필요 하게 된 그 몸을 붙들고 놓지를 않았답니다. 그래서 최 양은 여기서 다시 용기를 내어 가지고 기적적 □□으로 일을 다시 했더랍니다.

그러다가 약한 몸에 □□은 과하게 되고 먹는 음식 같은 것은 잘 못 먹게 되니 처음에는 소화불량증까지 시작이 되어 가지고 남모르게 혼자 만 신음을 하다가 병이 중하게 되매 할 수 없이 자리에 누웠을 때 이때 는 병은 이미 중태에 빠졌었답니다.

최 선생이 이렇게 되고 보니 동리 사람들은 물론이요 거기서 삼, 사십 리씩 떨어진 곳에서까지 와서 번갈아가며 밤을 새서 간호들을 했으나 중 태에 빠진 병세는 점점 더하여 마침내 수원 도립병원에 입원을 하고 복 부수술을 하고 보니 소장이 대장 속으로 들어간 기형상태에 있는 것을 빼어냈으나 병세는 여전히 더할 뿐이었다 합니다.

이때에 농민들이 최 선생의 고향 친척들에게 알리려고 하였으나 "나 혼자 알지 왜 남에게 이런 소식을 알려서 일을 방해한단 말이요" 하며 전보는커녕 편지도 못하게 하므로 □□□□□□□은 최 씨 고향에다 편지 한 장을 안 하고 그냥 있었는 바 최 양의 은사 황애덕 씨가 □□에 이런 소식을 듣고 내려가 보니 병세가 시시각각으로 위독하므로 그제서야 황 선생의 손으로 알 만한 곳에다가 모두 통지를 하게 되었습니다. 그리고 최후로 한 번만 수술을 더 해보자는 의사의 말을 따라 뼈만 남은 최 양은 다시금 수술대에 오르게 되었습니다. (1935.03.03.)

③ 그러나 이것은 다만 최 양을 더 괴롭혔을 뿐이요 그를 구해주는 것은 되지 못했습니다.

그리하여 지난 1월 23일 기어코 그는 "주여! 나를 버리시나이까?"를 연발하며 다음과 같은 유언을 하고 그만 숨을 모두고 말았으니 그가 최후로 남기고 간 말은 무엇인가.

1. 내가 죽어도 천곡강습소는 영구히 경영하라.

2. 김 군과 약혼한 지 십년 되는 이 봄부터 민족을 위해서 사업을 같이 하기로 했는데 죽으면 어찌하나.

3. 샘골 여러분을 두고 어찌 가나.

4. 불쌍한 우리 학생들의 전도를 어찌하나. 불안한 우리 학생들의 전도를 어찌하나.

5. 어머님을 두고 가매 몹시 죄송스럽다.

6. 아무데도 전보하지 마라.

7. 천곡강습소 마주 보이는 곳에 나를 묻어다오.

이렇듯 못 잊어 하는 샘골 농민들을 어떻게 놓고 떠나갔으며 더구나 십년이란 긴 세월 남다른 미래를 약속하고 사랑하던 K군을 마지막 떠나는 자리에서 못 보고 가는 그 마음 오죽이나 서러웠을까! 과거 K군과 최 양의 로맨스는 원산 명사십리를 배경으로 하고 그들은 해당화 핀 모래 위를 거닐며 남다른 동기에서 사업의 동지로 결합되었으니 즉 자기네는 이 땅의 농촌을 위해 이 몸을 바치자는 굳은 약속이 있었다고 합니다.

그래 최 양이 위독한 경우에 빠졌을 때 현해탄 건너 있는 K군에게도 전보를 쳤더랍니다. 그러나 원수의 돈이 길을 막아 산지사방 애를 쓰다가 겨우 노비를 구해 가지고 이 땅에 발을 들여놓았을 때는 이미 최 양은 관속에 든 몸이었답니다. 군은 미칠 듯이 날뛰며 관을 붙들고 목메어 하는 말이 "용신 씨 당신에게는 왜 현대 여성들이 다 갖는 허영이 좀 더 없었던가요" 하며 애통했답니다. 이리하여 사흘을 지난 뒤 최 양의 관은 K군의 외투에 덮혀서 묘지로 가게 되었으니 이때 최 양의 장례식에는 사, 오십리 밖에서까지 촌사람들이 들어와서 그 상여 위에는 수백 명의 농군들이 따라갔더랍니다.

그리고 장례식이 끝난 뒤에 그들은 다시 최 양이 생전에 몸담아 있던 데로 다시 돌아가서 생전에 최 양의 손이 가던 물건들을 "최 선생이 보고 싶을 때면은 이것을 보겠다"고 하며 심지어 그의 신발 같은 것□□ 눈물 받은 치마 앞에 싸가지고는 눈물이 앞을 가려서 차마 그곳을 떠나지를 못하는 광경은 어머니를 잃은 의지할 곳 없는 아이들을 보는 듯 목자 잃은 양 같아서 그 광경이 말 못하게 비참했다고 합니다.

최 양이 이 세상에 들렀던 것은 다만 23년이라는 짧은 세월이었으니 그가 빚어놓고 간 사업이 위대하매 그의 생은 길었다고 볼 수 있으며 몸은 비록 우리를 떠났으나 그 거룩하고 위대한 정신은 영원히 여기에 남아 길이 향기를 더할 것이다. 바라건대 최 양의 영이나마 있다고 한다면

길이길이 이 땅의 우리들을 위하여 주기를 빌면서. (2월 28일 일기자)

(1935.03.04.)*

---

* ≪조선중앙일보≫, 1935.03.?~04. (3회)

영원불멸의 명주(明珠): 고 최용신 양의 밟아온 업적의 길 —천곡학원을 찾아서

/ 일기자(一記者)

"우리의 가장 무서운 적은 영국도 아니요 독일도 아니다. 그것은 대중의 무지(無智)다!"

이것은 십년 전 모국의 혁명당 수령이 십만 대중 앞에서 토한 기염이지마는 그 십년 전의 그의 말이 오늘날 우리에게 꼭 그대로 들어맞음을 우리는 발견한다.

그렇다. 이것은 모국의 그때 현상으로 보아 명언이었듯이 오늘날의 우리에게도 커다란 감격을 주는 명언이다. 우리는 무엇보다도 이 강적 '무지'를 격퇴시켜야 할 것이다.

인간의 집단생활이 영위되고 인류가 '사회'라는 조직을 보게 된 이래로 반만년 간 세계 민족의 흥망사에서 우리가 배운 것도 이것이었고 오늘날 생생한 현실 속에 치어나면서 우리가 배운 것도 이 진리였다.

배워야 한다. 그리고 알아야 한다!

세기가 변하고 역사가 변해도 이것은 언제까지나 진리다. 그러나 우리는 그것을 몰랐었다. 반만년 간이란 긴 역사를 가지고 이 '진리'를 깨닫지 못했던 것이다.

—그러나 드디어 우리도 그것을 깨우쳤다. 그리하여 허다한 우리의 선각자들이 먼저 깃발을 든 것이 "배우자! 가르치자!"의 운동이었다.

이 브나로드 운동이 일어난 지 불과 오년. 그동안에도 우리는 수만의 문맹을 퇴치하였다.

최용신 양 —이 분 또한 그 선각자 중의 한 사람이다.

'무지'가 우리의 적이라는 커다란 진리를 깨우쳤을 뿐 아니라 생명까지 이에 바친 정명의 주인공인 최 양—

그는 모름지기 우리가 본받아야 할 사람이었다.

더욱이 그는 처녀기의 여성이다. 꽃다운 반생—아니 일생을 조선을 위하여 바친 그의 위업인 천곡학원—.

기자는 이 최 양의 밟은 길을 더듬고자 따스한 봄날을 택하여 서울을 떠났다.

　×　×

수원군 반월면 천곡동! 기차는 철도 연변에서 삼십 분 정도의 거리려니 쯤만 생각하였으나 수원군의 지도를 엎어보고야 교통이 불편한데 더욱 놀랐다. 가장 가까운 수원역에서 오십 리다. 군내 지도에도 이름조차 없는 벽촌이다. 그러나 지도만으로는 알 길이 없어 천곡리의 배달구역인 군포장 우편소를 찾아 그 노정을 물으니

"천곡 어딜 가시는지요?"

하고 배달부인 듯한 나글나글한 인상을 주는 젊은 사람이 자기네끼리 얼굴을 쳐다본다.

기자의 말을 듣더니 그는

"아 천곡학원요?"

하고 자기 집이나 찾아온 듯 사람처럼 반긴다.

"천곡학원을 아십니까?"

"네—알구 말구요. 격일해서 가니까요!"

오늘날에도 격일해서 배달하는 구역이 벽촌도 아닌 수원 지방에 있는 말을 듣고 기자는 또 한 번 놀랐다.

우선 다리를 좀 쉬고 있노라니 자상해 보이는 그는 이것저것을 묻는다. 대강 기자가 가는 뜻을 말하니까 그는

"아 최 씨요?"

하고 몹시 감격해한다.

"최 씨도 잘 아시나요?"

"알구 말구요. 참 훌륭한 분이시지요. 그렇게 인자한 사람은 못 봤습니다—"

이렇게 실마리를 풀어놓자 마침 시내 배달은 끝내고 들어온 배달부까지 섞여서 주거니 받거니 최 양의 칭찬이 자자하다.

"바루 작년 겨울이군요. 소포가 많아서 밤늦게야 우편을 가지고 가니까 한사코 들어오라더니 밥을 데우고 국을 끓이고 해서 먹으라고 하겠지요."

한 사람이 끝내자 또 한 사람이 맞장구를 친다.

"나두 여러 번 당했는걸—그래서 어떤 때는 미안해서 편지 받으십시오! 하고 고함을 치고는 달아나오기도 했었어!"

×　×

반월장터에서 차를 버리고 인수(인천—수원 간) 가도를 따라가다가 언덕 밑으로 내려서니 거기서부터는 산길, 논길이다. 춤을 추듯 논두렁길을

건너서 약 삼십칠 분, 칠 마정은 실히 되는 듯하다.

앞에서는 산, 좌우로는 논 밭. 길을 잃고 한참 헤매다보니 산모퉁이 밭에서 나물 캐는 아이들이 한 떼가 보인다. 기자는 그들을 찾아가서 천곡학원을 묻다가 기자는 여기에서도 최 양의 밟은 길을 엿보았다.

"최 선생님 학교요?"

하고 나물바구니 속에 나물을 개리고 있던 열 두엇 된 계집아이가 묻는 것이다.

"그래 너희들 선생님 댁이 어디 있니?"

무심코 이렇게 묻는 말에 장난꾸러기처럼 저고리 앞섶이 흙투성이가 된 머슴애가

"저—기요!"

하고 맞은 편 산을 가리킨다.

"저—기 어디냐?"

"아 저 안에요 뫼이 많은 데 벌건 흙!"

아이들이 까르르 웃어 제친다. 그 아이가 가리킨 것은 공동묘지에 아직 잔디도 안 입힌 무덤이었던 것이다.

"에이 자식두! 이놈아 그것 최 선생님 뫼이지야!"

기자는 그 아이의 대답이 하도 재미있어서 머리를 쓰다듬어주고 나도 밭머리에 털썩 주저앉아서 아이들의 이름도 묻고 집도 묻고 하려니까 산기슭에서 엿장사의 가위소리가 난다. 기자는 엿장수를 불러서 엿 십전어치 열세 개를 받아서 아이들하고 나누어 먹었다.

처음에는 양복쟁이라고 경계를 하는 눈치가 어린 아이들에게도 보이더니 그러는 동안에 숙친해서 묻는 대로 고분고분히 대답을 한다.

"그래 너희들 최 선생님 보고 싶지 않으니?"

이렇게 묻는 기자의 말에 그들은 일제히 대답한다.

"보구 싶어요!"

"지금 계신 선생님들은 최 선생님만 못하시니?"

"아녜요."

"그럼?"

"……"

아이들의 이야기를 종합하여 보고 나는 최 선생의 심지가 얼마나 아름다웠던가를 짐작했다. 그들은 최 양을 마치 저희들 동무처럼 이야기한다. 그리고 산모퉁이에서 소꿉질을 할 때 최 양이 질그릇 조각에 흙을 파서 밥이라고 이고 다니던 이야기며 각시놀음을 하면서 글을 배워두던 이야기 같은 것을 듣는 동안에 기자의 눈 속은 뜨뜻해 오는 것 같았다.

나이 이십을 넘은 처녀가 새소리밖에 안 들리는 이런 산간벽촌에 와서 아이들과 소꿉질을 하며 한 자 한 자 글자를 가르치던 그 정성을 그려보며 기자는 다시 한 번 최 양의 무덤을 건너다보았다. 은연중 머리가 숙는다.

× ×

아이들에게 길을 물어서 산잔등을 넘으니 아담스러운 새집 한 채가 보인다. 널따란 운동장이며 유리창—언뜻 보기만 해도 그것이 학교라는 것을 짐작할 만하였다.

비록 초가집일망정 깨끗하고 운동장 구석에는 철봉까지 시설해 놓았다. 사무실 문을 두드리니 마침 휴가 중이라 최 양의 후임이라는 탁 양의 집을 찾으니 탁 양도 마침 촌에 나가고 천곡학원의 경영체인 천곡예배당

의 전도부인 장 양이 대신 맞아준다. 기자의 온 뜻을 듣고는

　"이처럼—이처럼—"

하고 몹시 감사해한다.

　장 양은 최 양과 손을 맞잡고 천곡학원을 위하여 노력하던 동지의 한 분이다. 책임자는 없었지마는 최 양의 밟은 길을 장 양 입에서 누에 실 뽑히듯 흘러나왔다.

　　×　×

　이제 장 양의 이야기를 듣건대—

　원래 천곡학원은 5년 전에 선교사 '밀라' 씨가 천곡예배당 안에 야학으로 시작한 것이다. 그러나 밀라 씨는 원래 한 곳에 오래 주둔할 수 없는 바쁜 몸이므로 그 사업이 뜻과 같이 진행되지 않아서 초초해하던 때에 그야말로 '하느님의 사자'처럼 천곡에 나타난 한 여성이 있었으니 그가 바로 최용신 양이었다.

　최 양이 천곡에 나타나기는 4년 전 10월이었다. 그러나 최 양이 오기까지는 사람이 없어 사업의 진전을 보지 못하던 것이 경비의 일체를 보조해 오던 여자기독교청년회도 본국의 보조 삭감으로 천곡학원까지 돌볼 겨를이 없게 되자 천곡학원은 일시 비운에 빠져 폐문을 하게 되어 최양은 한동안은 경성에 돌아가 있었다.

　그러나 남들은 행복 된 결혼과 유학 출세—이런 아름다운 꿈을 꾸고 교문을 나설 그때부터 깨달은 바 있어 농촌운동을 자원한 사람이다. 일시 재정 곤란으로 중지는 하였으나 조선을 사랑하는 그의 정열은 식을 줄을 몰랐다. 그는 드디어 다시 결심을 하고 그 이듬해 이른 가을에 홀연히 천곡에 나타나서 천곡학원의 재생을 위하여 일생을 바치기로 한 것이

다.

천곡은 수원군이라 경성과도 지척지간이기는 하나 산간벽촌—여기야말로 등하불명의 처녀지였다.

처음의 최 양은 학부형을 설복시키어 일을 시작하여 하였으나 그것도 여의치 못함을 깨달은 그는 다시 복안을 변하여 그들 자신이 깨우치도록 할 계획을 써왔다.

최 양이 처음으로 취택한 계획은 '추석놀이'였다. 최 양은 월여를 허비하여 추석 달 밝은 기회로 음력 8월 14일 밤에 예배당을 이용하여 추석놀이 대회를 연 것이다.

읍까지 오십 리 성냥 한 푼어치를 사재도 오 마정이나 나가는 산간벽지에서 위안에 주린 그들은 이십 리나 되는 산길을 넘어서 '추석놀이' 구경을 왔다고 한다.

공작새처럼 혼란스럽게 차린 어린이들이 나비처럼 납신납신 춤을 추고 손에 손을 맞잡고는 천진스럽게 부르는 노래! 호미와 지게와 오줌동이밖에 모르고 자란 그들은 여기서 비로소 자기네의 자녀들도 '가르치면 된다'라는 굳센 신념을 얻게 된 것이었다.

"우리들의 자식들도 원래가 농군이 아니다. 가르치고 배우고 하면 되지 않느냐?……"

이리하여 부인친목계가 자신하여 수년간 근검저축한 기금 삼백 여 원을 하사하였다. 그러나 최 양은 어찌 생각함이었던지 그것을 다 받지 않고 그 중의 반 150원을 기초로 하여 매일 산길을 넘어 가가호호 방문을 하며 기금을 모집하였다.

그때 최 양의 나이 24세건마는 최 양은 구두도 벗어던지고 짚신이나

고무신을 신고는 오늘은 이 동리 내일은 저 동리 산을 넘고 논길을 헤매어 푼푼이 기금모집을 하였다.

점심을 굶은 것은 항다반이요 어떤 때는 저녁도 못 얻어먹고 밤중에야 산을 넘어 집으로 돌아오기도 하였다. 또 어떤 때는 그 지방 부호 노인과 말다툼을 하다가 격렬한 토론 끝에 본의는 아니면서도 노인에게 욕도 여러 번 하였고 외국 유학까지 하였다는 모 청년을 거리에 끌어내어 봉변도 주었다고 한다.

한 동안은 근동 일대에서 최 양에 대한 불평이 자자하였다. 어떤 부호는 최 양을 위협까지 하였으나 그는 끝끝내 구기지 않고 "조선을 위하는 데 죄가 무슨 죄냐!"라는 굳은 신념으로 활동을 계속하였다. 십 전 오십 전 일 원—이렇게 모인 돈이 칠백 원에 달하자 최 양은 학교의 기초를 닦고 정초식을 거행하였다.

그러나 동민이 최 양의 사업에 진심으로 공명한 것은 집터를 닦기 시작한 그날부터라고 한다.

10월도 중순 덧없이 명랑한 달밤이었다. 최 양은 처녀의 몸임도 돌보지 않고 팔을 걷고 버선을 벗어던지었다. 그리고는 남자들이 멍하니 서서 구경하는 앞에서 지게로 돌도 나르고 흙도 져다 부었다. 기진하면 지게 위에 앉아서 숨을 돌려가지고 또 지게를 졌다.

이튿날도 최 양은 그러나 쉬지 않았다. 흙과 돌을 져다가는 스스로 담도 쌓고 토역이니 대패질까지 손수 하는 것을 본 근동 사람들은 여기서 비로소 깨우침이 있어 훌훌 벗고 덤비어 교사 역사에 참가하였던 것이다.

—이리하여 칠백여 원의 건축비로 기공한 지 2개월 만에 천곡학원의

낙성연을 베풀었던 것이다.

× ×

이리하여 학생을 모집하니 당일로 육십여 명이 운집하였다. 최 양은 자기의 천직을 다하기 위하여 교재도 꾸미고 아동들의 가정 성격 취미까지 참작하여 그야말로 천사처럼 어린이들을 지도하고 어루만지고 했다.

—그러나 최 양의 사업은 이것뿐이 아니었다. 낮에는 교육의 천직을 다하고 밤에는 농촌의 부녀들을 모으기 시작했다. 오십 육십의 노파들도 책을 끼고는 학교로 몰려들었다.

"난 안 올라다가 또 밤중에 와서 야단을 칠 테니 초저녁에 아주 때우는 것이 낫지!"

그들의 입에서 이런 말을 듣게 된 것을 보아도 최 양의 정성이 얼마나 가득했던가를 추측할 수 있다.

—이리하여 천곡 근동에서는 거의 전부가 문맹을 면하였다고 한다.

밤낮으로 이렇게 활동하는 최 양이건만 일요일에는 몸소 벗고 나서서 논도 매고 밭도 갈아서 부엌에서만 일생을 보내던 농촌 부인들도 지금은 모두 농군이 되었다고 한다.

—이러기를 만 4년! 그 뒤 최 양의 위업을 잊을 수가 있으랴? ……

그러나 최 양은 늘 자기의 '무지'를 슬퍼하였다고 한다. 말끝마다

"더 배워야 할 텐데—"

하고 완전한 교육을 하기 위해서는 좀 더 공부를 해야 한다고 하더니 마침내 작년 3월에 일년 간의 예정으로 천곡학원을 동무에게 맡기고 신호(神戶)로 유학의 길을 떠났다.

이것만으로도 최 양이 얼마나 양심 있는 사람이라는 것을 엿볼 수가

있는 것이다.

최 양은 일찍이 원산 누씨여자고보를 마치고 경성신학교를 거쳤건만 완전한 교육은 완전한 인격과 학식으로만 가능한 것이라고 생각한 데서 다시 신호신학교에 입학한 것이었다. 최 양이 떠난 후 학생들의 빨리 돌아오시라는 편지가 매일 가듯싶이 했다는 것만으로도 천곡학교에서의 최 양의 신망이 엿보인다. 그러나―

이 큰 뜻 밑에 떠난 최 양의 스타트가 죽음의 길이 될 줄이야 그 뉘가 뜻하였으랴?

신호 산 지 육개월 만에 최 양은 각기를 얻어 경성으로 돌아왔다. 그러나 병을 치료하는 동안에도 최 양은 천곡을 잊지 못했다. 그리하여 다시 천곡으로 돌아와서 병을 치료하면서도 그는 단 하루를 쉬지 않고 교단에 섰었다.

"나의 맥박이 그칠 그 순간까지!"

이것이 최 양의 맹서였다.

"선생님 그만 학교를 쉬시고 정양을 하시오."

날마다 학부형이 찾아와서 권했으나 최 양은 그대로 고개를 흔들고 낮에는 주학 밤에는 야학 토요일 오후와 일요일에는 근동으로 돌아다니며 출장 교수를 하였다.

"내 몸뚱이는 천곡―조선을 위해서 생긴 것이다. 그 천곡―그 조선을 위해서 일하다가 죽었단들 그게 무엇이 슬프랴!"

최 양은 찾아가는 사람을 붙들고는 이렇게 말하였다.

× ×

'신'이라는 것이 있기만 했다면 우리는 그 신을 원망했을 것이다. 천사 같은 어린이들의 그 갸륵한 기원, 학부형들의 그 정성스러운 간호! 그렇건만은 최 양의 병세는 날로 날로 더해가는 것이었다.

최 양도 사람이다. 그도 지나친 노력과 병마로 하여 드디어 병석에 눕고 말았다. 최 양은 병석에 눕던 바로 그날 밤까지 교단에 섰었다.

최 씨의 삼간초옥을 둘러싼 학부형, 은은히 솔폭에서 들려오는 학생들의 울음소리―이러하게 그날 밤은 길어갔다.

그러나 병석에 누울 그 때의 최 양은 벌써 중태였다. 견디다 견디다 못하니까 누운 것이다. 아니 교단에 올라서도 더 몸을 지탱할 힘이 없으니까 쓰러진 최 양이었다.

"언니! 샘골을 어쩌고 죽어요?"

최 양은 혼수상태에 빠져서도 샘골을 찾았다. 샘골이란 천곡(泉谷)의 속칭이었다.

"수원으로 가보면?"

하고 수십차 권해보았으나 그래도 최 양은 머리를 흔들었다.

"아니 아니! 난 샘골서 죽고 싶어!"

그러나 병세는 날로 더해갈 뿐 아니라 학부형들은 도립병원에 입원시키기로 결정하고 비용을 거금하였다. 학교 기금에는 그럴 듯이 모르는 체하던 샘골 사람들은 자진하여 치료비를 부담하였다. 그리하여 도립병원으로 옮겼으나 때는 이미 늦었었다. 최 양은 금년 1월 22일 오전에 와서 완전히 의식을 잃고 말았었다.

의식을 잃은 그동안에도 최 양은 "샘골! 샘골!" 하고 샘골만 찾다가 13일 미처 날도 밝기 전에 26세를 일기로 그 짧막한 일생을 마쳤던 것이다.

숨을 걷기 전에 최 양은 자기를 '샘골'에 묻어달라고 유언을 하여 최 양의 유언대로 백십여 명의 제자와 천 명을 넘은 동인이 앞을 서서 천곡학원 뒷산에 묻혔다. 이렇게 이야기를 마친 장 씨는 살짝 외면을 한다. 눈물을 감추렴이 아니던가?

× ×

기자는 장 씨의 집을 나와서 학교로 갔다. 벽에 칠한 회가 아직도 새하얗다. —그렇건마는 최 양은 벌써 갔는고? 하니 인생의 덧없음이 새삼스러이 가슴에 사무친다.

장 씨의 안내로 교실 안을 일순했다. 맨 맞은 편 벽에 '송학' 자수한 틀이 걸려있다. 최 양의 솜씨였다.

솔과 학! 어느 것이나 그렇듯이 짧은 천명을 하고 만 것이 아니건만 그 솔과 학을 수놓은 최 양은 이미 간 지 오래다. 그러나—이 자수가 남아있으니 최 양이 남긴 그 큰 뜻은 언제까지나 이 샘골을 지켜줄 것이다.

"저기 뵈는 것이 최 선생 산소올시다."

이렇게 가리키는 쪽이 바로 아까 아이들이 일러주던 곳이다. 최 양의 비석도 거의 다 되어서 일간 추도식을 겸하여 식을 베풀리라고 한다.

최 양이여! 그대의 샘골이 영원토록 빛나게 지키고 있으라!

기자는 그의 무덤을 건너다보고 있는 동안에 은연중 머리가 숙여졌다.

(3월 26일 記)*

* 『신가정』, 1935.05. pp.56~63.

샘골의 천사 최용신 양의 반생
/ 노천명

 지난 1월 23일 수원서 조금 더 들어가는 반월면 천곡리(샘골)이라는 곳에서 농촌 사업을 하던 최용신 양이 세상을 떠난 사실이 있다.

 새삼스럽게 내가 여기 붓을 드는 것은 그가 세상을 떠났다는 애도의 의미에서나 또는 더욱이 23세라는 꽃다운 시절에 꺾이었다는 애달픈 감정에서만이 아니다.

 일찍이 세상에는 사업을 한다는 사람들도 많았고 그 중에서도 헌신적으로 하겠다는 사람들도 많았으나 고 최용신 양 같이 참으로 여기에다 제 피를 기울여 붓고 제 뼈를 부셔 넣은 사업가는 아마도 드무리라고 생각되는 동시에 아직껏 그의 사업의 향기를 맡아보지 못한 분과 이 향기를 나누며 더욱이 농촌 사업의 희생된 이 선구자의 닦아놓은 길을 계승할 미래의 사업가들을 위해 그의 빛나는 공적을 다시금 살펴보려는 것이다.

 최 양은 본래 원산 태생으로 일찍이 고향에서 누씨여자고등보통학교를 제1호라는 우수한 성적으로 졸업을 하고 남다른 포부를 가슴에 새기며 형성에 올라와 우선 남을 사랑하고 봉사하는 정신을 닦으며 신학교에 입학하였으니 여기서도 그의 존재는 별같이 빛나고 있었다. 신학교에서 농촌으로 실습을 나가는 때는 물론이려니와 방학 때가 되어 남들이 피서를 가느니 원산해수욕을 가느니 하는 무더운 여름이나 추운 겨울에도 최 양만은 쉬지 않고 언제나 그는 외로이 발길을 농촌으로 돌렸다 한다.

이와 같이 재학 시대부터 남달리 그 젊은 정열을 오로지 이 땅을 위해 일 해보겠다는 일편단심을 가진 그는 여기저기서 농촌 사업을 많이 하다가 신학교를 나오게 되자 경성여자기독청년연합회의 파견을 맡아가지고 1931년 봄에 경기도 수원군 샘골이라는 곳으로 그 사업의 발길을 옮기게 되었다. 시골은 어디나 다를 것이 없겠지만 등잔 밑이 어둡다는 격으로 문화의 도시 경성의 불과 얼마를 떨어지지 않은 그곳이었으나 문명의 혜택에서 벗어난 샘골이라는 데는 문자 그대로 미개의 사태(事態)였다고 한다.

처음에 그가 여기를 들어섰을 때에는 우선 천곡리 교회당 빌려가지고 밤에는 번갈아가며 농촌 부녀들과 청년들을 모아 놓고 가르치고 낮이면은 어린이들을 가르칠 때 배움에 목말라 여기에 모이는 여러 아동의 수효가 백여 명에 달하고 보니 경찰당국에서는 팔십 명 더 수용해서는 안 된다는 제재가 있게 되자 부득불 그 중에서 팔십 명만을 남기고는 밖으로 내보내야만 할 피치 못할 사정인데 이 말을 듣는 아이들은 제가끔 안 나가겠다고 선생님 선생님 하며 최 양의 앞으로 다가앉으니 이 중에서 누구를 내보내고 누구를 둘 것이냐? 그는 여기서 뜨거운 눈물을 몰래 몰래 씻어가며 어길 수 없는 명령이매 할 수 없이 팔십 명만 남기고는 밖으로 내보내게 되니 아이들 역시 울며 울며 문밖으로는 나갔으나 이 집을 떠나지 못하고 담장으로들 넘겨다보며 이제부터는 매일같이 이 담장에 매달려 넘겨다보며 공부들을 하게 되었다. 이 정경을 보는 최 양은 어

떻게든지 해서 저 아이들을 다 수용할 건물을 지어야겠다는 불같은 충동
을 받게 되자 그는 농한기를 이용하여 양잠을 하고 양계 기타 농가에서
할 수 있는 부업을 해가지고 돈을 만들어서 집을 짓게 되었으니 여름 달
밝은 때를 이용하여 그는 아이들과 들것을 들고 강가로 나가서 모래와
자갯돌들을 날라다가 자기 손으로 손수 흙을 캐며 반죽을 해서 농민들과
같이 천곡학술강습소를 짓게 되었던 것이다. 이것을 짓고 계산을 해보니
약 팔백 원이 들었어야 할 것인데 □□한 것은 사백 원밖에 되지 않았다
한다. 그리하여 이 천곡강습소의 낙성식을 하면서 그 집을 지며 고생하
던 이야기를 최 양이 하자마다 현장에 모였던 사람들 중에서 수백 원의
기부금을 얻게 되어 그동안 비용 든 것을 갚을 수 있게 되었다.

이리하여 여기서 사업의 자미를 보는 최 양은 밤이나 낮이나를 헤아리
지 않고 오로지 농민을 위해 일하다가 천곡리에 흙이 되겠다는 굳은 결
심 아래서 연약한 자기 몸도 돌보지 않고 그들과 같이 나가 김을 매고
모낼 때면 발을 벗고 논에 들어가 모를 내는 일까지 다했다고 한다. 그뿐
아니라 그는 이 샘골의 의사도 되고 때로는 목사 재판장 서기 노릇을 다
겸했었다고 한다. 그래서 동리에서 싸움을 하다가 머리가 깨져도 최 선
생을 찾으리만큼 최 양은 그들에게서 절대 신임을 얻게 되며 과연 샘골
농민들에게 있어 그의 존재는 지상의 천사와 같이 그들에게 빛났던 것이
다.

최 양은 여기서 좀 더 배워가지고 와서 그들에게 더 풍부한 것을 주겠
다는 마음에서 그는 바로 작년 봄에 신호신학교(神戶神學校)로 공부를 더
하러 떠나게 되었었다. 그러나 의외에도 각기병에 걸려 가지고 더 풍부
한 양식을 준비하러 갔던 그는 건강만을 해쳐가지고 작년 가을에 다시

조선을 나오게 되었을 때 병든 다리를 끌고 제일 먼저 찾아간 곳은 정든 이 샘골이었다.

최 양을 보자 이곳 농민들은 "최 선생이 아파서 누워있어도 이곳에만 계셔주면 우리의 생활은 빛납니다" 하며 절대 정양을 요구하는 최 양의 몸임에도 불구하고 붙잡고 놓지를 않으므로 여기서는 기적적 정력을 얻어가지고 다시 그들을 위해 노 일을 하게 되었다.

과연 최용신 양이 이곳에 온 지 만 4년 동안에 천곡리 일대의 인심이나 그 생활에는 놀랄 만한 향상과 진보를 보게 되었던 것이다. 그래서 최 씨가 온 후로 갑자기 변한 이 샘골을 보는 그 근방에 있는 야목리라는 곳에서 하루는 청년들이 최 씨를 찾아와 저희 동리도 좀 지도해 달라고 애걸을 하였다 한다. 그러나 이때 마침 경성연합회에서는 불가불 경비문제로 한 달에 삼십 원을 주던 것조차 앞으로 못 주겠으며 따라서 여기 농촌 사업을 그만 두게 되지 않으면 안 될 형편이 되고 또 최 씨의 건강도 점점 쇠약해가므로 그는 사업을 중지하고 고향으로 돌아가려 하였다.

그러나 이 농민들의 앞날을 다시 한 번 생각할 때 그는 발을 참 돌리질 못하고 이리저리 주선한 결과 중지 상태에 있던 천곡리의 농촌 사업을 다시 계속하는 동시에 수원농고 학생 유지들에게서 야목리를 위해 한 달에 십원씩 얻기로 되어 그는 두 군데 일을 맡게 되었다. 여기서 그의 약한 몸은 기름 없는 기계와 같이 군소리를 내기 시작했으니 맹장염을 얻어 가지고 남몰래 신음하다가 원체 병이 중태에 빠지매 수원 도립병원에 입원을 하곤 복부수술을 하고 보니 소장이 대장 속으로 들어간 이상한 병이었다 한다. 이때에 농민들은 이, 삼십 리 밖에서까지 들어와서 갈아가며 밤을 새워 간호를 했다니 최 양이 그들에게서 얻은 인망은 가히 짐작하고도 남을 것이다.

병이 위독해짐을 보고 고향에 기별을 하려고 농민들이 물으니 최 양은 끝까지 "이것은 내 개인의 일이니 여러 사람의 일에 방해가 안 되겠소" 하며 편지도 못하게 하므로 우둔한 촌부인들은 아무 데도 이 소식을 알리지 않고 이를 제 그의 은사 황애덕 씨가 이 소식을 풍문에 듣고 내려와서 일이 그른 것을 알고 친지들에게 기별을 하니 최 양은 이때 의사의 말에 의하여 최후수단으로 뼈만 남을 그 몸을 다시 수술대에 오르게 되었으나 만약이 무효로 기어코 최 양은 1월 23일에 예수가 십자가에 못 박히시며 최후로 하시던 말씀 "주여! 나를 버리시나이까?"를 연발하여 몇 마디의 유언을 남기고 그는 애석히도 괴로운 숨길을 모으고 말았으니 그가 최후로 남긴 말은 이러하였다.

1. 나는 갈지라도 사랑하는 천곡강습소를 영구히 경영하라.

2. 김 군과 약혼한 후 십년 되는 금 4월부터 민족을 위하여 사업을 같이 하기로 하였는데 살아나지 못하고 죽으면 어찌하나.

3. 샘골 여러 형제를 두고 어찌 가나.

4. 애처로운 우리 학생들의 전로(前路)를 어찌하나.

5. 어머니를 두고 가매 몹시 죄송하다.

6. 내가 위독하다고 결코 각처에 전보하지 마라.

7. 유골을 천곡강습소 부근에 묻어주오

최 양! 과연 어찌 눈을 감았으랴! 이렇듯 못 잊는 샘골 농민들을 두고 어찌 갔으며 십년을 두고 남달리 사귀었다는 마음의 애인을 마지막 하직하는 그 자리에서도 보지를 못했으니 어찌 눈을 감고 어이 갔으랴!

최 양이 원산 누씨여고를 마칠 때 그에게는 원산의 명사십리를 배경으로 하고 싹트는 로맨스가 있었으니 명사십리에 흰 모래를 밟으며 푸른 원산의 바다를 두고 그들의 미래는 굳게 굳게 약속되었던 것이다. 그러면 최 양의 연인은 과연 어떤 사람이었던가? 그 남자 역시 원산 사람으로 최 양과 한 동네에서 자라난 장래 유망한 씩씩한 청년이었다. 그들이 친구의 계단을 밟아서 미래의 일생의 반려자가 될 것을 맹서한 때는 오늘 보통 청년남녀들에게서는 보기 드문 □□성(性)과 빛나는 것이 있었으니 그들은 오직 이 땅의 일꾼! 우리는 농촌을 개척하자는 거룩한 사업의 동지로서 굳게 그 마음과 마음의 □□가 있었던 것이다. 그리하여 십년 동안 □□를 해오면서도 그 사랑은 식을 줄을 모르고 한 번도 감각적 향락에 취해 본 적이 없었다는 것이다. 언제나 대중을 위하여 몸과 마음을 바치자는 것이었다.

그들 역시 젊은 청년이거늘 웨 남만큼 젊은 가슴에 타는 정열이 없었을 것이냐 마는 이 향락을 위해서 이것을 이긴 것이 얼마나 훌륭하고 장한 일이냐! 특히 작년 봄에 최 양이 신호(神戶)로 공부를 다시 갔을 때 현금 그곳에서 모 대학에 다니고 있는 그 약혼자는 최 양에게 올해는 우리도 결혼을 하자고 청했다고 한다. 그러나 어디까지 이지적이며 대중만을 생각하려는 최 양의 말은 "공부를 더한다고 들어와 가지고 결혼을 하고 나간다면 이것은 너무나 나 자신만을 생각하는 것이 아니오" 하며 거절을 하였으나 약혼자에게 반항하는 미안한 마음에 그렇다고 결혼을 하자니 사업에 방해가 될 것 같은 딜레마에서 그는 무한히 번민했다고 한다.

이번에 최 양이 위독하게 되었을 때 물론 그 약혼자에게도 전보를 쳤다. 이 급보를 받은 K군인들 오죽이나 뛰어나오고 싶었으랴! 그러나 원수의 돈으로 살아생전에 나오지를 못하고 천신만고로 노비를 변통해 가지고 이 땅에 닿았을 때는 이미 연인 최 양은 관 속에 든 몸이 되었었다고 한다. 이를 본 K군은 단지(斷指)를 하고 관을 뜯어달라고 미칠 듯이 애통하였으나 때가 이미 늦었으므로 하는 수 없이 죽은 그 얼굴이나마 보지를 못하고 묘지로 향하게 되었을 때 그의 애통하는 양은 사람의 눈으로 볼 수 없었다. 자기의 외투나마 최 양의 관 위에 덮어 달라고 해서 이 외투는 최 양과 함께 땅에 묻었다고 한다. 그 남자가 최 양의 무덤을 치며 목매여 하는 말 "용신아! 왜 네게는 여자들이 다 갖는 그 허영심이 왜 좀 더 없었더란 말이냐!"하며 정신을 잃었다고 한다.

최 양이 세상을 떠났다는 소문을 듣자 사, 오십 리 밖에서들까지 촌사람들이 모여들어 그의 상여 뒤에는 수백 명의 군중이 뒤를 따라 묘지에까지 갔었다고 한다. 그리고 평소에 최 양이 만지던 물품들은 저마다 갖다 두고 "우리 최 선생 본듯이 두고 보겠다"고 하며 제가끔 울며 뺏어가서 나중에는 그의 욧잇 베갯잇 신발까지도 눈물 받은 치맛자락에 싸가지고들 부모상이나 당한 것처럼 비통에 싸여서 끊일 줄을 몰랐다고 하니 지상의 천사가 아니고 무엇이었으랴.

과연 최 양은 미증유의 농촌 사업가라고 해도 과언이 아닐 것이다. 23세라는 그 젊은 시절을 오로지 조선의 농촌을 위해 그 피를 기울이고 훌륭한 사업의 열매를 맺어놓았으니 그는 과연 땅에 떨어진 한 알의 밀알이니 그는 여기서 반드시 새싹을 낼 것이다. 오로지 샘골의 농민들을 위해서 마음과 정신을 다 바치고 육신까지 바쳤건만 그 마음에 다 못한 것이 남아 있음이었던가? 제가 죽으면 천곡강습소 바로 마주보이는 곳에다 묻어 달라고 유언한 대로 강습소 바로 맞은편에 묻히었으니 만일 그의 망령이 있다면 언제나 이 천곡강습소를 위해 기도의 손길을 거두지 못할 것이다.

고 최용신 양, 그대는 갔다고 하나 그대의 끼쳐준 위대한 정신이 있으니 어찌 몸이 없어졌다고 그대를 갔다고 하며—인생 백년에 비하여 23년은 짧은 것이겠다. 그러나 최 양의 위대한 사업이 있거든 그대의 일생을 어찌 짧았다 할 것이냐!*

* 『중앙』, 1935.05. pp.57~59.

본보 창간 15주년 기념 오백원 장편소설,
심훈 씨 작 『상록수』 채택

—응모작품 52편을 엄밀히 고선(考選)한 결과

—지상발표는 9월 중에

본보가 지난 4월 1일의 창간 15주년을 기념하는 사업의 하나로 오백원의 사례금으로써 장편소설을 천하에 공모한 것은 일반이 다 아는 바어니와 이제 그 경과와 및 결과를 발표하면서 다음과 같은 좋은 작품을 얻게 된 것을 독자와 아울러 기뻐하는 바입니다.

소설의 모집 기한인 6월 말일까지에 신인은 물론이요 문단의 저명 작가도 다수히 응모하여 총 수 오십여 편에 달하여 수에 있어서 벌써 예상 이상의 호성적을 얻었습니다.

이번의 소설 공모는 종래 다른 데서 시한 바와 같이 예선 결선 등 방법을 취하지 아니하고 일체 탈고해 보내라 하였고 더욱 기한이 좀 무리에 가깝다 하리만큼 짧았음에도 불구하고 이만큼 다수한 응모작품이 있은 것은 실로 예상 이상이라 아니할 수 없었습니다. 산 같이 쌓인 응모원고를 엄밀히 고선하기 위하여 본사에서는 편집국원 중에서 여섯 사람을 고선위원으로 선정하였습니다.

고선 방식은 우선 6인이 한 자리에 모여 그 중에서 한 사람이 낭독하고 다른 사람들은 그것을 주의하여 들어가면서 자기의 느낀 대로 수첩에 적어가지고 그 결과를 종합하여 다시 토의하고 하였습니다. 이러한 방식으로 처음에도 각 편을 제 10회까지 읽어보아 그 중에서 21편을 훑어내고 그 다음에는 이 21편을 각각 제 30회까지 읽어보아 그 중에서 9편을 뽑아내고 그 다음에는 이 9편을 각각 제 52회까지 읽어보아 그 중에서 3편을 뽑아내고 그 3편은 전부 통독해 가지고 그 중에서 한 편을 뽑아내었습니다. 이 고선에 소요한 일수가 전부 12일이요 최종의 3일은 거의 밤을 새다시피 하기까지 하였습니다.

이렇게 신중히 또 엄밀히 고선한 결과 심훈 씨의 『상록수』가 채택되었습니다.

이 소설은 본사가 이번 소설 공모를 발표할 때에 희망조건으로 제시한 바와 같이 첫째 조선의 농어산촌을 배경으로 하여 조선의 독자적 색채와 정조를 가미할 것, 둘째 인물 중에 한 사람쯤은 조선 청년으로서의 명랑하고 진취적인 성격을 설정할 것, 셋째 신문소설이니만치 사건을 흥미 있게 전개시켜 도회인 농어산촌인을 불문하고 다 열독하도록 할 것 등의 모든 조건에 부합할 뿐 아니라 그밖에 여러 가지 점으로는 근래에 보기 어려운 좋은 작품입니다. 본사는 이러한 좋은 소설을 얻어 한편으로 농어산촌 문화에 기여하고 한편으로는 독자 제씨의 애독을 받게 될 뿐만 아니라 문단적으로도 커다란 수확을 동시에 거두게 될 것을 끔찍한 자랑으로 생각하는 바입니다.

이 소설이 본지에 실리기는 9월경부터로 되겠습니다. 미리부터 기대를 크게 가지고 기다리십시오

끝으로 이번에 응모하여 채택되지 못한 여러분을 위하여서는 매우 섭

섭히 생각하면서 그렇게 많은 원고를 단시일에 탈고해 보내신 수고를 감사하여 마지아니합니다.

고선위원의 말에 의하면 이번 응모한 분 중 신인도 다 장래가 크게 촉망된다 하니 이번에 채택되지 못한데 대하여 낙망하지 말고 더욱 용기를 떨치어 장래 크게 이름이 있기를 바랍니다.

채택되지 못한 원고들은 반송료를 첨부하여 주소를 통지하시는 대로 곧 반송하겠습니다. 이미 반송료를 첨부하여 제출한 분이라도 주소는 다시 한 번 통지해 주시기 바랍니다.

『상록수』 작자 심훈 씨의 약력

『상록수』의 작가 심훈 씨는 일찍이 경성 제일공립고등보통학교에서 배우고 동경에 유학하다가 다시 중국에 유학하고 돌아와 동아일보사 기자로 활약하였고 영화 방면에 특별한 흥미를 가지어 감독술을 배우기 위하여 일활에 가 있다가 돌아와 <먼동이 틀 때>라는 영화를 제작하였고 그 뒤에 조선일보와 중앙일보에 기자로 있으면서 신문소설에 붓을 대어 『영원의 미소』, 『직녀성』 등의 작품을 내었고 지금은 충남 당진군 부곡면 자택에서 독서와 창작에 몰두하고 있다 합니다.*

* ≪동아일보≫, 1935.8.13.

심훈 작『상록수』청전(青田) 화(畫),
9월 10일부 석간부터 연재

소개의 말씀

본사가 창간 15주년을 기념하는 사업의 하나로 사례금 5백원으로써 장편소설을 천하에 공모하여 다수한 응모작품 중에서 엄선 엄선한 결과 문단의 지명작가인 심훈 씨의 역작『상록수』가 채택되었음은 지난 8월 13일부로 발표한 바입니다. 작자 심훈 씨에 대하여서는 그때에 소개한 일도 있지만 그러한 소개를 기다리지 않고도 이미 일반이 다 아는 바이니 이에는 약하거니와, 씨의 소설의 채택이 한 번 발표되자 사회 각층의 독자로부터 매일같이 어서 게재하라는 주문이 답지함을 보아 이 소설이 미리부터 얼마나 일반에게 커다란 기대를 받고 있는가를 알겠습니다.

이 소설은 본사가 이를 공모할 때에 제출한 모든 요구와 신문소설로서의 여러 가지 조건에 충분히 부합할 뿐 아니라 문단적으로 보아도 근래의 큰 수확이니 독자여러분의 기대에 어그러짐이 없을 것을 굳게 믿는 바입니다.

게재되는 동안에 남녀 주인공의 씩씩함을 배워 '나도 일하리라'고 팔을 걷고 나설 이 땅의 젊은이가 수많이 있을 줄 압니다. 그뿐입니까, 여기에 눈물이 있고 웃음이 있고 사랑이 있으니 독자 여러분은 각각 구하는 대로 이 소설에서 얻을 것입니다.

그리고 삽화는 조선 산수화에 있어서는 사계의 독보인 청전 이상범 화백이 그 원숙한 붓을 휘둘러 새로운 경지를 개척해 보이기로 되었습니다. 실상 이 소설이 주로 조선의 산수를 배경으로 하여 조선의 농촌 생활을 그려가느니만치 삽화가로서의 청전 화백의 가장 자랑스러운 솜씨가 여기서 충분히 보여질 것이며 따라서 이 소설에 이 삽화는 그야말로 금상첨화를 문자 그대로 보여줄 것입니다.

이 소설은 9월 10일부 석간부터 게재하겠습니다.*

* 《동아일보》, 1935.8.27.

『상록수』 서 / 홍명희

    심훈 군은 나의 동생과 같은 친구라, 얕잡아보는 눈은 전에 익었고, 욕심껏 바라는 맘은 앞을 조이므로, 그의 작품에 대하여 이때까지 한 번도 탐탁하게 칭찬한 적이 없다. 남들이 칭찬하는 건 내가 받는 듯이나 기쁘되, 나는 칭찬하고 싶지 아니하니, 이것은 우리 둘의 정분이 여타자별(與他自別)한 까닭이다. 심 군이 저번 『영원의 미소』를 출판할 때, 나에게 서(序)를 부탁하기에, 나는 닫는 말에 채질하는 말꾼이 될지언정, 입술 위에 전(塵) 벌리는 여리꾼은 되지 아니하리라 생각하고, 붓을 들기 시작하였으나, 그때 마침 가간사로 심신이 분요하여 붓길이 잘 터지지 아니하므로 할 일 없이 초초(草草)히 붓을 놀리었더니, 책이 출판된 위에 다시 본즉, 소위 서란 것이 당초에 글도 되지 않았거니와, 둘의 정분이 조금도 드러나지 아니하여 불쾌하기 짝이 없었다. 그러므로 『영원의 미소』 서에 실패한 것을 이번 『상록수』 서로 보충하려고 맘을 먹고, 여러 차례 붓을 들었다 놓았다 하며, 생각을 굴리었다.

    남들 같으면 『상록수』를 '장편소설의 고봉이라', '농촌소설의 백미라'고 항용 어투의 찬사나 진열하겠지만, 이것은 우리의 정분이 허락지 아니한다. 이리저리 궁리하는 중에, 문득 생각하니, 『상록수』가 신문지상에 발표될 때, 작자의 말에 "소생은 일개의 문학청년으로 늙겠소이다."라고 한 말이 있었다. 심 군이 현재 조선문단 기성작가 중에 결코 작은 존재가 아니건만, 자처하기를 문학청년으로 한다 하니, 이것이 자대(自大)하지 않는 겸사일까, 또는 조로하지 않는 자랑일까.

아니다. 아니다! 심 군이 장진대성(長進大成)할 것을 자기(自期)하고, 발분노력(發奮努力)할 것을 공약한 말이다. 심 군의 다방면인 작품 중, 소설로는 전번『직녀성』이 그전『영원의 미소』보담 진경(進境)이 있고, 이번『상록수』가 전번『직녀성』보담 현저한 진경이 있는 것만 보더라도, 대성하려는 노력의 자취를 넉넉히 알 수 있다. 그러나 이 앞으로 또 어떠한 새 진경이 있어서 괄목상대하게 될 것인가. 나는 미리 궁금하고 초조하다. 초조하도록 궁금한 나머지에, 나대로 곰곰 생각하여 본즉, 농촌 문제가 조선에 있어 현재 급 장래의 가장 큰 문제인데, 심 군이 이미 이에 착수한 바엔, 농촌 생활을 구차한 이상으로 꾸미지 말고 엄정하게 현실대로 그리고, 겉으로 스치지 말고 속속들이 파서 농민들이 스스로 해결하지 못할 모순을 등에 지고 엎드러지며 고꾸라지는 현상을 가능한 대로 여실히 표현하면, 그 작품이 조선 문단의 귀중한 유업으로 먼 장래에까지 전하게 될 것이 정한 일이다.

고인의 서로 면려(勉勵)하던 뜻을 본받아서 심 군을 위하여 생각한 것이, 되지 않은 생각이나마, 혹시 만일이라도 심 군에게 유조(有助)할까 하여 서(序)로 적으면서도, 내가 한갓 나이만 일일지장(一日之長)이 있는 것을 못내 부끄린다.

병자(丙子) 추(秋) 7월
벽초(碧初)*

---

* 『상록수』(한성도서주식회사, 1936) 이 글은「제가(諸家)의 서문초(序文抄)」,(『삼천리』제2권 제7호, 1940.07.)에 재수록된 바 있다.

소설에 나타난 인텔리
/ 이종수

'인텔리겐차'는 어디로 갔나? 이것은 조선에 있어서 큰 문제인 동시에 세계적으로 보아도 큰 문제임에 틀림없다. 그리고 이 문제는 이론상으로 해결된 문제다. 즉 인텔리겐차(지식층) 중의 진보되고 열이 있는 층은 프롤레타리아트의 동무가 되고 또 한 층은 부르주아지의 이익을 자기들의 이익으로 삼고, 그 중간층은 번민 방황하다가 그때 시세를 보아서 좌우 어느 한편으로 붙게 된다. 이것이 이 문제의 해답이다. 이론상 해답은 이와 같이 간단명료하지마는 그러면 이것이 실제에 있어 어떠한 상태에 있는가! 구체적으로 말할 것 같으면 지금 조선의 지식층은 어떠한 태도를 취하고 있으며 어떠한 과정을 과정하고 있는가? 지금 필자는 이것을 금년 1월호 소설에서 보려고 하는 것이다. 인텔리 문제를 취급한 소설로 아래 5편을 골랐다.—

「삼월」(『사해공론』, 이태준)

「황공(黃公)의 최후」(『신동아』, 심훈)

「궁심(窮心)」(『신인문학』, 정비석)

「거리(距離)」(『신인문학』, 박태원)

「현대의 서곡」(『신조선』, 이북명)

이상의 작가 중에는 인텔리 문제를 취급할 목적으로 자기네의 창작을 찬택(撰擇)한 것을 보고, 또 이외의 작가는 자기가 인텔리를 취급하였음에도 불구하고 이 분류에 넣지 않은 것을 보고 필자의 식견과 감상안이 없다고 하여 웃을 지도 모른다. 그러나 여기에 한 가지 주의할 것은 필자가 이렇게 고른 것은 주제가 다 인텔리겐차를 취급한 것이라고 해서가 아니라, 물론 그런 것도 있지마는, 작가의 의도 여하에 불구하고 전기(前記) 작품에 조선 지식층의 상태의 반영을 보려고 함에 불과하다. 겸하여 각 작품의 독후감을 써볼까 한다.

◇

이태준 씨의 「삼월」은 대학 졸업기를 앞둔 청년의 번민을 그린 소품이다. '창서'는 졸업 후 취직의 가망은 없는 반면에 전답을 팔아서까지 자기를 공부 시켜준 부친이 이제는 아들이 먹여 살구고 영광을 보여주겠거니 하고 믿고 있는 자기 집 생활 형편이 딱한 것을 보고 "차라리 삼월이 오기 전에 아버지와 어머니의 희망을 안은 채 돌아가셨으면!" 한다. 과연 인텔리 '창서'가 어떻게 될까? 「삼월」은 단편이라고 하는 것보다도 힘들이지 않고 쓴 스케치라고 생각된다.

심훈 씨의 「황공의 최후」는 충견 '황공'이 개로서 자기할 도리를 다하였음에도 불구하고 무지한 사람에게 맞아 죽은 것을 보고 의분을 느끼는 개의 주인인 인텔리 나라고 하는 사람의 심정을 그린 것이다. 그는 다른 강한 나라에서는 약한 '개'를 귀히 여기는데 도리어 약한 조선 사람이 약하고 충실한 개를 몰라보는 것을 탄한다. 이 작품은 이와 같이 충견의 불쌍한 일생을 그린 것이지마는 그 실은 '나'라고 하는 실직 인텔리가 자기를 개의 신세에 비기고 조선에 태어나서 밥도 배불리 못 얻어먹는 것을 탄식하고, 또 강자가 약자의 육체적 노동결과를 먹는 것이 비겁하지 않은가 하여 은(隱)히 조선에 태어나서도 배불리 먹어야 하겠다는 것을 말하고 있다.

그리고 강자가 약자의 것을 약탈하는 것은 비겁하다고 하여 인도상 당연한 요구를 요구하고 있다고 볼 수 있다. 우리는 여기에 삼촌 집에서 덧붙이기로 있는 인도적 인텔리를 본다.

이 작품은 현실에 대한 각도를 도외시한다면 가작이라고 할 수 있다. 이 작가의 묘사법은 적절한 역(域)을 지나 능란하다. 더욱이 보통 쓰이는 말을 효과적으로 구사하는 씨의 솜씨는 배울 만하다.

비석(飛石) 씨의 「궁심」은 냉방과 주림 속에 있는 청년 부부가 궁핍을 벗어나려고 애쓰는 것을 그린 것이라 생각한다. 주인공 '태호'라는 인텔리 친구는 취직 안 해주는 회사 지배인을 원망할 뿐이고, 아내가 어떤 카페 앞에서 어떤 신사에게 손목을 쥐이고 받은 이십 원 중에서 사온 빵을 먹을 따름이다. 그리고 자기가, 또는 자기와 같은 사람들이 어떻게 하면 그 궁지에서 벗어날 수 있을까 하는 진리를 자각함이 없이 '태호'는 "눈을 스르륵 감고 그 돈을 받은 순간의 아내의 심경을 상상해 볼 뿐이다." 우리는 여기서 인텔리의 실직과 절망을 볼 뿐이다. 이 작품은 심리 묘사하는 솜씨는 어지간하나 회화는 세련되었다고 볼 수 없다. 여하간 이 작품의 작가적 진전을 기대하고 주목해보고 싶다고 생각한다.

□

태원 씨의 「거리」는 '나'라고 하는 주인공이 자기의 생각과 심리를 객관적으로 냉정히 세세히 생각하는 것과 그것을 그런 문장 수법(이것은 장을 달리하여 말하고자 한다)이 특이해서 읽기에 재미있었지마는 그 내용은 독후에 표현에 상합하는 인상을 주지 못한다. 그 주제는 돈과 직업을 갖지 못한 젊은 인텔리의 고민이다. '나'라는 주인공은 자기 어머니하고도 떨어져서 먼 '거리'를 가지고 있으면 서로 행복할 것 같이 생각하고 사람의 모든 관계는 이해관계밖에 없다고 생각하고 마침내는 자살을 하겠다고 생각하고는 이 작품의 마지막같이 흐지부지하고 만다.

우리는 여기서 인텔리는 자살도 못하고 우물쭈물하는 양을 볼 수 있다.

이상 제 작품 특히 「궁심」, 「거리」의 인텔리 주인공은 자본주의에게 패배를 당하여 그 압력을 벗어나지 못하고 아까운 인생을 썩히고 있지마는 우리는 북명(北鳴) 씨의 「현대의 서곡」에서 인텔리 청년이 노동자가 되고 생기 있게 활동하는 적극적 방면을 볼 수가 있다.

이 작품은 지면 관계상 장을 달리하려고 하지마는 우리는 이렇게 보아 올 때에, 많은 작가는 우익에 붙은 활동적 인텔리의 생활을 폭로하는 것을 전연 망각하고 있지 않나 하는 감이 불무(不無)하다. *

* ≪동아일보≫, 1936.01.22.

여류작가 좌담회

화제(話題)

1. 최근 해내해외(海內海外) 작품의 인상
2. 여류작가가 본 남성작가의 인상
3. 여류 문단의 진흥을 위한 대책
4. 여류작가의 직업문제
5. 사숙하는 작가와 최근 탐독하는 작품
6. 집필할 때의 고심담

출석 제 작가. (박화성 장덕조 모윤숙 최정희 노천명 백신애 이선희)
1월 13일 오후 4시부터 동 9시까지 서울 종로, 영보그릴 4층 누상에서.

최근에 읽은 해내해외 제작가의 작품 인상

김동환(본사): 시단, 소설단에서 활약하시는 7분의 여류작가를 모시고 우리 문단의 제반문제를 토의할 이 기회를 얻게 되었음을 기쁘게 생각합니다. 보시는 듯이 신년호의 신문잡지에는 여러 작가의 작품이 약 40편이나 범람되고 섰습니다. 또 그 위에 전주로부터 돌아온 카프계 제작가의 활동이 계속하여 나타나고 있습니다. 질로나 양으로 보나 금년 신춘문단만치 활기를 띈 적이 과거 사, 오 년 동안 없었던 줄 압니다. 그러기에 이 기회에 그 제작된 작품과 작가와 문단에 대하여 하시고 싶은 말씀이 많을 줄 압니다. 그래서 위선 최근에 나타난 작품의 인상과 작가의 경향 등을 기탄없이 말씀하여 주시기를 바랍니다. 다만 작품이라 할지라도, 합평회가 목적이 아닌 만치 주마간산격으로 간단한 인상만이라도 말씀하여 주세요.

박화성: 최근에 읽은 내외 작품 중에는 별로 머리에 남은 큰 인상이 없습니다만 두어 개 있다 할지라도 각각 특징이 다르니까 단정해서 말할 수 없고요, 시조로는 조운 씨의 「완산칠영(完山七咏)」(『조광』 2호)과 노산의 「합지행(陜地行)」의 시조를 재미있게 읽었습니다.

그런데 이왕 말이 났으니 심훈 씨의 『상록수』에 대해서 한 말 하지요, 나는 본시(졸작만은 모아두지만) 신문소설을 모아본 일이 없지요. 그러나 『상록수』만은 동아일보사의 요구 조건이 그랬으니까 반드시 농어촌의 특기할 장면과 심오한 생활상태가 나올 줄 알고 혹 긴한 참고거리가 있을까 해서 꼭꼭 모았지요마는 오늘까지 참고될 만한 거리는 붙들리지 않고 말았습니다. 앞으로나 혹 생길는지……

그러나 부자연한 대목이 많음에도 불구하고 또 그 작품의 기본방향이 내 생각과 다름에도 불구하고 가끔 가다가 가슴을 울리는 자리가 있어요. 씨의 열정만은 기르고 싶은 때가 있더군요*

---

* 『삼천리』, 1936.02. pp.214~216. 「여류작가 좌담회」는 삼천리에서 김동환의 사회로 7명의 여성 작가들이 모여 크게 7가지 주제를 놓고 자유롭게 대화를 나누고 있는 글이다. 이 좌담회에서 박화성이 심훈의 『상록수』를 언급한 부분만을 발췌하여 수록했다.

본보 기념 채택소설 『상록수』의 영화화

—지명 영화인들을 망라하여 내월 초부터 촬영 개시 예정

본보 창간 15주년 기념으로 공모 채택한 심훈 씨의 장편소설 『상록수』는 작년 9월부터 지난 2월까지 본보에 연재되어 만천하 독자의 열광적 애독을 받았거니와 이번에 이 소설이 고려영화사 이창용 씨의 제공으로 전10권의 사운드판 영화로 되어 나오게 되어 4월 초순부터 촬영을 개시할 작정으로 방금 임시 사무소를 경성 종로 2정목 고려영화사 안에 두고 제반 준비를 진행시키는 중에 있다는데 동 영화 제작의 관계자는 다음과 같다 한다.

원작 감독: 심훈
각색: 원작자, 주연자, 기사 3인 공동으로
촬영제화(撮影製畵): 양세웅
주연: 강홍식, 전옥
특별출연: 심영, 이금룡, 윤봉춘, 김일해, 안정옥 외 신인 수십 명.
분장: 오엽주(경우에 따라 출연도 할 터)
진행: 박창혁
이밖에 충남 당진군 송악면 부곡리 주민, 청년, 아동 천여 명 총출동.

이와 같이 그 관자가 모두 사계의 굴지하는 인사들이요 출동 인원이 천여 명이라 함도 종래에는 보기 드문 일이지마는 무엇보다도 이 작품은 그 원작이 본보 십육주년 기념으로 채택한 소설인 만치 내용이 좋음은 더 말할 것도 없는 일이요 몇 달 동안 전력을 다하여 오는 9월 경에 봉절하도록 하리라 하니 이 작품이 흥행적으로나 예술적으로나 조선 영화 사상에 빛나는 기록을 지을 것이 미리부터 기대된다 한다.*

사진은 본사를 방문한 동 영화 제작 관계자.
좌편으로부터 심훈 씨, 강홍식 씨, 양세웅 씨, 이창용 씨

---

* 《동아일보》, 1936.03.18.

『직녀성』 서
/ 홍명희

　심훈이 이 세상을 떠난 뒤에 그의 중씨(仲氏) 명섭 군이 내게 오는 신간 『상록수』 한 권을 손수 가지고 와서 길이 간 사람의 아까운 자취와 남아 있는 사람의 슬픈 심회를 하소연하듯 말한 끝에 미간 『직녀성』도 장차 간행하게 될 터이니 미리 서문을 부탁한다 말하므로 나는 두말없이 승낙하였다.

　전년에 『영원의 미소』를 발간할 때 심훈이 나더러 서문을 쓰라고 하는데 나는 신문에 실리는 소설 원고를 대지 못하여 날마다 곡경을 치르는 중이라 다른 글을 지을 생각을 못한다고 사정을 하였더니, 그가 고개를 가로 흔들면서 자기 작품에는 언제든지 반드시 나의 서문을 얹으려고 결심을 하였으니, 이 다음이라도 자기 작품이 출판된다거든 으레 서문을 쓸 줄 알고 있으라는 뜻을 단정하는 구조로 말하여 나는 유유(唯唯)하지 아니치 못하였었다. 이리하여 나의 되지 못한 서문이 『영원의 미소』를 더럽히고 또 『상록수』를 더럽히게 된 것이다. 『직녀성』에도 내가 서문을 쓸 것은 벌써 예정한 일인즉 명섭 군의 부탁과 나의 승낙이 모다 군일이다. 그러나 명섭 군의 눈에 눈물이 어리었었고 나의 눈시위도 뜨거웠으니 군일이 아니라 슬픈 일이다.

『영원의 미소』와 『상록수』의 서문이란 것이 참말 글이 되지 못하여서 맘에 죄스러우나 장래 조선 문학의 큰 유산이 될 만한 그의 대표 걸작품이 나올 때 평생 심력(心力)을 다하여 한 편 글을 지어서 털끝만치라도 그 작품의 광채를 도우면 장공(將功) 속죄가 되려니 믿었다. 그러나 나의 나이 그럭저럭 반백이 되고 또 풍진에 병든 몸이 항상 건강치 못하므로 그 걸작에 서문을 짓지 못하고 죽을까 겁하였더니 어찌 뜻하였으랴. 나 이 손위요 병이 많은 내가 뒤에 남아서 그의 전날 작품 『직녀성』에 서문을 써서 예정한 여러 편 서문을 마감할 줄이야 진실로 천고 뜻밖이다.

『직녀성』은 기념 삼아서 그의 소상(小祥)에 간행한다 하는데 덧없는 세월이 흐르듯 지나가서 지금 그의 소상이 며칠 남지 아니하여 비로소 서문을 쓰려고 붓을 잡으니 완불급사(緩不及事)라고 그가 명명중(冥冥中)에서 책망하는 소리가 귓가에 들리는 듯 붓을 잡은 손이 저절로 가늘게 떨린다.

심훈아. 그대가 이 세상을 떠나서 간 곳이 어디냐. 땅 아래냐 하늘 위냐. 간 곳이 어디인지 알지 못하니 멀고 가까운 것도 짐작할 길이 없다. 보고 싶어도 다시 보지 못하니 멀리멀리 간 듯하고 가만히 불러도 대답이 들릴 법하니 바로 가까이 있는 듯도 하다. 심훈아. 그대의 간 곳이 과연 어디냐. 거기도 세상이 있느냐. 거기도 목숨이 있느냐. 거기 세상이 있으면 이 세상과 같이 요란하지 않으려니 거기 목숨이 있으면 우리 목숨과 같이 구차하지 않으려니 그대가 평안한 세상에서 영원한 목숨을 누리면서 이 세상에 남아있는 우리를 불쌍히 여기는 것을 모르고 우리가 뒤쪽으로 그대를 슬퍼하는 것일까. 명섭 군은 야소교 목사라 믿음이 있어 좋거니와 나는 그리 믿고 싶어도 믿지 못하니 맘이 괴롭다. 맘이 괴로

우니 손에 잡은 붓까지도 잘 움직이지 아니하여 서문에 쓰고 싶은 말을
다 쓰지 못하고 끝을 마친다.

정축(丁丑, 1937) 초추(初秋)

벽초(碧初) 홍명희(洪命憙)*

---

* 『직녀성』(한성도서주식회사, 1937)

투서함:『상록수』영화화

항상 푸른 나무. 폭풍우가 사정없이 치고 연약한 몸을 여지없이 시들게 하는 서리! 거기에 얼어 붙이는 한설(寒雪)······ 만물은 이 추위에 못하여 "누가 좀 구하여 주었으면" 하고 산송장 노릇을 하며 풍부한 자선으로 안아주는 봄을 기다리는 것이 유일한 희망이 아닐까? 그러나 의기만만한 '상록수'는 누구나 다 오라! 에고이스트를 깨뜨리는 애향가를 부르는 상록 동혁! 아 그리고 상록 한 가지인 영신이가 청석학원 종을 조석으로 울림을 따라 이 땅의 어둠을 퇴치하여 나가지 않았던가? 오 그렇지만 불행하다. 그 천사는 상록수 그늘 아래 영원히 잠들었다. 가지를 운명의 마수에 잃은 동혁의 가슴은 얼마나 쓰리고 아팠으랴.*

---

* ≪동아일보≫, 1937.07.02.

신간소개:『직녀성』

▲『직녀성』

상(上), 심훈 저, 현대조선장편소설전집 (9), 정가 1원 50전, 발행소 경성 견지정 32 한성도서주식회사 진체 경성 7660번.*

---

* ≪동아일보≫, 1937.10.06.

고 심훈 씨의 유작 『직녀성』을 읽고
/ 홍기문

　작자 심훈 군은 나의 죽마고우니 나는 그가 단명한 데 대하여 가장 진심으로 아파하는 사람 중의 하나이다. 전일 그 중씨(仲氏)가 유작(遺作)한 이 책을 내 집에 가지고 왔을 때도 주고받는 두 사람의 얼굴이 함께 흐르지 않을 수 없었고 그 중씨를 보낸 뒤 밤 깊이 이 책을 읽으면서도 나홀로 목매임을 깨닫지 못하였다. 불행히 나는 문학의 문외한이라 그 감고질서(甘苦疾徐)의 심오한 말을 알 까닭이 없다. 설사 내대로 다소의 짐작이 있다고 하더라도 감히 남에게 향하여 크게 떠들거리가 되지 못한다. 그러나 일찍이 가친께 들은즉 이 작자는 진취의 템포가 심히 빨라서 『영원의 미소』보담 『직녀성』이 나아졌고 『직녀성』보담 『상록수』가 또 나아졌다고 하신다. 다시 거기 대한 가친의 견해를 좇는다면 처음에 반짝하다가 잠시에 꺼지는 조그만 재화(才華)보담은 자꾸 진취되는 큰 그릇에서만 그 예술의 대성을 기다릴 수 있다는 것이다. 심 군도 내 가친을 무던히 따랐지만은 심 군에 대한 내 가친의 허여도 결코 적은 것은 아니었다. 가친은 본래 남을 잘 헐지도 않고 또 남을 잘 칭찬도 않는 분인데 그 분에게서 그만한 허여를 받은 것은 오로지 심 군의 천품이 제배(儕輩) 중에서 뛰어난 까닭이었을 것이다. 그러나 심 군의 작품에 대한 가친의 평은 선배로서 그 후진을 독려하는 말씀이 되는지라 항상 돋보기보담 낮춰본 편이 아닐까 한다. 나로서 평론한다면 조선 문단에 있어 심 군의 지위도 중견의 최상층에 속한다고 생각한다. 우선 이 『직녀성』 상편의 한 권을 읽어보라. 그 구성 그 필치 모든 데 있어서 심 군을 잃은 이후 그를 따를 사람이 과연 몇이나 되는가? 심 군이 간 지 이미 일주년에 나는 몇 번 애도의 글을 쓰고자 별렀으나 인(因)해 뜻같이 못하였다. 다른 사람으로부터는 국외자의 주제넘은 추천을 책할 것이로되 내 스스로 어느 정도의 정(情)을 편 것으로 만족한다.

(시내 견지정 한성도서주식회사 발행 정가 1원 50전) *

* ≪조선일보≫, 1937.10.10.

통속소설론
/ 임화

1.

"홀로 소설에 한해서만 아니라, 문제인 것은 현대문학 앞에 전개되는 속문학에의 유혹이다."

전일 이선희 씨와 함대훈 씨의 소설을 비평하면서 김남천 씨가 이런 의미의 말로 두 분을 경계하였고, 전 달엔 엄흥섭 씨의 소설을 비난하는 데 역시 백철 씨가 동일한 의미의 말을 썼다.

시단의 현상을 이야기하는 데 우리는 소설에서 씌어 있는 것과 같은, 즉 통속소설에 해당하는 개념으로서 무슨 말을 집어와야 할지 얼른 이거라 내놓기가 어려운 일이나, 적의(適宜)한 대로 글자를 맞추어 보면, 시가 대신에 속가란 말을 연상할 수가 있을 줄 안다.

그러나 속가란 말은 민요란 의미를 가질 수도 있고 또는 속요, 잡가란 것을 상상할 수도 있다. 그러면 속가란 말은 결코 통속소설이란 말과는 우리가 바라는 대로 곧 부합되지 않는다.

통속소설이란 예하면 시가에서 속가에 해당하는 민요, 잡가, 속요와 같이 재래의 지반에서 우러난 한 개의 전통을 가진 물건도 아니요, 오로지 현대문학이 발전해 온 도중에서 파생한 어디까지든지 현대적인 소설의 일종이다.

그러므로 시가에서 우리가 속가적인 성격을 가지고 또한 현대성을 가진, 즉 현대 시가의 파생물의 일종을 구한다면, 역시 유행가를 들지 아니할 수가 없다. 유행가란 정히 통속소설과 같아서 독자의 현대적인 의미의 취미를 기반으로 하고 존재하는 것이며, 또한 현대문학과의 관계 가운데서 소장(消長)하는 것이다.

그러나 우리 문단의 예만 본다 할지라도, 예술적 시와 유행가의 구별은 순수소설과 통속소설과의 차이에 비하여 훨씬 구별이 역연(歷然)하다. 어떤 시인도 시로부터 유행가로 옮아가기 위하여는 항상 백팔십 도의 전환이 필요하였다. 그것은 은연(隱然)하나마 국적을 옮기는 것과 같아서 스스로나 또는 남이나 전환의 과정을 문제로서 고구할 여지를 남기지 않는 것이라 말할 수가 있었다.

그러나 순수소설(혹은 예술소설)로부터 통속소설에의 전환이란 언제나 문제를 품고 있었다. 이것은 먼저도 언급한 바지만, 양자 간의 구별이 자명한 듯하면서도 기실은 복잡하고 불분명하였으며, 명석한 분석력을 빌기나 해야 근근이 알아볼 수 있는 한 개의 과정이 존재해 있기 때문이 아닌가 한다. (물론 시에도 우리는 이러한 미묘한 변화를 인정할 수 없는 바는 아니나, 소설은 시에 비하여 그것이 더 규모가 크고 또한 전형적이라 할 수 있음으로이다.)

이 원인이 어디에 있는가는 지금 고명(考明)할 장소가 아니나, 예술소설의 통속화 과정을 밝히는 데 필요한 일부면만을 드러내놓으면 대체 이런 것이 아닌가 한다.

전체로 시와 소설의 두 장르가 가지고 있는 성격의 차이에 유래하는 것이라 할 수 있는데, 특히 중요한 것은 시는 유행가와 더불어 공서(共棲)하기가 심히 어려운 대신 소설은 통속소설과의 공서가 상당히 용이한 데 있다. 시는 시인과 환경과의 조화에서 우러나왔다고 하면서, 지금 반대로 그 상극 가운데서 또한 현대시는 존립하고 있는 형편이다.

그러나 여하한 의미에서든 간, 시는 성정의 명확성을 은폐할 수가 없음이 제 타고난 운명이라 할 수 있다. 시가 현대문학 가운데서 조우하는 비극은 실로 이 속에 배태되어 있다고 할 수 있다.

그러나 소설은 픽션즉 작위(作爲)된 인물과 작위된 환경의 허구를 통하여 작가와 환경과의 관계가 표현되는 것으로 작품 현실 가운데 작자나 환경이나 다같이 간접으로 투영될 따름이다.

이것을 차이라 하기엔 우리가 시의 언어와 소설의 픽션이 전혀 동일한 의미를 갖는 사실을 무시하는 것처럼 보이나, 문제는 양자가 어떤 시기엔 실질적인 차이를 낳는 데 있다 할 수 있다.

하나 픽션을 이유(理由)하여 작자와 환경과의 관계가 원활하였을 때와, 또는 그와 반대의 상극이나 마찰이 정확히 표현될 수 있는 때도 이런 문제는 스스로 소멸한다.

문제는 현대와 같은 때 의의를 갖는 것으로, 우리가 환경과의 사이에 조화를 발견치 못할 뿐더러 부조화를 예술적으로 표현하는 데도 또한 우리가 자유를 향유하지 못했을 때, 소설이 시보다는 융통성 있는 기능을 발휘할 수가 있다.

마치 풍자가 서정시(광의의)의 직절성(直截性)을 간접화하는 것과 같이 소설적 픽션의 간접성이 작자와 환경과의 날카로운 마찰을 어느 정도까지 은폐하는 것과 같은 기능을 수행한다. 그러므로 시가 전혀 발언치 못할 때라도 소설은 아직 생존할 수가 있다.

그러나 소설의 이러한 가능성은 실상 소설적 픽션의 본래의 구조를 잡아 찢음으로 비로소 가능한 것이다. 그것은 문학적으로는 성격(인물)과 환경(정황)의 의식적인 분리 공작이나, 혹은 자연적인 분열 현상을 낳는다.

우리는 이 현상을 현금 조선 소설계의 현상에서 목도하는 바이다. 예하면 성격의 고독한 내성(內省) 가운데서 수하(垂下)하든지, 환경의 대로상을 유람자동차처럼 편력하든지, 양자 중의 일로를 불가불 고르지 않을 수 없게 된다.

여기에 본격적인 의미의 소설의 비극이(그것은 곧 작자와 환경과의 사이의 비극의 연장이다) 전개한다.

2.

그러나 이 예술소설의 비극이 실상은 통속소설 대두와 발전의 현실적인 가능성을 만들어 낸 것이다. 이것은 금일의 통속소설의 성질이라든가 지위를 다른 시대의 그것과 절연히 구분하는 표지이다. 예하면 한 시대 전에 가장 인기가 있던 통속작가 최독견 씨와 현재의 가장 순수한 통속작가 김말봉 씨와의 차이에서 이러한 구분의 실증을 얻을 수가 있다.

최독견 씨는 이제 와선 문단과의 교섭을 전혀 상실하였다 할지라도 『난영』, 『승방비곡』 기타 일련의 작품은 오늘날 『밀림』이나 『찔레꽃』에 못지않게 독자의 환호를 받은 소설이다. 그러나 최독견 씨는 김말봉 씨와는 분명히 다른 내용과 문학적 조류에 결부되어 있는 작가다. 최 씨가 창작활동을 전개하기 비롯하였을 때는 조선 문학 가운데 아직도 청년다운 사회적 정신의 열도가 심히 팽창했던 시대요, 또한 그의 통속소설이 씌어진 문학적 환경이란 현재처럼 지리멸렬하여 전혀 시대나 독자의 정신적 욕구를 통일적으로 표현할 수 없을 만치 절망적인 조건하에 들어 있지도 않았다.

오히려 낡은 신문학이 피로하는 한편 신흥하는 경향문학이 치열하게 정신과 문학과의 통일을 절규하고(그것은 소설적으로 성격과 환경과의 노멀한 결합이다), 그 궤도 위에 신 양식의 예술소설이 발전하고 있던 한 중간이라 할 수 있다.

그러므로 당시의 문단에서 볼 때 독견은 진실로 하나의 속된 이단이라 할 수 있었다. 그러나 한편 독견은 현재의 김말봉 씨와 우리 문단의 관계보다는 더 깊이 당시의 문학 사조와 연관을 가졌었다고 할 수 있다.

그것은 독견의 소설이 전혀 그때에 아주 사(死)한 것으로 매장되어 버리기엔 아직도 새로운 시대정신의(혹은 문학의식) 한 통속적 표현이었던 때문이다.

춘원의 『재생』이나 『군상』, 「혁명가의 아내」 등과 독견의 소설이 병존하여 있던 것을 보아도 미루어 참작할 수가 있다.

춘원은 그때 전기(前記)의 작품 등을 이유(理由)하여 당시에 있어 가장 보수적인 정신의 대변자였다. 그러나 그의 소설이 어떤 의미에서이고 사회성을 띤 정열로 일관되어 있었으며, 독견은 이런 것이 있음에 불구하고 춘원적 소설의 후예로서가 아니라, 새로운 통속작자로서 발족한 데 의의가 있었다.

그러나 전기한 춘원의 소설들이나 그 외 『단종애사』, 『이순신』 등에서 볼 수 있듯이 신문학이 점차로 통속화의 과정으로 들어섰을 때, 결국 당시 부분적으로 춘원 이하 각 작가에게 은연히 발생하고 있던 통속화의 경향을 집대성한 것이 독견이었다.

요컨대 신문학의 역사성이 상실되고 경향문학의 시대가 시작되려 할 제 신문학이 당연히 밟아야 할 자연스런 말로의 하나라고 볼 수 있었다. 바꾸어 말하면 성격과 환경의 결렬로서 표현되는 소설문학의 내적 위기를 통속화의 방법으로 미봉하려는 표현이 아니라 신문학의 일반적 쇠퇴의 일 현상이었다.

3

그러나 『밀림』을 들고 문단에 데뷔한 김말봉 씨의 스마트한 맛은 결코 전자와 같은 것이 아니고, 현대소설이 하자(何者)를 물론하고 헤어나기 곤란한 고민 가운데 빠졌을 때 그런 현상을 일체 보고도 안 본 체하고 나선 것이다.

씨의 소설이나 문학적 성격을 가리켜 대담타고 평하는 것은 이런 데서 연유하지 않았는가 한다.

진실로 김씨의 '출세'는 돌연적이고 대담하였다. 그의 소설 가운데 현대 조선소설의 깊은 고민이나 작가들의 심혈을 다한 오뇌 같은 것은 하나도 돌아볼 가치가 있는 것이 아니었다.

씨는 자기 독특한 방법을 가지고 현대소설의 깊은 모순인 성격과 환경의 불일치를 통일하였다. 이 점이 통속적인 의미에서일망정 김 씨를 좌우간 유니크한 존재를 만들게 한 것이다.

그것은 여태까지 조선서 전례를 보지 못한 순통속소설, 상업문학의 길의 확립이고, 그 방향에의 매진이다.

이 증거로서 김말봉 씨가 문단에 출세한 경로를 생각하면 흥미 있는 바가 있다. 즉 우리 문단에서 씨처럼 최초부터 통속소설을 들고 나온 작가도 없고, 그 길에 철저한 이가 없는 것이 우리에겐 흥미 있는 과제다.

범박히 예술소설의 위기라고 하지만, 본격적 통속문학이 출현하려면 그 지반이라 할까 궤도라 할까가 오래 전부터 미리 준비되는 것으로, 그것은 그 전 조선문학이 그다지 깨닫지 못하던 신문소설의 발전이다.

그 전의 신문소설이란 것은 기실 신문에 발표되었다 뿐이지 본질에 있어선 예술소설이라 할 수 있었다. 예전 『매신』이나 『동아』에 실리던 춘원의 소설을 비롯하여 상섭, 빙허 혹은 그 뒤의 제 작가의 소설이 다 신문을 장편소설 발표의 유일의 기관으로 생각해왔고, 사실 조선 문단(내지는 출판계)의 현실이 장편을 원고째 인쇄할 능력이 없었고, 잡지가 그것을 감당해 나가기가 어려웠던 만큼 실제 조선 장편소설은 신문에 의거하여 발전해온 것이다

그러나 신문이 점차 기업화에의 길을 더듬고 저널리즘이란 것이 그 전과 같이 계몽성에서 현저히 상업성을 띠게 되자, 장편소설 발표의 조선적 특수성인 신문과 문학과의 관계는 일종의 모순을 정하게까지 되었다.

그것은 예술소설보다는 신문 기업의 입장에서 볼 때 통속소설이 훨씬 더 많이 독자를 끌 수 있다는 사정 때문으로 재래의 장편소설로서는 발표기관의 상업성과 타협하느냐, 그것과 깨끗이 분리하느냐 하는 국면에 봉착하게 되었다.

하나 조선 문화계의 사정이란 것은 아직 현재와도 달라서 신문을 떠나 제 홀로 독보(獨步)할 수도 없는 형편이요, 일부러라도 분리하자면 부득이 발표의 현실성을 상실하지 아니할 수 없었다.

그러므로 자연 부분적으로 상업성과 타협해가는 길, 요컨대 절충적인 방도를 취한 것이다.

약 7~8년래로 춘원이나 태준(泰俊) 기타의 작가들의 장편소설은 거지 반 이런 고경(苦境)이 만들어낸 산물이었다. 그리하여 자기들도 알지 못 하는 사이에 통속소설에로 침윤되어 왔다.

그러나 이것은 전혀 저널리즘의 측면에서 본 일면이고, 다른 한편에서 예술소설 자신 가운데 통속화를 촉진하는 어떤 원류가 성장하고 있었다 는 것을 생각하지 않을 수가 없다. 즉 저널리즘의 영향을 받지 않았다 가 정하더라도 조만간 예술소설이 걸어갈 당연한 노정으로서 통속화의 현 상이 예술 자신 가운데 실질적으로 성장하고 있었던 것이다

그런데 먼저 예술소설의 위기란 말을 수차 사용해왔는데, 이것을 간단 히 무어라고 이야기하기엔 최근 6~7년 간의 소설사를 분석해야 할 것이 나 도무지 손쉽게 되지 않는 일이고, 일언으로 개괄하면 지금에 있어 경 향소설이나 순문학계의 소설이나를 물론하고 먼저 말한 성격과 환경과 를 통일시켜서 뻗어나갈 조건이 불비한 결과로 소설들이 세태 묘사, 심 리 성찰로 분열되어, 현대문학에 대한 가장 큰 요구로서 이 분열의 좌우 간의 통일을 요망하게 되었다.

그러나 이 요망은 자연스런 방법으로 혹은 정상적인 형태로 통일되어 야 할 것이고 또 그런 작가가 나타나야 현대소설의 위기란 것도 해소되 며, 문학의 수준도 일단의 높이로 상승하는 것이다. 하지만 본시 이러한 것이 가능치 않기 때문에 예술소설은 위기에 처해 있다고 말한 것으로, 이런 요망은 오히려 다른 의미로 성격과 환경의 분열을 두드려 맞출 가 능성을 완전히 준비한 것이다.

4.

이것은 다른 것이 아니라, 통속적 방법에 의한 모순의 해결이다. 요컨대 수년래의 조선 소설계는 마치 의자를 장만해 놓고 어느 한 사람을 기다리는 것처럼 한 사람의 완전한 통속작가를 대망하고 있었다. 그때에 나타난 것이 『밀림』과 『찔레꽃』의 작자 김말봉 씨다.

이렇게 말하면 김말봉 씨 한 사람을 볶아대는 것 같으나, 우리는 김 씨 이전의 가장 이런 성질의 작가로 심훈 씨를 기억하지 않을 수가 없다. ≪중앙일보≫에 실린 소설 두 편과 ≪동아일보≫에 당선된 『상록수』는 김말봉 씨에 선행하여 예술소설의 불행을 통속소설 발전의 계기로 전화시킨 일인자다. 심 씨의 인기라는 것은 전혀 이런 곳에서 유래한 것이며 (김 씨의 인기도 역(亦)!) 다른 작가들이 신문소설에서 이 작가들과 어깨를 겨눌 수가 없이 된 것도 이 때문이고, 그이들이 일조에 유명해진 비밀도 다 같이 이곳에 있었다.

그러나 이태준 씨의 『화관』 같은 소설의 통속성은 어떠한가? 이것은 아마 신문 지면상에서 예술파 작가가 통속작가와 가장 노골적으로 경쟁한 표본이다. 또한 아주 보기 좋게 패배 당한 실례이기도 하다. 그러나 이러한 예는 유독 이태준 씨의 『화관』에 그칠 뿐이 아니라, 현재 신문에 장편을 쓰는 대부분의 작가가 부득이 혹은 즐겨서 취하는 길(정도의 차이는 있을지언정)이라 할 수 있다.

여기엔 물론 신문사가 작가에게 요구하는 독자에 대한 고려라는 괴로운 조건이 따르는 것이건만, 그것과 별개로 현대 장편소설이 좀처럼 해서는 제 예술성을 상실치 않고 '줄거리'를 만들어낼 수 없다는 근본 조건이 잠재해 있다. 줄거리란 성격과 환경, 따로 말하면 묘사와 작가의 주장이 정상(正常)한 교섭을 할 때만 그야말로 예술적인 의미의 것이 생겨나는 것으로, 이것은 현재에 있어 조선 문학이 장편소설을 구성할 힘이 부족한 가장 큰 표현이다.

그러기 때문에 많은 예술파 작가가 장편을 쓸 땐 줄거리의 안출(案出)은 대부분 통속소설의 방법을 취하고 있다.

얼마 전 「세태소설론」이란 문장에서 채만식 씨의 『탁류』를 이야기할 때 작자가 묘사와 주장과의 모순을 다분히 통속적인 줄거리의 발전 가운데서 해결하려고 들었다는 것을 나는 지적한 일이 있는데, 이것은 전언(前言)의 호례(好例)임을 부실(不失)한다.

이것은 물론 『탁류』의 예에 그치는 것이 아니고, 예하자면 박태원 씨의 근작 『우맹』에도 나타나 있다. 백백교(白白教)의 묘사와 그것을 보는 작가의 입장이나 정신이 장대한 사회소설로서 구성되려면, 백백교의 일단(一團)과 청년 '학수'와의 관계쯤으로는 해결되지 못하는 것이다. 학수란 청년이 만일 작자가 생각하는 것처럼 독자가 그 인물을 통하여 백백교를 알 수 있는 정도의 사람의 일인이라면, (학수는 생각건대 백백교를 보는 인텔리적 눈의 하나가 아닐까?) 그의 존재 내지는 행동이 소설전개에 일정한 영향을 줄 수 있어야 할 것이다. 그러나 사실에 있어 학수의 존재는 『우맹』 진전상 거의 영향을 주는 바 없는 인물이고, 오히려 여분의 인물과 같은 감이 불무(不無)하다.

'학수'적인 감상으로선 백백교란 너무나 현실적이고 너무나 큰 존재다. 그러므로 교주 전용해와 관계하는 데 일개 소녀와 기생(?)을 둘러싸고 일어나는 범속한 애정관계의 역(域)을 못 넘었다. 학수와 교주가 부자(父子)라는 데 작자는 그 추잡함이라든가 심각미를 예상할는지는 모르나, 백백교는 그보다 더 큰 것이 아닌가 한다.

따라서 많은 에피소드의 통일이 명백히 굵은 줄거리를 형성할 것임에 불구하고 아직 그런 것을 발견할 수 없고, 학수 일가의 난륜이란 것이 어째 대단원의 매듭이 되어 들어가는 듯싶음은 조계(早計)일까?

여담일지 모르지만 감히 우견을 피력하자면, 백백교와 그 배경과 학수 일가 등 세 점에서 시작되는 이야기가 어느 일점 상에서 통일될 때 비로소 우리는 소설의 구성이란 것을 문제삼게 되어지는 것이 아닐까?

5.

한데 여태까지의 『우맹』을 보건대, 교단(敎團)에 대한 독자의 흥미라는 것을 과신하여 일종 스릴을 가미한 서술(단연! 묘사는 적다!)과 학수의 비극, 두 개로 이 소설은 형성되어왔다.

학수의 윤리적 비극이 아니라, 학수 일가의 비극으로서, 또는 타입으로서의 교도와 간부들의 묘사를 통해야만 소설은 주체화하고, 본격적 줄거리가 나오지 않을까 한다.

결국 이 소설은 제재 그것에 대한 작자의 소위 '제물적(際物的)' 흥미와 가정소설 같은 스토리의 삽입으로 통속성과 타협하고 있는 것 같다. 그밖에 마음 놓고 줄거리를 풀어나가는 장편 작가들을 보면 거개가 처음부터 테마 자체가 진부하거나, 혹은 테마를 애써 통속적 안목에서 보아 가지고 출발하는 이들이다.

그러나 이런 소설들이 김말봉 씨만큼 독자의 흥미를 끌지 못함은 그것들은 통속소설이라기보다 더 많이 퇴화한 순수소설이기 때문이다.

그런데 순수소설의 퇴화 문제가 났으니 말이지, 이런 성질의 현상이 가장 전형적으로 나타나 있기는 단편소설의 영역이다.

왜냐하면 우리 문단에서 단편소설의 부패라고 할 것 같으면 곧 예술소설, 더 나아가서는 순문학 일반의 부패 현상이라 할 수 있기 때문이다.

연전에 이원조 씨가 단편소설의 옹호란 것을 우리 문학에 있어 예술성의 옹호에 대신할 만큼 중시한 것은 저간의 사정을 반영한 것이다.

실로 단편소설은 우리 작가들의 가장 본격적인 활동 영역이라 간주하여 무방하고, 또한 단편소설 자체의 질적인 소장(消長)은 곧 우리 문학의 예술성의 고저를 알아내는 바로미터로 생각하여 족한 점이 있다.

이 사정은 물론 아직 조선 문학이 대장편에다가 제 사상적 예술적 운명을 탁(托)할 만큼 성장하지 못한 증거라고 할 것이다. 그러므로 통속소설의 방법이나 영향이나가 단편의 영역을 범했다 할 제 우리는 옷깃을 고치고 생각을 가다듬지 않을 수가 없다.

그런데 단편 가운데 통속문학의 방법이 들어오는 계기 내지는 경로가 장편소설의 그것과 비길 때 무슨 특수성을 발견할 수 있는가 하면, 우리는 작가들의 실지 경험이 보여주는 바와 같이, 전혀 통일한 것임을 용이하게 인정할 수가 있다.

김남천 씨가 어느 논문에서 말한 창작 도정 중에 있어서의 자기 분열에 관한 고백은 그러한 호례(好例)가 아닌가 한다.

묘사에 철저하는가, 자기주장에 철저하는가는 우연히 현재 단편소설의 십자로다. 박태원 씨가 「구보 씨의 일일」과 『천변풍경』 사이에 걸은 노정이나, 김남천 씨가 「남매」와 「철령까지」의 사이에서 더듬은 길이나, 현민(玄民)이 「T교수」와 「어떤 부부」와의 사이에서 보인 입장의 이동이나가 모두 이 사실의 산 증거가 아닐까?

그러므로 어두운 주관과 내성 세계에의 깊은 침잠이나, 불연(不然)이면 현실 생활과 시정 세계에의 지향 없는 편력의 유행이 오늘날의 대부(大部)의 작가를 사로잡는 운명이다.

곤란은 장편의 그것과 같이, 현실의 일 단면을 혹은 시정의 일 소사를 어떻게 하면 주관이 자유로이 활동할 수 있는 영역으로 만들 수가 있으며, 창작 정신의 광망(光芒)을 받음으로 사장으로서, 예술로서 조화된 귀금속과 같은 광채를 발할 물건이 될 수 있느냐 하는 데 있다.

이것은 일면 우리 현대문학의 능력의 부족 때문에 성취되지 못한다고도 할 수 있으나, 더 많이 우리의 정신적 물질적 외부의 조건이 하나의 질곡이 되어 있음은 모든 작가가 알 수 있는 간단한 사실이다.

그러기에 성실한 문학은 제 머리 위에서부터 한일자로 내리비껴 백인(白刃) 아래 분열과 부조화로 번뇌하고 있는 것이다.

그러나 이러한 조건 가운데서도 아직 어떠한 의미에서이고 수미일관한 스타일을 가지고 작품을 만들어내는 작가를 볼 수 있음은 어인 일일까?

두 타입의 작가에 있어 이것은 가능하다. 하나는 명일의 문학의 주인공이 될 재능 있는 작자이고, 다른 하나는 곤란을 회피하는 작가다.

아주 잘라 말하면 우리 문학은 아직 현재의 대다수의 작가가 괴로워하고 있는 문제를 해결해 줄 작가를 가지고 있지 않는 게 사실이다.

6

우리는 유감이나 심각한 곤란의 해결 대신에 안일한 조화를 취하는 작가를 가지고 있다. 예하면 함대훈 씨와 같은 작가의 소설을 그렇게 봄이 나의 오견(誤見)일까?

　장편『폭풍 전야』로부터 근간된『무풍지대』우(又)는『순정 해협』이나 그 외의 씨가 발표한 단편이란 솔직히 말하거니와 테마로부터 작자의 제재 처리법과 양식, 수법에 이르기까지 순연한 통속화의 길에서 만들어진 것임을 용이히 지적할 수가 있다.

　씨가 연전「자기의 예술을 말함」이라는 소론 가운데서 현대인의 고민이라든가 작가의 비애라든가를 말한 듯싶은데, 이 고민과 비애가 조금도 현실의 단면과 기구를 통하여(이것은 필연적으로 소설에 있어 묘사를 이룬다!) 검증되지 않고 그대로 작품에 반영되고 그 반영이 작품을 형성함에 그친 것이다.

　그러므로 그 작품 속에 성실한 독자가 들어갈 수가 없으며, 그 고민, 그 비애가 우리에게 실제로 공감을 요청하지 못한 것이다. 어떤 이는 이것을 씨의 작품의 감상주의라 지적하였는데, 이 감상은 현실이나 예술상의 곤란을 처리하기에 원래는 부적당한 것임에 불구하고 또한 가장 안일하게 처분하기에도 아주 적당한 것이다

　그러므로 씨의 적지 않은 작품이 우리 문단(성실한 의미의)과 도무지 교섭하지 않는 것이다. 작자는 자기에 대한 이 문단적 냉담을 재삼 생각할 여지가 있다.

　그것은 엄흥섭 씨의 근작에서도 볼 수 있는 것으로, 작품 감각과 시대 감각의 불일치, 작품 현실과 시대 현실의 어긋남으로 결국 돌아가는 것인데, 이런 작품은 우리 독자에게 조금도 공감을 주지 않는 게 특정이다.

　그러므로 작품을 만들고 있는 인물들이나 그들이 만들어내는 현실이란 것이 우리들의 실생활에서 볼 제 실로 동떨어진 딴세상 같이 느껴진다.

단편소설이란 본래 현실의 일 단면을 그리는 것으로, 파노라마와 같이 생활의 전폭에서 독자를 움직이지 못하는 대신 한 귀퉁이를 강하게 때리고 부딪침으로 독자를 소설 가운데로 끌어들이는 것인데, 우리가 가지고 있는 절실한 감정이나 필요한 문제를 슬쩍 지나친 다음에는 단편은 생명을 잃는다.

통속성이란 이런 의미에서 더욱이 단편에는 금물이요 또 그 결과가 실로 볼 수 없을 만치 참담한 것이다.

이런 종류의 단편이 거개 묘사를 갖지 못함은 당연한 일이며, 또한 단편으로선 도저히 처리되기 어려운 엄청난 기구를 만들어내는 것도 작품에 대한 작가의 이런 무책임성 내지는 안일한 생각에서 우러나는 것이다.

그런데 다시 이야기를 돌려 순문학과 통속소설의 구분이라든가 혹은 통속소설의 본질이 무엇인가를 생각할 제, 우리는 다시 최초의 이야기로 붓을 돌리지 않을 수 없다.

나는 통속소설 대두의 기초가 아까 말하는 바와 같이 예술소설의 위기 내지는 그 표현으로서 성격과 환경의 분열에 있다고 하였는데, 전언(前言)한 바와 같이 통속소설은 그것을 자기류(自己流)로나마 현재 그 분열을 조화시킬 거의 유일의 문학적 방법인 때문에 등장한 것이다.

이 고유한 문학적 방법이란 것은 자연 한 개 고유한 사상성을 의미하는 것으로, 그 사상성이란 소설의 정신이라고 할 묘사의 문제를 사이에 놓고 비교적 명백히 드러나는 것이 아닌가 한다.

묘사의 정신이란 과학에 있어 분석의 정신이다. 분석은 필연적으로 종합을 전제하는 것인데, 이 종합을 전혀 주관적으로 하느냐 분석의 자연적 결과에 의하느냐 하는 데서 아이디얼리즘이나 리얼리즘이 생긴다.

그러므로 정치한 묘사라는 것은 최후의 어떠한 정신이 그것을 통합해 가든지 간에 우선 소설로서의 성질을 획득한다.

마치 사변적인 결말에 도달하는 것일지라도 정확한 분석은 과학적 가치를 갖는 것과 같이…… 그러나 최초부터 묘사 대신 서술의 방법을 중시하는 것은 분석하지 않은 과학처럼 향상 상식에서 출발하여 상식에서 끝나는 것이다.

이 오로지 상식적인 데 통속소설로서의 특징이 있는 것으로, 묘사란 묘사되는 현상을 그 현상 이상으로 이해하려는 정신의 발현이고, 상식이란 현상을 그대로 사실 자체로 믿어버리려는 엄청난 긍정의식이다.

그러므로 통속소설은 묘사 대신 서술의 길을 취하는 것이며, 혹은 묘사가 서술 아래 종속된다.

또한 통속소설이 줄거리를 중시하고 혹은 도저히 만들어낼 수 없는 곳에서 용이하게 줄거리를 만들어내는 것은, 묘사를 통하여 그 줄거리와 사실의 논리와를 검증할 필요를 느끼지 않고 속중(그것은 사회의 현상적 부면이다)의 생각이나 이상을 그대로 얽어놓아 조금도 책임을 느끼지 않기 때문이다.*

---

* 임화, 『문학의 논리』, 학예사, 1940. 이 글은 최초 「속문학(俗文學)의 대두와 예술문학의 비극—통속소설론에 대하여」라는 제목으로 《동아일보》(1938.11.17~11.27)에 발표되었다.

고 심훈 씨 원작 『상록수』 연극화

　고 심훈 씨의 역작 『상록수』는 그간 극작가 김영수 씨의 손으로 각색되어 신춘극단에 데뷔하게 되었는 바 상연극단은 문예극장이라 하며, 주재는 백은선 씨라 한다.*

* ≪경향신문≫, 1949.03.30

〈상록수〉를 보고
/ 이영준

　온갖 제약 밑에 거의 황무지 상태에 빠져버린 지 오랜 이 땅 연극계에 끝끝내 젊은 꿈을 이을 나위 없어 다시 사람을 뫼고 힘을 도와 이번에 팔월극장이 <상록수>를 들고 나선 것은 우선 그 의기에 있어 장하다 아니할 수 없다. 두말 할 것 없이 『상록수』는 일(日)제국주의 매판□를 상대로 하는 자각되어 가는 한 과정으로서의 농민 사회투쟁의 일단면을 감시받은 붓끝으로 그려낸 고(故) 심훈 씨의 유작으로 이것을 오늘 우리가 새로 각본화함에 있어서는 우선 개인적 것에서부터 시작해서 그 속에서 보편적인 것을 귀납하고, 그 보편적인 것의 해석을 위대한 사회적 규모에까지 감정이 아니라 윤리를 좇아 필연적인 선(線)으로 확대시켜 나가지 않는 한 무의미한 것이다.

　김영수 씨의 각색은 주선(主線) 복선에 이와 같은 귀납과 필연성이 결여되어 선입관적인 감정의 대립만으로 전체 극을 인도하여 근원적인 대립이 깊이를 단순히 그저 권선징악식으로 농락한 감이 적지아니 많다. 건배는 무슨 동기에서 일을 시작하다가 어떤 □□에서 집과 처를 무대에 남겨두고 혼자 배반하는 것이며 영신은 어떤 관계로 어디서 묵고 왜 꼭 죽어야만 하는 것인가. 동혁은 뭣 때문에 타협하고 뭣 때문에 징역 가게 되며 무슨 지도이념으로 홀로 영웅 척하는가? 윤배와 동혁과의 종말 악수는 뭣을 암시하려는 것일까?

"고향을 지키자!" 이것이 각본의 명제이었던 것이다. 이러한 각본의 본질이 연출자 허집(許執) 씨의 세차면서도 리얼한 농촌공기의 묘파, 흙과 더불어 사는 농부들의 성벽과 □□과 감정의 첨예가 교착되어 흐르는 농군의 체취 등의 탁월한 연출에도 불구하고 도처에 신파적 과장을 자아내게 한 한 원인이 되어있는 것이다. 군중 배치 같은 것도 대단(大端) 다이나믹한 데가 많고 훌륭한데 배우들 몇몇의 잡선(雜線)과 망동(妄動)으로 깨뜨려버린 예가 있고 전체로 봐서 꽉 통일 되지 못한 것이 유감이다. 주인공 동혁[朴廣]과 그 아우 동화[姜柱植]의 신파조와 무대상에서의 영웅주의에서도 그 과가 많을 것 같다. 남궁연(南宮蓮) 영신(永信)도 신파취가 있고 오버 플레이 정도에 그쳤다. 같은 신파조라도 고설봉(高雪鋒) 갑산(甲山)은 그 열성으로 성격과 체취까지를 표현하여 장래 씨의 연기에 한 비약을 주었다.

김□ 강기천은 약간 잡선이 섞여 선의 예리를 죽였으나 역시 우수하며 건배 역 최성섭(崔聖爕)은 일막(一幕)에 있어 우수하였으나 종막(終幕)에선 전혀 박력이 없고 그 처 최부용(崔芙容)은 농부(農婦)의 성벽을 잘 파악한 좋은 연기였다. 석돌 역 이기홍(李起弘)은 폭은 좁으나 자기세계를 □□□나갈 수 있는 순수한 연기이며 앞으로 기대가 크다. 박첨지 박제행(朴齊行)은 또 한 번 좋은 연기를 보여주었으나 종래에 비해 우수하다고는 할 수 없다. 순사부장 현지섭(玄芝涉)은 매너리즘에서의 탈피가 시급하다. 전체로서 모두 열성 있고 진지한 연기를 보여주었던 것은 좋으나 제 홀로 잘난 체하는 연기가 있어 깊이 삼가 주기를 바란다. 김정환(金貞桓) 장치는 배경에 주력하여 전경 건물 세트(특히 지붕)가 조잡하고 전체로서의 바리에떼가 없다. 효과는 매우 훌륭하며 소도구, 조명 다 좋은 편이다. (市公館 3□간)*

* ≪조선중앙일보≫, 1949.07.02

발간사: 『시가 수필: 그날이 오면』
/ 설송

15년 전 영별한 훈제(熏弟)의 유고를 모아서 출판함에 제하여 수행(數行)의 소감을 적는다.

본고 중 시가는 1933 제1집을 발간하려고 당시 왜정에 검열 신청을 하였다가 반 이상이나 삭제의 적인(赤印)이 찍혀 퇴출되어 뜻을 이루지 못하고 다른 저서를 압수당할 때에 이 원고는 타(他)에 숨겨 두었던 것이다.

두서(頭書)의 「어머님께 올린 글월」은 기 부록으로 기미년 서대문 감옥 안에서 쓴 편지요, 「오오, 조선의 남아여」라는 1936년 8월 10일 백림(伯林) 올림픽대회에서 손·남 양 선수의 우승 특보를 전한 중앙일보 호외 후면에 휘갈겨 쓴 즉흥시다. 훈은 이 글을 쓴 수 주 후 발병하여 9월 16일 후세로 먼저 갔다.

고인이 생각하던 제이, 제삼의 시집은 천상에서 전파로 전하여질는지 이 절필마저 타작(他作)과 함께 발표하려다가 금지당한 것이었다. 그동안 이곳저곳에 헤어져 발표되었던 수필 수 제를 합하여 발간으로 불완전하나마 이 소책을 새 세상에 보내어 자유 없는 민족 특히 문인의 비애와 투지의 일절을 회고하게 하여 완전한 독립과 영원한 평화 운동에 일조가 되기를 바란다.

'그날이 오면 삼각산이 일어나 더덩실 춤추고……나는……종로 인경을 머리로 들이받아 울리오리다……그래도 넘치는 기쁨에 가슴이 메어질 듯하거든 드는 칼로 이 몸의 가죽이라도 벗겨서 커다란 북을 만들어 들쳐 메고는 여러분의 행렬에 앞장서오리다……'라고 단장의 시를 쓴 훈은 이미 간 지 오래나 이 땅에 그 애원하던 그날은 왔다. 해방의 날, 독립의 날은 왔으나 머리로 인경을 울리고 제 가죽으로 큰 북을 만들어 메고 행렬 선두에 춤추려던 사람은 돌아오지 못하였다. 아마 자주 독립과 완전 통일의 날에나 부활할는지 죽었던 듯하던 대지에 새싹 푸르고 꽃피려는 춘풍에 우형(愚兄)의 가슴은 설레인다.

  훈이 출옥 후 변명하고 중화 천지를 순유(巡遊)할 때 동고하던 지우(志友)들은 임정 요인으로 귀국하였고 화장장까지 수행하던 일경은 쫓겨 갔다. 이제는 안심하고 작년에 가신 형님 뫼시고 돌아오기를 바라는 마음 간절하여 더 쓰지 못하니 이 책자를 통하여 민족을 위하여 끓던 염통의 붉은 피, 나라를 위하여 외치던 중의(重意)의 필혼(筆魂)이 이 땅의 시달리는 일꾼에게 새 힘 되기를 바란다.

  끝으로 훈제(熏弟) 생시부터 그 저서 출판에 진력하여 준 한성도서회사 제형(諸兄)의 후의로 이 시집을 간행하게 됨을 감사한다.

1949년 부활절

중형(仲兄) 설송(雪松)*

---

* 심훈, 『시가 수필: 그날이 오면』, 한성도서주식회사, 1949.07.

영계(靈界)에 사는 훈제(熏弟)에게
/ 설송 명섭

시골집 사랑 다락을 치다가 우연히 네 유고를 발견하였다. ≪조선일보≫에 발표하다가 중단된 『불사조』라는 이 소설이다.

작년 봄에 출판한 『시가수필집』을 네 글의 마지막으로 알았더니 또 한 권 나오게 된 것이 얼마나 다행한 일이겠느냐.

그러나 끝을 마치지 못한 작품을 이을 길 없어 그대로 두었더니 네 글이라면 모조리 출판하려는 한성도서회사에서 또 수고하게 되어 네 아들 형제가 정성껏 옮겨 썼다.

중간을 깁고 꼬리를 붙이었으니 글자 그대로 용두사미일 것 같지만 형이 살아 있어 네 글을 도와줌을 기뻐하리라.

흥룡과 덕순의 투쟁적 활동을 구상하여 보았으나 우리 환경이 적당치 못할 뿐 아니라 내가 쓰기도 자연스럽지 않아서 신혼 후의 그들의 사회적 생활은 독자의 상상에 맡기고 정희가 당한 반생의 가정풍파가 도리어 복이 되어 그에게 해방과 독립의 길을 열어준 것으로 끝마치었다.

어떤 독자에게는 불만을 줄는지 모르나 그 책임은 내가 지고 네가 나와 약속한 종교소설의 한 토막으로 알아주기 바란다.

여러 날 곰곰 생각하고 네 뜻을 상상하다가 이윽고 붓을 들어 엮은 것이 이러하니 무언중에 네 영혼이 도왔으리라.

『직녀성』의 인숙이나 『상록수』의 영신이를 연상하여 정희 자신이 자유로운 여성으로서 독립하고 만난을 극복하여 이 나라의 인습과 남성의 폭압을 박차고 일어나는 새 사람 되게 한 것이다.

네가 생시에 예수교를 신봉하려 하였으나 교회 제도에 불문과 신자의 불완전한 것을 보고 홀로 그리스도만 숭배하던 네 심정을 아는 형은 이 글을 쓰기에 주저하지 아니한다.

1936년 9월 16일 아침 대학병원에서 네가 저 세상으로 가기 전 내가 읽어 들려준 "너희는……근심하지 말라. 하나님을 믿으니……내 아버지 집에 있을 곳이 많다……내게로 영접하여 나 있는 곳에 너희도 있게 하리라……내가 길이요 진리요 생명이다……"고 요한복음에 씌운 예수의 말씀을 회상하여 네가 반드시 하나님 품안에 평안히 쉴 줄 믿는다.

네가 빈손으로 떠나가려 할 때 물질은 아무것도 소용없었고 다만 내가 목사 생활 이십 년 동안 가장 경건하게 베푼 세례식! 그날 새벽 소독수(消毒水)에 내 손을 잠가 네 머리에 얹어 세례를 준 것이 마지막 제일 좋은 선물이었고 하늘나라에서 다시 만나기를 원한 나의 기도는 내 평생에 간절한 것이었다.

두 달 전 형님 대상(大喪) 때 아버지께서도 너를 따라가셨으니 이 땅에서 다하지 못한 효도를 하기 바란다. 누구나 다 한 번 갈 길을 너 먼저 갔을 뿐인데 못내 그리워하는 형의 마음 어리석다 말아라.

네 생각 날 때마다 네 글을 뒤적이고 네 글을 대할 때마다 씩씩한 네 모습 눈앞에 어린다. 네가 지은 『불사조』는 죽지 않고 세상에 날건만 네 음성은 다시 들을 길 없으니 외로워 이 밤에 자면서라도 너를 만나고자 한다.

내가 사랑하던 태룡이 이 글의 교정을 보아주니 너도 고마워하리라.

1950년 어린이날 자정

설송(雪松) 명섭(明燮)*

---

* 심훈, 『심훈전집 6: 불사조』, 한성도서주식회사, 1952.

대섭의 영전에
/ 설송

내가 너를 위하여 쓰는 글조차 이것으로 막음하는가 하면 다시금 마음이 설렌다.

우리 집의 화초이던 (집안에서 부르던 훈의 별명) 너는 보이지 않건만 네가 좋아하던 국화는 때를 찾아 만개하였구나!

너 한 번 가더니 일 년이 지나도록 편지 한 장 없으니 이 더러운 세상과 아주 절연을 하였는가?

월전 달밤에 그 씩씩한 내 음성 내 귀에 들렸으나 영계(靈界)에서 라디오로 방송함인지 눈 뜨곤 볼 길 없더라⋯⋯.

본향 낙원에 돌아간 너를 그리워하는 우리를 나그네 풍운에 시달려 꿈자리 뒤숭숭하니 어리석음인가 자탄한다.

네가 진세(塵世)를 떠난 후 이 땅의 송죽(松竹)은 버들로 변하려 하고 상록수 시들기 시작하니 다시 와서 북돋고 새 기운 불어주려무나.

아니다. 다시 오면 백우(白羽)에 물들이기 쉬우리라. 수(壽)는 그리스도[基督]보다 길었고 남긴 글 있으니 천부(天父)의 품속에 안식하여라.

네가 심어놓고 간 좋은 씨 싹트고 꽃 피게 할 책임 내게도 있으니 천

우신조로 자라고 결실하도록 힘쓰련다.

"미안하다"는 한 마디로 유언 삼고 간 너에게 형이 도리어 미안한 것 많았으니 용서를 바란다.

아서라 그만두자. 너와 나 사이에 미안이란 말이 부당하다. 네 아들 삼형제 길러서 합심협력하여 네 남긴 일 정성껏 하게 하리라.

『상록수』정신 이 땅에 청청할 터이요 영원히 미소하는 『직녀성』의 광채가 어두움을 깨치고 「탈춤」 추는 탈 벗길 줄 믿는다.

끝으로 묻노니 형이 부탁한 종교소설 언제 쓰려느냐? 그곳에서 구상하여 전파에 실어라. 내 받아쓰리라!

너의 심혈을 짜낸 『직녀성』 교정을 마치고 희망에 가득 찼던 네 생각 어루만지면서 영생하는 너를 만날 줄 믿고 붓을 놓는다.

정축 국추

중형(仲兄) 설송(雪松)*

---

* 심훈, 『직녀성 (하)』, 한성도서주식회사, 1954.

심훈의 문학-그 전집 간행을 보고
/ 백철

심훈전집이 간행되었다. 이와 같이 한 작가의 전 작품집이 한 출판사에서 나온 일은 이번이 처음이다. 이것이 선례가 되어 금□담 작가들의 전집이 많이 나오게 되면 훌륭한 일이다.

아직까지 그들 주요한 작가들의 전집물을 갖지 못한 것은 아무리 후진한 나라, 빈곤한 출판계의 사정이라 해도 서로 돌아보아 일대 수치의 일로 생각해야할 것이다.

그만치 이번 심훈전집의 간행은 문학과 출판의 □□□□□인 선구로 되는 뜻에 그 일을 장하게 생각한다.

심훈은 우리 현대문학의 대표 작가가 아닐는지 모르나 확실히 유력한 작가의 한 사람이다.

문학가로서 심훈의 작품 활동은 겨우 오, 륙 년 간에 지나지 않으나 그 짧은 동안에 내놓은 작품의 중□은 대단한 것이다. 그 □□은 완성한 데서 온 것이 아니고 미래의 대성을 약속하는 크기에서이다. 주제의 □□가 무겁고 문장의 획이 굵고 사실을 □□하는 수□□□□ 소설가의 앞날을 □□케 한 □□였다. 그는 대성하기 □□□한 뜻을 갖는다.

심훈 전집의 간행은 이제부터 오는 신인 작가에게도 중한 영향을 줄 줄 안다. 요즈음 등단하는 신인들은 주밀한 문학 수법엔 특색이 없으나 몹시 그 선이 가늘고 스케일이 적다. 우리 작가에도 □□ 심훈과 같이 작품의 스케일이 크고 □□를 □□하는 작가가 있다는 것은 후대)의 작가에게 유익한 교시를 줄 것이다.

이 전집이 이 방면에 뜻 있는 독자들에게 앞이 □□되기 바란다.*

---

* ≪서울신문≫, 1954.03.04.

한국 저항시의 특성: 슈타이너와 심훈
/ 세실 M. 바우라

한스 베르만 슈타이너(1902~52)는 독일의 붕괴를 노래한 시 「1945년 5월 6일」을 썼고, 항복 조인 당일을 그 시의 제목으로 했다. 이 항복은 1918년의 휴전과 전혀 닮은 데가 없고 부끄러워할 한 시기를 종식이라고는 하지만 단순한 기분으로 이에 응하기란 쉬운 노릇이 아니었다. 많은 사람들의 마음속에 환기된 것은 절망적인 저항적 감정이었으며 그때까지 약 이 년 동안 사이에 일어났던 모든 사실을 상기하지 않고 그 의미를 생각하기란 도저히 불가능한 것이었다. 슈타이너의 시는 오랫동안 그런 사태를 기대하고 있었는지는 모르지만 막상 일어나니까 미처 전에는 예상조차 할 수 없었던 특수한 상황을 제시하는, 당면 사태에 대한 그의 회답이기도 하다. 당돌하면서도 과중한 의미를 갖고 있는 문장과 대단히 대조적인 '이미지'에 의해서 그의 시는 사태를 역설적 성격을 전하고 이제까지의 역사가 어떤 의미로는 아직 활동하고 있다고 할 수 있음을 암시한다—

새의 무리가 떠들썩하게 날은다. 아아 일어나기를 바랐던 것은,
시체와 가량의 세월을 굳혀진 지하에 언제나 있는 그들처럼 무겁다.

시민은 온갖 사악(邪惡)을 다한 무기를 땅에 묻어 버린다.
앵속꽃(Poppy)은 불안에 떨어 피고.
화환(花環)은 열광한 집들을 이은다.

젖은 깃발이 후덥지근한 제일(祭日) 하늘에 쳐진다.
계속 울리는 북소리의 그늘에서
'스케이트'가 얼어붙은 피의 호면(湖面)을 번개처럼 달린다—

슈타이너는 전쟁의 종식으로도 아무런 위안을 못 얻고, 안온감을 못 느끼고 어떤 활기조차도 느끼지 못한다. 가혹한 장래가 앞에 놓여 있음을 그는 확인한다. 격식 없는 응축된 초탈적인 표현 양식은 파탄에 처해 있는 주제를 정복하려고 하는 인간의 마음을 표현하고 있으면서, 주요한 점을 관찰, 그것을 격렬한 도발적인 이지미조 정착시키고 지성의 강렬한 활동을 추진시킨다. 첫번째 구절에서 떠들썩한 작은 새들의 비상이 급격한 변화를 표현하지만 이에 대치되는 것은 다음과 같은 확신의 피력이다. 체험하게 되는 변화는 어떤 변화이건 극히 곤란한 것이 아니겠는가? 생명과 사랑의 소모로 너무나 많은 것이 상실돼 버렸던 것이다.

둘째 구절에서 슈타이너는 현재와 직접 연결된 과거 사이의 모순에 눈을 돌린다. 전쟁에 모든 것을 바친 시민은 이제 전쟁을 장사 지내고 관심권 밖에 그것을 둔다. 과거에는 전쟁에 취해 있었다손 치더라도 오늘의 그들은 다만 망각만을 바랄 뿐이다. 화환을 장식하고 열광하는 집들은 이제 이것으로 모든 일이 잘되었다고 주장하지만 그것이 겉뿐인 허위임을 감출 수 없는 병적 앙분(昻奮)을 상징하고 있다. 그래서 셋째 구절에 무겁고 답답한 요령부득의 결말이 오는데 이것은 당연한 것으로, 말하자면 이런 상황이 본질인 것이다. 축제의 기분은 불건강하고 허망하다. 옛날의 야만정신은 스러지지 않고 북소리는 계속 들려오고 있고, 어두운 과거로부터의 탈출 노력은 얼어붙은 피의 호상(湖上)을 달리는 사람처럼 실험의 불확실성을 말해 준다. 이 시는 위안을 줄 수도, 비극적인 어조를 드러내지도 않고 있다. 물론 칭송의 어조는 전혀 없다. 사태를 있는 그대로, 혼란과 잔인성을 그대로 바라보며, 악이 성행했던 끔찍한 시대의 저주스러운 구할 수 없는 결과를 그린다. 슈타이너는 대단히 곤란하고 큰 문제와 씨름을 했으나 계몽적인 두세 개의 요점을 선택함으로써 독일 항복이 의미하는 계시적인 소묘를 하고 있다.

불안 속에서 우리가 남아 있다손 치더라도 우리는 불평을 말할 수가 없다. 그것이 명료하게 슈타이너의 의도인 것이다. 그의 시의 기분은 어떤 점에서 현대인의 혼을 위안시킨다는 점에서는 동떨어진 해부도를 그려 보인 엘리어트의 시를 상기시키지만 그보다 한층 더 꼼꼼하게 초점이 맞추어져 있고 그 이미지는 한층 더 직절적(直截的)이며 명료한 연관을 포함시키고 있다. 슈타이너는 용기 있게 그것을 마주봄으로써 뼈아픈 상황을 소화하고 우리들에게도 똑같은 것을 가능케 하고 갖게 할 것을 주는 것이다. 그러나 그에게도 부족한 것이 있다. 정치적 주제에 힘을 주고 보다 넓은 기구 속에서 이것을 바라보고 그에 의해서 의의와 매력을 강화할 수 있는 그런 부가적 차원을 그는 갖고 있지 못하다. 면밀, 정확한 관찰이라는 현대적 기법이 보다 포괄적인 견해를 막게 하고 세부 저편에 있는 전체를 보려고 노력하는 우리들을 실망시키는 경우가 있지만 슈타이너와 그밖에 그와 흡사한 다른 시인들에게는 이런 수법이 알맞은 듯이 보인다. 그들에게서 이밖에 다른 시작(詩作)을 기대할 수 없는지 모르지만 그들이 보다 넓은 견해에 서는 것을 거절하는 것이 어떤 의미로는 힘의 원천이기도 한 것이다. 그들의 성공은 한정이나 제한에 의한 것이 너무나 많기 때문이기도 하다. 그들이 볼 것을 철저하게 보고 그것이 무엇인가를 충분히 인식하는 것은 전 관심을 특정된 점에만 집중하는 까닭이다. 다시 말해서 이런 종류의 시에는 맹습, 맹공의 취향이 없다. 보수로써 주어지는 것은 날카로운 통찰과 단련된 감수성뿐인데 이것은 유쾌하다기보다는 오히려 방해적인 경우가 많다.

어떤 종류의 시가 현저하게 이런 방향에 기울고 있으면서도 그리고 무수한 정치시를 지배하는 강렬한 기분과 상상적인 관념이 전혀 없는 시의 한 가지 예로서 극동에서 한 시를 그 예로 들어보면서 열렬한 단순미가 얼마나 다른 효과를 울릴 수 있는가를 보기로 한다. 일본의 한국 통치는 잔인 가혹한 면으로서는 효과적이었지만, 민족의 시를 압살할 수는 없었다. 그런 사정에도 불구하고 아니 오히려 그런 까닭으로 해서 오히려 한국시는 전성시대에 필적하리만큼의 부활을 맞을 수 없었던 것이다.

1919년에 문학자와 지식인이 발표한 「독립 선언」이 실현되기까지에는 이십오 년 이상의 세월이 흘러야 했지만 시인들은 결코 희망을 버리지 않고, 투옥과 고문과 죽음의 중압을 딛고 온갖 노력을 다했다. 그들이 얼마나 가혹한 고난에 직면했느냐는 것은 심훈(1901~36)의 한 시를 통해 찾아낼 수 있다. 그는 살아서 희망의 날을 보지는 못했지만 그의 희망의 실현이 무엇을 의미하는가는 확실히 상상하고 있었던 것이다.

그날이 오면

그날이 오면 그날이 오며는
삼각산이 일어나 더덩실 춤이라도 추고
한강물이 뒤집혀 용솟음칠 그날이,
이 목숨이 끊치기 전에 와 주기만 할 양이면,
나는 밤하늘에 날으는 까마귀와 같이
종로의 인경을 머리로 들이받아 울리오리다.
두개골은 깨어져 산산조각이 나도
기뻐서 죽사오매 오히려 무슨 한이 남으오리까.
그날이 와서 오오 그날이 와서
육조 앞 넓은 길을 울며 뛰며 딩굴어도
그래도 넘치는 기쁨에 가슴이 미어질 듯하거던
드는 칼로 이 몸의 가죽이라도 벗겨서
커다란 북을 만들어 들쳐 메고는
여러분의 행렬에 앞장을 서오리다.
우렁찬 그 소리를 한 번이라도 듣기만 하면
그자리에 거꾸러져도 눈을 감겠소이다.

　심훈은 그 기분에 있어, 그 표현이 있어 슈타이너의 대극(對極)을 이루고 있다. 장래에 있어서의 대규모적인 무차별 석방에의 기대는 현재의 혼돈한 상황을 노래하는 경우와는 달리 정밀을 필요로 하지는 않는다. 한국 시인은 독일 시인처럼 잔학한 사실에 구속되지 않는다. 그에게 있어 중요한 것은 가령 먼 훗날이지만 감격적인 미래가 일깨워 주는 자주적인 숭고한 기분이다. 한국의 산, 강, 서울의 번화가인 종로의 종처럼 눈에 익은 환경 속에서 그의 비전은 설정된다. 자연까지 그와 기쁨을 함께 해서 일어나 더불어 춤을 출 것이라는 그는 '다윗'의 시편(詩篇)에서 그 유례가 엿보이는 고대적인 공상을 갖고 있다. '감각적 착오'의 흐뭇한 변형으로서 기분이 좋은 경우 인간은 물리적 환경이 자신의 기쁨을 반드시 함께 나누어 갖는다는 사상을 구체화하는 것이다. 그러나 그 이유는 본래 목적이 거기에 있기 때문이다. 그가 예견하는 것은 한국의 해방이며, 국토와 주민이 함께 해방되어야 한다는 점에 있다. 그는 이것을 모든 계급과 배경을 마다하고 전 동포가 함께 이해할 수 있는 이미지를 형성하고 있다. 예상되는 미래는 격렬한 환희로서 그로 하여금 자기 자신을 잊게 한다. 그는 이것을 육체의 구속을 찢고 분출하는 강렬한 환희로서 표현하는 것이다. 그가 말하려고 하는 것은 우리들에게 주지의 사실—견딜 수 없을 만치 격렬한 기쁜 속에 자신이 죽어 없어지는 듯한 황홀의 순간이 있다는 것뿐이다. 그는 그것을 여러 가지 형태로 말하고 있지만 어느 것이든 일종의 유머러스한 과장을 안고 있으면서 믿을 수 없을 정도로 기쁘다는 암시는 그대로 살리고 있다. 처음부터 그는 자기 자신에 대한 표현에 충실하고 있지만 그 영감의 원천은 오랫동안 기다리고 기다리던 압제로부터의 해당이 가까워 오고 있다는 데 있다.

　슈타이너와 심훈과의 대조는 통일적인 관념이 유별하다는 점을 예증하고 있다. 그것은 인식을 결합시키고 시에 형태를 준다. 그러면서도 그 이상의 것을 이루게 해준다. 상황을 보다 명확히 보편적 성격을 띤 현재의 순간보다도 훨씬 의미 있는 무엇인가에 접할 수 있도록 하는 그런 '퍼스펙티브'에서 꾀하는 것이다. 자신의 감정에 충실해야 한다는 것과 감정 표현에 있어서 정확해애 한다는 점에 있어서 그들의 예술을 개조한 시인들은 대개는 시험적이었기는 하지만 공공적인 일에 자신을 갖고 자유롭게 표현하기 시작하고 있다.

가장 우수한 현대시인 가운데 시의 주제를 단순히 개인적인 일로만 보지 않고 그들을 큰 '콘텍스트' 밑에 두는 보다 광범한 사건과 연관시켜 보려는 사람이 있다. 영혼이나 양심에 관한 중요한 문제라면 종교나 도덕, 그 밖의 소박한 인간성에 연관된 것으로서 제기하곤 하는 시인 본래의 임무를 이런 방법으로 재개한 것이다.

　—세실 모리스 바우라(Cecil Mauruce Bowra) 저 『시와 정치(Poetry and Politics)』에서

저자소개

세실 M. 바우라는 1898년 영국 태생. 오랫동안 모교 옥스퍼드대학교에서 시학 강좌를 맡았고 부총장까지 역임했다. 현재 '위탐칼리지' 학장으로 재직. 고대희랍문학이 전공이지만 근대시에는 권위가 있다. 저서로는 『상징주의의 유산』, 『창조적 실험』, 『낭만적 상상력』의 삼부작 『「영웅시」 편역』, 『러시아 시집』 2권.

편집자 데스크

독일의 시인 한스 베르만 슈타이너와 우리나라의 소설가이며 시인인 심훈의 시를 비교분석한 이 비평은 옥스퍼드대학에서 시학을 강의하고 옥스퍼드의 부총장까지 지낸, 석학 세실 M. 바우라의 유명한 논문이다.

이 글의 텍스트로 사용된 심훈의 시에는 「그날이 오면」 외에도 많은 저항시가 있다.

「조선의 마음 약한 젊은 사람에게 술을 먹인다. / 그네들의 마음은 화장터의 새벽같이 쓸쓸하고 / 그네들의 생활은 해수욕장의 가을처럼 공허하여 / 그 마음 그 생활에서 순간이라도 떠나고자 술을 마신다.」

그는 「조선은 술을 먹인다」에서 이렇게 탄식하기도 한다.

「박군의 얼굴」, 「너에게 무엇을 주랴」, 「통곡 속에서」 등은 바우라 교수의 말대로 한국시의 저항적 특질을 느끼기에 충분하다.*

제4부

심훈을 기억하다

속(續) 작가 인상
/ 이석훈

심훈 씨는 방송국 선배 형과도 같은 조춘광 형의 친우이시어서, 내가 존경하는 분의 한 사람인데, 시치미를 뚝 떼고 사람을 웃기는 익살도 좋거니와, 풍채가 100% 호남자여서 어딜 내놓아도 번듯하다. 좀 '대포'를 발사하는 흠은 있지마는, 고집이 세어서 남의 말이라곤 안 듣는 이다. 하고 싶은 말을 참지를 못하고 턱턱 내붙이기 때문에, 이 분 역시 남의 수하에서 일할 사람은 못 된다. 하여튼 조로병 환자가 많은 문단에, 만년 청년적 발랄한 기상을 가진 것은 배울 만한 점인 줄 생각한다.*

---

* 『중앙(中央)』 1936.04.

哭沈熏君
/ 李輔相

我許君爲一世才
英年何遽向泉臺
埋玉靑山無限恨
碧花碧草摠含哀*

* ≪매일신보≫, 1936.09.27.

애도 심훈

소설가 심훈 씨가 세상을 뜨졌다. 이 슬픈 보도가 한 번 세상에 알려지자 누가 그 튼튼한 체구 그 남성적인 심(沈)이 죽었다는 말을 그대로 믿으랴. 실로 너무나 의외인 천공(天公)의 작란(作亂)이었다. 천재는 박명이란 말을 그대로 우리 앞에 보여줌인지 그는 쓸쓸히 천만독자를 버리고 9월 16일 오전 8시 반 영원히 가버렸다. 이에 본지는 다음 같은 문인 제씨의 조문을 얻어 삼가 지하에 돌아간 심훈의 영 앞에 조의를 표하는 바이다.

심훈의 약력

○ 서울 교동 공보교(公普校) 졸업. 서울 제일고등보통학교 3학년에서 대정 8년 사건으로 입옥 뒤에는 중국 항주 지강대학에 유학. 그 뒤에는 상해와 남경을 돌아 일세의 풍운아도(風雲兒道)를 걷다가 귀국 ≪동아일보≫, ≪조선일보≫, ≪중앙일보≫ 혹은 방송국 등에 역임. 소화 9년부터 당진에 필경사를 짓고 창작에 정진.

○ 신문소설로 『영원의 미소』, 『불사조』, 『동방의 애인』, 『직녀성』이 있고, 시나리오로 「탈춤」, 「먼동이 틀 때」가 있으며 봄부터 본지에 장편 『대지』를 집필 중이었다. 그가 손수 심혈을 경주하여 남기고 간 운명적 작품 『상록수』가 유작으로 근간 출판된다. 가정에는 양친과 두 분 형님

이 계시고 미망인과 3유아(三遺兒)가 있다.

서광제

심훈 군은 가버렸습니다. 며칠 전에 한도(韓圖)에서 『상록수』의 최후 교정을 보고 나에게 찬 맥주 한 잔을 내라고 하기에 가진 돈이 없으니 우리 집에 가서 먹자고 하였더니 그럼 다음에 먹자고 한 그 말이 최후일 줄이야…… 그가 문학을 사랑하고 영화를 사랑하듯이 나도 문학을 사랑하고 영화를 사랑하는 마음에서 내가 경제적으로 여유하다면…… 그렇지 않고 어느 분이 『상록수』의 촬영비를 댄다면 나는 그의 뜻을 이어 『상록수』를 영화화하여 그의 영(靈)에 바치겠습니다.

최영수

너무 돌연한 일이매 애절(哀絶)의 정도(程道)가 아닙니다. 항상 건강하고 명랑하던 그였음에 의외의 정도가 아닙니다. 그가 상경 이후 『상록수』 출판 관계로 한 방안에서 늘 대하던 가장 최근의 기억이 더욱 애닲습니다.

비록 그가 이미 고인이 되어 지하의 혼이 되었다 하더라도 그의 최후로 남긴 『상록수』만은 영원히 청청하리라고 믿습니다.

김안서, 「훈(熏)여 훈(熏)여 명목(瞑目)하라」

잔을 들고 이 세상 탄식튼 그대
노래로서 비분을 외치던 그대
이날엔 갔단 말가 아아 설워라

쓸쓸하고 새까만 안타까움에
외로이 이 저녁에 잔을 들고서
그 옛날의 그대를 돌보노라면
갈바람만 무심이 잎을 날리네.
훈(熏)여 훈(熏)여 고요히 눈을 감으라
나도 너도 한번은 모두 갈 것을.

김태오, 「문단의 큰 손실」

심훈 씨의 비보를 접하고 의외의 사실에 놀랐습니다. 그와 나는 면식이 없는 분이나 작품 「탈춤」으로부터 익숙하여 온 지는 이미 오래였습니다. 무엇보다도 애석하게 여기는 바는 문단의 중보(重寶)인 그가 천품을 완전히 발휘하지 못하고 36세를 일기로 하여 『상록수』를 최후로 남기고 갈 줄이야 누가 뜻하였겠습니까. 이는 조선문단의 큰 손실이라 하겠습니다.

이기영, 「심훈 씨를 조함」

심훈 씨의 부(訃)는 참으로 꿈과 같다. 그것은 무엇보다도 그의 건강한 체질로 보아서 그렇다. 그는 향년이 36세이라니 연령으로 보아서도 아직 전도가 양양하지 않은가. 나는 수일 전에 그를 오래간만에 만나보았다. 그는 그 전보다 몸집이 부대해지고 더욱 건강한 혈색을 가졌었다. 참으로 알 수 없는 것은 죽음이다.

이미 그의 절필이 되고 만 『상록수』는 평판이 좋다 하되 나는 아직 못 보았다. 그의 다른 작품도 나는 아직 읽을 기회를 가지지 못하였으니 거기 대해서는 말할 자료가 없지마는 그는 과거보다도 미래에 더 많은 기대를 두는 것이요 이러함이 부당할 줄 안다. 그런 의미에서 문단적 소실은 물론 그를 위하여 애석하기 마지않는다.

김유영

뜻하지 않게 안타까운 일이 항용 우리에게 있는 줄 알면서도 존경하는 가까운 벗 그는 갔다. 영원의 문청(文靑)이라고 지금으로부터 영화감독을 연구하겠다고 스스로 지어서 겸사하였다. 이름을 보아도 얼마나 바람이 큰 것을 알고도 남는다. 헌데 그만 가버리다니. 설움이 넘쳐서 나는 울지도 못하겠다.

'천재는 일찍이 죽는다'라더니 그래서 그는 아주 갔단 말인가. 평시에 날더러 "군(君)은 약해서 탈이요 탈이야.(혼잣말로) 오래 살아야 위대한 작품이 나오는 거요. 날 보(배를 내밀고 고개를 뒤로 제끼며) 엣 참 어찌 그리 침울하며 사색이 깊소 나를 우리 집에서는 하도 명랑하고 잘 생겨서 화초(花草)라고 한다오. 하하하." 이런 말을 글쎄 여러 번 되풀이 하였다. 그리고는 심신의 고민이 많은 나는 여러 벗의 한 사람으로서 심형(沈兄)은 내 무덤 앞에서 묵도하고 황혼의 하늘을 우러러 보며 한 방울의 눈물을 떨어뜨리는 것을 상상한 일도 있었다. 이 무슨 나로서의 모순인가. 외려 내가 살아서 우리의 자랑 문단의 총아 영화계의 중진인 고(故) 심형의 별세를 설워하다—형의 몸은 갔으나 형의 예술은 길이 남아있으니 좀 그윽히 덜 섧구나.

이태준

심 군

아직도 군은 서울 어디 있는 것만 같다. 전화가 올 듯 한도(韓圖) 2층에나 은령(銀鈴) 같은 데 들르면 곧 만날 것 같구나. 그런데 정말 이것은 이제 불가능하단 말인가. 앓는 것을 보기나 했어도 덜 허무하겠다.

엄흥섭

그가 거치른 이 땅에 태어나 일생에 편한 날을 맞지 못하고 요절했다는 것은 결코 심훈 한 사람의 비애가 아니다. 한 치 일촌 앞을 못 내다보고 일초 뒤에 무엇이 다닥칠지 모르는 허무한 인생의 일이기론 그 황소와 같이 의기가 억세던 심훈 군이 일조에 요절하고 말 줄이야. 꿈엔들 알았으랴. 이제 군의 요절을 통절히 애도하며 또 한 번 인생무상을 거듭 맛보는 동시에 심 군의 남기고 간 예술을 아끼고 사랑함으로써 그의 망령을 위로코자 한다.

(이상 도착순)*

---

* ≪사해공론≫, 1936.10. 본문의 '이태준'은 원문에 '이춘준(李春俊)'으로 되어 있는데 '李泰俊'의 오기로 보고 바로잡음.

심훈 통야현장(通夜現場)에서의 수기
/ 김문집

　남이 무슨 욕을 하든지 그냥 듣고 있으려고 결심한다─평온하게 말하면 얼마동안 아무것도 쓰지 않고 독서나 하려고 한 나이지마는 이 글만은 할 줄 적어 보내지 아니치 못하는 데에 나의 심훈에의 사랑이 있는가 보다.

　여기는 대학병원 시체실이다.

　때는 9월 17일 오전 2시 반이다. 사첩반 방에 지금 일곱 사람이 통야하고 있다. 훈의 중씨(仲氏) 명섭 씨와 그의 친척 네 사람, 남은 두 사람이 이태준과 나. 그리고 지금 모두들 잠이 들었다. 훈의 처남이라는 성명도 모르는 청년 하나와 나와 둘만이 훈의 육체를 지키고 있다.

　외로운 밤이다. 발진티푸스란 병이 어떻게 무서운 병이며 이 자리에서의 전염의 가능성이 얼마나한 것까지 모르는 내가 아니지마는 나는 조선서 처음인 이 밤을 스스로 택하지 아니치 못하는 것이다.

　나는 훈의 소설을 별로 읽지 못하였다. 다만 그의 수필 몇 편을 읽었을 뿐이다. 그리고 그 중 한 편은 내가 읽은 한에서는 조선 수필문단의 최고 수준의 것이라는 말은 9월호 어떤 평론에서 이미 말한 바이다.

　그러나 훈과 사귄 지 육 개월밖에 안 되는 내가 그의 십여 년 친우인

태준 외에는 한 사람도 이 밤을 지켜주는 문우 또는 문단인도 없는 이 자리에 마치 문단의 특파원 모양으로 이렇게 끼어있는 것은 내가 고토(故土)의 통야풍정(通夜風情)을 몸소 습득하려고 함도 아니요 필경사 수필을 아까워해서 함도 아니다.

오로지 훈의 인물에 반해서이다. 이 친구만은 정말 친구로 삼을 만한 사내자식이었단 말이다.

훈아! 왜 소설을 썼던가? 자네는 소설 쓸 친구는 아니었더라네. 군에게 관(冠)할 형용이 있다 할진대 '일대의 풍운아'가 그것일까? 자네 얼굴도 하꾸라이긴 하나 사내자식으로서의 자네야말로 내 눈에는 하꾸라이였던 걸세!

자네가 절명한 것은 지금으로부터 18시간 전이다. 자네가 이 병원에 들어온 것은 지금부터 18시간의 배도 못 되는 시간. 자네가 아프다 하고 누운 지는 지금으로부터 18시간의 약 18배 전의 일이다. 그리고 김 선생이니 심 형이니 하던 우리가 "여보게 한 잔 どうだい?" 하게 된 것은 바로 자네가 앓기 시작한 때부터 18시간의 몇 배도 못 되는 전의 일 즉 자네가 "수일 내로 『상록수』 한 권 보낼 테니 욕해 달라"고 한 때로부터 18시간의 몇 배도 못 되는 후의 일이다. 『상록수』—영원의 낙엽……?

맹악(猛惡)한 병균을 수만 마리 창자에 넣고 각각으로 썩어 들어가는 너 훈아! 지금은 너의 처남 군도 방 한 가운데 발 뻗치고 자버렸다. 내 혼자 이 글을 쓰고 있다. 사실인즉 퍽 무섭다.

빌어먹을 인간들! 통야란 밤새우는 건데 모두들 자버렸구나! 난 일부로 커피를 몇 잔 먹고 와서 잘래야 잠이 오질 않지만 비록 커피는 먹잖았을지라도 이젠 무서워서 잠은 다—잤다.

음벽정(飮碧亭) 가는 듯한 자동차 한 채가 방금 창경원 앞을 지났다. 반대 방향으로 달아난다. 어디 자동차 충돌이나 생기면 이 잠든 인간들을 깨우지마는……그냥 깨우지 못하겠다. 이것도 자존심의 일종일까?

훈! 지금 이 원고는 자네의 정우(情友)요 나의 애우(愛友)인 태준의 궁둥이에 올려놓고 쓰고 있다. 태준은 내일—아니 오늘아침 학교에 가야한다. 이 원고 다—쓸 때까지 깨우지 않겠다.

취기(臭氣) 있는 음악! 상허(尙虛) 궁둥이에서 나온 음악이다. 상허는 모처에서 나와 장국밥으로 저녁을 먹었다 소화가 잘 되었음인지……?

……훈! 자네 몸에서 벌써 물방울이 떨어지기 시작하는구나! 훈! 20여 일 전인가 비오는 그날 저녁 곁방에서 빌리야드를 치는 유진오를 잡아내서 70전아(也)의 자동차대를 빼앗아서 자네와 태준과 나와 셋이 성북동 상심루(賞心樓: 상허의 서재)엘 가서 괴상한 술대접을 받았지? 그 얼마나 유쾌한 밤이었던가.

천하의 호걸 그 밤의 심훈이 벌써 썩어서 뚜득뚜득 시멘트 장판에 물을 흘리더란 말인가?

훈! 아! 훈! 정말인가?

훈! 저 소리가 과연……과연 자네의……? ?

상허! 일어나! 일어나!

—13일 오전 4시 경 대학병원 시체실에서 심훈의 육체의 소리를 들으면서—

부기(附記). 차고(此稿) 재독(再讀)치 않음.

오전 5시 반 재부기(再附記). 적빈의 20재(才)의 사산부(死産婦) 하나가 시체가 되어 제3실에 운반되었다. 굉음에 모두들 잠이 깼다. 훈의 '육체의 소리'는 처마에서 떨어지는 빗방울 소리였던가?*

---

* ≪사해공론≫, 1936.10.

소설가 심훈 씨의 일주기일을 맞이하며

9월 16일도 또다시 오고 말았습니다. 본지에 『상록수』를 쓰시던 심훈 씨가 서울 대학병원에서 세상을 떠나던 때도 벌써 일년이 돌아왔습니다. 다시 당하니 애석하기 마지 않습니다. 선생은 가시었지만 『상록수』는 영원히 푸르러질 것입니다. 선생의 하려고 하시다 못하고 가신 『상록수』를 선생의 뒤를 이어 어느 분이든지 촬영비를 내시어 영화화하여 하루바삐 세상에 나오게 하였으면 합니다.

당진 김덕영(金德泳)*

---

* 《동아일보》, 1937.09.09.

출색(出色)의 명감독들—고 나운규·심훈·김유영 / 안석영

영화인협회가 생기고 영화인이 등록이 되고 영화기관들이 합동을 하고—이러는 때에 감구지회가 없을 수 없다.

테이프 한 조각과 헐어진 카메라 한 대로 영화를 만들던 선배의 아까운 요절이 슬프기도 하고 또 앞으로 조선 영화의 큰 발전을 내어다 볼 때 선인(先人)의 편모가 생각이 안 날 수도 없다.

그들의 개인생활은 그때의 영화계의 환경이 빚어준 까닭이요 그들의 원대한 포부가 그들이 간 뒤에 더욱이 큼을 깨닫게 되니 그들의 발자취가 빛난다 아니 할 수 없다.

삼순구식(三旬九食)과 유리일표자(流離一瓢子)의 물도 그 생활을 지탱하여 그 큰 결정을 지워 놓고 간 것이 그것이 유치하고 그것이 산만한 것이라 해도 그때를 두고 말하면 장쾌하다 아니할 수 없다.

지금에도 그들의 메가폰 쥔 여윈 얼굴 그의 음성이 눈과 귀에서 떠나지 않는다.

얼마나 그들이 괴로웠으랴. 그들이 운명할 순간에 그들의 눈동자에는 메캬프한 남녀들의 양자(樣子)가 사진 박혀 있었다.

그 이들 중에 얼른 손을 꼽자면 나운규, 심훈, 김유영 3군이 있다.

1. 나운규 군

<아리랑>, <들쥐>, <오몽녀> 기타 수많은 영화를 남겨놓고 간 나운규 군, 그는 영원히 방랑아이었다. 이 방랑성이 큰 그릇을 못 만든 원인도 되지만 또 그의 성격의 소산인 영화들을 우리들에게 보여준 바도 된다. 가난을 달게 알면서 그는 반도에 영화의 씨를 뿌리고 갔다.

이것은 그를 영화라는 것을 두고 말함이요 그의 영화의 내용에 있어서는 그 니힐리스틱한 것이 자신을 크게 오래 살도록 못한 감이 없지 않다.

만약 그가 그 테 밖을 떠나서 더 큰 세상을 보았던들 오늘날까지의 조선 영화에서 우울성을 일찍이 제거하게 되었는지 모른다.

그것은 그가 주관적인 입장을 고집한 까닭이요. 그 테 밖에서 지식을 가져오고자 노력했더면 그의 작품들은 지금도 생생했을는지 모른다. 그러나 그는 공로자이다. 그 영화가 어떠한 영화라는 것을 지금 새삼스럽게 판단하는 것보담도 영화를 자기 맘대로 주물러 보았고 그 다음으로는 후진을 많이 내어논 그 두 가지만 해도 공로가 크다 아니할 수 없다.

2. 심훈 군

다음으로 심훈 군이 있다.

신문기자 출신으로 영화감독이 되어 영화를 만들다가 여의치 않아서 소설을 쓰고 또 영화를 만들려다가 갔다.

지금에 이 심 씨가 살아 있으면 그 쾌활한 성격 그의 박식으로 해서 오늘날 조선 영화의 총아가 되었을는지 모른다.

정열이 과인(過人)함이 그의 수명을 단축시킨 감이 있으며 그의 호주(豪酒)가 그의 예술적인 사업에 지장이 있었는지도 모른다.

지금 그의 소생이 크게 자랐으나 그 아이들의 머리를 쓰다듬어 줄 좋은 아버지를 잃은 게 가엾기 이를 데 없다.

<먼동이 틀 때> 하나로 감독 수업을 마치었고 <장한몽>에 수일로 출연한 것이 그가 영화 위에 얼굴을 인(印)친 것의 하나다.

그의 미모는 당대에 유명하였고 결국 애정의 생활로 끝났다.

3. 김유영 군

김유영 군은 <혼가>와 <화륜>과 <유랑>과 <애련송>과 <수선화>로 일생사업을 끝냈다.

잡지 편집으로 수필로 그 넘치는 재조를 보였고 <수선화>에 있어서 조선 여성의 깊은 맘을 그리려다가 미완성품으로 요절했다. 그는 그보담 더 큰 공상이 있었으리라. 또한 그는 그보담 더 큰 야망이 있었으리라. 그러나 자기 몸이 흙으로 돌아간 뒤에는 그것은 한 꿈에 지나지 않았으리라 생각한다.

그러나 사람이 적은 영화계에 이 김 군이 없는 것이 손실이다. 그가 살았으면 그는 독특한 경지를 개척했을 것이고 많은 활약이 있었을 것이다.

언제나 그 황색 얼굴에 웃음을 띠우고 그 긴 머리를 너풀거리며 거리를 걷는 그 모습이 지금도 눈에 선—하다.

꽃 피고 버들이 드리운 봄 거리에 그가 없는 것도 섭섭하거니와 김 군 역시 아들의 장래를 북돋울 아버지인 까닭에 그것이 더욱 그를 아는 사람의 염두에 떠오르게 한다. 그러나 사람의 수명은 하는 수가 없다. 그 운명하는 때가 그의 일생의 끝날이거니 하면 그뿐인가 한다.*

* 『삼천리』제13권 제6호, 1941.06. pp.242~243.

잊히지 않는 문인들
─심훈, 효석, 유정, 계월, 신애의 편모(片貌)
/ 이석훈

1.

저명한 문인들로서 이미 별세한 사람들이 적지 않은 중에 생전에 나와 교제가 있던 이들에 대하여 때로 추억에 잠기게 되는 것은 내가 앞으로 그리 멀지 않은 나머지 인생을 향하여 호젓한 심정을 품게 되는 까닭인가? 어떤 때는 고인의 평범한 담화(談話)도 내게는 무척 정다웁게 아직도 가슴속 깊이 젖어있어서 바로 그의 말소리까지 웃음소리까지 생생하게 귀에 들리는 상 싶을 지경이다.

지금까지 일반에게 많이 애독되는 듯한 『상록수』, 『직녀성』 등의 작자 심훈은 나보다 훨씬 앞선 선배이긴 하나, 그이가 마침 내가 일 보던 서울 방송국에 잠시 있었던 관계로, 만나면 자연 방송국 이야기를 하는 동안에 우정 비슷한 호의를 서로 품게 된 모양이어서, 그래서는 매우 다정하게 나를 대해주던 것이었다. 하긴, 그이의 오랜 친구이자 내 친구의 한 사람인 C형이 중간에 있어서 다리를 놓아준 덕분도 있었고, 또 그이의 처남인 안 군 이 역시 내 친구의 한 사람이었다는 그러그러한 이유로 고려에 넣어야겠지만, 하여튼 본래 쾌활하고 호협한 성격의 소유자인 심

형은 만날 적마다 나를 그 커다란 감정이 물결로 싸주고 또 격려와 편달을 아끼지 않았다.

그 당시의 나는 아직 철이 덜 들어서 그러한 것의 정말 가치를 잘 모르고 심 형의 우정을 고맙게 여길 줄 몰랐는데 그이가 돌아간 후에 내가 이즈막 와서 세상물정을 알게 됨에 따라 "참 고마운 선배였습니다." 하는 추모의 염이 가끔 내 가슴을 얼근하게 하군 하는 것이다.

그는 일언으로 '호남아'란 문구가 꼭 들어맞을 풍격의 인물이었다. 호호탕탕한 성품도 그렇고 외모도 그러했다. 육 척 가까운 후리후리한 키, 알맞게 굵직한 체구, 널따란 이마를 가진 검은 '로이드' 안경이 잘 어울리는 희멀끔하게 잘 생긴 얼굴, 세련된 양복 맵시, 성큼성큼 내어놓는 활발한 걸음걸이, '올백'으로 단정하게 물결쳐 넘긴 칠흑의 장발—어느 모로 보나 가난한 조선의 문인이라기보다 신흥재벌 젊은 중역형에 가까웠다.

그의 성질 또한 그 외모처럼 화려하고 스케일이 컸기 때문에 세세한 문단적 포폄 같은 것은 그의 안중에 없었다—라는 것은 문단 교제, 문단 평, 문단적 시기 질투 등등 사소한 명리를 쫓는 언행 따위는 그에게서 찾아볼 수 없었던 것이다.

그래 그는 충남 당진 바다가 보이는 언덕 위에 초가삼간을 장만하고 적지 않은 권속을 먹여 살리기 위해 펜을 들었으나 굳이 무슨 문명을 날리려는 야망도 엿볼 수 없었다. 그러나 그가 서울 다니러 왔다가 급병으로 죽기 바로 전에 '은령(銀鈴)'이란 다방서 오래간만에 둘이 차를 마시며 이야기를 하던 때 나는 그 이의 문학에 대한 성실한 큰 야망을 깨달은 상 싶었다. 이제부터 정말 문학을 하리라는 결심을 피듯 언중에 고백한 것 같이 나는 지금껏 기억하고 있다. 지금도 잊히지 않는 것은 이런 농담이었다.

"이 형(그 이는 날더러 이렇게 불렀다)은, 아이가 셋이라면서 뭘 그리 살기 힘들어 그래. 난 넷인데, 앞으로 넷은 더 맨들 작정야. 많이 맨드노라면 하나쯤이야 잘난 놈이 나올 테지. 하, 하……"

그리고 헤어진 사오일 후, 심형은 대학병원에 입원한 지 만 이틀만엔가 죽었다는 것이었다. 나는 아연자실이란 형용사 외에 그때의 내 감정을 표현할 길이 없다. 만날 적마다 나에게 힘을 주고 기운을 내주던 그이가 이렇게 너무나 급작스러이 먼저 간 것이다.

나는 가끔 그이의 웃음소리와, 최후로 남긴 농담 한 토막을 정답게 회상하곤 한다.*

---

* 《삼천리》, 1949.12. 여기에서는 '심훈'에 대한 내용만 수록함.

사고우(思故友): 심훈과 상록수
/ 최영수

'어리굴젓'이 명산이라는 당진 해안에서 살면서 가끔 서울을 드나들기만 하던 심훈이 『상록수』의 상재(上梓)로 해서 서울에 머물기를 여러 날 되었다. 그때가 삼복 찌는 듯한 여름이라 그는 한성도서 2층 넓은 방에다 의자를 모아 침상을 만들고 거기서 잤다. 그러니까 낮이나 밤이나 □□□□ 속에서 『상록수』의 일만에 전념하였고 또 전력한 것이었다.

25□을 능가하는 체구요 원래가 병이라곤 감기 한 번 안 앓은 그다. 내가 한성도서 2층에서 출판부 일을 맡아볼 때라서 나는 심훈의 일거와 일동에 대해서 자연이 그 깊이를 알게 되었고 그 인간과 예술의 유대가 되는 어떤 진리를 알 수가 있었던 것이다.

1. 몸은 크면서도 지극히 감정이 섬세한 사람
2. 항상 명랑하고 □□하되 남의 일에라도 경우에 벗어난 일이면 한몫 들어서 시비를 가리려드는 사람
3. 호주□음(好酒□飮)이라 석양머리면 으레 수삼우(數三友)와 뒷골목 순례하기를 좋아하는 사람
4. 목소리는 상당히 큰 편이나 의사 표시는 늘 여자와 같이 애교가 섞

여 있어 상대방에게 호감을 주는 사람

그저 이런 면을 통해서 인간 심훈이 그 예술로 연장되는 중요한 초점이 있는 것이겠고 그러므로 ≪동아일보≫가 현상공모한 소설에 당시의 중견작가가 응모할 수도 있었고 백씨(伯氏) 중씨(仲氏) 댁이 있건만 한성도서의 원고 정리며 편집이며 교정이며 일체의 출판 사무를 완료할 때까지는 그곳을 떠나지 않은 것이다.

세심정□(細心精□)와 겸허명랑의 심훈이 틀림없었던 것이다.

× ×

아침에 출근을 하면 어떤 때는 아직도 의자를 모아 놓고 그 위에 심훈이 혼자서 자고 있는 때가 있다. 동서로 뚫린 유리창을 죄다 활짝 열어놓고 있어서 시원한 바람이 막 지나다니는 곳에 퍽 시원스러이 누운 그였지만 내가 보기에는 객고객수(客孤客愁) 같은 것이 그의 전신에 흐르고 있음을 알 수가 있었다. 그러던 그가 하루는 외출에서 돌아오더니 "일송(一松) 이런 천지개벽할 일이 다 있소?"하며 양약(洋藥) 봉지를 내보여주는 것이다. 세상밖에 나와서는 아직도 감기약 한 첩 먹은 일이 없다는 그에게 천지개벽일지 모르나 밤낮 골골하는 나에게는 그리 놀라울 일이 못되었다.

재교 삼교도 다 마쳐서 이제는 기계에 걸었다. 『상록수』 박는 기계소리가 목조로 된 신관 2층을 24시로 울려왔다. 그래도 미심해서 기계 교정을 두 번 세 번 보는 그다. 그렇게 열중하고 세심하건만 역시 몇 백 장 인쇄 된 뒤에도 기막힌 오자가 발견되곤 하였다. 심상치 않은 몸이기에 결국은 한성도서 2층의 가숙(假宿)을 단념하고 백씨 댁에선가 조섭을 하다 그것도 이, 삼일이 못되어서 의전병원에 입원을 하였다. 그런 지 불과 일주일이 되어서 심훈은 타계하였다.

한성도서공장에서는 아직도 『상록수』의 인쇄가 펑펑 돌아가고 있는데 …….

심훈의 의외의 사(死)에 아니 놀란 사람이 없었다. 몽양(夢陽) 선생이 병원에로 달려와 대성통곡을 하던 정경이 아직도 눈에 새롭다.

올 여름에 '팔월극장'이라는 신극단에서 『상록수』를 각색 상연한다 하여 나는 직접간접으로 인간 심훈을 말해주었다. 그의 백씨도 타계하고 지금 낙향해 계신 중씨가 상경 체재하여 고제(故弟)의 작품을 위하여 노심하는 것을 보니 느낌이 새로운 바가 있었다. 십여 년이 지나서야 이제 무대에서 상봉하는 □현의 대화를 나눈 것 같다.

역시 인생은 길고 예술은 오랜 것이다. (49.10.16)*

* 『국도신문』, 1949.11.22.

『상록수』와 심훈과
/ 홍효민

우리나라의 문학을 현재에 있어 보면 상당히 다기다양하게 진전되어 있다. 우리나라 사람이 문학적 천재가 많았던 것도 이로써도 증명되거니와 우리나라는 문학이 아니면 그 생활이 아니 되도록 된 나라라고 보여진다. 여기에서 우리나라의 심훈의 작가로서의 출현은 또한 기정 코스가 아니었던가 생각된다.

심훈은 《동아일보》에서 모집한 당선작가의 한 사람인 것이다. 심훈이 『상록수』란 작품을 들고 《동아일보》에 당선이 되어 문학적으로 데뷔를 할 때 그는 이미 문학적으로 많은 함축과 소양을 가졌던 것이다. 문학적도 생장되기에 앞서 그는 생래도 로맨티스트였던 것이다. 그의 가계로 말하면 상당한 명문(名門)의 셋째 아들로서 역시 풍채를 소유한 미남이었던 것이다. 일견 귀공자 타입의 심훈은 그 본명을 심대섭이라 하였던 것이다.

심대섭 하면 모두 미남을 연상하였으니 학생시대의 그의 그룹은 윤극영 성악가와 유기동 은행가를 위시하여 세칭 미남 행렬을 이었던 것이다. 이때부터 그는 작문에 남보다 뛰어났던 것이다. 여기에서도 문학은 천재적인 재능이 수반된다는 것이 증명됨이 있다. 심훈의 학생 시대는 화려하였던 것이다. 장남 심우섭 씨 외 중형(仲兄) 심명섭 씨의 학과에 있어서의 도움과 애무는 그의 천재적인 재능에 대하여 금상첨화 이상으로 그의 영롱한 생활이 전개되고 그때의 명문(名門)인 후작 이해승의 매부가 되기에 이르렀던 것이다.

심훈이 시대적으로 각성하기는 3·1운동이 일어났던 때였던 것이다. 심훈은 그때 젊은 우리들이 가졌던 반항정신이 3·1운동과 함께 폭발하였던 것이다. 학생으로서 3·1운동에 가담한 것은 말할 것 없고 명문을 걷어찼던 것이다. 그렇다고 무슨 어여쁜 연애의 상대자가 있었던 것도 아니면서 아내에게 이혼을 선언하고 가정을 뛰쳐나왔던 것이다. 아내가 현숙하건 아니하건 그것을 묻지 않고 3·1운동으로 인하여 복역을 하고 그는 상해로 망명하였던 것이다. 심훈은 망명문학의 한 사람으로서의 문학사적 지위를 가지고도 있는 것이다.

심훈은 경향적 작가로 일관된 생활을 하였거니와 그는 너무 다재다능하였던 것이다. 변설이 청산유수에 가까웠는가 하면 유주무량(有酒無量)의 주벽을 가지고 있었다. 이 무렵의 젊은 세대가 모두 그렇듯이 심훈도 시대적 울분을 유주무량의 주벽에다 풀려고 하였던 것이다. 그가 ≪동아일보≫의 기자 시대는 모든 것이 타락 아닌 타락생활이었다. 기생을 알게 되었고, 기생에게 구애도 많이 받았으나 그는 기생보다는 문학이었으며 술이었고, 친구이었던 것이다. 현숙한 그의 부인은 그가 돌아오기를 하루같이 바라고 있으나 그는 영영 돌아오지 않았다. 그는 최승일 작가의 매씨인 최승희에게 연모(戀慕)를 받았다. 한때는 최승희 무희와 염문과 결혼설까지도 받았던 것이다. 그러나 그는 시종일관 ≪동아일보≫의 명기자로서의 이름을 떨치고 있었던 것이다. 또한 시를 쓰는 시인으로 많이 알려지고 있었던 것이다. 이때의 심대섭 시인이란 이름이 날려지고 있었다. 심훈이란 이름은 작품 『상록수』에서 비로소 세상에 나오게 된 것이다.

민족적인 각성에서 반항정신을 가지고 일어선 심훈은 다시금 사회주의적인 경향으로 흐르기 시작하여 이때의 프롤레타리아문학의 기치를 들고 나온 『염군』에도 가담하였던 것이다. 그는 ≪동아일보≫에서 점차로 사회주의적인 분위기를 조성하기에 힘을 썼었고 신문기자로서 최초에 동맹파업에 가담하였던 것이다. 이때의 ≪동아일보≫는 많은 유수한 기자를 소유한 중에 박헌영, 임원근, 김동환, 김동진 등이 그때의 쟁쟁한 시대적 기자로서 ≪동아일보≫ 간부에게 대우 개선을 그 조건으로 하는 기자 동맹파업이 있었던 것이다. ≪동아일보≫는 이때 민족적 표현 기관으로 자처했으니만큼 이들의 요구를 일축해 버리고 김동진 같은 변절한 (變節漢)이 나와 동맹파업은 실패로 돌아가고 심훈도 다 함께 ≪동아일보≫를 그만두고 만 것이다.

심훈은 이때부터 문학적 생활로 들어서게 되었고, 그가 가는 곳은 윤극영 음악가가 지도하고 있던 소격동에 있던 아동문학단체이었고, 동요회이었던 '반달회'의 사랑방에서 김려수(金麗水)란 필명으로 시를 쓰던 박팔양과 그는 심대섭이란 이름으로 신문과 잡지에 시를 발표하고 있었다. 이때는 아직도 소설에는 붓을 대지 않았던 것이다. 심훈도 입버릇같이 쓰기 어려운 것은 소설이라 하였고, 그가 술이 취하면 그때 작가로서 새로 등장한 김영팔 군을 자주 방문하면서 그를 극구 칭찬했던 것이다. 김영팔 군과 대작을 하면 밤새도록 술을 마시어 김영팔 군의 아내 진덕순 여사에게 미안을 끼친 적도 많았고 서해 최학송과도 대작을 하면 역시 밤새는 줄을 몰랐던 것이다. 심훈이 다재다능은 하지마는 소설을 쓰리라고는 아무도 상상한 바가 없었고, 또한 소설에 대하여 심훈에게 촉망한 바도 없었다. 심훈은 이때 한동안 《동아일보》에서 퇴사한 울분을 시와 술에 풀고 있는 줄로 모두 알았던 바 그는 충청남도 공주로 잠깐 내려간다고 하더니 일거이무소식(一去而無消息)이었던 것이다. 속으로는 소설을 집필하려고 공주로 내려갔던 모양이다. 호탕한 심훈이 시골로 내려간 후 소식이 없었고, 세상은 반항 정신이 어느 곳이든 충만하여 여기 저기서 비밀 결사 사건이 터지곤 하였었다. 이때 《동아일보》에서 현상 장편소설을 모집하고 있었던 것이다. 이때 아무도 심훈이 이 현상 장편소설에 응모하리라고는 상상한 사람도 없었고, 설령 심훈이 현상 장편소설에 응모하여 떨어지더라도 몰랐을 것이다. 그러나 심훈은 당당히 첫번 솜씨에 그것도 장편소설에 당선하였던 것이다. 《동아일보》의 감정으로 보아 심대섭이란 본명으로 응모하였더라면 낙선하였을는지도 모르는 일이다. 심훈이란 이름으로 당선한 『상록수』가 원체 좋았고, 또한 문학사적으로 가치 있는 작품인 데서 《동아일보》 기자 시대의 명예를 도로 회복한 것이다. 심훈이 《동아일보》 시대에 충성스러웠던 기자라는 것도 드러나게 되었다고 보여지는 것이다.

심훈이 『상록수』를 가지고 소설로써 성공을 이루고 보니 그의 인기는 상승일로이었다. 그가 작가 생활로만 들어섰다면 요사(夭死)도 아니하고 지금쯤은 원로가(元老家)로 되었을는지 모르는 일이다. 그러나 심훈은 너무나 다재다능하였다. 무희 최승희와의 염문과 결혼설은 공주로 내려갈 때 벌써 수포로 돌아가고 그 대신으로 무희 안정옥과 결혼이 되고 그는 소설가에서 일전하여 영화감독이 되게 되었다. 영화감독이란 그리 수월

한 노릇이 아니다. 동분서주하는 생활이 영화감독의 생활이다. 이때의 영화감독의 생활은 영화계를 개척하는 그러한 생활이었으니 일반 민중이 영화에 대한 상식이 없는 때었던 만큼 위선 일반 민중에게 붓으로 입으로 영화에 대한 상식을 넣어 주기에 바쁘지 않을 수 없었고, 또한 영화에 대한 상식이 이러한지라, 여기에 대하여 투자하는 사람을 구하기에 바빴고, 또한 영화를 만들기에 과로심신(過勞心身)을 썼기 때문에 병이 생기어 누우니 구할 길이 없게 된 것이다. 심훈은 시대적인 천재적 작가를 이해 없는 시대가 또한 그를 저 세상으로 가게하고 만 것이다.

오늘에 앉아 작가 심훈을 들여다본다면 문학사적 위치에 있어 반항 정신을 취함에 있어 어느 길을 택하여야 한다는 것을 보여준 작가인 것이다. 우리나라는 8할이 농민이란 점에서 농민문학이 그 앞을 서야한다는 것을 보여주었고, 그에 대한 계몽운동이 위선 앞을 서야 한다는 데 그 중점이 있는 것이다. 또한 반항 정신이 구체적으로 또는 조직적으로 이루어지고자 하면 농민이 그 선두에 서야한다는 것을 보여준 작가인 것이다. 모두 작가가 소시민생활을 그리고, 묘사하는 통폐(通弊)에서 탈각하여 대중적이고 집단적인 농촌 생활이 얼마나 우리를 작가에게 부과된 책무인 것인가를 보여준 작가가 심훈인 것이다. 『상록수』 이후에 춘원 이광수의 『흙』이란 작품이 나왔거니와 여기에는 일정(日政)에 대해 소극적인 반항정신이 나타나기는 하였지마는 구체적인 그것이 보여지고 있는 것이다. 이때까지 우리나라의 작가들이 자연주의문학의 길을 걸어가고 있어도 그 핵심을 건드리지 못하고 시민 생활을 그리고, 묘사하며 탐구하던 것을 농촌이란 얼마나 우리에게 소중한 것이며, 농민이란 얼마나 우리에게 없지 못할 존재란 것을 깨닫게 하여주고 있는 것이다. 심훈은 농민문학에 있어 그 선편을 들었고, 또한 그 일단이기는 하지마는 방편까지 보여준 사람의 하나인 것이다. 우리나라에서는 아직도 산적한 소재가 농촌에 있고, 농민에 있다는 것을 심훈의 『상록수』를 읽으면 알게 되어 있다. 여기에 『상록수』가 오늘에 있어 영화화되는 소이연도 있는 것이지마는 심훈을 문학사적 위치로 볼 때에는 이 작가가 이런 작품을 아니 썼던들 우리는 자연주의 문학에 있어 그 핵심을 구체적으로 못 그리는 송연함을 금할 길이 없다. 심훈은 문학사적 위치에 있어 누구보다도 못하지 않은 불후의 선구자적 위치에 있으며, 자연주의 문학 작가로서 확호한 존재를 긍정하지 않으면 안 된다고 생각한다.*

* 『현대문학』, 1963.01.

심훈의 일기에 부치는 글
/ 이희승

    내가 심훈을—당시는 심대섭이었다—알게 된 것은 학생시절서부터였다. 나의 중앙학교 재학시 이중화라는 지리 선생이 있었다. 이 선생은 조카벌이 되는 이종기라는 사람과 같이 하숙을 하고 있었는데 심훈은 이종기 군의 친구로서 이 선생 댁을 드나들었다. 마찬가지로 이 선생 댁을 자주 드나들던 나는 심훈과 친교를 맺게 되었다. 심훈은 참으로 얼굴이 잘생긴 미모의 청년이다. 그는 관립 경성고등보통학교에 다니고 있었는데 나보다는 3, 5세의 후배였다.

    내가 서울에 처음 올라온 것은 12세 시였다. 그때까지 나는 시골에서 한문을 배우고 있었다. 내가 상경하여 처음으로 입교한 곳은 관립 한성 외국어학교로서 당시가 13세였다. 그 학교에는 오 개 과가 있었는데 영(英), 일(日), 한(漢), 법[佛], 덕[獨] 있었다. 나는 영어과에 다녔었다. 당시 나와 동창생으로는 이미 고인이 된 해공(海公) 그리고 정구영 씨 등이 있었다. 이 학교를 이년 반 가량 다니다 졸업을 하고 나는 중앙중학에 삼년 생으로 편입하게 되었다. 그 시절부터 나는 국어에 대한 연구에 관심을 가지고 장래에는 언어학자가 될 것을 결심하게 되었다. 그때는 언어학이라는 말이 보편화된 시절이 아니었다. 나도 그 말을 알게 된 것은 선생으로부터가 아니었다. 진고개 방면의 서점에 드나들며 나의 장래의 숙망(宿望)인 국어 연구에 참고가 되는 책들을 찾아보다가 알게 된 것이었다. 그때에 기억나는 웃지 못할 일이 하나 있는데, 중앙학교에서 장래의 지망에 대한 의견서를 제출한 적이 있었다. 나는 '언어학'이라고 명백히 써냈는데도 선생은 '언어학'이라는 말을 이해하지 못하고 그것을 '문학'이라고 고친 것이었다. 그때 심훈은 흑석동에 살고 있었다. 한강에 철교는 있었으나 아직 인도교는 없었던 시절이었다. 1차대전이 끝나고 세계는 진보적 자유사상이, 좌익선풍이 도처에서 휩쓸던 시절이었다. 이런 급진적인 세계대세는 여지껏 봉건적인 생활 유습에 젖어있던 동양에도 크나큰 자극을 주었던 것은 대개 알 만한 사람들은 기억하고 있는 일들이다. 자유화를 외치는 구호는 당시 우리나라의 젊은이들 사이에 유행병처럼 번져갔다. 이때가 바로 3·1운동이 일어났던 무렵이다. 우리나라에도 머리를 짧게 깎는 여학생들이 나타나 소위 '모단(毛斷)걸'이라는 대명사를 얻어 듣게 되고 극단적인 예로서는 중국에선 여성의 자유를 부르짖는 중국여성들이 인도로 나체행진을 단행한 일까지 일어났다. 이 자유풍에 감수성이 남달리 예민했던 심훈이 예외자일 수는 없었다. 더구나 문학을 지망하는 문학청년에 있어서랴. 여하간 그는 학교 공부에는 별반 열을 올리지 않았다. 어려서부터 문학에 관심이 컸던 그는 조그만 메모책을 꼭 갖고 다니다 떠오르는 여러 가지 생각이나 책에서 읽은 미사어구를 열심히 기록하였다. 그러는 일방 나에게서 여러 가지 철자법 등을 알아가곤 하였다. 아마 이 일을 심훈은 그의 일기에다 나에게서 한글을 배웠다고 적은 모양이다. 우리는 만나기만 하면 기묘한 바위와 약수와 청송이 가득 차 그 경치가 아름다운 취운정(翠雲亭: 현재 가회동 꼭대기)에 올라가

시간 가는 줄 모르고 이야기를 주고받았다. 그 아름답던 취운정—지금은 바위도 청송도 없어지고 인가가 꽉 들어차 옛날의 모습은 찾아볼 수 길이 없지만 우리의 마음의 고향이었다. 그 공원에서 우리는 장래를 이야기하고 서로의 마음을 주고받았던 것이다. 심훈의 이십 세 전후한 그 시절이 가장 나와 우의가 두터웠던 시절이었다. 남달리 뛰어난 미남이어서 통근열차에 탔던 여학생들의 가슴을 조여 주던 그도 이제는 고인이 된 지 수십 년—이제 그의 젊었을 적의 일기를 보게 되니 어느덧 나도 늙었다는 생각을 하게 되는구나. 처가가 왕가의 후예인 까닭으로 여러 가지 구습에 젖은 생활에 매이게 된 그는 누구보다도 더욱 자유화를 갈망하게 되었고 급기야는 절대로 하지 않겠다던 이혼까지 하게 된 그—생각하면 어제 같건만 벌써 옛일이 되고 말았다. 한강에는 인도교가 웅장한 모습을 보이게 되고 겨울이 되면 한강에서 스케이팅을 매우 즐기던 그 철따라 매년 한강은 얼건만 심훈의 모습은 먼 추억 속의 일이 되고 말았다. 한성도서출판사에서 출판하게 된 『상록수』의 교정을 보다가 늦은 가을 추운 저녁을 사무실 책상에서 잠을 자다 얻은 병이 장질부사가 되고, 급기야는 그 병으로 말미암아 타계의 사람이 될 줄을 누가 뜻하였으랴. 생각하면 그의 죽음은, 너무 강하였던 그의 문학열이 그의 생명을 불태워 버린 듯한 느낌이다. 그렇게 열망하는 민족독 립이 찾아오고 그의 문학도 모든 민족에게 애호를 받게 된 지금, 또 다시 그의 젊었을 적의 일기를 대하게 되니 만 가지 감회를 금할 길 없다.*

---

* 《사상계》128, 1963.12.

고향에서의 객사: 심훈
/ 윤석중

　심훈은 한강 기슭 노량진 '검은돌'(지금의 흑석동) 태생이다. 본명은
대섭으로 맏형인 우섭(춘원의 『무정』(—원문에는 『재생』)에 나오는 대팻
밥모자의 '신우선' 모델)은 아호(雅號)가 '천풍(天風)'이었는데 둘째형인
명섭(목사)은 고지식하기로 유명하여 '지풍(地風)'이라는 별명자였고, 그
러고 보니 풍을 떨기 잘하는 대섭은 '해풍(海風)'이라 부를 수밖에 없어
서 이들 삼풍(三風)은 서울 장안의 명물 삼형제였다.

　1919년 3·1운동은 뜻있는 청년들이 책벌레에 만족하기에는 너무나
거센 바람이어서 심훈은 제일고보(지금의 경기중고) 어린 학생의 몸으로
독립전선에 참가, 징역을 살고 나와서는 상하이로 망명을 하였었고, 돌아
와서는 문학청년으로 1923년부터 ≪동아일보≫, ≪조선일보≫, ≪중앙
일보≫ 기자 노릇을 해가며 시와 소설을 발표하였는데 그는 '한국의 로
이드'로 조일재가 일본 작가 오자끼 고오요오(尾崎紅葉)의 원작인 『金色
夜叉』를 『장한몽』이라 이름지어 흑백영화를 박아냈을 때 주역 이수일 노
릇을 몇 장면 대역한 일이 있고, 1925년 ≪동아일보≫에 「탈춤」이라는
영화소설을 연재, 나운규·신일선·김정숙·주삼손 들이 그날그날의 소
설 장면을 삽화 대신 사진으로 찍어 내면서부터 영화인으로도 데뷔하였

는데 1926년, 그의 원작·각색·감독인 <먼동이 틀 때>는 초창기 우리 나라 영화계에서 <아리랑> 다음 갈 만한 명편이었다. <어둠에서 어둠 으로>라는 제목이 그 당시 이 겨레의 비운을 암시하는 것이라 하여 일 인(日人)들의 '조선총독부 검열'에 걸려 말썽이 붙자 심훈은 심사가 틀려 서 <먼동이 틀 때>라고 정반대의 제목을 붙여 버렸던 것이다.

그는 대주가(大酒家)였다. 서울에서 나서 서울에서 자란 그는 서울 안 '선술집'치고 그의 발길이 안 미친 곳이 드물만치 취하지 않은 날이 별로 없었다. 그 시절의 신문기자란 월급날 돈 구경을 해보기가 매우 힘들어 서 언제나 적자 생활이었고 이 적자 생활은 그들의 기개를 드높여주어서 스스로 무관의 제왕을 자처하고 지냈던 것이다.

기자 생활과 작가 생활을 겸한 이에 춘원·횡보·빙허·성해·서해· 팔봉·백남·파인·석영 들이 있었지마는 영화에까지 손을 댄 분은 이 분뿐이다. 그가 서울 태생이요, 미남이요, 배우요, 극작가요, 시인이요, 소 설가로 서울 장안의 인기를 독차지하였었는데 그는 1932년 충청도 당진 으로 낙향을 해버린 것이다. 농촌과 자연으로 돌아가서 정신적, 육체적으 로 다시 출발해보자는 것이었고 그러기 위해서는 우리 문단의 병통이었 던 기성들의 허장성세를 깨끗이 청산하고 스스로 물러나 신인이 되겠음 을 천하에 공고하기 위하여 응모한 1935년 ≪동아일보≫ 창간 열다섯 돌 기념 현상모집 장편소설에 그의 농촌소설『상록수』가 보기 좋게 당선 되었고 여기서 탄 상금으로는 제2의 고향인 당진에 상록학원을 세웠으며 그곳 필경사에서 청경우독(晴耕雨讀)의 농촌생활을 계속하였던 것이다. 잔뼈가 굵은 서울을 버리고 농촌에 묻혀 버리기란 말이 쉽지 아무나 되 는 일이 아니요 서울에서 쌓아올린 문학의 공든 탑을 자기 손으로 무너

버리고 가난한 농촌 청년과 더불어 힘찬 새 삶을 개척해 나가면서 붓대를 움직인다는 것은 도시 중심의 대갈장군 문화가 판을 치는 나라에서 통쾌한 문화혁명이요 갸륵한 인간 개혁이 아닐 수 없었다.

그러나 그는 서른여섯이란 젊은 나이에 그의 고향인 서울 한복판 안국동 한성도서회사 2층 책상 위에서 며칠 묵다가 병을 얻어 이내 세상을 떠났으니 '고향에서 객사'한 그는 그가 좋아하던 눈물의 희극배우 '채플린'의 연극을 몸소 실천한 것이었고 굵은 테안경의 '로이드' 배우를 닮은 그의 익살과 웃음이 눈물과 직통되어 있음을 넓은 장안 하고많은 일가친척집 다 버리고 출판사 사무실 딱딱한 나무 책상을 침대 삼아 지내다 세상을 떠남으로 실험해 보여준 것이다.

1936년 봄에 우리 손기정 선수가 베를린 올림픽에서 마라톤에 우승을 하자 신문 호외가 서울거리를 뒤덮었다. 마침 서울에 다니러 왔던 그는 호외를 손에 받아들자 너무도 감격하여 그 자리에서 호외 뒷등에 즉흥시를 써가지고 신문사 편집국으로 달려온 적이 있었다. 이 절필이 시로 토해놓은 그의 마지막 통곡이었다. 통곡이라기보다는 차라리 토혈이었다. 「오오 조선의 남아여!」 끝절은 이렇다.

오오 나는 외치고 싶다! 마이크를 쥐고,
전세계의 인류를 향해서 외치고 싶다!
인제도 인제도 너희들은 우리를
약한 족속이라고 부를 터이냐!

뽕밭이 변하여 푸른 바다를 이룰 뿐만 아니라 푸른 바다가 변하여 뽕

밭조차 이루는 기적이 이 땅 위에 되풀이되었으며 염병보다도 더 지독한 전쟁을 거듭 겪고 난 조국강산은 지도를 펴들고도 알아볼 수 없으리만치 옛 모습을 잃어버린 것이다. 심훈이 나서 자란 한강 기슭 노량진 '검은돌'도 옛 자취를 찾아볼 길이 없고 그가 그토록 사랑하고 아끼던 이 땅의 화랑(花郞)들이 스스로 앞장서서 조국을 지키기 위하여 꽃잎처럼 흩어진 젊은 넋들이 그가 자란 '검은돌' 가까운 동작동 국군묘지에 이웃사촌처럼 묻혀있으니 영원한 청년작가 심훈이 신인으로 돌아가 엮어낸 명작 『상록수』란 바로 저들 죽어서 영원히 살아있는 '늘 푸른 나무' 청년 용사들이 아닐 것인가.

'검은돌' 심대섭·심명섭·심우섭의 삼천재 삼형제의 아명(兒名)은 '준이' '또준이' '삼준이'였다. '심훈'은 문단에 진출한 뒤에 지은 이름이지마는 어려서는 '삼보'라고 불렀다. 맏형은 한문에 능하여 신동으로 통했고 주산에 귀신이던 둘째형은 주판알로도 따질 수 없는 인생의 신비를 목사가 되어 하나님 곁에서 풀다가 6·25 때 북쪽으로 끌려갔고, 어려서부터 수학엔 젬병이요 지리와 역사에 뛰어났던 '삼보' 심훈은 3·1운동의 애국청년으로 풍운아가 되어 망명과 방랑 속에서 피눈물로 시와 소설을 엮어냈던 것이다.

나라 잃은 슬픔과 사랑에 주린 고독을 심훈은 매양 술로 달랬다. 그러나 자전거를 피하다가 트럭에 치는 수가 있는 모양으로 슬픔을 가라앉히려고 술을 들이키다가 도리어 덧들여서 몸부림치며 우는 수가 많았다. 그의 영화소설 「탈춤」은 한 껍질 뒤집어 쓴 가면의 무리들을 벗과 알몸뚱이를 만들어 보이려는 대담한 시도였다. 그는 소설가라느니보다는 외과의사로 모든 거짓과 빈탕과 꾸밈과 발라맞춤과 거드름을 절개 수술하여 고름집을 꺼내 던지려고 메스 대신 붓을 든 것이다.

그가 작품에 이기고 생활에 지게 되었을 때 용감히 서울을 뛰쳐나와 농촌으로 가서 시골사람이 되어버린 것이다.

노량진 '검은돌'은 심훈이 태어난 마음의 문학 고적(古蹟)이다. 1919년 3·1운동 때 그의 나이는 겨우 열아홉 살이었다. '검은돌' 낡은 기와집 텅 빈 아들방을 지키고 계시던 어머님에게 감옥에서 써 보낸 편지 서두를 보자.

어머님!

오늘 아침에 고의적삼 차입해 주신 것을 받고서야 제가 이곳에 와 있는 것을 집에서도 아신 줄 알았습니다. 잠시도 엄마의 곁을 떠나지 않던 막내둥이의 생사를 한 달 동안이나 아득히 아실 길 없으셨으니 그동안에 오죽이나 애를 태우셨습니까?

그러하오나 저는 이곳까지 굴러오는 동안에 꿈에도 생각지 못하던 고생을 겪었건만 그래도 몸 성히 배포 유하게 큰집에 와서 지냅니다. 고랑을 차고 용수는 썼을망정 난생 처음으로 자동차에다가 보호 순사를 앉히고 거들먹거리며 남산 밑에서 무학재 밑까지 내려 긁는 맛이란 바로 개선문으로나 들어가는 듯하였습니다.……

1919.08.29.*

* 『사상계』128, 1963.12. 이 글은 「작고작가들의 고향」이라는 특집에 수록된 것이다.

고독의 벼랑에서 50년
/ 이해영

—혜성처럼 나타났다가 가라진 『상록수』의 작자 심훈 씨의 미망인 이 여사가 영혼의 사랑을 가슴에 안고 고고히 님을 그려온 애달픈 사연

글을 써 달라는 청탁을 받고 보니 잠잠하던 마음이 뒤숭숭해지고 옛날 여러 가지 일들이 엇갈리며 떠올라 무슨 말을 해야 할지 머뭇거리게 되고 또한 편집자의 기대에 어긋나리라 싶어 걱정도 앞선다.

지금에 내 나이 육십이 넘어서 지난 일들에 대하여 얘기한다는 것도 쑥스러운 일어거니와, 거의 한 평생을 말없이 살아온 내가 새삼스럽게 무슨 얘기를 쓰자니 기억도 신통치 않고, 또한 옛날의 고인이 되셨지만 남편 심훈 씨에게 누를 끼치는 일이 안될까 마음에 걸리기도 한다.

신랑상(新郎床)에서 국수 두 사발

우리가 혼인을 하기는 그분이 열일곱, 내가 열여덟, 내가 한 살 더 많다. 그분은 심씨 댁의 셋째 아드님이셨고, 나 또한 셋째로 막내딸이었다. 그때만 해도 근 오십 년 전 옛날이라 요즘같이 연애니 사랑이니 하는 말은 입 밖에도 내지도 못하던 때이고, 혼인을 했다 해서 곧 한방을 쓰는

것도 아니었다. 한 집에 살면서도 어쩌다 사람 앞에서 서로 마주치면 얼굴도 바로 보지 못하고 지나치는 것이다. 나도 이와 같은 제도와 풍습에서 벗어날 수 없었고, 또 다른 것은 상상도 할 수 없었다. 그저 시부모님을 지극히 받들고 남편의 옷바라지나 하는 것이 며느리가 된 도리요 갓 시집온 아내로서 할 일이었으며 또한 그것으로 만족해야 하고 불평이란 있을 수도 없는 것이었다. 갓 장가를 든 새신랑에게도 아내를 대하는 데에 또 처가식구를 대하는 데에 여러 가지 제한과 지금 같아서는 거추장스런 예의가 있었겠지만, 워낙 성품이 활달하고 어지간한 일에 구애를 받지 않는 그분은 자기가 생각하는 대로 행동을 하면서도 또한 다정다감하여 남의 비위를 건드리기는커녕 그 처세가 도리어 남에게 호감과 믿음을 주었던 것이다.

우리가 혼인하는 날의 일이었다. 으레 새신랑이면 얌전해야 하고 각별히 조심해서 몸을 가져야 하기 때문에 음식이 들어와도 대개는 조금 드는 척하고 상을 물리는 것이 보통이었다. 그런데 그분은 혼례가 끝난 후 신랑상을 받자, 국수 한 사발을 다 잡숫고는 더 청하셨다는 것이다. 그리고는 마루로 나오다가 말하자면 처 조카딸이 아장아장 걷는 것을 보시고는 번쩍 들어 안고 입을 맞춰주며 갖은 재롱을 다 시켜보며 처가 식구들을 놀라게 했었다. 맨처음 그분을 선보시고 나와 결혼을 성취시켜 주신 오라버님께서는 이런 저런 성품을 아시고는 늘 신랑은 큰일 할 사람이라고 말씀하시며 흐뭇해하셨다.

우리가 혼인할 때 그분은 지금 경기중학인 경기고보를 다니셨기 때문에 매일같이 검은돌(지금의 흑석동)에서 시내로 드나드셨다. 그때 나는 큰동서님과 안채에서 같은 방을 쓰고 있었는데, 하루는 문이 벌컥 열리

더니 편지 봉투와 편지지를 주시며 아침에 부쳐줄 테니 집에 편지를 써
놓으라고 하였다. 편지 봉투에는 우표까지 붙어있었다. 새색시로 친정이
궁금해도 맘대로 가기는커녕 편지도 제대로 못 쓰는 사정을 아시고 주선
하신 것이다. 그래서 편지를 쓰는 데도 큰동서님이 계실 때는 쓸 수가 없
어서 주무시기를 기다려 몰래 쓰던 일과, 그 고마웠던 생각이 지금도 난
다. 요새 같으면 다 웃을 일들이다.

감옥에 갇히던 날

이렇게 지내는 동안에 요즘 젊은이들처럼 자유로운 생활을 할 수는 없
다 해도 내외라는 인연을 서로 남달리 생각하며 지내게 되니 정이 들고
믿음이 생겨 그분의 나에 대한 사랑이나, 나의 그분에 대한 믿음은 점점
굳어가는 것이었다. 그러나 그분은 내게 대하여 한 가지 걱정과 소원이
있었다. 그 당시는 개화니 신식이니 하는 말이 뜻하듯이 개화사상이 물
들어오던 때이고, 게다가 그분은 그 사상의 첨두를 걷던 분이라 구속이
많은 가족제도나 그 면에 무식한 내가 마땅할 리가 없었다. 그분은 나를
학교에 넣지 못해 늘 성화시었다. 하지만 완고한 부모님께서 그것을 응
락하실 리가 없었다. 중간에 선 나만 몸 둘 곳이 없는 경우가 많을 뿐이
었다.

이 즈음에 나라에서 큰 변이 일고 우리에게도 변화가 온 계기가 되었다.
기미운동이 일어난 것이다. 그날은 마침 친정 할머님 생신이어서 문안
(시내)에 들어와 있었다. 그런데 뜻하지 않던 흑석동 하인이 오더니 큰일
이 났다는 것이었다. 밖은 소란하고 서방님은 나갔다 오시더니 종일 방
속에서 이불을 쓰고 우시는 것 같더라는 것이었다. 마음은 답답하고 초

조했지만 나로서는 어쩌는 도리가 없었다.

마침 그때다. 그분이 누구에게 쫓기는 듯이 들어오셔서는 무슨 말씀을 하시고는 (기억이 분명치 않다) 획 나가 버리시더니, 그 후에 얼마가 지나도록 소식을 알 수가 없었다. 집안이 발칵 뒤집혀 각 군데로 수소문을 해보았지만 소식을 알 도리가 없었다. 나는 가슴이 답답하지만 그러지 않아도 걱정들을 하시는 시부모님 앞에서 근심을 띄울 수도 없어 그냥 속으로만 태울 수밖에 없었다.

몇 달 후에서야 어술한 인편에 종이쪽지에 적힌 소식이 왔다. 길에서 잡혀 감옥에 있다는 것이었다. 집안에는 반가움과 또 다른 걱정이 생겼다. 바깥어른들은 보석운동을 하는 한편 안에서는 옥으로 들여보낼 사식이며 옷을 마르느라 정신들이 없었다.

몇 달 후에 그분은 옥에서 보석으로 무사히 나오셨다. 나오시던 날 나를 보고 "당신이 들여보낸 옷에 머리카락을 넣어 보냈지" 하시며 물어보시는 것이었다. 감옥에 있으면 매사에 신경을 쓰게 되고 머리카락 하나가 그렇게도 반가웠던 모양이셨다. 그런데 사실은 넣어 보낸 일이 없었기 때문에 그렇다고 거짓말도 할 수가 없어서 난처하던 일이 생각난다.

그분은 망명, 나는 진명(進明)에 입학

감옥에서 나오시던 이듬해에 그분은 중국으로 건너가셨다. 이름도 가명을 썼고 안경도 그때부터 쓰신 것이다. 정체를 가장하기 위해서였다. 그분이 중국으로 가신 후 시부모님께서는 나를 분에 넘치는 사랑으로 돌보아주셨다. 시아버님께서 하루는 글공부를 하라시면서 소학 한 권을 주셨다. 이는 그분이 중국으로 가신 후 장서로 자주 나를 학교에 보내달라고 졸랐기 때문에 멀리 떨어져있는 아드님 생각을 해서 응락한 것이었다. 하지만 학교 가는 것과 소학을 배우는 것은 당치도 않은 일이다. 그렇다고 부모님의 말씀이라 어길 수도 없어서 할 수 없이 정성껏 소학을 배웠었다. 그러다가 결국 계속되는 아드님 청에 지쳐서 시아주버님의 주선으로 처음에는 야학에 다니다가, 진명학교에 입학하게 되었다. 새로운 교육을 받는 학교이니 학생은 자연 짧은 치마에다 구두를 신게 되어 집에서 나갈 때나 들어올 때의 부모님의 눈에 뜨일까 봐 조심이 되고 송구스럽던 생각이 난다. 보신다고 걱정하시는 것은 아니지만 쪽찌고 긴 치마 입고 부모님을 받들던 새며느리로서는 그런 생각이 드는 것은 당연한 것이었다.

그때에는 집에 들어앉은 가정부인이나 처녀들에게는 보통 뚜렷한 이름이 없이 부인이면 '윤집'이니 '김집'이니, 시집가기 전에는 어렸을 때 애명으로 통하곤 했었다. 도대체가 여자들의 이름을 부르는 일이 드물었다. 나도 부모님께서 영남으로 고을 가서 나셨다 하여, 영이 영이 하여 부르시던 이름을 학교에 가게 될 때에 그분께서 '海'자를 붙이고 영남의 영자를 '英'자로 바꾸어서 지금의 이름을 지어주신 것이다.

그분이 중국에 계신 동안 부모님들은 편지가 온 지 십여 일만 지나도 소식을 기다리셨다. 나는 편지를 열흘에 한 번씩 썼고, 신문은 일주일에 한 번씩 모아서 꼭 부쳤다. 그분한테서 온 편지도 수가 없었으나 지금은 몇 장밖에 남은 것이 없다. 사람이 앞일을 알았더라면 사소한 것이라도 모아두었을걸…….

이럭저럭 세월이 흘러 그분은 귀국하셨다. 그분을 맞던 반가움을 무엇에다 비길 수 있으랴. 지금도 생각하면 가슴이 뛰고, 금방 옆에서 정다운 목소리가 들리는 것 같다.

이혼을 하기까지

그분이 귀국하신 후 나는 진명학교 2년을 마치고 경성보육원에 들어갔다. 집도 흑석동에서 관훈동으로 옮겼다. 그분은 원래 친구 교제가 많았고, 또 여자들과의 교제도 적지 않았다. 어느 때는 동서님들이 그분의 주머니에서 어느 여자에게서 온 편지(연애편지)를 발견하고는 법석을 떠시는 일도 있었다. 그러나 내 마음은 담담할 뿐이었다. 도대체 사람 사이의 믿음이 허무한 것이라고들 하지만 그분과 나와 사랑으로 얽힌 믿음은 그런 일들에 흔들릴 수는 없었다. 내가 마음이 흐려진다면 우리의 믿음에 대한 의심이요, 그분에 대한 불순이요, 또 내 자신에 대한 모독인 것이다. 그분의 여자교제는 지정된 어느 한 여자만이 아니었다. 집에 들어오시면 으레 나에게 자신의 행동을 다 말씀하시며 정말 미안해하시고, 아무렇지도 않은 내 마음을 위로해 주시곤 하셨다. 그러나 진정 그분이 연애를 하신 것은 한 여자가 상대가 아니라 그때의 사회요 시대였다. 아무도 그분을 막을 수 없었고, 그분에겐 당연한 일인지도 모른다.

중국에서 오신 후 그분은 항상 불안해하시고 방황하셨지만, 원래의 활달한 기질과 다정다감한 성품은 모든 사람의 마음을 녹여주는 것이었다. 우리는 조금도 다투어보지 못했다. 싸울 일도 없고 싸워지지도 않는 분이었다.

이때는 신식 바람이 불어서 그런지 본처를 두고 재혼을 하는 것이 유행이다시피 하였다. 특히 외국이나 다녀온 사람들은 더욱 심했다. 외국에 비해서 너무나 우리의 사회가 뒤떨어졌고, 그래서 자신들마저 그렇게 느졌는지 재혼만 하면 곧 개화가 되는 줄 알았던 모양이다. 어느 때는 저녁에 집에 돌아오셔서는 신식결혼식 연습이라 하시며 뒤뜰에서 천천히 왔다 갔다 하는 것을 보고 웃은 일도 있다.

이런 일들이 차츰 겹치더니 결국 그분이 내게 이혼을 청하게 되고, 나로서는 아내로서 자식을 못 낳아 드리는 자책도 있어 그대로 묵인하게 된 것이다. 사랑을 받고 사랑을 하는 아내로서 이보다 더 큰 시련이 있겠는가?

이혼 후에도 자주 찾아왔다

그분은 다른 분을 찾아 결혼하셨다. 그리고 자연히 살림을 나게 되었는데, 나는 그대로 집에 있었다. 어머님은 내게 아무 말씀이 없으셨지만, 그것은 일부러 안 하시는 것이었다. 서로 말이 없이 믿음과 사랑이 깊어졌다. 나의 시어머님은 친어머님이셨고, 어느 자식도 그보다 더 깊이 사랑을 받을 수 없을 것이다.

사람은 참아야 할 일이 많다. 또 참을 수 없다 해도 그냥 견디어 내는 수밖에 없는 일이 있다. 세월이 도움이 되는 것이다. 그러나 내게는 믿음과 사랑이 도움이 되었다. 그 외는 아무것도 없었다.

그분은 결혼 후에도 늘 친정살이하는 내게 들르셨다. 술을 잡숫고 들르시는 일이 많았다. 그때에는 시댁은 시골로 낙향을 하시고 나는 부모 여읜 친정 조카들을 키우고 있었다. 어느 때는 밤늦게 술을 잡숫고는 집 대문에 엎드려 문지방을 베고 주무시다가 친구들의 눈에 띄어 화제를 일으키기도 하였다. 일부러 취한 척하시고 그러는 일이 많았는데, 아마 그때도 그러셨을 것이다. 그러면 하인들이 나가 들어 모시고 들어오는 수밖에 없었다.

그분은 일생을 손에 무엇을 들고 다니지 않았다. 드는 것을 질색하셨다. 그런데 가끔 수박이며 참외를 한아름 들고 들어오셔서는 조카들에게 나눠주며 재롱을 시키며 괜히 들들 볶으셨다. 그것은 내게 미안하고 어쩔 수 없을 때 얼버무리는 한 방법이었다. 그러나 나로서는 그분의 태도를 그대로 받아들일 수 없었다. 낙원동 집에서였다. 하루는 들르러 오신 것을 술을 따라드리며 이 술을 잡숫고는 다시는 오시지 말라는 부탁을 드렸다. 그것이 우연히 마지막 술이 되었고, 그후 지금까지 뵈올 수 없게 되고 말았다. 그때는 시골에 계실 때였는데, 책 관계로 서울에 오셨다는 말씀을 들었고, 곧이어 병환이 나셨다는 소식이 왔다. 중환이시라 하였다. 초조하고 안타까운 마음 어쩔 수 없었다. 답답한 마음에 나는 아무도 모르게 점쟁이를 찾았고 기구를 드렸다. 그러나 모두가 헛된 일.

구월 열엿새. 아침에 세수를 하는 데 명자(조카)가 뛰어들어 오더니 셋째 아버지가 돌아가셨다는 말을 하고는 허둥지둥 돌아가 버렸다.

지금도 그 제일(祭日)은 못 잊는다

우리에게는 아무 일도 없었다. 그분에게도 나에게도 정녕 아무 일도 없이 그대로 산 것이다. 다만 그분이 나를 떠난 것이 아니라, 사회가 배반을 했고 또 어떻게 보면 시대가 그분마저도 배반한 것이 아닐까.

돌아가신 후에 나는 아무도 모르게 경기도 용인으로 그분의 산소를 찾았다. 남들이 나의 그분에 대한 진정을 몰라주듯이 그분마저도 알아줄 길이 없구나 생각하니 이후에 내게 무슨 말이 더 소용이 있겠는가. 이 세상에서 그분은 가셨지만 아직도 내게는 그분에 대한 사랑과 믿음은 남아 있다.

지금도 나는 그분의 제삿날이면 꼭 잊지 않고 그분의 아들집으로 찾아가곤 한다. 이것이 내 여생의 과업의 하나이고, 또 낙이기도 하다.

그분이 아들을 낳으셨을 때 곧 내게 안아다 주고 싶었다던 아이들이 자라서 다행히 나의 아들이 되어주었고, 또 이 나라의 아들이 되려는 마당에 아쉬움이라면 그분이 살아서 그 아들을 도와준다면 얼마나 좋으랴 하는 생각뿐…… 이 모두를 간직한 채 그저 아무 말 없이 사는 데까지 살 뿐이다.*

---

* 《가정생활》, 1964.02. pp.32-35. 이 글의 뒤에는 중국 유학시절 심훈이 이해영에게 보낸 서한 「나의 지극히 사랑하는 해영씨!」가 수록되어 있다.

앞서간 기자들의 모습에서 비쳐본 한국의 기자상:
심훈 선생 편
/ 유광렬

① 《동아일보》와 《조선일보》에 오랫동안 기자로 있던 심훈씨도 유수한 기자였다.

그의 본명은 심대섭이다. 그러나 그가 농촌계몽소설인 상록수 외에 여러 가지 소설을 썼기 때문에 그를 신문기자로보다 문사로 아는 이가 많다.

그는 1901년에 났으니 간지로 신축생이요 나이로는 필자보다 세살이 아래인데 1936년에 작고하였으니 그가 간 지도 어느 듯 32년이나 되었다.

그는 노량진 흑석동에서 태어났고 어릴 때의 이름은 삼준 또는 삼보라 하였다.

그의 이름에 삼자가 든 것은 삼형제 중에 셋째인 때문이다. 그와 필자가 알게 되기는 1919년 3.1운동 때부터이다. 그는 그때 경성고등보통학교(현재 화동에 있는 경기중고교의 전신)에 재학 중이었다. 파고다공원에서 3.1운동의 시위행렬이 몰려나올 때에 19세이던 심훈 씨는 앞장서서 나왔었다. 이 때문에 일본경찰은 수만 학생 중에서 그를 전위로 인정하여 검거하고 수백 명 학생들이 감옥으로 들어갈 때 그도 들어갔던 것이다.

그의 백형이 심우섭씨이다. 그보다 앞서 매일신보 기자로 있던 터이라 어떤 일본인에게 연줄을 대어 그는 보석이 되었던 것이다. 그러나 공판정에서 다시 감옥으로 들어갔다.

그때 일본인 재판장은 '될 수 있으면 조선의 소년들을 회유한다'는 정책에 의하여 일단 보석되었던 학생 특히 이십세 미만의 소년학생들에게는 복역을 안 시키는 길도 열어보려 했었던 것이다.

필자는 그때 만주일보 기자로서 공판 기사 취재로 방청을 하였었는데 재판장이 여러 소년들에게 "다시 독립운동을 할 터인가?" 물어보아서 안 하겠다고 대답하는 소년은 석방할 방침이었다.

심훈 씨의 차례가 되어 재판장이 또다시 독립운동을 할 터인가 물었다.

이때에 검정두루마기를 입은 한 소년 심훈 씨는 재판장의 묻는 말에 그 앳되고 빛나는 눈초리를 반짝이면서 한 손을 들어 목에 얹어 목 자르는 시늉을 하면서 "일본이 내 목을 이렇게 잘라도 죽기까지는 독립운동을 하겠소"라고 하였다. 이에 재판장은 발끈하면서 "그러면 저리로 가……" 하고 독립운동을 끝까지 하겠다는 소년들 쪽으로 세워서 육개월(?) 복역을 하게 된 것이다.

그는 후일에 배우로서 <장한몽> 연극에서 이수일의 역을 하였건만 재판정에서 손을 들어서 목을 자르는 시늉을 할 때에도 배우의 출연같이 하여 기자석에 앉았던 필자는 그와 친하니 만큼 그 경황없는 중에도 가볍게 웃던 일이 생각난다.

그가 복역하고 나온 후 1919년 겨울에는 필자가 유숙했던 제동 도유 여관에 거의 매일같이 와서 나라와 민족을 이야기하고 인생 문제를 토론하였었다. 그는 정치보다 문학에 더 많이 취미를 가진 듯하였었다.

그 이듬해 필자가 《동아일보》 창간 준비로 동분서주하여 그를 만나지 못하였었는데 그는 어느 틈엔가 상해로 갔단 말을 들었다. 1922년 그의 백형 심우섭씨가 경영하는 낙천사(樂天舍)에 유숙하고 있을 때에 그는 상해로 가본 결과 독립운동자들 사이에 협조가 잘 안되어서 전도가 염려된다고 하였었다.

1923년 필자가 상해로 갈 때에는 그의 지낸 경험이 예비지식이 되었다. 1924년에 필자가 《동아일보》를 떠난 후 1925년에 그는 《동아일보》에 「탈춤」이라는 시나리오를 발표하고 뒤이어 《동아일보》의 기자로 취직하였다.

그러나 얼마 안 되어 그만두고 영화계에 들어가 <먼동이 틀 때>라는 시나리오를 써서 원작, 각색, 감독 등 일신 3역을 한 일도 있고 <장한몽> 영화에 이수일역을 맡은 일도 이 무렵이었다.

그 후 『동방의 애인』, 『영원의 미소』 등 중편소설을 발표한 일도 있다.

1927년에 다시 《조선일보》 기자로 입사하여 사회부 기자로서 일했었다.

② 1932년에 그는 충남 당진으로 가서 농촌계몽운동에 힘쓰면서 그 체험으로 『상록수』라는 장편소설을 집필하였다.

그가 농촌으로 들어간 데는 그때의 시국과도 관련이 있는 것이다. 1931년은 일본 제국주의가 점차 광란사애로 들어가서 만주사변이 일어나던 해이다.

1927년에 중국에서 국공합작과 호응하여 이 나라에서도 민족주의와 공산주의가 잠정적으로 협동하는 신간회라는 단일전선을 결성하였었다.

그러나 민족주의와 공산주의가 끝까지 협동 못할 것은 스스로 명백한 일이다. 공산주의자들은 민족주의운동을 소시민운동이라고 때로는 냉소를 보냈었다.

필자는 그때 천도교청년당의 김기전과 함께 전국적으로 '조선농민사'를 결성하여 표면으로는 농촌계몽운동을 하는 체 하면서 실상은 광범한 농민의 조직을 해 보려고 평안북도, 함경남도로 다니면서 순회 강연을 하였었다. 일제는 일제대로 경계가 심하고 좌익은 좌익대로 이 운동을 민족주의자가 나라 잡을 근원을 따로 만드는 줄로 보고 도처에서 강연이 방해를 받았었다.

이 민족·공산의 협동전선은 1929년 광주학생사건 때까지는 간신히 유지하여 그 운동만은 협력하였으나 종국에서 국민당이 공산당을 배제하여 보로진이 밤중에 도망칠 만큼 격화하자 이 나라에서도 공산주의자는 민족주의와의 협동에 반기를 들고 신간회를 해소하면서 지하로 들어가던 때이다.

필자는 천도교의 농민사와 기독교의 농촌사업협회에 모두 관련하면서 조선 근대사의 세계사적 지위를 민중에게 깨우치기에 힘썼다.

심훈 씨는 이 거대한 운동의 조류는 자세히 모르는 듯하나 필자에게 농민운동을 할 뜻을 의논하였었다. 필자는 방대한 농민조직을 제의하였으나 그는 이런 싸움에는 그리 흥미를 느끼지 않고 농촌의 자활운동을 벌여보겠다고 하면서 낙향한 당진으로 갔던 것이다.

그가 당진에서 집필한 『상록수』는 1935년 동아일보사가 창간 15주년 기념으로 현상모집한 소설에 당선되었다.

상금으로는 당진 향리에 상록학원을 설립하여 청년들을 교양하였다.

그러나 그는 향리에만 있을 수는 없는 성격이었다. 다시 ≪조선중앙일보≫의 여운형 사장과 연락하면서 그 신문에 집필하였었다.

1936년 백림에서 열렸던 우리 손기정 선수가 마라톤에 일착한 것은 그때 현실에 울분을 참지 못하던 우리 국민에게 한 개의 흥분과 자극을 주었었다.

그는 ≪조선중앙일보≫ 편집국에서 이 소식을 듣고 기자들이 밤을 새워 낸 호외를 읽다가 감격이 극도에 올라서 통곡하였었다.

그는 호외를 다 읽고 그 호외 뒷장에 「오오 조선의 남아여」라는 제목으로 길고 긴 즉흥시를 쓰고 그대로 축배의 맥주를 한량없이 들이켰다. 그는 손기정의 마라톤 결과를 지켜보느라고 저녁밥도 변변히 먹지 않은 데다가 몹시 격앙한 신경에 지나친 술을 마시고 그것이 빌미로 병들어 누워서 다시 일어나지 못하고 별세하였다.

그의 영결식에서 여운형 씨는 "그가 간 자리를 다시 메꿀 사람이 누가 있으랴"고 조사의 끝을 못 맺고 통곡하였었다.

그의 유저로는 장편소설 『상록수』 외에 『직녀성』, 단편소설 「황공의 최후」 등이 있으나 대표작은 『상록수』였다.

『상록수』는 러시아의 브나르드운동과 비슷한 민족주의 계몽운동이 내용이라 하나 필자는 아직 읽지 못하였다.

그는 성격이 정열적이요 술을 좋아하였었다. 몇 개의 일화가 있다.

어느 때에는 술이 대취하여 부친이 자는 사랑방 문을 막 두드리니까

늙은 아버지가 자다가 일어나서 문을 열었다. 그는 옷 벗은 아버지를 껴안고 울면서 "아버지는 왜 이 불행한 나라에 나를 낳게 하여 이 고생을 하게 하느냐"고 종주먹을 대고 울었다.

아버지는 우는 아들을 물끄러미 보다가 한숨을 내쉬면서 "낸들 아느냐. 어서 들어가서 자거라" 하였었다.

그 이튿날 아침에 어젯밤 잘못을 사죄하려고 사랑에 나가니 아버지는 골패짝을 늘어놓고 오관을 떼고 있었다. 가만히 뒤로 가서 "아버지 엊저녁에는 잘못하였어요" 하였더니 아버지는 격노하면서 "이 망할자식!"하고 골패짝을 집어서 때리는 바람에 골패짝이 우수수 쏟아졌다.

또 기자일 때는 술이 취하여 일본 순사가 지키는 파출소 앞에 가서 태연히 소변을 누니까 일본 순사는 발끈 노하면서 "어떤 놈이냐"고 뛰어나오는 것을 날쌔게 그의 모자(경관의 정모)를 벗겨 쓰고 달아났다. 그 순사는 관급의 모자를 도로 찾으려고 이 골목 저 골목으로 그를 쫓아 숨바꼭질을 한 일도 있었다.*

* 『기자협회보』59~60호, 1968.12.13.~12.20.

나의 이력서
/ 윤극영

중학시절

　심훈은 나와 외종형제 간이다. 즉 나의 어머님 청송 심 씨의 조카인 것이다. 나이가 두 살이 위이고 학년도 한 학년 높았으나 웬일인지 삼학년부터는 같은 반이 되었다. 무슨 이유인지 모르지만 그는 일 년을 쉬었다. 심훈도 나와 같이 별로 공부를 않는 축이었다. 성적도 비슷했다. 하지만 피차 특징은 있어서 그는 지리와 역사를, 나는 대수와 기하를 잘했다. 지리와 역사 시간이 되면 나는 오금을 못 폈다. 그 대신 대수 기하 시간에는 신이 났다. 한번은 지리 시간에 창피를 당한 것이 있다. 그때 지리 선생은 우에다(植田)였는데 뭔가를 학생들에게 질문했다. 나는 알지 못하는 것이었다. 그런데 슬쩍 보니 전반 아이들이 다 손을 드는 게 아닌가. 혼자 손을 안 들면 창피할 것 같아서 나도 손을 들었다. 그런데 빨리 손을 들었으면 될 것을 자신이 없는 터라 우물쭈물 손을 올릴락말락 했다. 선생은 재빨리 나를 지명했다. 지명 받아 일어서긴 했으나 알 턱이 없었다. 얼굴이 빨개졌다. 선생은 "네 머리는 축구 볼같이 발길로 찰 수밖에 없다"하고 창피를 줬다. 그때 마침 뒤에서 '으흠'하는 거만한 소리가 들렸다. 돌아다보니 바로 심훈이었다. 나를 약을 올린 것이다. 그렇지 않아도 화가 날 판인데 속이 부글부글 끓었다. 그와 나와는 이상하게 대조적이었다. 나와 똑같은 막내였으나 내 위는 모두 누님들인데 비해 그는 모두 형이었다. 누님이 없었다. 또 묘하게도 심훈은 대수 시간에는 꼼짝을 못했다. 하루는 다께다(竹田) 대수 선생이 잡자기 나를 불러 칠판에 나와 정리에 의해 문제를 풀라고 했다. 처음엔 아찔했으나 그날 컨디션이 좋았던지 해보니 술술 풀렸다. 선생은 잘한다고 칭찬을 한 뒤 웬일인지 심훈을 보고 "다음 건 네가 풀 수 있겠니?"하고 물었다. 자신이 없는 심훈은 창문 쪽으로 얼굴을 돌리고 말이 없었다. 대답이 없자 선생은 심훈 쪽으로 다가갔다. 그런데 심훈은 창문 쪽을 보다가 선생이 자기에게 등을 돌린 틈을 타 창에 비친 선생의 뒷등을 향해 '에라! 먹어라!'하는 식으로 주먹질을 했다. 그런데 운이 없게도 갑자기 선생이 획 돌아서면서 이걸 보고 말았다. 된통 야단을 맞은 것은 물론이다.

심훈은 연설도 잘했다. 점심때면 슬그머니 교단에 올라와서는 "제군!" 하면서 교탁을 탕탕 치며 연설을 했다. 그때부터 그는 뭔가 민족주의적인 기질을 번뜩이고 있었다. 그의 웅변은 별로 논리적인 것은 못됐지만 아이들의 박수를 많이 받았다. 역시 나보다 숙성했던 것 같다.

3·1운동

나와 같이 노래를 좋아하고 잘 부른 누님은 지금 같으면 가수가 됐을지도 모른다. 그 셋째 누님의 이름은 분남이었다. 두 번이나 딸을 낳은 우리 집은 세 번째는 아들일 것으로 믿었으나 또 딸이자 분하다고 해서 그렇게 이름을 지은 것이다.

1921년 중학 졸업 때까지 나는 음악선생인 고이데에게 많은 지도를 받았다. 학교에서의 시간은 단 한 시간뿐이었다. 따라서 나는 고이데 선생이 숙직을 할 때면 찾아가 이것저것을 배웠다. 어떤 때는 작곡 습작을 한 것을 갖고 가 물어보기도 했다. 그런데 이 고이데 선생이 참 묘한 분이었다. 그는 항상 "조선은 원형을 찾아야 한다"고 말했다. 자기의 조국인 일본을 그리 좋아하지 않았다. 전하는 말에 의하면 그의 부친이 아무 죄 없이 사형을 받았다고 했다. 그때 그의 나이는 쉰이 넘었으나 주임관도 못 되고 판임관에 머무르고 있었다. 동경음악대학 사범과 출신이니 학벌은 좋은 편이었다. 그러나 학교에서도 소홀히 취급하는 듯했다. 요시찰인물이란 말도 있었다.

항시 우리에게 조선은 독립돼야 한다는 요지의 말을 하곤 했다. 그러면서 "윤극영, 동경에 가라. 동경에 가면 문이 열린다"는 의미심장한 말을 했다. 그는 내가 음악을 전공하기를 무척 희망했다. 나도 또한 고이데 선생의 생각에 젖어들고 있었다.

중학교 때 창가 시간에 노래는 모두가 일본 창가였으나 완전한 일본 노래는 아니었다. 일본어로 가사만 붙였을 뿐 대부분이 서양의 가요에서 따온 노래들이었다. 그 즈음 나는 슈베르트의 <보리수> 등 서양의 노래들도 직접 배웠다.

1919년 3월, 학생들인 우리들도 3·1운동의 대열에 끼었다. 바로 사학년이 갓 되기 전이었다. 1일 아침 학교에 가자 심훈(본명 대섭)이 운동장에서 나를 붙들고 귓속말을 했다.

"신발 든든히 맸니?"

"왜?"

"모르겠거든 가만있어. 허리띠 단단히 매고 준비나 해. 뭔가 일이 있을 테니까."

"뭐냐 뭐?'

궁금한 나는 자꾸 캐물었으나 심훈은 잘 알려주지 않았다. 그래도 또 물었더니 그제서야 "독립이 됐다"고 말했다. 깜짝 놀란 나는 "독립?"하고 소리를 꽥 질렀다. 그랬더니 심훈은 기겁을 하며 조용히 하라고 핀잔을 줬다.

교실에 들어가니 뒤쪽에서 술렁거리고 있었다. 그들도 다 연락을 받은 모양이었다. 조금 있자 우리들은 운동장에 집합 됐다. 오까모도 교장이 열두 시 고종황제 인산에 나가기 전에 주의할 점을 일러주기 위해서였다. 이에 앞서 우리들은 미리 연락이 있었다. 교장이 말하는 도중 뒤쪽에서 손뼉소리가 나면 뛰라는 것이었다.

점잖게 오까모도 교장이 단상에 올라 몇 마디 말도 하기 전에 손뼉소리가 났다. 우리들은 "와" 하는 함성과 함께 교문으로 달려나갔다. 이에 놀란 선생들 가운데 이삼십 명이 재빨리 교문을 막았으나 천여 명의 많은 군중을 당해낼 수는 없었다. 많은 선생들이 학생들의 운동화에 밟히기까지 했다.

우리들은 안국동을 거쳐 파고다공원으로 들어갔다. 이미 많은 학교의 학생들이 모여 있었다. 그러나 숫자로는 우리가 제일 많았다. 이윽고 유명한 '독립선언서'가 낭독됐다. 우리들은 33인 중의 한 분인 최린 씨가 낭독한 줄 알았으나 나중에 알고 보니 낭독은 정재용 씨가 했다. 선언서 낭독이 있은 뒤 독립 만세를 부르며 시위 군중은 길거리로 뛰쳐나갔다.

우리들은 이제 독립이 되니 교복도 모자도 필요 없다고 생각했다. 파고다공원에서 창공에 휘날리는 태극기를 보며 가슴은 흥분해서 요란하게 요동하고 있었다. 우리들은 모자를 획획 던져버렸다. 깨끗이 모든 것을 떨쳐버리고 싶었다. 시위 군중은 세 갈래로 나눠졌다.

동대문 방향, 서대문 방향, 그리고 남대문 방향. 우리들은 남대문으로 빠졌다. 전차도 올스톱. 승객들도 만세에 가담했다. 어떻게 알았는지 아주머니들은 물동이에 바가지를 넣어 길가에 갖다놓았다. 목이 마를 때 마시고 크게 만세를 외치라는 뜻이다. 영문을 모르는 노인네들이 우리를 붙잡고 물었다.

"젊은이들 무슨 일이오?"

"이제 독립이 됐습니다. 독립 만세를 부르는 중입니다."

"그래? 자네들만 알고 우리에게는 안 알려주나."

버럭 화를 내는 분도 있었다.

남대문역(현 서울역)에 내린 지방인들도 시위 군중에 합세했다. 우리들이 간 코스는 서소문으로 해서 충무로였다. 서소문 부근에서 "야!" 하고 밀려나오는 이화학당 여학생들을 만났다. 우리들은 합세해서 시내로 들어갔다.

그들이 넘어지면 우리들이 부축했다. 같이 팔을 끼고 가기도 했다. 그날의 시위는 충무로에서 일본 기마경찰들과 충돌하면서 끝이 났다. 이날의 시위로 주동자인 심훈은 곧 붙잡혀 수감됐다. 그는 안규용, 박규훈 등과 같이 들어갔다가 일 년 만에 가출옥됐다. 학교도 못 다니고 곧 상해로 건너갔다. 그리고 얼마 후에 나에게 편지가 왔다. 그는 대학에 다니고 있었다.

3·1운동 때문에 퇴학 맞은 박열(본명 준식)도 잊을 수 없다. 그는 같은 반인데다 나의 집 부근에 살아 자주 집에도 놀러왔다. 워낙 가난해서

양말은 신었으나 발가락이 다 나올 정도였다. 이학년 때부터 이광수 소설만 열심히 보았다. 이상하게 부끄럼을 많이 타 별명이 '원숭이 볼기짝' 이었다. 그러던 그가 퇴학을 맞고 일본에 건너가서는 흑도회를 조직, 1923년 일본 천황의 암살을 기도했다. 이 암살 계획은 곧 발각됐으나 강우규 의사, 서상한 의사 사건 등이 있은 직후라 일본 천황의 간담을 서늘케 했다. 더욱 그는 일본인 여자 가네꼬(金子文子)와 옥중 결혼을 해 센세이션을 일으켰다. 그때 공판 중에는 결혼을 할 수 없었다. 그는 처음 사형을 받았다가 무기징역으로 감형돼 복역하다가 해방 후에 출옥됐다.*

* 『한국일보』, 1973.05.09~10. (『윤극영전집 (2)』, 현대문학사, 2004. pp.235~238.)

해풍(海風) 심훈
/ 윤석중

심훈(1901.9.12~1936.9.16.). 그는 36년밖에 못 살다 간 우리나라 언론 계의 대선배이나 나하고는 열 살 터울이었으므로, 그가 몇 살 때 무엇을 했는가를 내가 따져보기는 쉽다. 언제나 내 나이에 열 살만 보태면 되니까.

그는 세 차례에 걸쳐 신문기자 노릇을 했다. ≪동아일보≫(1924~1926), ≪조선일보≫(1928~1931) 기자 노릇을 하다 양친이 계신 충남 당진으로 내려가 살다가 기자 생활을 못 잊어 다시 상경, 1933년 8월에 ≪조선중 앙일보≫에 들어가 학예부장 노릇을 한 서너 달 하다가 다시 낙향을 해 버렸었다.

그가 처음부터 심훈으로 행세를 한 것은 아니었다. 본명은 심대섭이었 는데, '大'자는 3획인데 '燮'자는 17획이나 되어 중간이 허(虛)한데다가, 도장을 새겨도 보기 흉했고 형제 가운데 막내이면서 '大字'를 단 것이 불 손하게 생각이 든 데다가, 그가 3·1운동 당시 제일고보[京畿高]에서 쫓 겨나 중국으로 가서 망명유학을 다섯 해 동안 한 적이 있는데, 그때 중국 어느 군벌내각의 외교총장 이름이 성까지도 비슷한 '汪大燮'이어서 고칠 생각을 하고 있다가, 1926년 11월부터 ≪동아일보≫에 연재되었던 영화 소설 「탈춤」에서부터 심훈이란 이름을 쓰기 시작했다. '薰'자가 아니라 훈훈하다는 더울 '熏'자인데 지금도 잘못 적는 이가 많다.

그는 나보다가 열 살이 위인 데다가 열다섯 살에 귀족인 후작의 누이 동생하고 결혼을 했으니(8년 살다 헤어지기는 했었지만) 어른과 아이 사이였으나 내가 열서너 살 때부터 꽃밭사니, 기쁨사니 하고 독서회를 짜 가지고 사회를 넘나들었으며 동요를 지어 신문에 내고 있어서 그의 조카인 심재영(沈在英: 농촌소설 『상록수』 모델·교동 동창)하고 친했던 나는 한 항렬 올려서 그와 가까워진 것이다 심훈의 맏형은 언론계 출신 심우섭(沈友燮)이 있고, 그의 둘째 형은 동아부인상회를 경영하던 심명섭(沈明燮) 목사였는데, 그 분 아호가 천풍(天風)이어서 꼬장꼬장하기 이를 데 없고 그 다음 분은 지풍(地風)이라고 불렀고, 큰소리치기로 유명한 심훈은 해풍(海風)이라고 놀렸지만, 삼풍 삼형제는 버릇없는 나를 나무라지 않았다.

다재다능한 신문기자

그 시절의 신문기자란 무서운 사람이 없는 직업이었다. 월급을 제대로 받지들을 못했으며 직업이랄 것도 없건만, 자유를 사랑하는 젊은이나 민족의 앞날을 걱정하는 이들이 가장 자랑스럽게 여기는 일터가 신문사였다. 그래서 재판소·경찰서나 드나드는 것에 만족하지 않고 즐겨 붓을 들었으니, 일제 때 언론계에 발을 들여놓은 손꼽히는 문인들만 해도 춘원 이광수, 주요한, 횡보 염상섭, 성해 이익상, 서해 최학송, 팔봉 김기진, 백남 윤교중, 파인 김동환, 석영 안석주, 적구 유완희, 김여수 박팔양, 석송 김형원…… 그 수를 헤아릴 수 없으며, 여류문사의 지름길도 여기자가 되는 일이었다.

이처럼 문학하는 사람들이 신문사로 모여들기도 했지만 신문사에 발을 들여놓은 뒤에 창작의 붓을 든 이도 많았는데, 대표적인 문인이 바로 심훈이었다. 그가 취재를 해오거나 수소문해 온 것이 신문기사로 나갔지만, 소설로 시로 시나리오로 수필로 평론으로 다채롭게 활용되었으니 그와 단짝이었던 안석주와 쌍벽을 이루었다.

1927년에 그의 원작·각색·감독으로 제작되어 상영된 영화 <먼동이 틀 때>는 <어둠에서 어둠으로>가 원제목이었는데, 신문사회면 기사에서 얻어진 '한국의 장발장' 이야기였고 양정고보 3년생이던 나하고 그가 얹혀 살던 관훈동 집 조그만 방에서 함께 각색을 한 <탈춤>은 비록 다니다 말다 했지만, 그가 신문기자 노릇을 하면서 파헤친 부정과 위선의 장본인들을 등장시킨 고발문학이었다.

신문기자로서의 심훈의 장기는 가면 쓴 무리들의 정체를 밝혀 작품화함에 있었다. 바꿔 말하면 소설거리를 물색하기 위하여 신문기자 노릇을 한 셈이었다.

이 붓대 보았는가
정의의 붓대.
부정을 보고서는
못 참는 붓대.

이것은 심훈 시절에 있었던 어느 신문사의 사가(社歌)의 첫 대목이었거니와, 정의감에 불탔던 청년기자 심훈의 양심을 우리는 그가 지은 영화소설 「탈춤」 머리 자막에서도 엿볼 수 있었다.

영화소설 「탈춤」을 쓰기도

"사람은 태고로부터 탈을 쓰고 춤을 추는 법을 배워 왔다. 그리하여 제각기 가지각색의 탈바가지를 뒤집어쓰고 날뛰고 있으니 아랫도리 없는 도깨비가 되어 백주에 큰길을 걸어다니기도 하고 때로는 제웅 같은 허수아비가 물구나무를 서서 괴상스러운 요술을 부려 같은 인간의 눈을 현혹케 한다. '돈'의 탈을 쓴 놈, '권세'의 탈을 쓴 놈, '명예' '지위'의 탈을 쓴 놈……

또한 요술쟁이들의 손에서는 끊임없이 '연애'라는 달콤한 술이 빚어 나온다. 모든 무리는 저희끼리 그 술을 마시고 환호한다. 그러나 눈 깜짝할 사이에 향기롭던 그 술은 사람의 창자를 녹이는 실연이란 초산으로 변하여 버리는 것이다.

옛날에 짐새[鴆]가 한 번 날아간 그늘에는 생물이 말라 죽어버린다 하였거니와, 사람의 해골을 뒤집어쓴 도깨비들이 함부로 장난을 하는 이면에는 순결한 처녀와 죄 없는 젊은 사람들의 몸과 영혼이 아울러 폭양에 시드는 잎새와 같이 말라버리고 만다.

그러나 그 탈을 한 겹이라도 더 두꺼이 쓰는 자는 배가 더 불러가고, 그 가면을 벗어버리려고 애를 쓰는 자는 점점 등허리가 시려울 뿐이다. 그리하여 모든 인간은 온갖 모양의 탈을 쓰고 계속하여 춤을 추고 있는 것이다."

「그날이 오면」은 해방을 예언한 시

젊은 심훈은 끊임없이 「탈춤」을 추적했던 것이다. 1930년 기자 시절에 그가 붓을 든 두 장편소설 『동방의 애인』과 『불사조』가 ≪조선일보≫에

나다 만 것은 조선총독부 검열에 걸린 때문이었고 1930년에 그가 읊은 시 「그날이 오면」은 바로 8·15 해방을 점친 예언시였다.

그의 기자 시절을 한 마디로 말하면, '술에 취한 나날'이었다. 내가 양정 졸업반에 있을 때 집을 뛰쳐나온 그와 나와 둘이서 자취생활을 한 적이 있는데 그믐에 반찬가게 외상셈을 하느라고 통장을 훑어보면, 모조리 맥주, 맥주, 맥주…… 술값뿐이었다. 그러면서도 고교생이었던 나에게는 술을 배우면 못쓴다면서 한 잔도 안 권했다. 영화계로 나오라고 나더러 그런 것은 그 무렵이었다. 「탈춤」을 함께 각색한 뒤, 나운규의 <아리랑 후편>에 주제가를 지어준 것만으로 나는 영화와 담을 쌓고 살아왔지만.

1928년부터 다시 시작된 그의 기자생활은 월급을 제대로 못 받아 오다가나 외상이었다. 한 번은 싸전에서 밀린 쌀값을 받아내기 위하여 쌀가게 주인이 견지동에 있던 신문사 정문 앞에서 망을 보고 있었다. 그런 줄도 모르고 로이드안경을 쓰고 단장을 휘두르면서 점잖게 걸어 나오다가 서로 딱 마주쳤다. 조일제의 『장한몽』에 이수일로도 잠시 출연한 바 있는 그는 배우 소질도 있어서

"여어 전(全) 영감(쌀가게 주인이 전 씨였다)! 마침 잘 오셨소 잠깐 거기 서서 기다리고 계시오 들어가서 돈 가지고 곧 나올게……."

전 영감은 오늘은 받아가나 보다고 문간에 버티고 섰는데, 아무리 기다려도 나오지 않지 않은가. 뒷문으로 내뺀 것을 나중에서야 알고 죽일 놈 살릴 놈 하면서 펄펄 뛰었으나 하는 수 없었다. 그 시절은 신문사가 가난해서 월급을 여러 달 거르기가 일쑤였고 받는댔자 쥐꼬리만 해서, 심훈의 술친구였던 최 아무개 기자는 동료들이

"이 사람아, 예산생활을 좀 하게, 돈이 생기기가 무섭게 써버리지 말

고……"

하며 타이르면

"뭐? 예산생활? 우리 주제에 예산이 어디 있어. 예산을 세웠다간 열흘
도 살아갈 수 없는 게 우리들 수입이 아닌가……"
도리어 큰 소리를 하면서 우르르 선술집으로 몰려들 가는 것이었다. 비
록 됫박 쌀을 팔아다 끼니를 이어갈망정 사회에 나가서는 냉수 먹고 이
쑤시며 큰소리를 치는 것이 그 무렵 기자들이었으니, 겨레를 위해 붓을
놀린다는 긍지를 지닌 터여서, 기사를 미끼로 손을 내밀거나 남의 등을
쳐먹는 일은 없었다.

동양화의 원로 심산 노수현 화백이 그 당시 엉뚱하게 ≪조선일보≫에
「멍텅구리」라는 연재만화를 그려 굉장한 인기를 모았는데 멍텅구리가
극장 앞에서 기자가 "자요" 하고 그냥 들어가는 것을 보고 자기도 "자
요" 하고 들어가다가 "무슨 자냐"고 물으니까 "공짜"요 하고 도망을 가
기도 하고, 형사가 "사요" 하고 들어가니까, 자기도 "사요" 하고 들어가
다가 들키고서는 "괘사"요 하고 달아나는 장면도 있었는데, "공짜"와
"괘사"를 겸한 것이 그 시절 신문기자들이었고, 심훈은 그 우두머리 격
이었다.

공짜, 괘사 기자 심훈

한 번은 공짜 기자 심훈이 외국 권투 선수와 우리 선수가 맞붙은 시합
을 구경하러 서울운동장 안으로 점잖게 걸어들어가다가 문지기가 "표,
표" 하면서 손을 내미니까, 그는 문지기의 등을 툭툭 두드리며 빙그레 웃
는 것이었다. '네가 나를 못 알아보는구나' 그런 뜻인 줄 알고 문지기가

굽신거리며 "네네 어서 들어가십시오" 했다.

"이런 재미로 기자 노릇 하는 거라네"

심훈은 다시 단장을 휘저으며 걸어 들어가는 것이었다.

웃음 속에 칼을 품은 장난

다음은 괘사 기자 심훈을 짐작할 수 있는 이야기이다. 그는 미국의 유명한 희극 배우 로이드를 닮았고 로이드 안경을 쓰고 다녔다. 그러나 알고 보면 스무 살 때인 3·1운동 이듬해에 변명가장(變名假裝)을 하고 중국으로 망명할 때, 건성으로 쓰기 시작한 것이 버릇이 붙어서 줄곧 안경을 쓰고 다닌 것인데, 한 번은 안경잡이 점잖은 신사가 친구(안석영)하고 구리개(지금의 을지로) 쪽으로 걸어가면서 앞서가는 일본 순경의 볼기짝을 장난삼아 툭툭 건드렸다. 얼른 돌아다보았으나 점잖은 신사뿐이어서, 고래를 기우뚱하며 그냥 걸어갔고, 심훈이 술에 얼큰한 김에 종로파출소 앞에 버티고 선 일본 순경의 모자를 홀렁 벗겨 쥐고 화신상회 건너편 골목 백합원 음식점으로 들어가 버려 큰 소동이 난 적도 있었다. 웃음 속에 칼을 품은 장난들이었다. 그런 방법밖에는 그 자들을 곯려먹을 수가 없었으니까……

신문기자 생활을 하루살이에 비긴 언론계 원로가 있었는데, 그 분 생각엔 그날 그날 기사거리를 쫓아다니며 적어낸 글이 하루만 지나면 벌써 구문(舊聞)이 되어 버려서 그런 생각이 든 것이겠지만, 심훈은 1933년 8월에 세 번째로 신문사 문을 두드렸다가 넉 달만에 농촌으로 되돌아가 삼 년 뒤에 장편소설 『상록수』를 완성했으니, 하루살이 심훈이 '푸른 나무'로 변한 셈이다.

늘 푸른 나무로 영생한 심훈

기자생활을 청산하고 시골에 묻혀버린 심훈은 갈라선 부인 이씨를 모델로 장편소설 『직녀성』을 써서 ≪조선중앙일보≫에 연재했고, 거기서 생긴 원고료로 '필경사'를 지어 그 집에서 『상록수』를 완성, ≪동아일보≫ 창간 15주년기념 현상모집에 응모하여 당선되었었는데, 상금으로 탄 그 때 돈 500원 중에서 상록학원(상록국민학교 모체)을 세웠으니, 농촌으로 돌아간 그의 무화과 열매였다.

비록 신문사와 손을 끊었지만, 볼 일 보러 상경했을 때마다 친정이나 다름없는 견지동 조선일보사엘 들렀는데, 그가 『상록수』 소설 출판일로 서울에 왔다가, 베를린 올림픽에서 우리 손기정 선수가 마라톤에 우승한 소식을 전하는 신문 호외가 돌아 그 자리에서 호외 뒷등에 획획 갈겨쓴 시를 손에 쥐고 우리(故 崔泳柱, 故 朴魯慶, 나)가 일 보던 중앙편집실을 찾아 준 것은 1936년 8월 10일이었으니, 이 시가 바로 그의 마지막 절규였다.

그의 절필인 「오오 조선의 남아여!」 마지막 구절을 보자.

…… 오오, 나는 외치고 싶다! 마이크를 쥐어 쥐고
전 세계의 인류를 향해서 외치고 싶다!
"인제도 인제도 너희들은 우리를 약한 족속이라고 부를 것이냐!"

신문기자 심훈의 마지막 시를 손수 적은 것이 신문 호외 뒷등이었으니, 그것은 그의 유언장이나 다름없었다. 그해 9월 10일 아침 서울 대학병원에서 장티푸스로 졸지에 세상을 떠나버린 것이다. 그가 태어난 곳은 영등포구 노량진이었고, 그가 자란 곳은 동작구 흑석동이었으니 그는 서울 본토박이인 것이다.

서울사람인 그가 시골로 낙향을 한 뒤 서울에 다니러왔다가 세상을 떠났으니 고향에서 객사한 거나 다름없었다. 고향에서 객사를 하다니…….

조국 광복을 십년 앞둔 우국청년의 한 맺힌 죽음이었다. 그러나 그는 사라진 것이 아니라, 우리들 마음속에 상록수로 길이 살아남은 것이다.*

---

* 『한국언론인물지』, 한국신문연구소, 1981, pp.465~474.

1920년대 조선일보 편집국: 호남아 심훈
/ 김을한

　지금도 그렇지만 해방 전 언론계에는 호남아가 많았는데 심훈은 그중에서도 뛰어난 미남자였다.

　그는 서울 사람으로 백씨 심우섭 씨는 천풍(天風)이라고 하여 초창기 언론계에서 활약한 이름 있는 기자였고 중씨 심명섭 씨는 착실한 기독교도로 6·25 때 납치되었는데 심훈은 그들의 바로 끝의 아우인 것이다.

　천풍은 그 아호와 같이 성품이 걸걸하여 사내다운 기풍이 있었고, 심명섭 씨는 얌전한 선비로 성정이 고운 사람이었는데 심훈은 그의 큰 형님을 닮았음인지 보기 드문 미남자이면서도 성격이 쾌활하여 장난을 좋아하는 사람이었다.

　그는 술을 잘했는데 어느 겨울날 밤에 술이 거나하게 취해서 종로를 지나가다가 하필이면 종로경찰서 정문에다 대고 오줌을 갈기었다. 파수를 보던 왜순사가 어이가 없어서 "여보, 여보"하고 쫓아가니 오줌을 다 누고 난 그는 정신이 번쩍 났던지 사방을 두리번거리다가 별안간 쫓아온 순사의 모자를 벗겨서 큰 길거리로 내동댕이쳤다.

　때마침 불어오는 바람에 모자가 데굴데굴 굴러가니 순사는 오줌을 갈긴 사람보다도 모자를 잃어버렸다가는 큰일이므로 그것을 쫓아가는 바람에 심훈은 그 틈을 타서 걸음아 날 살려라고 뺑소니를 쳤다. 얼마나 유머스러한 장면이냐?

심훈은 기지가 있는 장난군이었던 것이다. 그것은 그가 ≪조선일보≫ 기자로 있을 때의 일인데 내가 심훈을 알게 된 것도 그 무렵이다. 그른 제일고보(경기중학교 전신) 4학년 때에 3·1 독립운동에 가담하여 투옥되었다가 중국으로 건너가서 항주 호강대학을 마치고 귀국하여 ≪동아일보≫ 기자가 되었는데 문학에 소양이 깊고 재주가 많아서 벌써 조선 최초의 영화소설 「탈춤」을 ≪동아일보≫에 발표하였고 조일재가 주재하던 계림영화사에서 「먼동이 틀 때」라는 영화를 만들어서 영화예술에도 탁월한 소질이 있음을 증명하였다.

그와 같이 영화에 자신을 얻은 그는 자기 자신이 직접 영화배우가 되려고 일본에 건너간 일도 있으나 아무리 얼굴이 잘 생겼어도 한국인으로서 일본영화계에서 배우로 성공한다는 것은 도저히 불가능한 일임을 깨닫고 그는 다시 귀국하여 조선일보사 기자가 된 것이었다.

심훈은 그후 몽양 여운형이 사장으로 있는 ≪조선중앙일보≫로 가서 중국에서의 생활을 소재로 하여 『동방의 애인』과 『불사조』라는 중편소설을 써서 신문에 발표하였던 바 어느 것이나 내용이 불온하다고 해서 총독부로부터 게재 금지를 당하였다.

그때로부터 심훈은 도회 생활에 점차 환멸을 느끼고 농촌으로 돌아갈 생각을 하였으니 그것은 당시 외국에서 유행하던 '브나로드(민중 속으로 들어가라)' 운동에 자극되어 뒤떨어진 농촌으로 들어가서 농민들과 더불어 고락을 같이할 생각에서 재혼한 부인 안 여사와 함께 충남 당진으로 내려간 것이었다.

그리하여 자기 집으로 '필경사(筆耕舍)'라고 이름 지어 소위 청경우독(晴耕雨讀)의 생활을 하게 되었는데 『영원의 미소』, 「황공의 최후」라는 소설은 이때에 쓰여진 작품이다. 그루 심훈은 『직녀성』을 ≪중앙일보≫에 발표하고 곧 이어서 동아일보사에서 창간 15주년을 기념하는 현상소설에 응모하여 농촌소설 『상록수』가 당선되었다.

이미 명성이 높은 작가로서 현상소설에 응모한다는 것은 아무나 할 수 없는 일로서 『상록수』는 여러 가지 의미에서 심훈 일대의 걸작이었다고 할 수 있다.

그때에 받은 상금으로 자기가 살던 당진에다 상록학원을 만들고 그 책의 출판을 위하여 서울에 왔다가 뜻밖에도 장티푸스에 걸려서 세상을 떠나니 1936년 9월 16일, 그의 나이 36세 한창 살 나이였다.

유족으로는 아들 세 형제를 두었는데 큰아들은 6·25동란 때 실종되었고, 둘째아들은 미국으로 유학을 갔다고 하나 지금은 어디 있는지 모른다. 그런데 한 가지 눈물겨운 사실은 그가 17세 때 장가를 든 초취부인이 여사가 이혼을 당한 지 42년 동안을 한결같이 절개를 지키다가 자식도 없이 쓸쓸하게 세상을 떠났다는 것이다. 이 여사도 조혼이 빚어낸 희생자의 한 사람이었다고 할 수 있다.*

---

* 『월간조선』, 1985.04. pp.132~133. 김을한은 이 글에서 1920년대 ≪조선일보≫ 편집국에 근무했던 시절의 에피소드들과 기자들에 대한 회상에 대해 적고 있는데, 여기서는 심훈에 관련된 내용만 수록함.

나는 어른이 됐다
/ 윤극영

검은돌[黑石洞] 고개 너머 '삼보'네 집에서는 다가오는 잔치 준비에 여념이 없었다.

'삼보'란 『상록수』 작가 심훈 씨의 어렸을 적 이름. 이팔청춘을 넘어선 십칠 세 미소년이 장가를 간다고 동네방네가 떠들썩. 대례를 앞두고 나날이 주변풍경은 달라져갔다. '삼보'는 나의 외사촌 형. 두 살 터울로 어렸을 적은 이불 속 동무로 자라면서 중학교 동창이기도 했다.

"장가는 왜 가니?"

"누가 알어…… 어른들이 가라니까 가는 거지."

"그럼 왜 그리 좋아만 하니?"

"그렇다고 나뻐할 건 뭐냐…… 어쨌든 너 말 조심해…… 며칠 아니면 나는 어른이 되고 너는 아이 그대로니까 어른 아이를 분별할 줄 알라는 말이다."

"시시하다. 장가 좀 간다고 으쓱대지 마."

그리고 한 열흘 지냈던가 과연 심훈 씨는 장가를 끝내고 돌아왔다. 초록색 삼팔 두루마기를 떨뜨리고 흑석동 집 건넌방으로 들어가며 나를 뒷손으로 강아지 부르듯 했다. 나는 딸려 들어갔다. 우리는 단 둘이 마주

앉게 됐다. 띄엄띄엄 기침소리를 내는 그이.

"헛기침 마…… 어서 이야기나 들려줘."

"너 오늘부턴 나에게 반말지거리는 안 돼…… 에헴……."

"왜?"

"나는 어른이니까…… 허허 참……."

십칠 세의 어른이 지금 내 앞에 도사렸다. 나를 아주 얕잡아보는 듯 하늘의 별이나 딴 것처럼 우쭐댔다. 가끔 먼 빛을 바라보며 소웃음을 키기도 했다.

"듣거라 너도 좀 있으면 장가를 들 거 아니냐. 내 미리 배워주마…… 너 '신방'이라는 것 모르지?"

"신방? 문구멍을 뚫고 들여다본다는 방?"

"그렇지 그래……용히 알았군……. 신랑이 신부의 옷을 벗기곤 안아다 이불 속에 뉘는……."

"그러곤 그러곤…… 어떡한단 말야."

"말 마라 진땀난다. 저고리, 치마…… 하나하나 옷가지를 벗겨가는데도…… 글쎄 이 앙큼한 색시 좀 봤니. 죽은 듯 꼼짝 않고 잡아잡수 하는 식야. 떨리더라 떨려……."

"떨지 말고 어서 진행해보라구."

"나는 드디어 진행했다. 그래 대장부로 이 세상에 생겨나와 고까짓 것 하나 맘대로 못했을라구…… 그래 마구 발동을 걸어봤지. 그랬더니 말이야 처음엔 싫은 양 하더니 좀 있다 좀 더 있다간 좋다는 양 허더군……."

"그게 무슨 말이야, 어쨌다는 건데…… 속속들이 알아듣도록 시늉을 한번 내보렴……."

"에헴 너 형한테 말조심하라니까. 이 이상 더는 일러줄 수는 없다."

"그만 둬…… 나두 다 안단 말야……."

"너는 아직 모른다. 신방 삼일을 치르고 나는 어른이 됐다. 이제부터는 바깥일에 힘써야겠어. 집안일이나 내 뒤치다꺼리는 아내란 사람이 있으니까……."

"아니 학교 공부는 어떡하고 세상일 먼저 하겠다는 거야?"

"공부도 하면서 말이다. 가끔 아내 방도 나들면서 말이다……."

이 말이 내게는 무척 건방지게 들려왔다. 신방일 세상일 학교 일—모르는 것 없이 다 안다는 약관의 어른이 아니꼽기도 했다. 했는데 이듬해 3월 1일 그는 불쑥 나에게 엄숙하고도 야릇한 귀띔을 했다. 교내는 뭔가 뒤숭숭 뭔가 뒤집힐 것만 같았다. 터졌다. 독립운동이었다. "대한 독립 만세"를 외치며 경기교문을 박차고 달려 나가던 사람들 사람들…… 저것 봐라. 저것 봐. 심대섭(심훈)이이가 앞장을 섰다.

"아! 대섭 형님! 당신은 필경 나의 어른이었소……."

나는 격외된 눈물로 그 뒤를 따랐다.*

---

* 『윤극영전집 (2)』, 현대문학사, 2004. pp.172~173.

3·1 충격 식지 않았다
/ 윤극영

바람이 술렁이고 주변도 어수선했다. 1919년 3월 1일 우리는 예에 따라 교실로 들어갈 참이었다.

불시에 그 대열 속에서 심훈이 내 어깨를 쳤다. 돌아볼 사이도 없이 그의 귓속말이 왔다.

"너 오늘 허릿바 질끈 든든히 매야 해…… 신발도 벗겨지지 않도록 들메를 잘 하고……."

"뭐! 뭐가 있니? 왜 그래?"

"넌 아직 모를 거다. 그렇게만 알아둬."

"그게 무슨 소리야. 무슨 일이 일어났니?"

"큰 소리 내지 마…… 조선 독립이란다…… 쉿."

이때 경기중학은 조선총독 치하 유일한 식민지 교육장이었다.

여기서 독립운동이라는 것이 꿈엔들 있을쏘냐, 나는 그 귓속말에 까무라칠 뻔했다. 그러면서 끼쳐드는 소름 속에 무슨 결심인지 부풀었다. 이태왕이 돌아가시고 방방곡곡 허수아비 같은 요배가 펄렁였더란다. 덕수궁 문전에는 제 설움 곁들여 깃옷에 싸인 기생들이 '아이고지고' 낭만적 곡성을 높여 울던 때라서 이다지 뒤숭숭했던가. 한데 또 독립이라니 자

못 조선 처지가 곤두설 것만 같았다.

어디서 강력한 휘파람 소리가 뜨자 불시에 와그르르 쏟아져나가는 군상. 천여 명의 학생들이 교문을 차고 안국동 거리를 삼킨다. 그 기세야말로 고산준령도 뭉갤까 싶은 홍수의 범람이었다.

나도 그 물결의 한 사람으로 주먹을 뒤흔들며 달렸던 것인데 독립이 다 된 줄만 알았기 때문에 넋이야 신이야 더욱 미칠 듯 좋아했다.

사방에서 몰려든 물줄기가 어언 '파고다공원'으로 대집결. 독립선언문의 낭독이 끝나자 이윽고 종로 네거리를 휩쓸어나가는 파정항의 만세 만만세 소리.

동이에 바가지를 띄우곤 어서 목을 축이라던 할머니가 있었나 하면 뛰어내린 전차 운전사가 길길이 솟구치며 '다 팔아도 내 땅'이라고 고함을 치기도 했다.

어느 때 만들어진 태극기였는지 천 장 만 장의 깃발이 하늘로 나부꼈다. 우리들의 여명이 성스러운 혼란을 머금고 홰를 치는 것 같았다.

목청 높여 외치는 독립 만세의 무더기 행렬은 용광로 이상 수많은 쇳조각을 불러들여 온통 적혈구가 될 셈이었다. 우리들은 일체의 장애를 배제하며 엉겨붙었던 것이다.

이 무시무시한 피의 역사가 거리를 휘말았다. 거리는 역사의 피바다로 파도가 높았다.

일본 경찰들은 눈에 독을 올리며 새파래진 얼굴로 무슨 때를 기다리는가 싶었다. 아직 총칼질을 하라는 명령이 떨어지지 않았던 것 같았다.

흥분도 이만저만. 그러나 슬플 것도 분할 것도 없는 양 3 · 1운동은 지칠 줄 모르는 이 나라 청춘의 마라톤이었다. 각국 영사관을 거쳐 돌아돌아 서울역으로 달렸던가. 어느새 되짚어 서소문 쪽으로 흐르며 군상은 들끓었다.

바로 이때였다. 어디선가 멀리 참벌떼 소리가 나더니 어언 비탈길로 쏟아져 내리는 별…… 무수한 별들의 하이소프라노가 숨막히게 몇 번이고 '대한 독립 만세'를 꺾어냈다.

대거! 이화교생의 현실참여. 당연한 거사겠지만 우리는 다시 놀랐다.

무슨 호소였나 두 팔 벌리고 뛰어드는 그녀들. '다이빙'도 아니면서 심연에 몸부림치는 민족의 천사 우리들의 만세 파동은 더욱 힘찼다.

크고 무거운 정신력에 비해 그들의 육체가 약했던지 때로는 뒹굴었다 쓰러졌다. 남학생들이 이것을 안아 일으켰다. 부추기며 팔걸이로 함께 뛰기도 했다. 아! 우리들은 동지였다. 동지 이상이었다.*

* 『윤극영전집 (2)』, 현대문학사, 2004. pp.232~234.

삼보와 나

칠십여 년 전 내 어머니는 목욕탕을 겁내 했다.

가풍이니 전통이니 하며 그 지조를 과시하던 소위 요조숙녀형의 부인들은 집안에서 겨우 목물을 끼얹는 것이 고작이었다.

그러다 보면 해묵은 속때를 씻어내지 못한 구석이 너무도 많아 답답하고 께름칙했으리라.

이 무렵 뜻밖에도 일본풍을 따라선가 목욕탕이란 신기한 영업소가 생겼다.

"아씨, 바깥에선 야단들이에요. 동전 한 푼만 주면 온몸을 말끔히 닦아낼 수 있는 욕탕이 있대요. 아씨…… 한번 같이 가보지 않으시렵니까? 흥건한 돌확에 퐁당 맨몸을 담궜다 나오면 얼마나 시원할까 헤헤……."

팔등으로 흘러내리는 땟국물을 비비대며 '순녀'는 신이 나 했다.

듣기만 해도 반가운 듯 어머니는 공감의 눈치를 부리면서 그럴싸해졌다.

드디어 어머니의 호기심이 발동. 아무도 모르게 순녀를 데리고 멀지 않은 목욕탕을 찾아갔다.

망설이면서도 용기를 내어 욕탕 문을 열었다. 어머나! 벌거숭이들이 대낮 같은 공간에서 나들고 있는 것이었다.

어머니는 주춤해졌다. 그러다 결심. 고쟁이 바람으로 제2의 관문을 열고 들어서려 했다.

그러자 어디서 큰 소리가 났다.

"입은 채로 들어가면 어떡해요. 빨래턴 줄 아나 봐."

비웃는 듯 주변이 술렁댔다.

어머니는 그 순간 부끄럼을 머금고 돌아서 나왔다.

"순녀야 가자. 아무리 부녀자들뿐이라 해도 난 알몸을 내놀 수 없어. 그런 고약 망측한 일이 어딨어……."

이렇게 어머니는 시대적으로 개화를 거부하고 되돌아오셨다 한다.

오늘날 공원에서 거리에서 공공연히 해내는 포옹 입맞춤 등 현상, 심지어는 알몸으로 대로를 달려도 괜찮다는 사람조차 있었고 보면, 견주어 격세지감도 이만저만이 아니다.

또 내 할아버지는 기차가 한강철교를 달리게 된 문명에 대하여 놀라움과 위험감, 그리고 증오가 없지 않으셨다.

"고래만큼이나 크고 무거운 화차가 제아무리 튼튼한 다리라 해도 그 위를 질주하다니 무너지거나 떨어지지 말라는 법은 없다. 차라리 배를 타고 건너가거라."

어머니를 따라 내 외가 흑석동을 갈 때마다 할아버지는 이런 훈사를 내리신 것이었다(나룻배라고 뒤집히지 않는다는 보장도 없을 텐데 말이다).

웃기는 일이었다. 그러나 우리는 그대로 순종도 했더니라.

광속도 부럽잖이 우주비행을 감행하는 이 시대에 비하면 어안이 벙벙할 따름이다.

이때 내 나이 열두 살. 두 살 터울의 삼보와 더불어 주일마다 한두 번

쯤 흑석동을 오가곤 했다.

언제나 우리는 기차로 한강철교를 달리는 것이었지만 어쩌다 내가 나룻배를 타자고 하면 삼보는 막무가내였다.

"배는 늘쩡거리지 않아. 씩씩하게 빨리 가는 기차를 두고 너 무슨 소릴 하니……."

사실은 나도 속으론 기차가 좋았지만 넋두리 같았던 할아버지 말씀이 떠올랐기 때문이었다.

삼보와 나는 외사촌간. 형님 동생 사이지만 한 이불 속 동무 같았다.

이상하게도 삼보와 나는 사남매 중의 막내였는데 그는 위로 두 형이 있는데 셋째 아들이었고, 나는 누나가 셋이었다.

시누 올케 사이의 어머니와 외숙모는 마감 아들을 두고 사랑이 겨워선가 시새우며 다투며 자식사랑에 열을 올렸더란다.

그런 피를 받아선지 심훈과 나는 서로 좋아하면서도 라이벌 의식이 강했던 것 같다.

우리가 자라서 경성고등보통학교(경기고등)에 합격, 같은 반 학생이 되었을 때만 해도 그랬다.

그는 수학 실력이 젬병이었고 나는 지리 역사가 엉망이었다.

해서 우리는 머리를 마주 대고 서로 바꾸어 가르쳐주면서도 툭 하면 학문 중의 최고가 산수라는 둥 지력이라는 둥 목에 힘을 주며 다투었던 것이다.

막상막하였을까. 아니 대섭(심훈의 본명) 형의 지각이 나보다 한 치나 두 치 앞섰던 것 같다.

예를 들면 3.1운동 때 우리는 같은 3학년이었지만 그는 학생 간부의

일원으로 장차 독립이 될 줄만 알고 앞서서 만세 만세를 불렀으니 말이
다.

지금 그는 없다. 소설 『상록수』를 남기고 그는 갔다.*

* 『윤극영전집 (2)』, 현대문학사, 2004. pp.235~238.

부 록

1901년(1세) 9월 12일(양력 10월 23일) 현 서울 동작구 노량진과 흑석동 부근(어릴 때 본적지는 경기도 시흥군 신북면 흑석리 176)에서 아버지 심상정(沈相珽)과 어머니 해평 윤씨(海平尹氏)의 3남 1녀 중 막내로 태어났다. 본명은 대섭(大燮)이며, 아명(兒名)은 '삼준', '삼보', 호(號)는 소년 시절 '금강생', 중국 항주 유학시절의 '백랑(白浪)' 등이 있다. '훈(熏)'이라는 이름은 1926년 ≪동아일보≫에 영화소설 「탈춤」을 연재하면서 사용했다(이후 많은 글에서 필자명이 '沈薰'으로 기록된 경우가 있는데 이는 편집자의 실수로 보인다).

심훈의 본관은 청송(靑松)으로 소현왕후를 배출한 명문가였다. 부친은 당시 '신북면장'을 지냈으며, 충남 당진에서 추수를 해 올리는 3백석 지주로서 넉넉한 살림이었다. 어머니 윤씨는 기억력이 탁월했으며 글재주가 있었고 친척모임에는 그의 시조 읊기가 반드시 들어갔을 정도였다고 한다. 4남매 가운데 맏형 우섭(友燮)은 ≪매일신보≫에서 '심천풍(沈天風)'이란 필명으로 기자활동을 했으며 이광수 『무정』(1917)에서 신우선의 모델로 알려져 있다. 누님 원섭(元燮)은 크리스천이었다고 하며, 작은 형 설송(雪松) 명섭(明燮)은 기독교 목사로 활동했으며 심훈의 미완 장편 『불사조』를 완성(『심훈전집 (6): 불사조』(한성도서주식회사, 1952)한 것으로 알려져 있는데 한국전쟁 중에 납북되었다.

1915년(15세) 교동보통학교를 거쳐 같은 해에 경성 제일고등보통학교(현 경기고등학교)에 입학했다. 졸업 후의 지망은 의학교였으며, 당시 급우(級友)로는 고종사촌인 동요 작가 윤극영, 교육가 조재호, 운동가 박

열과 박헌영 등이 있었다. 보통학교 재학 시 소격동 고모댁에서 기숙
했으며, 고보에 입학하면서부터 노량진에서 기차로 통학하고 이듬해
부터는 자전거로 통학했다.

1917년(17세) 3월에 왕족인 후작(侯爵) 이해승(李海昇)의 누이이며 2살 연상
인 전주 이 씨와 결혼했다. 심훈의 부친과 이해승은 함께 자란 죽마
지우라고 한다. 심훈은 나중에 집안 어른들을 설득하여 아내 전주 이
씨를 진명(進明)학교에 진학시키면서 '해영(海英)'이라는 이름을 지어
주었다. 학교에서 일본인 수학선생과의 알력으로 시험 때 백지를 제
출하여 과목낙제로 유급되었다.

1919년(19세) 경성보통고등학고 4학년 재학 시에 3·1운동에 가담하여 3월 5
일에 별궁(현 덕수궁) 앞 해명여관 앞에서 일본 헌병대에 체포되었고
서대문형무소에 투옥되어 11월에 집행유예로 출옥했다. 이 사건으로
학교에서 퇴학을 당했다. 서대문형무소에서 목사, 학생, 천도교 서울
대교구장 장기렴 등 9명과 함께 지냈는데, 이때 장기렴의 옥사를 둘
러싼 경험을 반영하여 「찬미가에 싸인 원혼」(≪신청년≫, 1920.08)이
라는 소설을 창작했다. 그리고 옥중에서 몰래 「감옥에서 어머님께 올
린 글월」의 일부를 써서 어머니에게 보냈다고 한다. 당시 학적부 성
적 사항은 수신, 국어(일본어), 조어(조선어), 한문, 창가, 음악, 체조
등이 평균점보다 상위를, 수학·이과(理科) 등에서 평균점보다 하위
를 차지하고 있다.

1920년(20세) 흑석동 집과 가회동 장형 우섭의 집에 머물면서 문학수업을 하
는 한편, 선배 이희승으로부터 한글 맞춤법에 대해 배웠다. 이 해의 1
월부터 4월까지의 일기가 ≪사상계≫(1963.12)에 공개된 바 있으며,
이후 『심훈문학전집(3)』(탐구당, 1966)에 수록되었다. 그해 겨울 일본
유학을 바랐으나 집안의 반대로 중국으로 갔고 거기서 미국이나 프
랑스로 연극 공부를 하고자 희망했다.

1921년(21세) 북경에서 상해, 남경 등을 거쳐 항주 지강(之江)대학에 입학하여 수학하였으나 졸업은 하지 못했다. 이 시기 석오(石吾) 이동녕, 성제(省齊) 이시영, 단재(丹齋) 신채호 등과의 교류를 통해 많은 감화를 받았으며, 일파(一派) 엄항섭(嚴恒燮), 추정(秋汀) 염온동(廉溫東), 유우상(劉禹相), 정진국(鄭鎭國) 등의 임시정부의 청년들과 교류하였다. (이 당시의 경험을 소재로 하여 장편『동방의 애인』과 『불사조』를 창작함)

1922년(22세) 9월 이적효, 이호, 김홍파, 김두수, 최승일, 김영팔, 송영 등과 함께 '염군사(焰群社)'를 조직하였다.(이듬해에 귀국한 심훈이 염군사의 조직단계에서부터 동참을 한 것인지 귀국 후 가입한 것인지 불분명함)

1923년(23세) 중국에서 귀국. 귀국 후 최승일 등과 '극문회(劇文會)'를 조직하였으며, 조직구성원으로 고한승, 최승일, 김영팔, 안석주, 화가 이승만 등이 있었다.

1924년(24세) 부인 이해영과 이혼했다. ≪동아일보≫ 학예부 기자로 입사하였고 당시 이 신문에 연재되고 있던 번안소설『미인의 한』의 후반부를 이어서 번안한 것으로 알려져 있다. 그리고 윤극영이 운영하는 소녀합창단 '따리아회' 후원회원으로 활동하면서 신문에 합창단을 홍보하는 활동을 하였다. 이 시기 후에 둘째 부인이 되는, 당시 12세의 따리아회원이었던 안정옥(安貞玉)을 만났다.

1925년(25세) 정확한 시기는 확인할 수 없으나 ≪동아일보≫ 학예부에서 사회부로 옮긴 심훈은 5월 22일 이른바 '철필구락부 사건'으로 24일 김동환·임원근·유완희·안석주 등과 함께 해임되었다. 그리고 조선프롤레타리아예술동맹(KAPF)에 가담하였다. 그리고 조일제가 번안한『장한몽』을 영화화할 때 이수일 역의 후반부를 대역(代役)했다고 한다.

1926년(26세) 근육염으로 8개월간 대학병원에서 병상생활을 했다. 8월에 문단과 극단의 관계자들인 김영팔·이경손·고한승·최승일 등과 함께 라디오방송에 적합한 각본 연구 활동을 위하여 '라디오드라마 연구회'를 조직하여 이듬해까지 활발하게 활동하였다. 11월부터 ≪동아일보≫에 필명 '沈熏'으로 영화소설 「탈춤」을 연재하였으며 이듬해 영화화를 위해 윤석중이 각색까지 마쳤으나 영화화되지는 못했다.

1927년(27세) 2월 중순 영화공부를 위해 도일(渡日)하여 경도(京都)의 '일활(日活)촬영소'에서 무라타(村田實) 감독의 지도를 받으며 같은 회사의 영화 <춘희>에 엑스트라로 출현했다. 5월 8일에 귀국(≪조선일보≫, 1927.05.13.기사)하고 7월에 연구와 합평 목적으로 이구영·안종화·나운규·최승일·김영팔·김기진·이익상 등과 함께 '영화인회'를 창립하고 간사를 맡았다. '계림영화협회 제3회 작품'으로 심훈(원작·감독)이 7월말부터 10월초까지 촬영한 영화 <먼동이 틀 때>를 10월 26일 단성사에서 개봉했다.

1928년(28세) ≪조선일보≫ 기자로 입사하였다. 영화 <먼동이 틀 때>에 대한 한설야의 비판에 장문의 「우리 민중은 어떤 영화를 요구하는가」로 반론을 펼치는 등 영화예술 논쟁을 벌였다. 11월 찬영회 주최 '영화감상강연회'에서 「영화의 사회적 의의」로 강연하기도 했으며 미완에 그쳤지만 시나리오 <대경성광상곡>, 소년영화소설 「기남의 모험」 등을 연재하는 등 영화예술 활동에 적극적이었다. 1926년 12월 24일 개최된 카프 임시 총회 명부에 심훈의 이름이 보이지 않는 것으로 미루어 이 시기 이전에 카프를 탈퇴했거나 거리를 둔 것으로 보인다.

1929년(29세) 이 시기 스무 편 가까운 시를 썼다.

1930년(30세) 10월부터 소설 『동방의 애인』을 ≪조선일보≫에 연재하지만 불온하다는 이유로 검열에 걸려 2개월 만에 중단되었다. 12월 24일 안정옥과 재혼하였다.

1931년(31세) 《조선일보》를 퇴직하고 경성방송국 조선어 아나운서 모집에
1위로 합격 문예담당으로 입국(入局)하였다. 거기서 문예물 낭독 등
을 맡아하다가 '황태자 폐하' 등을 발음할 때 아니꼽고 역겨워 우물
쭈물 넘기곤 해서 3개월 만에 추방되었다. 8월부터 『불사조』를 《조
선일보》에 연재하지만 검열에 걸려 중단되었다.

1932년(32세) 4월에 평동(平洞) 집에서 장남 재건(在健)을 낳았다. 경제생활
의 불안정으로 전 해에 낙향한 부모와 장조카인 심재영이 살고 있는
충남 당진군 송악면 부곡리로 내려가서 본가의 사랑채에서 1년 반
동안 머물렀다. 9월에 『심훈 시가집』을 출판하려 했으나 검열에 걸려
무산되었다.

1933년(33세) 5월에 당진 본가에서 『영원의 미소』 탈고하고 7월부터 《조선
중앙일보》에 연재했으며, 8월에 여운형이 사장인 《조선중앙일보》
학예부장으로 부임했다. 같은 신문사 자매지인 《중앙》(11월) 창간
의 편집에 간여했다.

1934년(34세) 1월 《조선중앙일보》 학예부장을 그만두었으며, 장편 『직녀성』
을 《조선중앙일보》에 3월부터 이듬해 2월까지 연재하였다. 그 원
고료로 4월초 '필경사(筆耕舍)'라는 집을 직접 설계하여 짓고 본가에
서 나갔다. '필경사'에서 차남 재광(在光)을 낳았고, 이 시기 장조카
심재영을 중심으로 한 부곡리의 '공동경작회' 회원과 어울려 지냈다.

1935년(35세) 1월에 『영원의 미소』(한성도서주식회사) 단행본을 간행하였으
며, 《동아일보》 창간 15주년 특별 공모에 6월에 탈고한 『상록수』
를 응모하여 8월에 당선되었다. 이 작품은 《동아일보》에 9월부터
이듬해 2월까지 연재되었다. 상금으로 받은 500원 가운데 100원을
'상록학원' 설립에 기부하였다.

1936년(36세) 『상록수』를 영화화할 준비를 거의 마쳤으나 일제의 방해로 실
현되지 못했다. 4월에 3남 재호(在昊)를 낳았다. 4월부터 펄벅의 『대

지』를 ≪사해공론≫에 번역 연재하기 시작했다. 8월에 베를린 올림픽 마라톤 우승 소식을 듣고 신문 호외 뒷면에 즉흥시 「오오, 조선의 남아여—마라톤에 우승한 손·남 양 군에게」를 썼다. 『상록수』를 출판하는 일로 상경하여 한성도서주식회사 2층에서 기거하다가 장티푸스에 걸려 9월 16일 경성제국대학병원에서 별세했다.

심재호가 작성한 『심훈문학전집(3)』(탐구당, 1966)의 '작가 연보', 이어령의 『한국작가전기연구(上)』(동화출판공사, 1975)의 '심훈' 부분, 신경림의 『심훈의 문학과 생애: 그날이 오면, 그날이 오며는』(지문사, 1982)의 '심훈의 연보' 그리고 『탄생 100주년 문학인 기념문학제 2001』(대산재단/민족문학작가회의)에 문영진이 작성한 '심훈—작가 연보' 등을 참고하여 편자가 수정—보완하였음.

1. 시

『심훈 시가집』(1932) 수록 작품			
제목	발표매체	발표시기	비고(창작일)
밤—서시	—	—	1923.겨울.
봄의 서곡	—	—	1931.02.23.
피리	—	—	1929.04.
봄비	조선일보	1928.04.24.	1924.04.
영춘삼수(咏春三首)	조선일보	1929.04.20	1929.04.18.
거리의 봄	조선일보	1929.04.23.	1929.04.19.
나의 강산이여	삼천리	1929.07.	1926.05.
어린이날	조선일보	1929.05.07.	1929.05.05.
그날이 오면	–	–	1930.03.01.
도라가지이다	신문예	1924.03.	1922.02.
필경(筆耕)	철필	1930.07.	1930.07.
명사십리	신여성	1933.08.	1932.08.19.
해당화	신여성	1933.08.	1932.08.19.
송도원(松濤園)	신여성	1933.08.	1932.08.02
총석정(叢石亭)	신여성	1933.08.	1933.08.10.
통곡 속에서	시대일보	1926.05.16.	1926.04.29.
생명의 한 토막	중앙	1933.11.	1932.10.08.
너에게 무엇을 주랴	—	—	1927.03.
박군(朴君)의 얼굴	조선일보	1927.12.02.	1927.12.02.
조선은 술을 먹인다.	—	—	1929.12.10.

독백(獨白)	—	—	1929.06.13.
조선의 자매여	동아일보	1932.04.12	1931.04.09.
짝 잃은 기러기	조선일보	1928.11.11.	1926.02.
고독	조선일보	1929.10.15.	1929.10.10.
한강의 달밤	—	—	1930.08.
풀밭에 누어서	—	—	1930.09.18.
가배절(嘉俳節)	조선일보	1929.09.18.	1929.09.17.
내 고향	신가정	1933.03	1932.10.06.
추야장(秋夜長)	—	—	1932.10.09.
소야악(小夜樂)	—	—	1930.09.
첫눈	—	—	1930.11.
눈 밤	신문예	1924.04.	1929.12.23.
패성(浿城)의 가인(佳人)	중앙	1934.01.	1925.02.14.
동우(冬雨)	조선일보	1929.12.17.	1929.12.14.
선생님 생각	조선일보	1930.01.07.	1930.01.05.
태양의 임종	중외일보	1928.10.26~29.	1928.10.
광란의 꿈	—	—	1923.10.
마음의 낙인	대중공론	1930.06.	1930.05.24.
토막생각—생활시	동방평론	1932.05	1932.04.24.
어린 것에게	—	—	1932.09.04.
R씨(氏)의 초상	—	—	1932.09.05.
만가(輓歌)	계명	1926.11.	1926.08.
곡(哭) 서해(曙海)	매일신보	1931.07.13.	1932.07.10.
잘 있거라 나의 서울이여	중외일보	1927.03.06	1927.02.
현해탄(玄海灘)	—	—	1926.02.
무장야(武藏野)에서	—	—	1927.02.
북경(北京)의 걸인	—	—	1919.12.
고루(鼓樓)의 삼경(三更)	—	—	1919.12.19.

심야과황하(深夜過黃河)	—	—	1920.02.
상해(上海)의 밤	—	—	1920.11.
평호추월(平湖秋月)	삼천리	1931.06.	
삼담인월(三潭印月)	—	—	
채련곡(採蓮曲)	삼천리	1931.06.	
소제춘효(蘇堤春曉)	삼천리	1931.06.	
남병만종(南屏晚鐘)	삼천리	1931.06.	
누외루(樓外樓)	삼천리	1931.06.	
방학정(放鶴亭)	—	—	
악왕분(岳王墳)	삼천리	1931.06.	
고려사(高麗寺)	—	—	
항성(杭城)의 밤	삼천리	1931.06.	
전당강반(錢塘江畔)에서	삼천리	1931.06.	
목동(牧童)	삼천리	1931.06.	
칠현금(七絃琴)	삼천리	1931.06.	

『심훈 시가집』(1932) 미수록 작품			
제목	발표매체	발표시기	비고(창작일)
새벽빛	근화	1920.06.	
노동의 노래	공제	1920.10.	
나의 가장 친한 유형식 군을 보고	동아일보	1921.07.30.	
야시(夜市)	계명	1926.11.	1925.07.
일 년 후	계명	1926.11.	
밤거리에 서서	조선일보	1929.01.23.	
산에 오르라	학생	1929.08.	1929.07.01.
제야(除夜)	중외일보	1928.01.07.	1927.12.31.
춘영집(春詠集)	조선일보	1928.04.08.	
가을의 노래	조선일보	1928.09.25	
비 오는 밤	새벗	1928.12.	
원단잡음(元旦雜吟)	조선일보	1929.01.02.	1929.01.01.
저음수행(低吟數行)	조선일보	1929.04.20.	1929.04.18.
야구	조선일보	1929.06.13.	1929.06.10.
가을	조선일보	1929.08.28.	1929.08.27.
서울의 야경	—	—	1929.12.10.
3행일지	신소설	1930.01.	
농촌의 봄	중앙	1933.04.	1933.04.08.
봄의 마음	조선일보	1930.04.23.	1930.04.20.
'웅'의 무덤에서	—	—	1932.03.06.
근음삼수(近吟三首)	조선중앙일보	1934.11.02.	12.11

漢詩	사해공론	1936.05.	
오오 조선의 남아여!(마라톤에 우승한 孫 南 兩君에게)	조선중앙일보	1936.08.11.	1936.08.10.
전당강 위의 봄 밤	심훈문학전집3	탐구당, 1966	04.08.
겨울밤에 내리는 비	심훈문학전집3	탐구당, 1966	01.05.
기적	심훈문학전집3	탐구당, 1966	02.16
뻐꾹새가 운다	심훈문학전집3	탐구당, 1966	05.05.

2. 소설 및 시나리오

제목	발표매체	발표시기
찬미가에 싸인 원혼	신청년	1920.08.
기남(奇男)의 모험 [소년영화소설]	새벗	1928.11.
여우목도리	동아일보	1936.01.25.
황공(黃公)의 최후	신동아	1936.01.
탈춤 [영화소설]	동아일보	1926.11.09~12.16.
대경성광상곡 [시나리오]	중외일보	1928.10.29~30.
5월 비상(飛霜) [掌篇小說]	조선일보	1929.03.20~21.
동방의 애인	조선일보	1930.10.21~12.10.
불사조	조선일보	1931.08.16~ 1932.02.29.
괴안기영(怪眼奇影) [번안]	조선일보	1933.03.01~03.03
영원의 미소	조선중앙일보	1933.07.10~ 1934.01.10.
직녀성	조선중앙일보	1934.03.24~ 1935.02.26.
상록수	동아일보	1935.09.10~ 1936.02.15.
대지 [번역]	사해공론	1936.04~09.

3. 영화평론

제목	발표매체	발표시기
매력 있는 작품: 영화 〈발명영관(發明榮冠)〉 평	시대일보	1926.05.23.
영화계의 일년: 조선영화를 중심으로	중외일보	1927.01.04~10
조선영화계의 현재와 장래	조선일보	1928.01.01~?
〈최후의 인〉 내용 가치	조선일보	1928.01.14~17
영화비평에 대하여	별건곤	1928.02.
영화독어(獨語)	조선일보	1928.04.18~24.
아직 숨겨가진 자랑 갓 자라나는 조선영화계 〈여명기의 방화〉	별건곤	1928.05.
아동극과 소년 영화: 어린이의 예술교육은 어떤 방법으로 할까	조선일보	1928.05.06~05.09.
〈서커스〉에 나타난 채플린의 인생관	중외일보	1928.05.29~30.
우리 민중은 어떤 영화를 요구하는가─를 논하여 '만년설 군'에게	중외일보	1928.07.11~07.27.
관중의 한 사람으로: 흥행업자에게	조선일보	1928.11.17.
관중의 한 사람으로: 해설자 제군에게	조선일보	1928.11.18.
관중의 한 사람으로: 영화계에 제의함	조선일보	1928.11.20.
〈암흑의 거리〉와 밴크로프의 연기	조선일보	1928.11.27.
조선 영화 총관	조선일보	1929.01.01~?
발성영화론	조선지광	1929.01.
영화화한 〈약혼〉을 보고	중외일보	1929.02.22.
젊은 여자들과 활동사진의 영향	조선일보	1929.04.05
프리츠 랑의 역작 〈메트로폴리스〉	조선일보	1929.04.30.

문예작품의 영화화 문제	문예공론	1929.01.
내가 좋아하는 작품, 작가, 영화, 배우	문예공론	1929.01.
백설같이 순결한 〈거리의 천사〉	조선일보	1929.06.14.
성숙의 가을과 조선의 영화계	조선일보	1929.09.08.
영화 단편어(斷片語)	신소설	1929.12
소비에트 영화, 〈산송장〉 시사평	조선일보	1930.02.14.
영화평을 문제 삼은 효성(曉星) 군에게 일언함	동아일보	1930.03.18.
상해 영화인의 〈양자강〉 인상기	조선일보	1931.05.05.
조선 영화인 언파레드	동광	1931.07
1932년의 조선 영화―시원치 않은 예상기	문예월간	1932.01
연예계 산보: 「홍염(紅焰)」 영화화 기타	동광	1932.10
영화가 산보: 연예에 관한 수상(隨想) 수제(數題)	중앙	1933.11
영화소개: 〈영원의 미소〉	조선중앙일보	1933.12.22
민중교화에 위대한 임무와 연극과 영화사업을 하라	조선일보	1934.05.30~31
다시금 본질을 구명하고 영화의 상도에로: 단편적인 우감수제(偶感數題)	조선일보	1935.07.13~17
영화평: 박기채 씨 제1회 작품 〈춘풍〉을 보고서	조선일보	1935.12.07.
조선서 토키는 시기상조다.	조선영화	1936.11.
〈먼동이 틀 때〉의 회고 [遺稿]	조선영화	1936.11.
10년 후의 영화계	영화시대	1947.05.

4. 문학 및 기타 평론

제목	발표매체	발표시기
『무정』, 『재생』, 『환희』, 「탈춤」 기타	별건곤	1927.01.
프로문학에 직언 1,2,3	동아일보	1932.1.15~16.
『불사조』의 모델	신여성	1932.04.
모윤숙 양의 시집 『빛나는 地域』 독후감	조선중앙일보	1933.10.16.
무딘 연장과 녹이 슬은 무기 ―언어와 문장에 관한 우감	동아일보	1934.6.15.
삼위일체를 주장: 조선문학의 주류론	삼천리	1935.10.
진정한 독자의 소리가 듣고 싶다 ―『상록수』의 작자로서	삼천리	1935.11.
경성보육학교의 아동극 공연을 보고	조선일보	1927.12.16~18.
입센의 문제극	조선일보	1928.03.20~21.
토월회(土月會)에 일언함	조선일보	1929.11.05~06.
극예술연구회 제5회 공연관극기	조선중앙일보	1933.12.02~07.
총독부 제9회 미전화랑(美展畵廊)에서	신민	1929.08.
새로운 무용의 길로: 배구자(裵龜子)의 1회 공연을 보고	조선일보	1929.09.22~25.

5. 수필 및 기타

제목	발표매체	발표시기
편상(片想): 결혼의 예술화	동아일보	1925.01.26.
몽유병자의 일기	문예시대	1927.01.
남가일몽(南柯一夢)	별건곤	1927.08.
춘소산필(春宵散筆)	조선일보	1928.03.14~15.
하야단상(夏夜短想)	중외일보	1928.6.28~29.
수상록	조선일보	1929.04.28.
연애와 결혼의 측면관	삼천리	1929.12.
괴기비밀결사 상해 청홍방(靑紅幇)	삼천리	1930.01.
새해의 선언	조선일보	1930.01.03.
현대 미인관: 미인의 절종(絶種)	삼천리	1930.04.
도망을 하지 말고 사실주의로 나가라(기사)	조선일보	1931.01.28
신랑신부의 신혼공동일기	삼천리	1931.02.
재옥중(在獄中) 성욕문제: 원시적 본능과 청년수(靑年囚)	삼천리	1931.03
천하의 절승: 소항주유기(蘇杭州遊記)	삼천리	1931.06.01.
경도(京都)의 일활촬영소(日活撮影所)	신동아	1933.05.
문인서한집: 심훈 씨로부터 안석주(安碩柱) 씨에게	삼천리	1933.03.
낙화	신가정	1933.06.
나의 아호(雅號)—나의 이명(異名)	동아일보	1934.04.06
산도, 강도 바다도 다	신동아	1934.07.

7월의 바다에서	조선중앙일보	1934.07.16~18.
필경사잡기: 최근의 심경을 적어서 一K군에게	개벽	1935.01.
여우목도리	동아일보	1936.01.25.
문인끽연실	중앙	1936.02
필경사잡기	동아일보	1936.03.12~18.
무전여행기: 북경에서 상해까지	심훈문학전집3	탐구당. 1966.
독서욕(讀書慾)	심훈문학전집3	탐구당. 1966.
1920년 일기	심훈문학전집3	탐구당. 1966.
서간문	심훈문학전집3	탐구당. 1966.

1. 작품집

『영원의 미소』, 한성도서주식회사, 1935.
『상록수』, 한성도서주식회사, 1936.
『직녀성 (상), (하)』, 한성도서주식회사, 1937.
『상록수』, 한성도서주식회사, 1948.
『영원의 미소 (상), (하)』, 한성도서주식회사, 1949.
『직녀성 (상), (하)』, 한성도서주식회사, 1949.
『심훈전집 (1): 상록수』, 한성도서주식회사, 1953.
『심훈전집 (2): 영원의 미소 (상)』, 한성도서주식회사, 1953.
『심훈전집 (3): 영원의 미소 (하)』, 한성도서주식회사, 1953.
『심훈전집 (4): 직녀성 (상)』, 한성도서주식회사, 1953.
『심훈전집 (5): 직녀성 (하)』, 한성도서주식회사, 1953.
『심훈전집 (6): 불사조』, 한성도서주식회사, 1953.
『심훈전집 (7): (시가 수필) 그날이 오면』, 한성도서주식회사, 1953.
『심훈문학전집 (1~3)』, 탐구당, 1966.
신경림 편저,『그날이 오면, 그날이 오며는: 심훈의 생애와 문학』, 지문사, 1982.
백승구 편저,『심훈의 재발견』, 미문출판사, 1985.
정종진 편,『그날이 오면 (외)』, 범우사, 2005.
심재호,『심훈을 찾아서』, 문화의 힘, 2016.

2. 평론 및 연구논문

1) 작가론

서광제·최영수·김억·김태오·이기영·김유영·이태준·엄흥섭, 「애도 심훈」, ≪사해
　　공론≫, 1936.10.

김문집, 「심훈 통야현장(通夜現場)에서의 수기」, ≪사해공론≫, 1936.10.

이석훈, 「잊히지 않는 문인들」, ≪삼천리≫, 1949.12.

최영수, 「고사우(故思友): 심훈과 『상록수』」, ≪국도신문≫, 1949.11.12.

윤병로, 「심훈과 그의 문학」, 성균관대 『성균』16, 1962.10.

윤석중, 「고향에서의 객사: 심훈」, ≪사상계≫128, 1963.12.

이희승, 「심훈의 일기에 부치는 글」, ≪사상계≫128, 1963.12.

심재화, 「심훈론」, 중앙대, 『어문논집』4, 1966.

유병석, 「심훈의 생애 연구」, 『국어교육』14, 1968.

이어령, 「심훈」, 『한국작가전기연구 (上)』, 동화출판공사, 1975.

윤병로, 「심훈론: 계몽의 선각자」, 『현대작가론』, 이우출판사, 1978.

유병석, 「심훈론」, 서정주 외, 『현대작가론』, 형설출판사, 1979.

백남상, 「심훈 연구」, 중앙대 『어문논집』15, 1980.

류양선, 「심훈론: 작가의식의 성장과정을 중심으로」, 『관악어문연구』5, 1980.

한점돌, 「심훈의 시와 소설을 통해 본 작가의식의 변모과정」, 『국어교육』41, 1982.

유병석, 「심훈의 작품세계」, 전광용 외, 『한국현대소설사연구』, 민음사, 1984.

노재찬, 「심훈의 <그날이 오면>」, 부산대 『교사교육연구』11, 1985.

전영태, 「진보주의적 정열과 계몽주의적 이성: 심훈론」, 김용성·우한용, 『한국근대작가
　　연구』, 삼지원, 1985.

최원식, 「심훈 연구 서설」, 김학성·최원식 외, 『한국근대문학사의 쟁점』, 창작과비평사,
　　1990.

임헌영, 「심훈의 인간과 문학」, 『한국문학전집』, 삼성당, 1994.

강진호, 「『상록수』의 산실, 필경사」, 『한국문학, 그 현장을 찾아서』, 계몽사, 1997.

윤병로, 「식민지 현실과 자유주의자의 만남: 심훈론」, ≪동양문학≫2, 1998.08.

류양선, 「광복을 선취한 늘푸른 빛: 심훈의 생애와 문학 재조명」, ≪문학사상≫30(9), 2001.
　　09.

한기형, 「습작기(1919~1920)의 심훈」, 『민족문학사연구』22, 2003.

정종진, 「'그 날'을 위한 비분강개」, 정종진 편, 『그날이 오면(외)』, 범우사, 2005.

주　인, 「'심훈' 문학연구 방법에 대한 서설」, 중앙대 『어문논집』34, 2006.

한기형, 「'백랑(白浪)'의 잠행 혹은 만유: 중국에서의 심훈」, 『민족문학사연구』35, 2007.
권영민, 「심훈 시집 『그날이 오면』의 친필 원고들」, 『권영민의 문학콘서트』, 2013.03.19.
    (http://muncon.net)
권보드래, 「심훈의 시와 희곡, 그 밖에 극(劇)과 아동문학 자료」, 『근대서지』10, 2014.
하상일, 「심훈과 중국」, 『비평문학』(55), 2015.
박정희, 「심훈 문학과 3・1운동의 '기억학'」, 명지대 『인문과학연구논총』37(1), 2016.

2) 시

M. C. Bowra, 「한국 저항시의 특성: 슈타이너와 심훈」, ≪문학사상≫, 1972.10.
김윤식, 「박두진과 심훈: 황홀경의 환각에 관하여」, ≪시문학≫, 1983.08.
김이상, 「심훈 시의 연구」, 『어문학교육』7, 1984.
노재찬, 「심훈의 「그날이 오면」, 이 시에 충만한 항일민족정신의 소유 攷」, 『부산대 사대
    논문집』, 1985.12.
김재홍, 「심훈: 저항의식과 예언자적 지성」, ≪소설문학≫, 1986.08.
김동수, 「일제침략기 항일 민족시가 연구」, 원광대 『한국학연구』2, 1987.
진영일, 「심훈 시 연구(1)」, 동국대 『동국어문집』3, 1989.
김형필, 「식민지 시대의 시정신 연구: 심훈」, 한국외국어대 『논문집』24, 1991.
이 탄, 「조명희와 심훈」, ≪현대시학≫276, 1992.03.
김 선, 「객혈처럼 쏟아낸 저항의 노래 : 심훈의 작가적 모랄과 고뇌에 관하여」, ≪문예운
    동≫, 1992.08.
조두섭, 「심훈 시의 다성성 의미」, 대구대 『외국어교육연구』, 1994.
박경수, 「현대시에 나타난 현해탄체험의 형상화 양상과 의미」, 『한국문학논총』48, 2008.
김경복, 「한국현대시에 나타난 관부연락선의 의미」, 경성대 『인문학논총』13(1), 2008.
윤기미, 「심훈의 중국생활과 시세계」, 『한중인문학연구』28, 2009.
신웅순, 「심훈 시조고(考)」, 『한국문예비평연구』36, 2011.
장인수, 「제국의 절취된 공공성: 베를린올림픽 행사 '시'와 일장기 말소사건」, 『반교어문
    연구』40, 2015.
하상일, 「심훈의 중국체류기 시 연구」, 『한민족문화연구』51, 2015.

3) 소설

정래동, 「三大新聞 長篇小說評」, ≪개벽≫, 1935.03.
홍기문, 「故 심훈씨의 유작 『직녀성』을 읽고」, ≪조선일보≫, 1937.10.10.
김 현, 「위선과 패배의 인간상: 『흙』과 『상록수』를 중심으로」, ≪세대≫, 1964.10.

유병석, 「심훈의 생애 연구」, 『국어교육』14, 1968.

홍효민, 「『상록수』와 심훈과」, ≪현대문학≫, 1968.01.

천승준, 「심훈 작품해설」, 『한국대표문학전집6』, 삼중당, 1971.

홍이섭, 「30년대 초의 심훈문학: 『상록수』를 중심으로」, ≪창작과비평≫, 1972.가을.

정한숙, 「농민소설의 변용과정: 춘원·심훈·무영·영준의 작품을 중심으로」, 고려대 『아세아연구』15(4), 1972.

신경림, 「농촌현실과 농민문학」, ≪창작과비평≫, 1972.여름.

김우종, 「심훈편」, 『신한국문학전집9』, 어문각, 1976.

이국원, 「농민문학의 전개과정: 농민문학의 새로운 방향을 위하여」, 서울대 『선청어문』7, 1976.

이두성, 「심훈의 『상록수』를 중심으로 한 계몽주의문학 연구」, 명지대 『명지어문학』9, 1977.

조진기, 「농촌소설과 귀종의 지식인」, 영남대 『국어국문학연구』, 1978.

최홍규, 「30년대 정신사의 한 불꽃: 심훈의 작품세계」, 『한국문학대전집7』, 태극출판사, 1979.

백남상, 「심훈 연구」, 중앙대 『어문논집』, 1980.

송백헌, 「심훈의 『상록수』: 희생양의 이미지」, ≪심상≫, 1981.07.

전광용, 「『상록수』고」, 『한국근대문학사론』, 한길사, 1982.

김붕구, 「심훈: '인텔리 노동인간'의 농민운동」, 『작가와 사회』, 일조각, 1982.

김현자, 「『상록수』고」, 서울여대 『태릉어문연구』2, 1983.

오양호, 「『상록수』에 나타난 계몽의식의 성격고찰」, 『한민족어문학』10, 1983.

이인복, 「심훈과 기독교 사상―『상록수』를 중심으로」, ≪월간문학≫, 1985.07.

송백헌, 「심훈의 『상록수』」, 충남대 『언어·문학연구』5, 1985.

최희연, 「심훈의 『직녀성』에서의 인물의 전형성과 역사적 전망의 문제」, 『연세어문학』21, 1988.

구수경, 「심훈의 『상록수』고」, 충남대 『어문연구』19, 1989.

조남현, 「심훈의 『직녀성』에 보인 갈등상」, 『한국소설과 갈등상』, 문학과비평사, 1990.

김영선, 「심훈 장편소설 연구」, 대구교대 『국어교육논지』16, 1990.

신헌재, 「1930년대 로망스의 소설 기법」, 구인환 외, 『한국현대장편소설연구』, 삼지원, 1990.

윤병로, 「심훈의 『상록수』론」, ≪동양문학≫39, 1991.

유문선, 「나로드니키의 로망스: 심훈의 『상록수』에 대하여」, ≪문학정신≫58, 1991.

김윤식, 「상록수를 위한 5개의 주석」, 『환각을 찾아서』, 세계사, 1992.

송지현, 「심훈 『직녀성』고: 그 드라마적 특성을 중심으로」, 『한국언어문학』31, 1993.

오현주, 「심훈의 리얼리즘 문학 연구: 『직녀성』과 『상록수』를 중심으로」, 한국문학연구회

편, 『1930년대 문학연구』, 평민사, 1993.

오현주, 「심훈의 리얼리즘문학 연구」, 『현대문학의 연구』4, 1993.

류양선, 「『상록수』론」, 『한국문학과 리얼리즘』, 한양출판, 1995.

류양선, 「좌우익 한계 넘은 독자의 농민문학: 심훈의 삶과 『상록수』의 의미망」, 『상록수·
휴화산』, 동아출판사, 1995.

김구중, 「『상록수』의 배경연구」, 『한국언어문학』42, 1995.

조남현, 「『상록수』 연구」, 조남현 편, 『상록수』, 서울대출판부, 1996.

윤병로, 「심훈의 『상록수』」, 《한국인》16(6), 1997.

곽 근, 「한국 항일문학 연구: 심훈 소설을 중심으로」, 동국대 『동국어문논집』7, 1997.

민현기, 「심훈의 『동방의 애인』」, 『한국현대소설연구』, 계명대출판부, 1998.

장윤영, 「심훈의 『영원의 미소』 연구」, 상명대, 『상명논집』5, 1998.

김구중, 「『상록수』, 허구/역사가 교접하는 서사의 자아 변화 연구」, 『한국문학이론과 비평』
6, 1999.

신춘자, 「심훈의 기독교소설 연구」, 『한몽경제연구』4, 1999.

심진경, 「여성 성장 소설의 플롯: 심훈의 『직녀성』」, 『현대소설 플롯의 시학』, 태학사,
1999.

임영천, 「근대한국문학과 심훈의 농촌소설: 『상록수』 기독교소설적 특성을 중심으로」, 채
수영 외, 『탄생 100주년 한국작가 재조명, 국학자료원, 2001.

박소은, 「새로운 여성상과 사랑의 이념: 심훈의 『직녀성』」, 동국대 『한국문학연구』24,
2001.

진선정, 「『상록수』에 나타난 여성인식 양상」, 『한남어문학』25, 2001.

채상우, 「청춘과 연애, 그리고 결백의 수사학, 동국대 한국학연구소 엮음, 『한국문학과 근
대의식』, 이회, 2001.

이상경, 「근대소설과 구여성」, 『민족문학사연구』19, 2001.

김윤식, 「문화계몽주의의 유형과 그 성격: 『상록수』의 문제점」, 1993. 경원대 편, 『언어와
문학』 역락, 2001.

박상준, 「현실성과 소설의 양상: 박종화, 심훈, 최서해의 1930년대 장편소설을 중심으로」,
《작가》, 2001.

최원식, 「서구 근대소설 대 동아시아 서사: 심훈 『직녀성』의 계보」, 성균관대 『대동문화
연구』40, 2002.

임영천, 「심훈 『상록수』 연구: 『여자의 일생』과의 대비적 고찰을 겸하여」, 『한국문예비평
연구』11, 2002.

문광영, 「심훈의 장편 『직녀성』의 소설기법」, 인천교대, 『교육논총』20, 2002.

권희선, 「중세서사체의 계승 혹은 애도: 심훈의 『직녀성』 연구, 『민족문학사연구』20, 2002.

이인복, 「심훈의 傍外的 비판의식」, 『우리 작가들의 번뇌와 해탈』, 국학자료원, 2002.

류양선, 「심훈의 『상록수』 모델론: '상록수'로 살아있는 '사랑'의 여인상」, 『한국현대문학연구』13, 2003.

박헌호, 「'늘 푸르름'을 기리기 위한 몇 가지 성찰: 『상록수』 단상」, 박헌호 편, 『상록수』, 문학과지성사, 2005.

이진경, 「수행적 민족성: 1930년대 식민지 한국에서의 문화와 계급」, 동국대 『한국문학연구』28, 2005.

김화선, 「한글보급과 민족형성의 양상: 심훈의 『상록수』를 중심으로」, 『어문연구』51, 2006.

이혜령, 「신문·브나로드·소설」, 『한국근대문학연구』15, 2007.

남상권, 「『직녀성』 연구: 『직녀성의 가족사 소설의 성격』」, 『우리말글』39, 2007.

김화선, 「심훈의 『영원의 미소』에 나타난 근대적 글쓰기의 양상」, 『비평문학』26, 2007.

이혜령, 「지식인의 자기정의와 '계급'」, 『상허학보』22, 2008.

김경연, 「1930년대 농촌·민족·소설로의 회유(回游): 심훈의 『상록수』론」, 『한국문학논총』48, 2008.

한기형, 「심훈의 중국체험과 『동방의 애인』, 성균관대 『대동문화연구』63, 2008.

강진호, 「현대성에 맞서는 농민적 가치와 삶」, 『국제어문』43, 2008.

장영은, 「금지된 표상, 허용된 표상」, 『상허학보』22, 2008.

송효정, 「비국가와 월경(越境)의 모험」, 『대중서사연구』24, 2010.

정호웅, 「푸르른 생명의 기운」, 정호웅 엮음, 『상록수』, 현대문학, 2010.

정홍섭, 「원본비평을 통해 본 『상록수』의 텍스트 문제」, 『한국문학이론과 비평』47, 2010.

조윤정, 「식민지 조선의 교육적 실천, 소설 속 야학의 의미」, 고려대 『민족문화연구』52, 2010.

노형남, 「브라질의 꼬엘류와 우리나라의 심훈에 의한 저항의식에 기반한 대안사회」, 『포르투갈—브라질 연구』8, 2011.

박연옥, 「희망과 긍정의 열린 결말: 심훈의 『상록수』」, 박연옥 편, 『상록수』, 지식을만드는지식, 2012.

권철호, 「심훈의 장편소설에 나타나는 '사랑의 공동체': 무로후세코신(室伏高信)의 수용양상을 중심으로」, 『민족문학사연구』55, 2014.

강지윤, 「한국문학의 금욕주의자들: 자율성을 둘러싼 사랑과 자본의 경쟁」, 『사이』16, 2014.

엄상희, 「심훈 장편소설의 '동지적 사랑'이 지닌 의의와 한계」, 대구가톨릭대 『인문과학연구』22, 2014.

박정희, 「'家出한 노라'의 행방과 식민지 남성작가의 정치적 욕망: 『인형의 집을 나와서』와 『직녀성』을 중심으로」, 명지대 『인문과학연구논총』35(3), 2014.

권철호, 「심훈의 장편소설 『직녀성』 재고」, 『어문연구』43(2), 2015.

4) 영화

만년설, 「영화예술에 대한 관견」, ≪중외일보≫, 1928.07.01~07.09.

임 화, 「조선영화가 가진 반동적 소시민성의 말살: 심훈 등의 도량(跳梁)에 항(抗)하여」, ≪중외일보≫, 1928.07.28~08.04.

G. 생, 「<먼동이 틀 때>를 보고」, ≪동아일보≫, 1927.11.02.

윤기정, 「최근문예잡감(其3): 영화에 대하야!」, ≪조선지광≫, 1927.12.

최승일, 「1927년의 조선영화계: 국외자가 본(3)」, ≪조선일보≫, 1928.01.10.

서광제, 「조선영화 소평(小評)(2)」, ≪조선일보≫, 1929.01.30.

오영진, 「중대한 문헌적 가치: 심훈 30주기 추모(미발표)유고특집」, ≪사상계≫152, 1965. 10.

김종욱, 「『상록수』의 '통속성'과 영화적 구성원리」, ≪외국문학≫, 1993. 봄.

김경수, 「한국근대소설과 영화의 교섭양상 연구: 근대소설의 형성과 영화체험」, 『서강어문』15, 1999.

전홍남, 「심훈의 영화소설 「탈춤」과 문화사적 의미」, 『한국언어문학』52, 2004.

강옥희, 「식민지시기 영화소설 연구」, 『민족문학사연구』32, 2006.

주 인, 「영화소설 정립을 위한 일고」, 『어문연구』34(2), 2006.

조혜정, 「심훈의 영화적 지향성과 현실인식 연구」, 『영화연구』(31), 2007.

박정희, 「영화감독 심훈의 소설『상록수』연구」, 『한국현대문학연구』21, 2007.

김외곤, 「심훈 문학과 영화의 상호텍스트성」, 『한국현대문학연구』31, 2010.

전우형, 「심훈 영화비평의 전문성과 보편성 지향의 의미」, 『대중서사연구』28, 2012.

3. 학위논문

유병석, 「심훈 연구: 생애와 작품」, 서울대 석사논문, 1965.

류창목, 「심훈작품에서의 인간과제: 주로 『상록수』를 중심으로」, 경북대 석사논문, 1973.

임영환, 「일제 강점기 한국 농민소설 연구」, 서울대 석사논문, 1976.

이주형, 「1930년대 장편소설연구」, 서울대 박사논문, 1977.

오경, 「1930년대 한국농촌문학의 성격 연구: 이광수, 심훈, 이무영의 작품을 중심으로」, 이화여대 석사논문, 1974.

심재홍, 「심훈 소설 연구」, 연세대 석사논문, 1979.

신상식, 「『흙』과 『상록수』의 계몽주의적 성격」, 고려대 석사논문, 1982.

오양호, 「한국농민소설연구」, 영남대 박사논문, 1982.

이경진, 「심훈의 『상록수』 연구: 작품 분석을 중심으로」, 고려대 석사논문, 1982.

정대재, 「한국농민문학 연구: 춘원, 심훈, 김유정, 박영준, 이무영의 작품을 중심으로」, 중앙대 석사논문, 1982.

이정미, 「심훈 연구: 「탈춤」, 『영원의 미소』, 『상록수』를 중심으로」, 충북대 석사논문, 1982.

김성환, 「심훈 연구」, 충남대 석사논문, 1983.

이정미, 「심훈 연구」, 충북대 석사논문, 1983.

이항재, 「뚜르게네프의 『처녀지』와 심훈의 『상록수』 간의 비교문학적 연구: Parallel study에 의한 시도」, 고려대 석사논문, 1983.

임무출, 「심훈 소설 연구: 작품 속에 나타난 작가의식을 중심으로」, 영남대 석사논문, 1983.

심재복, 「『흙』과 『상록수』의 비교연구」, 충남대 석사논문, 1984.

이병문, 「한국 항일시에 관한 연구: 심훈, 윤동주, 이육사를 중심으로, 공주사대 석사논문, 1984

오종주, 「『흙』과 『상록수』의 비교 고찰」, 조선대 석사논문, 1984.

고광헌, 「심훈의 시 연구: 그의 생애와 관련하여」, 경희대 석사논문, 1984.

조남철, 「일제하 한국 농민소설 연구」, 연세대 박사논문, 1985.

정정훈, 「심훈의 장편소설 연구: 인물과 배경을 중심으로」, 충남대 석사논문, 1985.

이재권, 「심훈 소설연구」, 전북대 석사논문, 1985.

임영환, 「1930년대 한국 농촌사회소설 연구」, 서울대 박사논문, 1986.

하호근, 「소설 작중인물의 행위양식 연구: 심훈의 『상록수』와 채만식의 『탁류』를 대상으로」, 부산대 석사논문, 1986.

한양숙, 「심훈 연구: 작가의식을 중심으로」, 계명대 석사논문, 1986.

백인식, 「심훈 연구: 작품에 나타난 현실인식의 변모양상을 중심으로」, 경북대 석사논문, 1987.

유인경, 「심훈소설의 연구」, 건국대 대학원, 1987.

이중원, 「심훈 소설연구:『동방의 애인』,『불사조』,『직녀성』을 중심으로」, 계명대 석사논문, 1988.

박종휘, 「심훈 소설 연구」, 서울대 석사논문, 1989.

신순자, 「심훈 농촌소설의 재조명: 그의 문학적 성숙과정을 중심으로」, 경희대 석사논문, 1989.

김 준, 「한국 농민소설 연구: 광복 이전의 작품을 중심으로」, 경희대 박사논문, 1990

최희연, 「심훈 소설 연구」, 연세대 박사논문, 1991.

백원일, 「1930년대 한국농민소설의 성격연구: 이광수, 심훈, 이무영 작품을 중심으로」, 동국대 석사논문, 1991.

신승혜, 「심훈 소설 연구」, 고려대 석사논문, 1992.

최갑진, 「1930년대 귀농소설 연구」, 동아대 박사논문, 1993.

장재선, 「1930년대 농민소설 연구: 이광수의『흙』, 이기영의『고향』, 심훈의『상록수』를 중심으로」, 동국대 석사논문, 1993.

백운주, 「1930년대 대중소설의 독자 공감요소에 관한 연구:『흙』,『상록수』,『찔레꽃』,『순애보』를 중심으로」, 제주대 석사논문, 1996.

박명순, 「심훈 시 연구」, 한국외국어대 석사논문, 1997.

이영원, 「심훈 장편소설 연구」, 경북대 석사논문, 1999.

이정옥, 「대중소설의 시학적 연구: 1930년대를 중심으로」, 서강대 박사논문, 1999.

김종성, 「심훈 소설 연구: 인물의 갈등과 주제의 형상화 구도를 중심으로」, 성균관대 석사논문, 2002.

김성욱, 「심훈의『상록수』연구」, 한양대 석사논문, 2003.

박정희, 「심훈 소설 연구」, 서울대 석사논문, 2003.

최지현, 「근대소설에 나타난 학교: 이태준, 김남천, 심훈의 장편소설을 중심으로」, 동국대 석사논문, 2004.

이호림, 「1930년대 소설과 영화의 관련양상 연구」, 성균관대 박사논문, 2004.

조제웅, 「심훈 시 연구」, 영남대 박사논문, 2006.

김 선, 「한국 현대시에 나타난 '밤' 이미지 연구: 이상화, 심훈, 윤동주의 시를 중심으로」, 경희대 석사논문, 2008.

조윤정, 「한국 근대소설에 나타난 교육장과 계몽의 논리」, 서울대 박사논문, 2010.

양국화, 「한국작가의 상해지역 체험과 그 문학적 형상화: 주요한, 주요섭, 심훈을 중심으로」, 인하대 석사논문, 2011.

박재익, 「1930년대 농촌계몽서사 연구:『고향』,『흙』,『상록수』를 중심으로」, 연세대 석사논문, 2013.